Wächter der Magie

Lisa McMann

Wächter der Magie

Die zwei Schicksale

Aus dem Amerikanischen
von Doris Attwood

arsEdition

Bibliografische Information der Deutschen Nationalbibliothek
Die Deutsche Nationalbibliothek verzeichnet diese Publikation in der Deutschen Nationalbibliografie; detaillierte bibliografische Daten sind im Internet über http://dnb.d-nb.de abrufbar.

Du möchtest noch mehr von uns kennenlernen?

Friedrichstraße 9, D–80801 München
arsedition.de/service
Deutsche Erstausgabe

Die amerikanische Originalausgabe erschien 2012 unter dem Titel »The Unwanteds – Island of Silence« bei Aladdin, einem Imprint von Simon & Schuster Children's Publishing Division

Übersetzung: Doris Attwood
Lektorat: Kanut Kirches
Satz: Uhl + Massopust, Aalen
Covergestaltung: Grafisches Atelier arsEdition unter Verwendung einer Illustration von Karin Paprocki

978-3-8458-5650-6

www.arsedition.de

FSC www.fsc.org MIX Papier | Fördert gute Waldnutzung FSC® C014496

Für Matt

Inhalt

Enthüllt

Die Sonne stand tief über dem Meer vor der Küste Artimés, sodass die kleinen Inseln am Horizont wirkten wie Lavatropfen. Ein riesiger geflügelter Gepard namens Simber schwang sich in die Lüfte und segelte anmutig über den nahen Dschungel. Auf seinem steinernen Rücken saßen vier junge Ungewollte: Alex Stowe, Meghan Ranger, Samheed Burkesh und Lani Haluki rutschten laut kreischend hin und her und klammerten sich verzweifelt an seinen Hals, um nicht abzurutschen. Als sie sich dem Rasen näherten, setzte Simber zu einem steilen Sinkflug an, bei dem Lani beinahe in die Tiefe stürzte, doch der Gepard erwischte sie gerade noch rechtzeitig und schlang rettend seinen Schwanz um ihre Taille.

Mr Today, der vom Eingang Artimés zu der großen Villa schlenderte, schaute zu ihnen hinauf. Eine gebrochen wirkende Frau mit wutverzerrter Miene ging neben ihm. Der oberste Magus hob eine Hand, um Simber ein Zeichen zu geben, und der Gepard breitete sofort die Flügel wieder aus und schwebte überraschend sanft und langsam zur Erde hinab. Nach einem Bremsweg von einem Dutzend Riesenschritten blieb das mächtige Tier schließlich stehen und ging auf die Knie, um die Kinder absteigen zu lassen. Die vier glitten lachend von seinem Rücken und purzelten atemlos ins Gras.

Simber gab ein Knurren von sich, richtete sich majestätisch auf und trottete davon. »So, und jetzt lasst mich in Rrruhe«, brummte er, als hätte es ihm nicht genauso viel Spaß gemacht.

»Danke, Simber«, rief Alex ihm nach. Der Wind zerzauste seine dunkelbraunen Locken und er kämmte sich mit den Fingern durchs Haar. Es war inzwischen ziemlich lang, aber Alex hatte gute Gründe, es nicht abzuschneiden. Er wollte nicht, dass ihn jemals wieder jemand mit seinem Zwillingsbruder Aaron verwechselte. Er erhob sich und streckte Lani seine Hand hin.

Sie griff danach und zog sich hoch, rückte dann ihre Kampfweste zurecht und steckte ein paar lose Strähnen ihres glatten schwarzen Haars zurück in ihren Zopf. »Ich wär fast gestorben«, sagte sie nüchtern. »Zum Glück hat Simber mich mit seinem Schwanz aufgefangen, sonst wäre ich jetzt mausetot. Ich weiß wirklich nicht, ob ich das noch mal erleben will, Alex.«

»Wir hätten dich schon gerettet«, versicherte er ihr. »Hab ich recht, Leute? Ich jedenfalls ganz bestimmt.«

Als Meghan und Samheed nichts erwiderten, drehten Lani und Alex sich zu den beiden um. Samheeds Grinsen war verschwunden. Sein Gesicht war leichenblass und er starrte an seinen Freunden vorbei zu Mr Today und der Frau, die ihn begleitete.

Meghan legte eine Hand auf Samheeds Arm. »Was ist

denn los?«, flüsterte sie. Aber sie wusste es. Sie wussten es alle, nachdem sie Samheeds Blick gefolgt waren. Es war in den vergangenen Monaten immer wieder passiert, nachdem Mr Today das Tor zwischen Artimé und Quill hatte verschwinden lassen. Gewollte und Notwendige konnten nun jederzeit zu Besuch kommen und sogar in Artimé wohnen, dem Land, von dessen Existenz sie noch bis vor Kurzem keine Ahnung gehabt hatten. Sie konnten zu ihnen kommen, um die Kinder zu sehen, die sie einst in den sicheren Tod geschickt hatten. Oder andere Familienmitglieder, von denen sie geglaubt hatten, sie würden längst nicht mehr unter den Lebenden weilen.

Der alte Magus, eine Hand am Ellenbogen der Frau, blieb wenige Meter von den vieren entfernt mit ihr stehen. Er wandte sich ihr zu und sprach mit ernster Miene. Die Falten um die Augen der Frau gruben sich tiefer ein, dann nickte sie widerwillig, richtete sich auf und verschränkte die Arme, während sie mit einem Fuß langsam auf den Boden tippte, als hätte sie noch einen dringenden Termin. Mr Today, mit Lachfalten um seine freundlichen, mitfühlenden Augen, näherte sich der Freundesgruppe allein, blieb vor ihnen stehen und sagte dann mit sanfter Stimme: »Samheed, mein Junge, deine Mutter würde gern mit dir sprechen.«

Nicht nur eitel Sonnenschein

In den Monaten seit der Öffnung der Grenze zwischen Artimé und Quill – nach der tödlichen Schlacht, die Quill gezeigt hatte, dass Kreativität im Kampf nicht zu unterschätzen war – hatten viele dasselbe erlebt, was Samheed im Augenblick durchmachte. Tatsächlich kam Mr Today mit seinen gewöhnlichen magischen Pflichten kaum noch hinterher, weil ständig verängstigt wirkende Besucherinnen und Besucher, die nicht an die leuchtenden Farben und die frei in Artimé umherstreifenden Kreaturen gewöhnt waren, den neu angebrachten Türklopfer der Villa betätigten. Mr Today empfing täglich neue Notwendige, die ihrem sklavenartigen Dasein in Quill entfliehen und sich in der magischen Welt von Artimé niederlassen wollten. Selbst ein oder zwei Gewollte, die offenbar den Drang verspürten zu rebellieren oder womöglich eine Vorreiterrolle in der Gesellschaft spielen wollten, schlossen sich ihnen an. Und natürlich waren auch das Essen und die herrliche Landschaft in Artimé deutlich einladender als der nun empfindlich gestörte Frieden in Quill.

Doch hier und jetzt blickte Samheed den Magus starr an, seine Augen so groß wie die eines Biebops kurz vor dem Morgengrauen. »Was will sie?«, fragte er leise. »Ich habe ihr nichts zu sagen.« Und obwohl seine Stimme ruhig klang, zitterte er innerlich, weil er sehr wohl wusste, warum seine Mutter doch noch hergekommen war.

»Das hat sie nicht gesagt«, antwortete Mr Today. »Aber ich vermute, sie möchte mit dir über deinen Vater sprechen.«

Samheed nickte und ging dann auf Zehenspitzen, um über die Schulter des hoch aufgeschossenen Magus zu linsen. »Sie sieht nicht glücklich aus«, bemerkte er. »Allerdings war sie das wohl noch nie.« Zögernd schaute er erst Alex an, dann die Mädchen. »Was denkt ihr?«, fragte er mürrisch. Samheed bat andere nicht gern um Rat.

Meghan, ihre Miene verhärtet, antwortete als Erste: »Ich finde, du solltest sie ganz klar abweisen.« Sie biss sich auf die Unterlippe und ihre Augen füllten sich mit wütenden Tränen. Sie blinzelte sie verbittert weg, schaffte es aber trotzdem nicht, für sich zu behalten, was sie wirklich dachte. »Es ist die Sache nicht wert, Sam. Definitiv nicht. Alles, was sie dir zu sagen haben, ist, wie sehr sie sich wünschen, du wärst wirklich tot.«

Alex schaute seine beste Freundin mitfühlend an. »Oh, Meg«, sagte er und steckte die Hände in die Hosentaschen. Er wusste nicht, was er sonst noch sagen sollte – in letzter Zeit schien nichts Meghan wirklich trösten zu können. Sie und Sean waren als einige der Ersten nach Quill gegangen, um mit ihren Eltern zu sprechen, in der Hoffnung, mit offenen Armen von ihnen empfangen zu werden. Doch auch wenn ihre Eltern beinahe erfreut gewirkt hatten, Sean nach so vielen Jahren wiederzusehen, schienen sie für Meghan eher Verbitterung zu empfinden und ihr die Schuld für das erbärmliche Leben zu geben, das sie führten. Ihre Tochter war die zweite Ungewollte gewesen, die sie hervorgebracht hatten, was die Eltern in Quill zu Ausgestoßenen machte. Und seit dieser Begegnung war Meghan nicht mehr dieselbe.

Alex' eigene Eltern waren nicht gekommen, um ihn zu besuchen, ebenso wenig wie er nach Quill gegangen war, um sich mit ihnen auszusprechen. Die Entscheidung war ihm nicht schwergefallen. Er hegte keinerlei Zweifel daran, dass seine Eltern zu einhundert Prozent hinter Aaron standen, weil Aaron ein Gewollter war, und daran würde sich auch nichts ändern – so waren Mr und Mrs Stowe nun mal. Alex wusste es besser, als auf eine glückliche Wiedervereinigung zu hoffen. Oder überhaupt auf irgendeine Wiedervereinigung.

Lani legte eine Hand auf Samheeds Arm. »Das weißt du erst, wenn du mit ihr sprichst. Vielleicht läuft es ja sogar richtig gut«, ermunterte sie ihn. Aber sie wussten alle, dass Lani zu den ganz seltenen Fällen gehörte, in denen es richtig gut gelaufen war. Ihre Mutter und ihr jüngerer Bruder Henry lebten nun ebenfalls in Artimé, während ihr Vater, Gunnar Haluki – ehemaliger Spion und neuer Hohepriester von Quill –, bis auf Weiteres im Palast in Quill residierte, um das Land zu regieren, nun, da die frühere böse Hohepriesterin Justine tot war.

Samheed fuhr mit der Stiefelspitze durchs Gras. »Ihr versteht das nicht«, sagte er. »Bei mir ist das anders.«

»Komm schon, Sam. Du hattest keine andere Wahl«, erwiderte Lani ein wenig erschöpft, so als hätte sie ihm dasselbe bereits zur Genüge versichert. »Außerdem warst du es gar nicht, sondern Mr Appleblossom.«

»Ja, aber meinetwegen.«

Lanis Augen funkelten. »Wenn er es nicht getan hätte, würden hier jetzt nur noch drei von uns stehen.«

Dem konnte niemand widersprechen, darum schwiegen sie alle.

»Mr Today?«, fragte Samheed und hob den Blick, als wollte er auf dem Gesicht des Mannes nach Antworten suchen.

Doch Mr Today hatte keine. »Die Entscheidung liegt allein bei dir«, erwiderte er. »Ich werde dir zur Seite stehen, falls du beschließen solltest, mit deiner Mutter zu sprechen. Und falls du dich entscheidest, es nicht zu tun, werde ich sie bitten, wieder zu gehen.«

Nachdenklich blickte Samheed über den Rasen hinweg zu dem Sandstreifen an der Küste, seinen Kiefer angespannt, und murmelte grimmig vor sich hin, bevor er sich wieder umdrehte. Einmal mehr schien es, als suchte er in den Augen des alten Magus nach einem weisen Rat. Schließlich kickte er wütend mit dem Fuß ins Gras und schüttelte den Kopf. »Sagen Sie ihr Nein«, bat er Mr Today.

Dann brach er, ohne sie noch einmal anzusehen, aus dem Kreis seiner Freunde aus und stürmte zum Ufer. Sie blickten ihm nach, aber niemand folgte ihm. Sie kannten Samheed inzwischen gut genug, um ihn allein grübeln zu lassen.

Quill versinkt im Dreck

Aaron Stowe verließ die Universität, trat in den heißen, grauen Morgen hinaus und blickte die Straße hinunter zum Palast, dessen Spitze er nur mit Mühe in der Ferne ausmachen konnte. Der höchste Punkt des Palasts neigte sich ein wenig zur Seite, beinahe so, als müsste er sich ducken, um unter Quills Stacheldrahtdecke zu passen. Oder vielleicht half er auch dabei, die Himmelsbegrenzung zu stützen, ebenso wie die knapp fünfzehn Meter hohe Mauer, die das ganze Land umschloss.

Aaron erinnerte sich noch gut an die Zeit, die er als Assistenzadjutant von Hohepriesterin Justine im Palast verbracht hatte. Bis vor wenigen Monaten war für ihn alles hervorragend gelaufen: mit seiner hochgelobten Erfindung der Favoritenfarm für die Gewollten ebenso wie mit seiner Idee zur Beseitigung des Problems mit den leistungsschwachen Quillitärfahrzeugen oder seiner grandiosen Lösung für die überall in Quill herrschende Wasserknappheit. Er hatte bereits große Pläne geschmiedet, um sich langsam bis zur Position des Obersten Kommandeurs hochzuarbeiten und eines Tages das Land zu regieren. Doch all seine Hoffnungen und Ziele waren vom damaligen Obersten Kommandeur Haluki zerstört worden, der Aaron seinen Titel und alle damit einhergehenden Privilegien aberkannt und ihn zurück an die Universität geschickt hatte, wie einen gewöhnlichen Gewollten.

Aaron verfluchte Artimé und alles, was dazugehörte, denn es hatte seine strukturierte, geregelte Welt in Wahnsinn und gewaltiges Chaos gestürzt. Das einzig Gute war, dass Haluki sehr vorsichtig damit zu sein schien, Veränderungen einzuläuten, denn bislang hatte der neue Hohepriester noch kaum etwas unternommen. Sollte Haluki eines Tages aber doch noch drastische neue Maßnahmen umsetzen und Quill dagegen rebellieren, würde sich Aaron womöglich eine winzige Chance bieten, wieder *jemand* zu sein, sinnierte er düster.

Er rümpfte seine Nase. Der Gestank draußen wurde jeden Tag schlimmer. Der Müll türmte sich in der ganzen Stadt am Straßenrand auf und aller möglicher Abfall wurde nicht mehr richtig verscharrt. Quill verwandelte sich in eine einzige riesige Jauchegrube, seit die Hälfte der Notwendigen ihren Pflichten nicht mehr nachkam und nach Artimé gezogen war. Niemand unter den Gewollten würde sich jemals zu einer so niederen, schmutzigen Arbeit herablassen, so viel stand fest. Es war unter ihrer Würde. Es blieb daher einiges liegen, bis die noch verbliebenen Notwendigen ihre gewöhnlichen Aufgaben erledigt hatten und sich darum kümmern konnten. Aaron wusste, es würde nicht mehr lange dauern, bis Quill ernsthaft in Schwierigkeiten steckte. Die Frage war nur, wie er sich diese jüngste Entwicklung zunutze machen konnte, nun, da seine glorreiche Anführerin tot war. Er kniff seine Nasenwurzel zusammen und erinnerte sich zurück – wünschte sich zurück. *Liebe Hohepriesterin Justine … wenn Ihr wüsstest, was sie uns angetan haben.* Beim Gedanken an sie spürte er ein seltsames Stechen in der Brust, unterdrückte es jedoch sofort, wohl wissend, dass die Hohepriesterin jeden verachtet hatte, der irgendwelche Gefühle zeigte.

Auf der anderen Seite der schmalen Straße blieben zwei vorbeikommende Männer stehen, um den Abfall im Graben zu betrachten. »Ich war gestern deswegen bei Haluki«, sagte einer der beiden.

»Nutzloser Halunke.«

»Schhh«, zischte der erste und blickte über seine Schulter. »Er ist der Hohepriester.«

»Trotzdem«, beharrte der zweite. »Was unternimmt er dagegen? Was will er gegen dieses ganze Chaos tun? S-s-singen?« Er stolperte über das unvertraute Wort.

»Er hat vorgeschlagen, wir sollten es selbst beseitigen«, erwiderte der erste, bohrte mit einem improvisierten Zahnstocher zwischen seinen Zähnen herum und warf ihn dann auf den Müllhaufen. »Und gleich noch die Kühe melken, wo wir schon dabei sind. Kannst du dir das vorstellen?«

Drei weitere sich nähernde Passanten hatten die Unterhaltung mit angehört. Sie gesellten sich zu den ersten beiden und machten ihrem eigenen Unmut Luft. »Mir hat er gesagt, wenn ich Mais will, soll ich ihn selber ernten«, beschwerte sich einer von ihnen. »Hat mir direkt in die

Augen geschaut, als er es sagte.« Die anderen schüttelten ungläubig die Köpfe.

Im selben Moment rauschte eine Gruppe von Studenten an Aaron vorbei ins Universitätsgebäude. »Hallo«, grüßte Aaron sie, doch die Jungen ignorierten ihn, wie es seit der großen Schlacht alle taten. Seit sie erfahren hatten, dass er an all dem Chaos nicht ganz unschuldig war. Aaron zeigte keinerlei Gefühlsregung. Er senkte den Blick und schloss für einen Moment die Augen. Dann drehte er sich mit einem schweren Seufzen um und folgte den anderen nach drinnen.

* * *

Aaron ließ sich auf die Kante des spartanischen Betts in seinem Wohnheimzimmer in der Universität sinken, die Ellenbogen auf die Knie gestützt, das Kinn in den Händen. Er starrte auf die karge Wand gegenüber, in der sich in einer schicksalhaften Nacht einmal für kurze Zeit eine Tür befunden hatte. Doch auch die Wand barg keine Antworten auf die Fragen, die er sich am häufigsten stellte: Was würde aus ihm werden? Wie hatte das alles passieren können? Hier saß er, vollkommen machtlos. Seines Titels beraubt, ohne Zugang zum Palast und von den anderen in seiner Klasse so tief verachtet, dass er bereits angefangen hatte, den Unterricht zu schwänzen. Von den Ungewollten ausnahmslos gehasst, weil er im Eifer des Gefechts während der Schlacht versucht hatte, sich als sein Zwillingsbruder auszugeben – der allem Anschein nach von allen geliebt wurde. Und von sämtlichen Kommandeurinnen und Kommandeuren wurde er abgewiesen und für wertlos befunden.

Aaron spürte, wie sich ihm vor Wut die Brust zusammenkrampfte. Er schloss die Augen, atmete tief durch und versuchte sich wieder zu beruhigen, versagte jedoch kläglich. Am liebsten hätte er die abscheulichsten Worte, die er kannte, aus vollem Hals hinausgeschrien. Er wünschte sich, er könnte Alex, Hohepriester Haluki und diesen ekelhaft freundlichen Mr Today aufknüpfen und sie genauso leiden lassen, wie er selbst in diesem Moment litt.

Ein eigenartiges Knurren, beinahe ein Brüllen, begann ganz unten in Aarons Kehle und brach sich als lautes Schnauben Bahn: »Grrr!« Er krallte die Hände in die Ecke seiner dünnen Matratze und bohrte die Finger tief hinein, sämtliche Muskeln in seinem Körper angespannt, sein Gesicht glühend heiß. Es war ebenso Furcht einflößend wie befreiend, derartige Gefühle zuzulassen, und Aaron wusste, er sollte damit aufhören, aber diesmal gab es kein Zurück. »Raaah!«, stieß er aus. Dann: »GRRAAH!« Er kippte aufs Bett, mit dem Gesicht nach unten, trommelte wie wild mit den Fäusten auf die Matratze und versuchte, die unkontrollierbaren Geräusche zu dämpfen, indem er sie in die dünne Bettdecke entweichen ließ. Er konnte nicht zulassen, dass jemand ihn hörte. Er war sich nicht sicher, was sie sonst mit ihm tun würden.

Dann taten ihm plötzlich die Augen weh. Genau wie die riesigen staubigen Krater in der ausgedörrtesten Gegend von Quill waren sie nicht an das Nass der Tränen gewöhnt, die sich brennend darin sammelten und zu fließen drohten.

Aber Aaron hielt sie zurück. Er lag bebend auf seinem Bett, jeder Atemzug von Emotionen geschüttelt, presste die Hände auf seine geschlossenen Lider und hielt die Tränen in Schach. Er spürte einen Schmerz im Hals, der sich anfühlte, als würde darin etwas feststecken. »Beruhige dich«, ermahnte er sich selbst. »Beruhige dich.« Seine Atmung ging wieder langsamer und er wischte sich das Gesicht ab. Er blieb noch einen Moment lang liegen, während ihm voller Entsetzen bewusst wurde, welch immenses Ausmaß an persönlicher Schwäche er soeben bewiesen hatte.

Hastig sprang er aus dem Bett, beschämt über sein Verhalten. Er ging zu dem Eimer mit lauwarmem Wasser, tauchte die Hände hinein und spritzte sich Wasser ins Gesicht, wobei er achtlos mehrere wertvolle Tropfen verschwendete, die um seine Füße auf dem Boden landeten.

»Großes Land Quill«, brummte er und trocknete sich das Gesicht mit dem Ärmel ab. »Komm schon, Stowe, reiß dich zusammen!«

Er kehrte zu seinem Bett zurück, um die Decke wieder glatt zu streichen. Dann setzte er sich an seinen winzigen Tisch und schlug sein Lehrbuch zur Geschichte von Quill auf. Ein vager Kopfschmerz pochte hinter seiner Stirn und er presste Daumen und Zeigefinger auf die inneren Enden seiner Augenbrauen und versuchte, das Pochen wegzumassieren. Die Worte auf der Buchseite vor ihm verschwammen, aber ein pulsierender Gedanke drängte an die Oberfläche: *Ich bin stark! Möge Quill dank allem, was in mir steckt, florieren!*

Im nächsten Moment klopfte es an seiner Tür. Aaron erstarrte. Hatte ihn doch jemand schreien gehört?

»Wer ist da?«, fragte er.

Er hörte Bewegung vor der Tür, und dann platzten vier bewaffnete Quillitärsoldaten in sein Zimmer. Aaron sprang auf. Sein Stuhl schabte kratzend über den Boden und kippte beinahe um. Seine Augen weiteten sich. Er hatte die Männer alle schon einmal gesehen.

»Ehemaliger Assistenzadjutant Aaron Stowe?«, fragte einer von ihnen – allem Anschein nach der Anführer – mit schroffer Stimme.

»In der Tat.«

»Du wirst entfernt.«

Aarons Herz schoss in seinen Hals. Entfernt? Wie »in den Ältestensektor geschickt«? Wie »eingeschläfert«? Das konnte nicht wahr sein – jungen, gesunden Gewollten taten sie das nicht an. Es fiel ihm schwer, das selbstbewusste Auftreten, mit dem er diesen Männern noch vor wenigen Monaten begegnet war, auch jetzt an den Tag zu legen. »Was soll denn das heißen?«

»Deine Anwesenheit wird nicht länger an der Universität benötigt.«

Aaron schüttelte den Kopf. »Ich verstehe nicht, was Sie meinen.«

»Pack deine Sachen«, erwiderte der Mann eiskalt und ging einen Schritt auf Aaron zu. »Du bist hier nicht mehr willkommen.«

Unvorhergesehene Probleme

Jeden Tag strömten noch mehr Notwendige nach Artimé. Mr Today bestand darauf, dass die Ungewollten ihre neuen Nachbarinnen und Nachbarn voller Respekt behandelten, was jedoch gar nicht so einfach war, wenn sie plötzlich überall auftauchten und endlose Fragen stellten. »Was ist das für ein Geräusch dort in den Büschen?« »Wo genau ist der Große See aus brodelndem Öl?« »Beißen die Kreaturen?« Allmählich wurde es lästig. Selbst Ms Octavia, Oktogatorin und Kunsttutorin, fletschte hin und wieder die Zähne, wenn es ihr zu viel wurde und die Neuankömmlinge allzu unverhohlen auf ihre sieben schwebenden Tentakel starrten. Ihr achter Arm war nach wie vor nur ein Stummel und noch immer dabei, nachzuwachsen, nachdem er während der Schlacht abgehackt worden war.

Und dann war da natürlich auch noch die Sache mit der Magie. Würde es den Notwendigen erlaubt sein, das Zaubern zu erlernen und zu praktizieren? Und was war mit ihrer Teilnahme am Unterricht? Oder der Nutzung der Röhren?

»Alle Neuankömmlinge haben dieselben Rechte wie

die Ungewollten«, verkündete Mr Today während seiner nun wöchentlich stattfindenden Ansprachen auf dem Rasen. »Es wird sich sehr schnell zeigen, wer von ihnen magische Fähigkeiten besitzt und wer nicht. Jenen, die darüber verfügen, möchte ich sagen, wie unendlich dankbar wir sind, euch ab sofort in unseren Reihen zu wissen, sollten wir jemals wieder zum Kämpfen gezwungen sein.«

Während die Notwendigen aussahen, als hätten sie soeben das allererste Geschenk ihres Lebens erhalten, grummelten einige Ungewollte missmutig. Aber Mr Today lächelte ihnen nur zu und ermahnte sie freundlich: »Wir wollen hier schließlich keine neue Klasse Ungewollter erschaffen, nicht wahr?« Sein Tadel schien die Haltung der Grummelnden schnell zu ändern.

Der Magus ernannte Alex' Klasse – ungefähr zwanzig Lehrlinge insgesamt – zu Tutorinnen und Tutoren und Artimé-Guides für die Neuankömmlinge. »Bestimmt könnt ihr euch alle noch gut an eure eigene Übergangszeit hier erinnern, und ihr wisst inzwischen bereits so viel mehr als unsere jüngsten Neuzugänge«, sagte er. »Wisst ihr noch, wie seltsam in jenen ersten Tagen alles für euch war, wie verwirrend? Ich glaube, eure Klasse wird den Neuen ein großer Trost und eine große Hilfe sein – ebenso wie mir.« Er klang erschöpft.

Alex betrachtete den Mann. Sein Gesicht wirkte in letzter Zeit ein wenig abgespannt, und Alex fragte sich, ob der Magus überhaupt noch schlief. »Wir kümmern uns gut um sie«, versicherte er ihm. Die anderen aus seiner Klasse murmelten zustimmend.

Mr Today faltete die Hände. »Ausgezeichnet«, sagte er. »Meghan, warum steckst du und …?« Er tippte sich mit dem Finger an die Lippen und ließ den Blick über die Gruppe schweifen, bis er schließlich an einem der weniger auffälligen Ungewollten hängen blieb. »Cole Wickett. Genau, Meghan und Cole. Ihr zwei steckt die Köpfe zusammen und organisiert dieses ganze Durcheinander für mich, wenn ihr so nett wärt, ja?«

Cole Wickett, der nicht daran gewöhnt war, von dem großen Magus direkt angesprochen zu werden, lief knallrot an, nickte jedoch eifrig.

»Selbstverständlich«, antwortete Meghan, und ihre Augen leuchteten tatsächlich ein wenig angesichts dieser neuen Aufgabe. Zum ersten Mal seit einem Monat sah sie aus, als würde sie sich wirklich freuen. In dieser Hinsicht war sie ihrer Lieblingstutorin Ms Morning – Mr Todays Tochter und eine stets überaus gut organisierte Frau – sehr ähnlich. Es war die perfekte Aufgabe für Meghan, die selbst wusste, dass sie eine geistige Herausforderung brauchte, um sich ein wenig abzulenken.

»Wundervoll.« Mr Today wandte sich wieder an Alex: »Und dich möchte ich bitten, nach dem Mittagessen zu mir ins Büro zu kommen.«

Alex hatte seit jener Nacht, in der Aaron durch die magische 3-D-Tür gekommen war, nicht viel Zeit in Mr Todays Büro verbracht, abgesehen von gelegentlichen nächtlichen Besuchen, um das Geschehen auf den Wandtafeln zu verfolgen. »Ja, Sir«, erwiderte er. Seit damals hatte sich so vieles verändert.

Sie gingen auseinander und ließen Meghan und Cole mit ihrer Aufgabe zurück, die Gruppeneinteilung der Neuankömmlinge zu organisieren.

»Schaut sie euch an«, sagte Samheed zu Alex und Lani, seine Augen zu schmalen Schlitzen verengt. »Sehen sie nicht süß zusammen aus?«

Alex betrachtete Meghan und Cole und machte den Mund auf, um ihm zuzustimmen, aber Lani knuffte ihn unsanft zwischen die Rippen, ein wissendes Lächeln im Gesicht. Mit fragendem Blick wandte er sich ihr zu und formte mit den Lippen ein stummes »Was?«.

Lani rollte mit den Augen. Sie zeigte mit dem Daumen auf Samheed und schaute dann wieder zu Meghan zurück. »Er ist eifersüchtig«, antwortete sie, ebenfalls lautlos.

Alex kniff die Augen zusammen. »Hä?«, fragte er laut.

Lani seufzte. »Gar nichts.« Sie drehte sich wieder zu Samheed um. »Ja«, sagte sie, »sie sehen wirklich vertraut miteinander aus. Ich wusste gar nicht, dass sie befreundet sind.«

»Er gehört auch zu Ms Mornings Lehrlingen. Er ist Schlagzeuger.« Samheed beobachtete Meghan weiter über seine Schulter hinweg und stolperte beinahe über einen Schnabelgei. »Pass doch auf, Flaumball«, schnauzte er den magischen Vogel an.

Der Schnabelgei hüpfte stolpernd aus dem Weg und krächzte: »Pass doch auf, Flaumball. Pass doch auf, Flaumball.« Er ahmte Samheeds mürrischen Unterton perfekt nach. Ganz in der Nähe starrten ihn zwei Notwendige völlig verwirrt an und wichen verunsichert ein paar Schritte zurück.

Lani setzte an, den Notwendigen alles über Schnabelgeien zu erklären, überlegte es sich dann jedoch anders. Sie hatte allein herausgefunden, was es mit den seltsam aussehenden Vögeln auf sich hatte, und die Neuen konnten das auch. Also schenkte sie ihnen stattdessen nur ein aufmunterndes Lächeln, hakte sich bei Samheed und Alex unter und zerrte die beiden zum Mittagessen in die Villa.

Anschließend ging Alex ins Foyer, wo Simber reglos auf seinem Sockel neben der Tür thronte. Ihm gegenüber stand Florence, eine weitere riesige lebende Statue, die oft das magische Kampftraining der Ungewollten leitete. Alex stieg die Marmortreppe in den oberen Stock hinauf, ging an dem brandneuen Korridor vorbei, den Mr Today für die Neuankömmlinge erschaffen hatte, dann am Familienkorridor, am Jungen- und schließlich am Mädchenkorridor – den er selbst nicht sehen konnte –, bis er schließlich den allerletzten Gang erreichte, der vom Balkon abging. Es war ein fast geheimer Korridor, da nur ganz wenige wussten, dass er überhaupt existierte. Samheed, zum Beispiel. Auch Will Blair hatte ihn sehen können, als er noch am Leben gewesen war.

Alex betrat den breiten, mit Holz verkleideten Flur und ging an zwei geheimnisvoll aussehenden Türen vorbei, bis er die Stelle erreichte, an der manchmal eine unsichtbare Glaswand stand. Vorsichtig streckte er eine Hand aus und tastete danach – er war schon einmal mit voller Wucht dagegengeknallt und wollte diese Erfahrung auf keinen

Fall wiederholen. Doch die Glaswand war nicht da, also setzte Alex seinen Weg bis zum Ende des Korridors fort, wo ein riesiges Panoramafenster einen Ausblick auf einen Großteil von Artimé und den Eingang nach Quill bot.

Auf der rechten Seite des Flurs befand sich eine kleine Küche mit einigen seltsamen, mechanisch aussehenden Apparaten und einer Röhre, die laut Mr Today an schreckliche Orte führte. Die Tür zu Mr Todays Büro war auf der linken Seite. Sie stand offen. Der alte Magus hob den Blick und schenkte Alex ein warmes Lächeln, als dieser sich ihm näherte.

»Ah! Hallo, mein lieber Junge«, begrüßte Mr Today ihn, lehnte sich auf seinem Stuhl zurück und streckte die Arme über dem Kopf aus. Überraschend gelenkig legte er die Füße auf seinem Schreibtisch ab und winkte Alex ins Zimmer. »Setz dich, setz dich. Ich habe in letzter Zeit viel über dich nachgedacht. Sehr viel sogar«, verkündete er. »Weißt du, ich glaube, du bist der Einzige in ganz Artimé, der mir helfen kann.«

Ein Job wie kein anderer

Oh, wow, wirklich?«, fragte Alex und lachte nervös. »Ich?« Er blinzelte verlegen, weil er nicht wusste, was er sonst noch sagen sollte. Ein wenig aufrechter als gewöhnlich ließ er sich auf einem der Stühle nieder und versuchte, nicht auf die Wandtafeln hinter dem alten Magus zu schauen, aber es war einfach zu verlockend, die darauf wechselnden Szenen aus Quill zu verfolgen. Die meisten interessierten Alex nicht wirklich, aber er konnte den Blick nicht von der Tafel abwenden, die die Universität zeigte – und das Wohnheimzimmer seines Bruders.

»Ja, du«, antwortete Mr Today und schaukelte gemütlich mit seinem Stuhl vor und zurück. »Ich habe in den vergangenen Monaten viel nachgedacht. In den vergangenen Jahren, genauer gesagt, aber natürlich in viel allgemeinerem Sinne. In den letzten Monaten waren meine Gedanken jedoch fokussierter. Seit jenem Tag auf dem Boot, um ganz präzise zu sein. Deshalb bin mir in dieser Sache absolut sicher.«

Alex versuchte, Mr Todays Worten zu folgen, aber er hatte keine Ahnung, wovon der Magus sprach. »Mm-hmm«, brummte er daher nur.

»Selbstverständlich gibt es durchaus noch andere, die es *könnten*, aber niemanden, der auch *gewillt* wäre, wenn du verstehst? Claire zum Beispiel – Ms Morning. Absolut in der Lage, absolut nicht gewillt.« Mr Today schnalzte mit der Zunge.

»Ms Morning.« Alex nickte geistesabwesend. Er blickte erneut zu den Wandtafeln, als gerade das Zimmer seines Bruders darauf erschien, und wünschte sich, das Bild würde nicht wieder wechseln. Wie gebannt starrte er darauf und murmelte: »Bleib.« Doch genau wie immer sprang die Tafel einen Moment später zur nächsten Szene weiter und durchlief verschiedene Ansichten der Universität.

»Ja, und ich mache ihr deswegen bestimmt keinen Vorwurf. Sie hat wirklich schon genug gesehen. Aber sie wird dir eine wunderbare Hilfe sein, daran besteht kein Zweifel. Davon abgesehen hatte ich vor dir noch nie bei jemandem das Gefühl, mir absolut sicher zu sein.«

Alex richtete seine Aufmerksamkeit wieder auf Mr Today und fragte schüchtern: »Es tut mir wirklich leid, Mr Today, aber, ähm … wovon sprechen wir hier eigentlich? Was ist mit Ms Morning?«

Mr Today lächelte und kramte durch verschiedene Papiere auf seinem Schreibtisch. »Gute Frage. Wovon genau sprechen wir hier? Ich schätze, ich sollte noch mal ganz von vorn anfangen.« Er kicherte vor sich hin, wie er es manchmal tat, wenn er versuchte, sehr bedeutsame, komplizierte Dinge zu erklären.

Alex nickte verwirrt.

»Weißt du, Alex«, begann Mr Today, hörte abrupt auf, mit seinem Stuhl zu schaukeln, nahm die Füße vom Schreibtisch und lehnte sich mit ernster Miene vor, »ich bin zu einem Entschluss gekommen. Sobald wir diese langwierige Übergangsphase mit der offenen Grenze, den Notwendigen und allem Drum und Dran hinter uns haben, ist es an der Zeit, mir ein paar Tage freizunehmen und ein bisschen Urlaub zu machen.«

»Sie … was? Wo wollen Sie denn hin? Nach Quill?« Alex glaubte zu wissen, was das Wort »Urlaub« bedeutete, auch wenn nie jemand wirklich darüber sprach – in Quill nicht, weil man nirgendwo hinkonnte, und in Artimé auch nicht, weil niemand das Bedürfnis hatte, fortzugehen. In Quill hatten die Menschen am einzigen Feiertag des Jahres frei – an dem Tag, an dem die Ungewollten getilgt wurden. Hier in Artimé wurde der Feiertag ebenfalls begangen, allerdings, um die neuen Ungewollten willkommen zu heißen. Alex glaubte jedoch nicht, dass Mr Today das mit Urlaub gemeint hatte. Dann fielen ihm die literarischen Werke ein, die sie in Mr Appleblossoms Schauspielwerkstatt studiert hatten. Sie hatten Theaterstücke gelesen, in denen die Figuren sich manchmal mehrere Wochen am Stück freinahmen und ihr Zuhause verließen, um in Urlaub zu fahren und die Welt zu sehen.

»Gute Güte, nein. Nicht nach Quill. Dort bin ich bei meinen wöchentlichen Friedensgipfeln mit Gunnar schon oft genug.« Mr Today kratzte sich am Kopf. »Nein … ich sehne mich schon seit längerer Zeit danach, an einen anderen Ort zu reisen.« Er fuhr mit seinen knochigen Fingern durch seinen weißen Schopf, woraufhin die Haare kerzengerade in die Höhe standen und auf beeindruckende Weise der Schwerkraft trotzten.

»Ich möchte die Insel besuchen, auf der Justine und ich aufgewachsen sind, bevor wir vor vielen Jahren alles zurückließen und hier in Quill ein neues Leben begannen.«

Alex starrte ihn an. »Aber ...«

»Und um das tun zu können, brauche ich Hilfe, damit hier alles weiter seinen gewohnten Gang geht.« Der Magus neigte den Kopf zur Seite und blickte Alex bedeutungsvoll an.

»Was, Sie meinen ... mich?« Beinahe hätte Alex es gar nicht laut ausgesprochen, so lächerlich klang es.

»Dich und noch ein paar andere. Aber hauptsächlich dich, ja.«

»Warum?«

Mr Today lächelte warmherzig. »Darum, Alex. Verstehst du es denn nicht? Fällt es dir wirklich so schwer? Kannst du dich noch an unsere Unterhaltung damals auf dem Boot erinnern, als wir während der Schlacht auf dem Weg zum Palast waren?«

Alex strengte sein Hirn an, aber die Erinnerungen an jenen Tag waren ein wenig verschwommen dank der ernsten Verletzungen, die er davongetragen hatte, als Aaron kurz nach besagter Bootsfahrt versucht hatte, ihn umzubringen.

»Ich habe dir erzählt, dass Justine meine Zwillingsschwester ist. Und ich habe erwähnt, dass ich eine gewisse Verbundenheit mit dir spüre, weil du ebenfalls ein

Zwilling bist und wir Dinge auf dieselbe Weise verstehen. Weißt du das noch?«

»Oh.« Alex nickte. »Ja, ich erinnere mich.«

»Und deshalb möchte ich dir, im Lauf der kommenden Jahre, alles über Artimé beibringen – wie wir hierherkamen, wie ich alles erschaffen habe, wie diese Welt funktioniert. Dies und das. Hier und da. Damals und heute.« Er trommelte mit den Fingerspitzen auf den Schreibtisch, als wollte er seine Erklärung musikalisch untermalen.

Alex saß vollkommen perplex da. »Moment mal. Sie wollen das alles … *mir* beibringen?« Er lachte beinahe. »Warum? Ich bin noch ein Kind.«

»Aus mehreren Gründen, ehrlich gesagt. Zum einen lernen jüngere Menschen schneller, deshalb bist du tatsächlich im perfekten Alter. Zum anderen, weil ich eine Vertretung brauche, damit ich in Urlaub fahren kann – ich habe in den vergangenen fünfzig Jahren schließlich jeden Tag gearbeitet. Jeden Tag. Ich denke, es ist Zeit für eine kleine Pause.« Seine Augen strahlten bei dem Gedanken daran. »Außerdem wird, aus offensichtlichen Gründen, eines Tages ohnehin jemand dauerhaft meine Nachfolge antreten müssen«, fügte er hinzu und deutete auf sein runzliges Gesicht und seine müden Augen. »Ich werde auch nicht jünger.«

Alex blickte Mr Today entsetzt an. Daran wollte er noch nicht mal denken.

Als er Alex' erschrockenes Gesicht sah, lächelte Mr Today und fügte in nüchternem Tonfall hinzu: »Oh, ich werde noch mindestens fünf oder zehn Jahre leben, vielleicht sogar länger. Im Augenblick geht es mir sehr gut, das kann ich dir versichern – aber ist nicht genau das der beste Zeitpunkt für mich, jemanden zu unterrichten? Was diese Aufgabe mit sich bringt, kann man nicht einfach über Nacht lernen – ich habe Jahre gebraucht, um Artimé zu der Pracht zu verhelfen, die du heute hier siehst. Und es wird auch eine ganze Weile dauern, dir alles beizubringen, vor allem, solange du auch weiterhin täglich Unterricht bei deinen Tutorinnen und Tutoren hast.«

»Aber ...« Alex wusste gar nicht, wo er anfangen sollte.

Mr Today sprach weiter: »Und, nun ja, ich weiß natürlich auch, dass du noch jung bist und genügend Freizeit möchtest, um ein bisschen Spaß zu haben. Vierzehn Jahre ... du hast schließlich noch kaum gelebt.« Einen Moment lang blickte der Magus gedankenverloren an Alex vorbei. »Justine und ich waren auch vierzehn, als wir diese Insel entdeckten und begannen, unsere Pläne für Quill zu schmieden.« Dann richtete er den Blick wieder auf Alex. »Selbstverständlich wird dir noch genügend Zeit bleiben, um erwachsen zu werden und andere Dinge zu tun. Es ist ein langwieriger Prozess und –«

Alex, der sich ein wenig überwältigt fühlte, unterbrach ihn: »Aber ich verstehe trotzdem nicht, warum es nicht jemand anderer machen kann. Was ist denn mit Ms Morning?«

»Wie ich bei meinen weitschweifenden Ausführungen bereits erwähnte, ist sie nicht interessiert. Sie ist äußerst kompetent und wird dir eine große Hilfe sein, während ich auf Reisen bin, aber sie wird Artimé in Zukunft nicht anführen.«

»Was ist dann mit Ms Octavia? Oder Mr Appleblossom oder Sean Ranger oder irgendeinem der anderen Erwachsenen?«

Mr Today schüttelte den Kopf. »Sie haben ihre eigenen Aufgaben und Ziele im Leben und in Artimé. Sie erfüllen andere Pflichten – große, wichtige Pflichten. Und sie lieben, was sie tun. Davon abgesehen sind sie nicht für diese Rolle geeignet, sonst würde ich längst mit ihnen daran arbeiten.«

»Aber Sie denken, *ich* wäre dafür geeignet?« Alex starrte Mr Today ungläubig an.

»Perfekt sogar.«

»Woher wollen Sie das denn wissen?« Die Frage klang fast ein wenig unverschämt, aber sie beschäftigte Alex wirklich.

»Alex, dein Bruder Aaron …« Mr Today brach den Satz ab und wählte seine folgenden Worte mit Bedacht. »Denk erst für einen Moment über das nach, was ich gleich sagen werde. Und sollte ich mich irren, möchte ich, dass du es mir ganz offen sagst.« Er lehnte sich vor. »Mein lieber Junge, ich glaube nicht, dass Aarons machthungrige Tage vorbei sind. Und ich glaube … ich glaube, du weißt das auch.«

Alex senkte den Kopf.

»Irre ich mich?«, fragte Mr Today mit sanfter Stimme.

»Ich weiß es nicht.« Alex wusste jedoch, er hätte, wäre es um sein Leben gegangen, definitiv darauf gewettet, dass Mr Today recht hatte. »Nein, Sie irren sich nicht.«

»Die jüngste Schlacht ist vorbei. Aber wenn wir wirklich ehrlich zu uns selbst sind – und ich glaube, das sollten wir immer sein, wenn wir unsere Ziele erreichen wollen –, dann müssen wir uns eingestehen, dass unsere Schlacht mit Quill wahrscheinlich nicht die einzige war, die wir je erleben werden. Es war nur die erste. Justine ist tot, aber Aaron Stowe ist ebenso klug und entschlossen wie du.« Er legte die Hände vor sich auf den Schreibtisch und lehnte sich noch näher zu Alex. In drängendem Flüsterton fügte er hinzu: »Verstehst du es denn nicht, Alex? Der Kampf zwischen Marcus und Justine wird hier und jetzt neu geboren, in diesem Jahr, am heutigen Tag. Er wird mit dir und Aaron neu entfacht.«

Alex' Augen weiteten sich, aber er blieb mucksmäuschenstill.

»Und dass das passiert, tut mir aufrichtig leid«, fügte Mr Today hinzu. Doch nach einem Moment fuhr er mit großer Hoffnung in der Stimme fort: »Aber hab Mut, mein Junge. Hab Mut! Du machst deine Sache schon jetzt viel besser als ich. Du hast dich und deine Loyalität bereits bewiesen. Artimé ist dringend auf deine Hilfe angewiesen. Alex, *du* bist derjenige, der Aaron am besten kennt. Und so sehr ich es auch hasse, das sagen zu müssen, aber solange Aaron am Leben ist, bleibt er Artimés mächtigster Feind.« Der Magus sah Alex direkt in die Augen. »Wir brauchen dich, so einfach ist das.«

Alex rutschte auf seinem Stuhl hin und her, senkte den Blick und starrte für einen langen Moment auf Mr Todays Hände. Das war alles zu viel. Der Druck schnürte ihm die

Luft ab. Er schüttelte den Kopf und erwiderte leise: »Aber, Mr Today, was, wenn ich keinen lebenslangen Kampf mit meinem Bruder führen will?« Er sah zu dem alten Magus hinauf.

Der presste die Lippen zusammen, richtete sich dann langsam wieder aus seiner nachdrücklichen Pose auf und lehnte sich ohne ein Wort in seinem Stuhl zurück, als wäre er völlig verdutzt über diese simple Frage, an die er überhaupt nie gedacht hatte.

Im selben Moment wechselte die Universitätstafel hinter Mr Todays Schulter zu Aarons Zimmer. Aus purer Gewohnheit, trotz der ernsten Unterhaltung, die sie führten, huschte Alex' Blick zu dem Bildschirm. Er lehnte sich unwillkürlich vor, starrte darauf und erhob sich einen Moment später erschrocken aus seinem Stuhl. »Was machen sie mit ihm?«

Mr Today, der sich ebenfalls zu den Wandtafeln umgedreht hatte, nachdem sie Alex so in ihren Bann gezogen hatten, beobachtete die Szene aufmerksam. Ihm klappte überrascht die Kinnlade herunter. Als das Bild erneut wechselte, sprang Mr Today mit der Energie eines Teenagers auf und rannte aus seinem Büro hinaus, über den Flur und in die Küche. »Wir reden ein andermal weiter«, rief er Alex noch zu. Dann stieg er mit grimmiger Miene in die verbotene Röhre und verschwand.

Aaron auf der Straße

Aaron Stowe, der Gewollte, ehemaliger Assistenzadjutant der Hohepriesterin Justine, ehemaliger zukünftiger Oberster Kommandeur, ehemaliger zukünftiger Hohepriester des großen Landes Quill, starrte wie gelähmt auf die Quillitärsoldaten, die sich ihm in dem winzigen Zimmer näherten. Und so sehr er sie auch aus vollem Hals anbrüllen wollte: »Bleibt weg von mir, sonst macht euch der Hohepriester einen Kopf kürzer!«, wusste er – und was noch schlimmer war: wussten *sie* –, dass er über keinerlei Autorität mehr verfügte.

Stattdessen sagte er so laut er konnte – was unglücklicherweise überhaupt nicht laut war: »Ich verlange zu erfahren, was hier vor sich geht.« Doch schon bei der zweiten Silbe von »verlange« zitterte seine Stimme und er quietschte den Rest des Satzes nur noch, worüber zwei der Quillitärsoldaten schadenfroh grunzten, bevor sie seine Worte genauso fiepsend nachäfften.

Aaron wich einen Schritt zurück und spürte, wie er mit dem Absatz seines Schuhs bereits die Wand berührte.

»Packt seine Sachen!«, befahl der Anführer seinen Männern. »Und dann schafft ihn hier raus.«

»Nein«, hauchte Aaron. Er ballte die Fäuste, um das Zittern in seinen Händen zu stoppen.

Die Soldaten zogen Aarons Wechselkleidung aus der Kommodenschublade, sammelten seinen Waschlappen, sein Handtuch, seine spärlichen Toilettenartikel und seine Bücher ein und stopften alles in seine Tasche. Einer der Soldaten drückte Aaron die Tasche absichtlich unsanft und mit solcher Wucht an die Brust, dass Aaron gegen die Wand knallte und sämtliche Luft aus seiner Lunge entwich. Aaron keuchte heftig, krümmte sich zusammen und hatte Mühe zu atmen. Die Tasche rutschte ihm aus der Hand, aber es gelang ihm gerade noch, die Finger um den Riemen zu schließen und sie festzuhalten. Zwei Soldaten flankierten ihn, packten ihn bei den Armen und rissen ihn wieder hoch. Sie marschierten mit ihm aus seinem Wohnheimzimmer, den Flur hinunter und zum Haupteingang der Universität hinaus. Andere Studierende sprangen hastig stolpernd aus dem Weg und verfolgten aufmerksam, wie einer ihrer besten Studenten unehrenhaft der Lehranstalt verwiesen wurde.

Draußen verpassten die Soldaten Aaron einen letzten Schubs. Er stolperte und fiel auf die Schotterstraße. Einen Moment lang kauerte er sich auf dem Boden zusammen, während die Soldaten in ihr Quillitärfahrzeug stiegen und, von lautem Quietschen und Rumpeln begleitet, mit einiger Mühe den Motor anließen. Als der Wagen endlich tuckernd im Schneckentempo die Straße hinunterrollte, rappelte Aaron sich zitternd wieder auf. Er klopfte sich den Staub von der Hose, griff nach seiner Umhängetasche und befreite auch sie vom Staub. Ihm ging dabei die ganze Zeit nur ein Gedanke durch den Kopf: *Wo soll ich denn jetzt hin?*

Nachdem er alles entstaubt hatte, was er entstauben konnte, blickte er über seine Schulter zur Universität und den Studierenden zurück, die ihn beobachteten. Er hob das Kinn ein kleines bisschen höher, um das letzte bisschen Würde nicht auch noch zu verlieren. Er blickte zuerst nach rechts, in Richtung des Amphitheaters und des Wohnquadranten der Notwendigen, in dem seine Eltern lebten, und dann nach links, in Richtung des Quillitärsektors und des Palasts.

Als er schließlich den Mut dazu aufbrachte, wandte er sich nach rechts und setzte sich in Bewegung.

Alex, der Grübler

Alex blickte nervös auf die Wandtafel und verfolgte in Ausschnitten mit, wie Aaron der Universität verwiesen wurde. Er sah seinen Bruder zuerst im Wohnheimzimmer, dann im Eingangsbereich und schließlich vor dem Gebäude und bekam so das Wichtigste des Geschehens mit. Und obwohl ihm schon seit einiger Zeit bewusst war, dass er seinem Zwillingsbruder nie wieder vertrauen durfte, konnte Alex nichts gegen das Stechen in seiner Brust tun, als er sich vorstellte, wie Aaron sich dabei fühlen musste.

Als es schließlich nichts mehr zu sehen gab – und da Mr Today noch nicht zurückgekehrt war –, wandte Alex die Augen von den Bildschirmen ab und ging zum Unterricht, obwohl er noch immer ziemlich aufgewühlt war. Später am Abend teilte Clive, Alex' interaktive Wandtafel, ihm mit, dass er eine Nachricht von Mr Today erhalten hatte.

»Und wie lautet sie?«, fragte Alex.

»Es ist alles in Ordnung«, las Clive vor.

»Was soll das denn bedeuten?«

Clive starrte Alex nur an. »Na ja, Alex, ich vermute, es bedeutet, dass irgendetwas total schiefgelaufen ist.«

»Weißt du«, erwiderte Alex, »hin und wieder könnte ich gut auf deinen Sarkasmus verzichten.«

»Ja, das weiß ich.« Clive lächelte verschmitzt und verschwand.

***

Noch immer ein wenig verdutzt über Mr Todays spärlichen Bericht, aber auch ein winziges bisschen erleichtert, schlief Alex irgendwann ein, während er die ungewöhnliche Unterhaltung mit dem Magus noch einmal Revue passieren ließ.

Alex erzählte weder seinen Freunden noch irgendwem sonst, dass Mr Today plötzlich so vehement darauf bestand, ihn eines Tages zum Anführer von Artimé zu machen. Im Lauf der nächsten Tage fielen ihm jedoch mehrere recht eigenartige Dinge auf: ein gelegentliches zahnreiches Lächeln von Ms Octavia, ein ermutigender Blick von Mr Appleblossom und ein seltenes aufmunterndes Nicken von Simber, als Alex mit seinen Freunden auf dem Weg in den Speisesaal war.

»Was sollte das denn?«, fragte Lani. Simber beachtete die Lehrlinge nur selten, wenn er auf seinem Posten am Eingang hockte, da er häufig damit beschäftigt war, in der Luft nach irgendetwas Auffälligem zu schnuppern oder nach Dingen zu lauschen, die auf einen unmittelbaren Angriff hindeuten könnten. Er nahm seine Aufgabe als Mr Todays wichtigster Wächter der Villa sehr ernst.

Alex zuckte mit den Schultern. »Vielleicht juckt es ihn. Könnten Flöhe sein.« Ängstlich blickte er sich zu Simber um, nachdem er es gesagt hatte, weil ihm zu spät wieder einfiel, dass die Statue über ein ausgezeichnetes Gehör verfügte. Simber betrachtete ihn mit zusammengekniffenen Augen. »Tut mir leid«, entschuldigte er sich beinahe lautlos bei dem riesigen Tier. Und das tat es wirklich. Er wusste nur nicht, wie er mit Lanis Frage umgehen oder wie er es den anderen erklären sollte.

Genauso wenig wusste er, wie er Mr Today eröffnen sollte, dass er zwar gerne bereit war, ihm bei allem zu helfen, so gut er konnte, dass dem alten Magus aber definitiv ein gewaltiger Fehler unterlaufen war und Alex weder jetzt noch in Zukunft die Rolle des magischen Anführers übernehmen würde.

Später begaben sich Alex und Lani in die in gewisser Weise unabsichtlich versteckte dritte Etage der Bibliothek, die Alex und Samheed im vergangenen Jahr entdeckt hatten. Inzwischen kannten Lani und Meghan sie auch, und die vier machten dort oft gemeinsam Hausaufgaben und waren praktisch völlig ungestört – abgesehen vom gelegentlichen Gähnen des Tiki-Totempfahls, der Alex einst gerettet hatte, oder einer der seltenen Ankündigungen der Wandtafel.

Während Lani sich in Geschichte und Literatur vertiefte, stellte Alex eine Liste mit Gründen zusammen, warum er als nächster Anführer von Artimé absolut und zweifellos ungeeignet war.

1. Bin nicht besonders gut in all den verschiedenen Kunstrichtungen. Stark im Malen/Zeichnen/Schreiben, aber schwach im Singen und nur so lala in Schauspielerei und darstellender Kunst.

2. Bin ein ziemlich jämmerlicher Schwächling. Keine Muskeln.

3. Hätte beinahe das Ende der Welt heraufbeschworen, als letztes Jahr die Kommandeurinnen und Kommandeure kamen. Würde Artimé wahrscheinlich ganz allein aus Versehen zerstören.

4. Stehe nicht wirklich auf die Idee mit dem lebenslangen Familienkrieg. Würde Probleme wie Aaron lieber ignorieren, weil sie wahrscheinlich irgendwann sowieso von selbst wieder verschwinden.

5. Bin auch nicht direkt scharf darauf, mich mit anderen Problemen herumzuschlagen.

6. Mangel an Selbstbewusstsein … nach allem, was beim letzten Mal passiert ist.

Alex starrte lange auf den letzten Punkt auf der Liste und erinnerte sich wieder an den schrecklichen Schmerz, als Aaron den tödlichen Fächerclip nach ihm geworfen hatte. Er rieb sich die winzige Narbe auf seiner Brust, ganz in der Nähe seines Herzens. Sie war noch rosa, die Haut dort noch immer recht empfindlich. Damals war Alex selbstbewusst gewesen, beinahe überheblich, was seine Fähigkeiten betraf. Von jemandem so schwer verletzt zu werden, der nur aus Versehen Magie anwandte, war ein schlimmer Schlag für ihn gewesen. Und wenn er ehrlich war, fiel es ihm noch immer zu schwer, darüber zu reden. Er drehte den Bleistift um und radierte Punkt sechs wieder aus.

Lani blickte von ihren Hausaufgaben auf und sah zu, wie Alex winzige Radiergummikrümel von seiner Notizbuchseite wischte. Sie langte über den Tisch und tippte ihm auf die Hand. »Woran arbeitest du?«

Er hob den Kopf und konnte nicht anders, als über den ernsten Ausdruck auf ihrem Gesicht zu lächeln. »Wow. Wusstest du, dass deine Augen im Licht hier am Tisch richtig blau leuchten?«, fragte er. »Ich wünschte, ich könnte etwas in dieser Farbe malen.«

Lani errötete und zog verlegen die Hand wieder zurück. »Na, wenn jemand diese Farbe erschaffen kann, dann du«, sagte sie. »Vielleicht solltest du daran arbeiten.«

»Vielleicht mache ich das«, erwiderte Alex. Er hielt ihren Blick noch einen Moment lang fest und erinnerte sich daran, wie er sie damals beim magischen Kampftraining auf die Wange geküsst hatte. Er lächelte verschmitzt und schaute wieder auf das Notizbuch, fühlte sich jedoch ein wenig ernüchtert, als er seine Liste mit Gründen noch einmal durchlas. Ihm wurde ziemlich schnell klar, dass Lani oder auch Meghan und Samheed deutlich besser dafür geeignet waren als er, Artimé anzuführen.

Nach einem Moment, den Blick weiter auf seine Liste gerichtet, fragte er Lani: »Kann ich dir ein Geheimnis verraten?«

»Klar.«

»Du musst mir versprechen, dass du niemandem etwas davon erzählst.«

Lani zögerte. »Okay. Ich verspreche es.« Sie legte ihren Bleistift weg und verschränkte erwartungsvoll die Arme.

Alex schaute sie an, kaute auf seiner Unterlippe herum.

»Also?«, forderte Lani ihn auf.

»Ich … na ja, weißt du, Mr Today …« Aber er konnte es ihr nicht sagen. Es klang zu verrückt. »Ach, vergiss es. Tut mir leid.«

Lani runzelte die Stirn. »Okaaay …«

»Ich hätte lieber gar nichts sagen sollen. Es ist sowieso total albern.«

Lani zuckte mit den Schultern. »Wie du meinst.« Sie zog ihr Buch zu sich heran und begann zu lesen, bevor sie – demonstrativ – ihren Stuhl zur Seite drehte, um sich von Alex abzuwenden.

Er kniff die Augen zusammen und murmelte leise vor sich hin. Dann betrachtete er lange Zeit ihr Profil. Die Art, wie sich ihr Haar an den Schultern teilte, und ihre von der Sonne gebräunte olivfarbene Haut. Ihre perfekte Nase und die perfekten Lippen. Er blätterte in seinem Notizbuch zur nächsten Seite und zeichnete sie.

Als er fertig war, schrieb er in winzigen Buchstaben in die untere rechte Ecke:

Für Lani, für immer.

Alex Stowe

Er riss die Seite heraus, holte ein winziges durchsichtiges Stück Gummi aus seiner Hosentasche, ließ es auf die Mitte der Zeichnung fallen und sagte: »Konservieren.«

Der Gummi schmolz und verteilte sich rasch bis zu den Rändern, wodurch sich ein glänzender Film über das Papier legte, der es praktisch unzerstörbar machte.

Lani blickte auf, als sie Alex' Zauberwort hörte.

Er schob die Skizze zu ihr hinüber und beobachtete, wie ihr Blick darüber hinweghuschte und schließlich an den Worten hängen blieb. Sie lächelte, betrachtete die Zeichnung noch einen Moment, faltete sie dann vorsichtig zusammen und steckte sie in ihre Tasche.

Ziellos

Es dauerte nicht lange, bis Aaron bewusst wurde, dass er niemals zu seinen Eltern zurückkehren konnte – nicht, wenn er wenigstens einen Hauch des Klassenunterschieds zwischen ihnen wahren wollte. Ein Gewollter, der zu einer Notwendigenfamilie zurückkehrte? Das stank förmlich nach Niederlage und falscher Klassifizierung. Und auch wenn seine Füße ihn wie von selbst in Richtung des Notwendigenquadranten zu tragen schienen, wusste Aaron, dass er dort nicht bleiben würde – ebenso wenig, wie er sich in irgendeiner Weise anmerken lassen würde, dass er etwas anderes tat, als zu seinem puren Vergnügen spazieren zu gehen … in der übel riechenden, glühenden Hitze.

Als die Nacht hereinbrach, wurden Aaron allmählich die Füße schwer. Er näherte sich den Wohnblöcken der Notwendigen und konnte nicht anders, als einen Blick auf Nummer 54–43 zu werfen, als er an der Häuserreihe seiner Familie vorbeikam. Die Straßen fühlten sich so vertraut an, nachdem er jahrelang auf demselben Weg von der Schule nach Hause gegangen war, und doch war dieser Ort nicht länger sein Zuhause und er würde ihn auch nie wieder als solches bezeichnen können. Er beschleunigte seinen Schritt und klappte den Hemdkragen hoch, um sein Gesicht zumindest teilweise zu verbergen, in der Hoffnung, von niemandem aus seiner ehemaligen Nachbarschaft erkannt zu werden. Doch schon bald fiel ihm auf, dass es im ganzen Quadranten geradezu unheimlich still war.

Alle sind in Artimé, wurde Aaron nach einem Moment bewusst.

Schon kurz darauf hatte er den Wohnquadranten hinter sich gelassen und war von trostloser Landschaft umgeben. Spät am Abend näherte er sich schließlich dem gut ausgeleuchteten Eingang zu der magischen Welt und ging langsamer. Zwei steinerne Wasserspeier saßen nebeneinander auf einer Seite des Eingangs und erschreckten Aaron, als sie sich plötzlich erhoben und davontrotteten.

Aaron schaute durch die Öffnung auf die Rasenfläche und sah Menschen und Kreaturen, die miteinander lachten und sich amüsierten, aßen und tranken oder sich ausruhten. Eine kühle Brise fuhr durch den Eingang, und Aaron schloss die Augen und ließ sie über sich hinwegstreichen. Er schluckte schwer, seine Kehle war ausgetrocknet. Es wäre so leicht, sich hineinzuschleichen und sich etwas zu essen und zu trinken zu besorgen, dachte er. Es gab da nur ein klitzekleines Problem.

Im selben Moment hörte er ein Schnauben und spürte einen heißen, feuchten Lufthauch im Gesicht. Er schlug die Augen wieder auf und taumelte rückwärts, weil er bereits aus Erfahrung wusste, womit er es zu tun hatte.

Arija, eine der vier Girrinos – riesige Kreaturen mit seidigem Fell und langem Hals, deren Aufgabe es war, den Eingang zu bewachen –, erkannte Aaron inzwischen am Geruch und hatte sein Kommen bemerkt. »Du schon wieder«, sagte sie.

»Na und? Ich dachte, hier wäre jeder willkommen.«

»Wolltest du uns nichts Böses mehr, wärst du auch willkommen. Dafür sehen wir bislang jedoch noch keinerlei Anzeichen. Was willst du hier?«

Aaron zuckte mit den Schultern. »Ich gehe nur spazieren.«

»Sieht mir eher so aus, als würdest du hier rumstehen.«

»Habt ihr jetzt schon was dagegen einzuwenden, dass ich in Quill stehe?«

»Ganz und gar nicht. Du kannst stehen, wo du willst. Genieße die frische Luft.« Arija ließ sich ihm gegenüber nieder und der Boden bebte dabei ein wenig. Ihr Gesicht war auf Augenhöhe mit dem Jungen. »Du willst reden? Dann lass uns reden. Was gibt's Neues an der Universität? Wie läuft es denn so für dich? Genießt du den Gestank genauso wie all die anderen, die sich entschieden haben, hierherzuziehen?«

Aaron zog eine finstere Miene. »Halt die Klappe.« Er konnte die Familie von Hohepriester Haluki auf einer Picknickdecke sitzen sehen, und eine Woge der Wut schwappte durch ihn hindurch.

»Oooh, du hast ja ein ziemlich loses Mundwerk. Sprichst du mit deiner Mutter auch so? Das will ich doch nicht hoffen.«

»Ruhe!«, zischte Aaron.

Arija lachte heiter. »Und dieser herrische Tonfall. Ich bin mir sicher, alle schenken dir ihre ungeteilte Aufmerksamkeit, wenn du den anschlägst – vor allem deine Lakaien. Wo sind die eigentlich?« Sie neigte den Kopf zur Seite. »Warst du früher nicht immer mit mehreren Wachen unterwegs?«

Ohne ein weiteres Wort warf Aaron einen letzten verstohlenen Blick auf all das Essen und das Wasser jenseits des Eingangs, wandte sich dann von Arija ab und entfernte sich.

»Süße Träume«, rief sie ihm nach.

Aaron steckte seine geballten Fäuste in die Hosentaschen und zerkratzte dabei seine Knöchel an dem rauen Stoff. Er ging weiter, bis er außer Sichtweite von Artimé war, während er Haluki, Mr Today und seinen Bruder verfluchte, schließlich waren sie die Ursache für all das Schlechte, das ihm widerfahren war.

Als es kein Licht mehr gab, das ihn in diesem abgeschiedensten Winkel von Quill hätte leiten können, verließ er die Straße und sank an der Mauer nieder, um ein wenig zu schlafen. Zwei Tage lang versteckte er sich in ihrem Schatten.

* * *

Am dritten Morgen ignorierte Aaron die vereinzelten Vorbeiziehenden, die ihn verwundert anstarrten, rappelte sich auf und setzte sich wieder in Bewegung, stark geschwächt durch den Wassermangel und die Hitze. Aber was konnte er schon anderes tun? Er begann, die Straßengräben nach irgendetwas Ess- oder Trinkbarem abzusuchen, wusste jedoch, dass seine Chancen, tatsächlich etwas zu finden, gegen null gingen, weil es erstens gegen das Gesetz verstieß, Essen wegzuwerfen, und es zweitens in Quill ohnehin nicht genug zu essen oder zu trinken gab, als dass irgendjemand etwas wegwerfen würde.

Aaron betrachtete diese Tatsachen nun aus seiner neuen Perspektive als hungriger Obdachloser und fragte sich, warum überhaupt *irgendjemand* in Quill bleiben sollte, wenn das Leben in Artimé so wundervoll zu sein schien. Wäre er Hohepriester, wüsste er jedenfalls, was er tun würde: Er würde Quill besser machen als Artimé. Er würde für mehr zu essen sorgen – einen Überfluss an Essen. Und er würde sich den Ozean zunutze machen, von dem er bis vor wenigen Monaten noch nicht einmal gewusst hatte, dass er existierte. Tatsächlich musste er – wenn auch nur ein kleines bisschen – die geistige Gesundheit von Hohepriesterin Justine infrage stellen, weil sie etwas geheim gehalten hatte, in dem ein so großes Potenzial steckte. Ihm war ein Rätsel, warum sie es getan hatte.

Wenn Aaron Hohepriester wäre, würde er eine Methode entwickeln, das ungenießbare Meerwasser in Trinkwasser zu verwandeln. Außerdem würde er auch von Quill aus einen Zugang zum Meer schaffen, um herauszufinden, ob sich in dem weiten Ozean irgendetwas Essbares befand – eine Art Meereshühnchen vielleicht? *Wäre das nicht großartig?*, dachte er. *Endlose Nahrungsmittelvorräte.* Ihm wurde beinahe schwindlig bei der Vorstellung.

Während der Tag voranschritt, fand Aaron sich irgendwann am anderen Ende der Insel wieder, auf der gegenüberliegenden Seite der Universität, ganz in der Nähe des Ältestensektors und des Begräbnisbereichs. Es waren nur eine Handvoll Leute unterwegs, und Aaron fragte sich flüchtig, ob sein Vater heute wohl auch hier war, um Gräber auszuheben. Dann fiel ihm jedoch wieder ein, wie spät es bereits war. Alle Notwendigen, die noch in Quill lebten, waren inzwischen entweder zu Hause oder erledigten die Arbeiten der übergelaufenen Verräter.

Aaron blieb vor dem Todespfahl stehen, einem hohen, toten Baumstamm ohne Äste, der tief in der Erde verankert war und sich in Richtung des Begräbnisschuppens neigte. Die jüngsten Todesfälle waren daran angeschlagen. Aaron las die Liste mit den Namen der kürzlich Verblichenen aufmerksam durch, obwohl sie nicht auf dem neuesten Stand war. Schreiben war nur Lehrerinnen und Lehrern erlaubt, die jedoch nur selten die nötige Zeit hatten, in den Ältestensektor zu kommen, um die Liste zu aktualisieren. Nur die Namen der Gewollten fanden den Weg auf die Liste, und aufgrund der Schlacht gegen Artimé war sie diesmal länger als gewöhnlich.

Aarons Blick blieb zuerst an General Blairs Namen hängen, dann an dem der Hohepriesterin Justine. Er betrachtete ihn andächtig. Seine vor Durst brennende Kehle schmerzte vor Kummer noch mehr, auch wenn er wusste, er sollte ihn gar nicht empfinden. In seinem geschwächten Zustand kostete es ihn unendliche Anstrengung, die Buchstaben des Namens der Hohepriesterin zu berühren. Er schloss die Augen, und mit der Macht seines perfekt trainierten Geistes und aller Kraft, die er noch in sich hatte, zwang er sich, seinen Kummer in Verbitterung zu verwandeln, wohl wissend, dass sich diese Verbitterung schon bald zu dem höchst ungesunden Verlangen nach Rache auswachsen würde. Aber Rache war nun notwendig. Nach allem, was in den vergangenen Wochen geschehen war, kannte Aaron die Wahrheit: Rache war das Einzige, was ihn am Leben halten würde.

Meghan organisiert

Meghan rief die Notwendigen auf dem Rasen zur Ordnung und klatschte in die Hände, um ihre Aufmerksamkeit zu erregen. Die anderen neunzehn Ungewollten aus Alex' Klasse standen in einer Reihe neben ihr und kamen sich ziemlich bedeutend vor, da sie von den Versammelten mit einer gewissen Ehrfurcht angeblickt wurden.

»Herzlich willkommen«, begann Meghan. »Wir freuen uns sehr, dass ihr alle hier seid!«

Samheed stupste Alex an. »Sie klingt genau wie Mr Today.«

Alex grinste. »Stimmt.«

Lani brachte die beiden mit einem *»Schhh!«* zum Schweigen.

»Zunächst möchte ich euch eure Gruppenleiterinnen und -leiter vorstellen«, fuhr Meghan fort. Sie begann, die Namen alphabetisch aufzurufen, und alle traten einzeln vor, als sie an der Reihe waren. Alex schaute zu Lani und bemerkte ihre verhärtete Miene.

»Was ist denn los?«, flüsterte er ihr zu.

»Das erinnert mich an unsere Tilgung. Dieselben Namen, dieselbe Reihenfolge«, antwortete sie. »Das gefällt mir nicht.«

»Du hast recht«, erwiderte Alex. Auch ihm kam das Ganze ein wenig unheilvoll vor.

Samheed, der ihr Gespräch gehört hatte, schwieg für einen Moment, aber sein Blick wirkte besorgt. »Erwähnt es Meg gegenüber lieber nicht«, sagte er dann. »Sie würde sich deswegen bestimmt richtig mies fühlen. Ich bin mir sicher, sie wollte das nicht.«

Alex und Lani nickten. Als Samheed seine Aufmerksamkeit wieder Meghan zuwandte, die ihm gerade seine Gruppe zuteilte, knuffte Lani Alex mit dem Ellenbogen zwischen die Rippen. »Siehst du?«

»Autsch«, zischte Alex und massierte sich die Seite. »Warum machst du das immer?«

»Er mag sie, du Tölpel. Kriegst du das nicht mit?«

»Tut er nicht«, widersprach Alex ihr. Er betrachtete Samheed für eine Weile. »Oder doch?«

»Definitiv. Schau doch, wie er Cole anfunkelt. Er ist stinksauer, dass Meg so viel Zeit mit ihm verbringt.«

»Wirklich?« Alex beobachtete Samheed genauer – und tatsächlich: Als Cole zu den neu gebildeten Gruppen ging, um Namensschilder zu verteilen, riss Samheed ihm seines praktisch aus der Hand.

Lani grinste. »Du musst echt mal besser mitkriegen, was um dich herum passiert. Und weniger grübeln oder ziellos durch die Gegend streifen.«

»Aber so *bin* ich nun mal«, verteidigte sich Alex. »Versuchst du, mich zu ändern?«

»Niemals«, versicherte Lani ihm, einen schelmischen Glanz in den Augen. »Oh, ich bin dran.« Meghan rief die Namen der Notwendigen auf, die zu Lanis Gruppe gehörten.

Alex schaute auf seine Uhr. Er war in dreißig Minuten mit Mr Today verabredet und nicht sicher, wie viel er seiner Gruppe bis dahin noch zeigen konnte. Meghan rief bereits ihre eigenen Notwendigen auf, und Alex war nach ihr an der Reihe. Doch Meghan ließ ihn aus.

Er schaute sie verwundert an und versuchte, ihren Blick einzufangen. Dabei bemerkte er, dass auch Lani verdutzt eine Augenbraue hochzog. Sie war eindeutig viel zu aufmerksam, fand er. Es war schon beinahe lästig.

Als Meghan mit allen Gruppen fertig war, ging Alex zu ihr. »Hast du meine Gruppe vergessen?«, fragte er sie.

»Was? Nein. Mr Today meinte, du bist nur bei der Versammlung dabei, damit die Notwendigen wissen, wer du bist, und dass du keine Gruppe leiten wirst.«

»Das hat er gesagt?«

»Nein, das hab ich mir ausgedacht.« Meghan rollte mit den Augen.

»Na ja, ich meine … was hat er *genau* gesagt?«, hakte Alex nach.

»Er hat gesagt, du würdest dich ab sofort regelmäßig mit ihm treffen und hättest nicht genug Zeit für beides. Was ist denn eigentlich los?«

Alex blickte zu Lani, die aus mehreren Metern Entfernung die Ohren spitzte, während sie gleichzeitig versuchte, zu ihrer Gruppe zu sprechen. Er hatte ein schlechtes Gewissen, weil er die Neuigkeit noch immer nicht mit seinen Freunden geteilt hatte. Aber an diesem Nachmittag würde er Mr Today erklären, dass er die Rolle des neuen Anführers nicht übernehmen würde, und er wollte die Gerüchteküche nicht unnötig anheizen, wenn ohnehin nichts aus seiner neuen Rolle wurde. »Keine Ahnung.« Alex zuckte mit den Schultern. »Ich schätze, dann geh ich wohl besser mal zu ihm.«

Er verschwand in die Villa und machte einen Abstecher zu seinem Zimmer, um das Notizbuch zu holen, in dem seine Liste mit Gründen stand, warum er keinen guten Anführer abgeben würde, bevor er sich zu Mr Todays Büro begab, das er jedoch leer vorfand. Alex wusste, dass er ein paar Minuten zu früh dran war, also schlenderte er in die Küche auf der anderen Seite des Flurs, machte sich einen Tee und kehrte dann wieder ins Büro zurück. Erwartungsvoll betrachtete er den Universitätsbildschirm, der Aarons Zimmer noch immer unbewohnt zeigte. Er ließ den Blick über die anderen Tafeln schweifen, entdeckte jedoch nirgendwo eine Spur von seinem Bruder. Er fragte sich, ob Aaron nach Hause zu ihren Eltern gegangen war oder ob er eine andere Bleibe gefunden hatte.

Nach einer Weile wandte er sich wieder ab und schaute sich in Mr Todays Büro um. An den Wänden hingen die unterschiedlichsten Kunstwerke. Von einigen fühlte Alex sich seltsam angezogen, während er sich bei anderen nur über Mr Todays Gemäldegeschmack wundern konnte.

Im nächsten Moment verschüttete Alex fast seinen Tee, als er hinter sich jemand fragen hörte:

»Gibt's irgendwas Neues in Quill?«

So viele Gründe dagegen

Alex wirbelte mit einem erschrockenen Schrei herum, als Mr Today das Büro durch eine Tür im hinteren Teil des Raumes betrat. Ihm war die Tür vorher noch nie aufgefallen. Doch schon einen Moment später verschmolzen ihre Ränder wieder mit der Wand und die Tür war verschwunden. »Oh, wow. Tut mir leid, aber ich wusste gar nichts von dieser Tür. Sie haben mir einen ganz schönen Schrecken eingejagt«, sagte Alex und stieß ein erleichtertes Seufzen aus. »Und nein, in Quill ist nicht viel los. Aarons Zimmer ist immer noch leer. Wissen Sie, was da genau passiert ist?«

Der Magus zupfte die Ärmel seines farbenprächtigen Gewands zurecht. »Nun, ich weiß, dass es nicht Hohepriester Haluki war, der Alex auf die Straße gesetzt hat. Wahrscheinlich war die Universität oder das Quillitär der Ansicht, sie könnten ihm nicht länger vertrauen. Im Moment sind alle in Quill ein wenig paranoid.«

Alex nickte. »Klingt ganz so.« Er kaute auf seiner Unterlippe herum, weil er eigentlich nicht fragen wollte, aber er konnte sich einfach nicht zurückhalten. »Dann ist Aaron also … okay?«

Mr Today kam auf Alex zu. »Wir sind uns nicht sicher, wo er ist. Laut Arija ist er neulich am Eingang aufgetaucht und die beiden haben eine recht angeregte Unterhaltung miteinander geführt. Aber er ist nicht lange geblieben.«

Alex runzelte die Stirn. »Warum sollte er hierherkommen?«

»Ich vermute, er weiß nicht, wo er sonst hinsoll.«

»Aber wir sind uns sicher, dass er wieder gegangen ist?«

»Ja.« Mr Today zog seinen Stuhl zu sich heran und ließ sich am Schreibtisch nieder, während er Alex bedeutete, sich ihm gegenüberzusetzen. Dann zeigte er auf Alex' Notizbuch. »Oh, sehr schön – du hast offenbar vor, dir Notizen zu machen. Ich hoffe, du schreibst eines Tages ein –«

»Äh, nicht direkt.« Alex rutschte an die Stuhlkante vor und schlug das Buch auf der entsprechenden Seite auf. »Hier drin ist nur eine Liste mit Dingen, die ich Ihnen mitteilen muss.«

»Ach?« Mr Today zog eine Augenbraue hoch. »Na dann, nur zu.«

»Ähm … wissen Sie, ich habe viel darüber nachgedacht, was Sie letzte Woche gesagt haben, und mir sind einige Gründe eingefallen, warum ich *nicht* für diese Aufgabe geeignet bin, auch wenn Sie glauben, ich wäre es.« Alex hob den Blick. Ihm gefiel gar nicht, wie verschwitzt sich seine Hände anfühlten.

»Sprich weiter«, ermunterte Mr Today ihn.

»Okay, also«, erwiderte Alex und reichte Mr Today das Notizbuch. »Eigentlich können Sie es auch selbst lesen, schätze ich.« Er kam sich ein bisschen albern vor, aber er war entschlossen, dem Magus klipp und klar zu sagen, wie er über die ganze Sache dachte.

Mr Today senkte den Blick auf die Seite, tippte sich hin und wieder mit dem Finger auf die Lippen und nickte gelegentlich beim Lesen.

Alex wischte sich die feuchtkalten Hände an seiner Hose ab und wackelte mit dem Fuß, während er wartete.

Nach einer Weile blickte Mr Today wieder auf. »Aha. Ich verstehe«, sagte er. »Und was willst du mir damit sagen?«

»Ich will damit sagen, dass ... ähm ... dass es mir wahrscheinlich so geht wie Ms Morning. Ich will diese Aufgabe nicht übernehmen. Ja, genau das. Ist der Punkt. Das. Was ich sagen will, meine ich.« Nachdem er die Worte hervorgestammelt hatte, entwich die angehaltene Luft mit einem leisen Quieken aus seiner Lunge. Er rutschte unbehaglich auf seinem Stuhl hin und her und wartete darauf, dass Mr Today etwas erwiderte.

Der alte Magus lächelte. »Aber ich habe dir doch noch gar nichts darüber erzählt. Bist du sicher, dass du diese Entscheidung so überhastet treffen willst? Es ist vielleicht gar nicht so, wie du denkst.«

Alex runzelte die Stirn. »Ich schätze, ich bin einfach kein Anführer.«

Mr Today erhob sich und begann, langsam im Raum auf und ab zu gehen. »Ich verstehe«, sagte er, nachdem er eine ganze Weile hin- und hergetigert war. »Und ich respektiere deinen Wunsch. Wir sollten alle das tun, wofür wir echte Leidenschaft empfinden.«

Alex spürte, wie eine Woge der Erleichterung durch

seinen Körper schwappte. »Ja. Definitiv. Wir … Das sollten wir wirklich alle.«

»Deshalb möchte ich dich fragen, Alex: Wo liegt deine Leidenschaft?«

»Meine …«, begann Alex. »Meine Leidenschaft …« Er brach den Satz ab, klappte den Mund wieder zu und dachte für einen langen Moment darüber nach. »Ich schätze, ich bin mir nicht ganz sicher.«

Mr Today nickte nachdenklich. »Vielleicht denkst du in der kommenden Woche einmal ausführlich darüber nach, dann unterhalten wir uns bei unserem nächsten Treffen noch einmal.«

Alex sackte ein wenig in sich zusammen. »Vielleicht. Ich meine, ja, natürlich.«

»Aber dürfte ich dir, mein lieber Junge, in der Zwischenzeit erläutern, welche Leidenschaften ich bei dir erkenne?«

»O-okay«, stammelte Alex, ein wenig misstrauisch, aber auch furchtbar neugierig.

Mr Todays Augen begannen zu leuchten. »Wundervoll. Danke.« Er blieb stehen, blickte aus dem Fenster, eine Hand halb vor sich ausgestreckt, so, als wollte er zu einem Monolog ansetzen, wenn auch nicht zu einem magischen. Dann zog er die Hand wieder zurück und krallte sie in die Falten seines bunten Gewands, genau über seinem Herzen, bevor er sich Alex zuwandte und ihm direkt in die Augen schaute. Schließlich begann er schlicht: »In dir, Alex, sehe ich einen jungen Mann, der gerne neue Zauber erschafft und mit ihnen experimentiert. Stimmt das?«

Alex nickte. Er ersann oder probierte ständig etwas Neues – Tonfallen, die sich wie Fesseln um die Handgelenke, Knöchel oder den Hals eines Feindes schlossen; Origamidrachen, die aus gut dreißig Meter Entfernung angreifen konnten; oder die 3-D-Tür, auf die er besonders stolz war, obwohl sie für eine Menge Schwierigkeiten gesorgt hatte. Nur sehr wenige in Artimé konnten eine solche Tür erschaffen. Nur Ms Octavia war dazu fähig, soweit Alex wusste.

»Außerdem sehe ich einen loyalen jungen Mann mit ausgeprägtem Gerechtigkeitssinn, der sich um seine Mitmenschen kümmert und stets bereit ist, anderen eine zweite Chance zu geben, wenn sie einen Fehler machen. Würdest du mir da zustimmen?«

»Ich denke schon«, erwiderte Alex. Er dachte an seinen einstigen Widersacher Samheed und wie eng sie inzwischen befreundet waren. Und an Lani, die ihn früher fast in den Wahnsinn getrieben hatte. Und dann dachte er an Aaron. »Vielleicht gebe ich anderen sogar zu viele Chancen«, murmelte er und blickte auf seine Hände hinunter.

»Die Bereitschaft, zu verzeihen, ist keine negative Eigenschaft.« Mr Today schaute wieder zum Fenster hinaus. »Nicht, wenn man über gesunden Menschenverstand verfügt. Und das tust du«, fügte er hinzu, drehte sich wieder um und wackelte mit dem Finger in Alex' Richtung. »Und der ist ein unbezahlbares Geschenk, weil man sich gesunden Menschenverstand nicht einfach irgendwie beschaffen kann. Entweder man hat ihn oder nicht, wie es so schön heißt.«

»Ja«, erwiderte Alex. »Ich schätze schon.«

»Ein Großteil deiner Stärke liegt in deiner Aufrichtigkeit, Alex, in deinem Mut in der Schlacht und in deiner Fähigkeit, andere dazu zu inspirieren, ein besserer Mensch sein zu wollen – wie Samheed, zum Beispiel. Oder – ob du's glaubst oder nicht – wie Aaron.«

Alex schnaubte höhnisch. »Sehen Sie? Ich bin ein Versager.«

»Ganz und gar nicht. Aaron ficht seinen eigenen inneren Kampf aus, aber es ist dir schon einmal fast gelungen, ihn davon zu überzeugen, sich unserer Seite anzuschließen. Vielleicht wirst du es eines Tages erneut versuchen – und wer weiß, was dann passieren wird? Jedenfalls verfügt niemand sonst in Artimé über die Macht dazu.«

Alex schwieg. Mr Today kehrte zu seinem Schreibtisch zurück und ließ sich, Alex zugewandt, auf einer Ecke nieder. Der Magus trug seine Pantoffeln, wie Alex mit einem leisen Grinsen auffiel.

Nach einer Weile ergriff Mr Today erneut das Wort. »Ich möchte dir eine Geschichte erzählen, Alex.«

Alex kaute auf seiner Unterlippe herum und wartete. Er fragte sich, ob Mr Today wirklich verstanden hatte, dass er sein Angebot ablehnte.

»Simber«, sagte der alte Magus.

Alex drehte sich automatisch zur Tür um, weil er erwartete, den steinernen Gepard dort zu sehen.

Doch Mr Today schüttelte den Kopf. »Nein, er ist nicht hier. Simber war meine erste Schöpfung. Bevor es Artimé gab, gab es Simber.«

Am Anfang

Der alte Magus, der noch immer auf der Ecke seines Schreibtisches saß, hatte einen vertrauten, entrückten Ausdruck in den Augen, als er an die Anfänge von Artimé zurückdachte. »Ich habe schon in jungen Jahren auf der Waldsängerinsel Magie praktiziert – ein paar von uns taten es, aber wir waren nur eine kleine Gruppe und hielten uns bedeckt. Justine und ich beherrschten beide das Zaubern. Ich war jedoch besser darin als sie.«

Alex setzte sich auf. »Moment mal – die Waldsängerinsel?«

Mr Today nickte, erläuterte es jedoch nicht näher, sondern entschied sich stattdessen, mit seiner Geschichte fortzufahren. »Nachdem sie und ich hierhergezogen waren und Quill gegründet hatten, begannen wir, die Mauer zu errichten, was viele Jahre dauerte. In dieser Anfangszeit zwangen wir die anderen, ihre Vergangenheit und ihre magischen Fähigkeiten zu vergessen. Außerdem führte Justine die Tilgung ein. Wie du bereits weißt, wandte ich mich schließlich desillusioniert von unseren Zielen ab, zog aus Quill in diesen Teil der Insel und lebte in dem kleinen grauen Haus, das du auch gesehen hast, als du zum ersten Mal durch das Tor tratst.«

Alex nickte. »Aber … Sie wollten mir irgendwas von Simber erzählen?«

»Ah, ja. Eines Tages war ich unten am Strand und fühlte mich völlig allein auf der Welt. Ich hatte meine künstlerischen Neigungen all die Jahre unterdrückt und mich Justines Ansicht gefügt, Kreativität wäre ein Zeichen von Schwäche. An jenem Tag hatte es jedoch – was nur äußerst selten vorkam – ein wenig geregnet und der komplette Strand war nass. Ich fing an, ein Tier aus dem Sand zu formen, das ich als Kind einst in einem Buch entdeckt hatte: einen Geparden. Es war das faszinierendste Wesen, das ich jemals gesehen hatte, und ich kann mich noch immer an dieses Bild erinnern, als läge es in diesem Moment hier vor mir.

Ich habe den ganzen Tag daran gearbeitet, es nachzuempfinden und die Kurvenlinie seines Rückens und die Wölbung seiner Schultern richtig darzustellen, ebenso wie die Kraft und die Proportionen seiner Hinterbeine. Und natürlich sein Gesicht und die Augen – seine intelligenten, machtvollen und wilden, aber auch sehr mitfühlenden Augen. Zu guter Letzt, aus einer Laune heraus, fügte ich auch noch Flügel hinzu. Vielleicht lag es daran, dass ich mich selbst ein wenig eingesperrt fühlte.« Er kicherte leise, für einen Moment in der Erinnerung verloren. »Sobald ich mir sicher war, ein bestimmtes Detail des Tiers perfekt nachempfunden zu haben, konservierte ich es mit Magie, was seine Oberfläche praktisch unzerstörbar machte«, fuhr er fort und lächelte stolz. »Und dann, als ich fertig war, erweckte ich die Kreatur zum Leben.«

»Wow«, stieß Alex aus. »Simber besteht komplett aus Sand?«

»In der Tat. Darum fehlen ihm auch die Flecken, die Geparde normalerweise haben.«

Alex blickte den Magus staunend an. »Aber wie haben Sie ihn zum Leben erweckt? Ich habe noch nie gesehen, wie jemand das gemacht macht.«

Mr Today lächelte, als hätte er ein Geheimnis. Dann flüsterte er: »Das liegt daran, dass ich es bis jetzt noch nie jemandem beigebracht habe.«

Alex lehnte sich vor, seine Augen geweitet, sein Herz vor erwartungsvoller Aufregung wild hämmernd. »Werden Sie es mir beibringen?«, fragte er.

Der Schöpfer allen magischen Lebens in Artimé lehnte sich ebenfalls vor. Er legte einen Finger auf seine Lippen und schien für einen langen Augenblick darüber nachzudenken, während er zur Wand und dann wieder zu Alex zurückschaute. Er fing den Blick des atemlosen Jungen ein, bis sie beide beinahe unter der Last der Frage einbrachen. Dann flüsterte Mr Today endlich seine Antwort.

»Nein.«

Ein winziger Hinweis

Alex entgleisten die Gesichtszüge und er wandte den Blick ab. »Oh.« Er spürte, wie die Hitze in seine Wangen stieg.

Mr Todays Augen waren voller Mitgefühl. »Es tut mir leid«, sagte er, und es kam von einem sehr tiefen, sehr aufrichtigen Platz in seinem Innersten. »So sehr ich es auch möchte, mein lieber Junge, ich kann es nicht tun.«

»Schon okay.« Alex wünschte, er könnte in dem Sitzkissen des Stuhls versinken. Warum hatte er überhaupt gefragt? Warum hatte er geglaubt, Mr Today würde es ihm beibringen, obwohl er es sonst noch nie jemandem beigebracht hatte? Es war beinahe ein so schreckliches Gefühl wie im letzten Jahr, als Ms Octavia ihm eröffnet hatte, er könnte nicht wie alle anderen mit dem magischen Kampftraining beginnen. Alex sah zu dem alten Magus hinauf. »Es ist, weil ich gesagt habe, ich wollte nicht der nächste Anführer von Artimé sein, stimmt's?«

»Ehrlich gesagt, ja«, antwortete Mr Today, setzte sich wieder auf seinen Stuhl und stützte die Ellenbogen auf dem Schreibtisch ab. »Ich habe mir selbst vor langer Zeit das Versprechen gegeben, gewisse Zauber und bestimmte

Eigenheiten unserer ganz speziellen Form von Magie nur der Person beizubringen, die mir einmal nachfolgen wird. Ich habe Angst, diese Fähigkeiten könnten sonst in die Hände von Menschen gelangen, die nicht in der Lage sind, gesunden Menschenverstand walten zu lassen, und die den Wert dieser Kräfte nicht verstehen.« Er richtete sich wieder auf. »So sehr ich dir auch vertraue, Alex, dieses spezielle Geheimnis kann ich nur mit der oder dem einen teilen. Allerdings«, fügte er mit einem leichten Lächeln hinzu, »habe ich dir einen winzigen Hinweis gegeben.«

»Haben Sie? Was denn?«

Doch Mr Today lächelte nur weiter und wechselte das Thema. »Also, nun kennst du Simbers Geschichte. Er ist bis heute eine meiner unglaublichsten magischen Schöpfungen … und mein engster Freund. Sein Gedächtnis ist praktisch lückenlos. Mithilfe seiner außergewöhnlichen Sinne hält er alles fest, was er jemals erlebt hat. Er hat überhaupt nicht lange gebraucht, um all das zu lernen, was er heute weiß. Er ist ein wirklich bemerkenswertes Geschöpf! Sein Hör- und Sehvermögen ist besser als bei jedem Menschen oder jedem anderen Tier. Außerdem ist er dazu in der Lage, Emotionen zu empfinden, wie du bereits mehr als einmal erleben konntest. Und er ist loyal bis zum Ende.« Mr Today grinste und fügte hinzu: »Dir ist vielleicht schon aufgefallen, dass Simber selbst keine magischen Fähigkeiten besitzt, im Gegensatz zu vielen meiner anderen Schöpfungen. Bei ihm habe ich schlicht nicht daran gedacht, weil er der Erste war, und jetzt ist es zu spät. Aber er braucht sie ohnehin nicht wirklich. Das Einzige, was ich nicht erwartet hatte, war, dass er wachsen würde. Ich habe ihn in Lebensgröße erschaffen, aber wie ein Neugeborenes begann er von jenem ersten Tag an zu wachsen. Heute bin ich natürlich dankbar dafür, aber es gab eine Zeit, zu der ich mich fragte, ob er je wieder damit aufhören würde.«

»Wow«, stieß Alex aus. »Und, hat er? Aufgehört, meine ich. Oder wächst er immer noch?« Er konnte sich beim besten Willen nicht vorstellen, dass Simber noch größer wurde.

»Oh, nein, er hat aufgehört«, versicherte Mr Today ihm lachend. »Zum Glück.«

»Und Ms Octavia haben Sie auch erschaffen? Besteht sie auch aus Sand?«

»Oh, Octavia – so ein wundervolles Wesen«, schwärmte Mr Today und faltete die Hände. »Nein, sie besteht nicht aus Sand. Sie war eine Art bildnerisches Experiment. Simber ist ein Geschöpf der Erde, Octavia ein Geschöpf des Wassers. Ton, Algen, Seerosenblätter, Muscheln – solche Sachen.«

»Dann sind ihre einzelnen Teile also … nicht echt? Ich meine, sie stammen nicht von einem echten Oktopus oder Alligator?«

»Gute Güte, nein. Ich würde niemals ein Lebewesen köpfen, um etwas Magisches zu erschaffen. Wie herzlos!« Mr Today krallte dramatisch eine Hand in sein Gewand. »Nein, sie wurde zwar teilweise auch aus organischem Material erschaffen, aber nichts dergleichen. Es ehrt mich jedoch, dass du den Unterschied nicht erkennen kannst.«

»Kann ich nicht. Ehrlich. Sie ist unglaublich.«

»Sag ihr nicht, dass ich es dir erzählt habe, aber ihre Brille ist nur ein modisches Accessoire – sie ist da ziemlich eitel.« Er gluckste fröhlich.

Alex grinste. Doch dann wurde er nachdenklich. »Warum können Ms Octavia, Simber oder Florence Ihnen denn nicht als Anführer von Artimé nachfolgen?«, fragte er.

Mr Today wirkte verblüfft, so als wäre die Antwort offensichtlich. »Warum? Ganz einfach, mein lieber Junge. Sie wurden von mir erschaffen und existieren nur durch meinen Willen.«

Alex runzelte die Stirn. »Und wie sterben sie dann? Oder tun sie das gar nicht?«

»Aha! Eine weitere ausgezeichnete Frage«, erwiderte Mr Today lächelnd.

Alex wartete einen Moment, und als der Magus nichts weiter hinzufügte, fragte er: »Oh, noch ein Geheimnis?« Doch trotz seiner Enttäuschung musste er grinsen. Alex war froh, dass Mr Today nicht böse auf ihn war, weil er nicht sein Nachfolger werden wollte. Allerdings fragte er sich auch, wen Mr Today stattdessen wählen würde – und wem er diese Geheimnisse offenbaren würde. Alex musste zugeben, der Gedanke daran, jemand anders würde die Antworten auf all diese Fragen erhalten und so viel Zeit damit verbringen, von diesem beeindruckenden Mann zu lernen, der all diese unglaublichen Dinge erschaffen hatte und sich nun darauf vorbereitete, den Schlüssel zu seiner magischen Welt weiterzureichen … nun, bei der Vorstellung bohrte sich ein winziges Stechen der Eifersucht in Alex' Herz. Es fühlte sich ein bisschen so an, als würde er die größte Chance seines Lebens ungenutzt verstreichen lassen.

Denken wie ein Notwendiger

Als Aaron, von neuer Verbitterung erfüllt, den Ältestensektor verließ, während die Ideen nur so durch seinen Kopf wirbelten, wurde ihm sein bislang größter und dümmster Fehler bewusst. Mit einem Mal marschierte er mit gezielten Schritten voran und steuerte direkt auf die Favoritenfarm zu. Wie hatte er nur seine eigene Erfindung vergessen können? Es musste an der strikten Trennung liegen: Er hatte zwar die Idee für die Farm entwickelt, dort aber nie selbst körperliche Arbeit beim Anpflanzen oder bei der Ernte verrichtet. Gewollte waren die Denkenden, die Erfinderinnen und Erfinder, nicht die Erntehelfer und geistlos Schuftenden. Doch wenn Aaron gezwungen war, tagelang umherzuwandern, ohne dass ihm jemand etwas zu essen oder zu trinken brachte, dann musste er wohl oder übel etwas verändern. Er musste wie ein Notwendiger denken, auch wenn er bei der Vorstellung erschauderte.

Aber wenigstens würde er auf diese Art etwas zu essen bekommen.

Es dauerte eine ganze Weile, bis er die Farm erreichte. Außerdem hatte er den Holzzaun vergessen, der die Felder umschloss. Doch am Tor der Farm entdeckte er einen Soldaten. Aaron sprach mit all der Autorität, die er zustande brachte. »Der Hohepriester hat gesagt, wenn ich Mais will, soll ich ihn selbst ernten«, wiederholte er die Beschwerde, die er vor ein paar Tagen auf der Straße vor der Universität mit angehört hatte. »Ich bin hier, um mir mein Essen selbst zu besorgen.«

Der Soldat beäugte Aaron einen Moment lang misstrauisch und trat dann beiseite. »Höchstens vier Teile. Insgesamt, nicht von jeder Sorte.«

»Verstanden.« Aaron betrat den Garten, und der Duft von frischem Obst und Gemüse war das Unglaublichste, was er seit Monaten gerochen hatte. Beinahe überdeckte er den verrotteten Gestank entlang der Straße. Er atmete tief ein, ließ den Blick hastig über die Felder schweifen und bemühte sich, dabei nicht allzu verzweifelt zu wirken, während er versuchte, sich wieder in Erinnerung zu rufen, wie die von ihm selbst entworfene Farm im Detail aufgebaut war. Er fragte sich, wo die Kokospalmen und Wassermelonen wohl am Ende gelandet waren.

Aaron entdeckte sie schließlich auf gegenüberliegenden Seiten der Farm. Er pflückte jeweils eine der Früchte und setzte sich dann unter die Kokospalme – einen der seltenen schattigen Plätze in Quill. Es gelang ihm jedoch nicht, die Kokosnuss zu knacken, deshalb haute er stattdessen mit der Faust auf die Wassermelone, bis sie endlich aufplatzte, auch wenn es sich anfühlte, als hätte er sich dabei die Hand gleich mit gebrochen. Doch das spielte keine Rolle. Aaron biss gierig in das rosafarbene Fruchtfleisch und schlürfte es mitsamt den Kernen hinunter. Es war zwar nicht ganz so erfrischend wie Wasser, aber es musste genügen.

Als er fertig war, wischte er sich die klebrigen Hände im Gras und das Kinn an seinem Hemd ab und warf die Wassermelonenschalen in einen riesigen Himbeerstrauch. Dann schnappte er sich zwei weitere Melonen und zwei Maiskolben und ließ die nutzlose Kokosnuss liegen.

Er vergewisserte sich, dass keine Saftflecken von der Wassermelone auf seinem Hemd zu sehen waren, und marschierte dann zu der Wache am Tor, der er gehorsam seine Ernte präsentierte. Der Soldat tastete kurz Aarons Umhängetasche ab und ließ ihn dann ohne ein Wort passieren.

Draußen auf der Straße stieß Aaron ein erleichtertes Seufzen aus. Als er am Wohnsektor des Quillitärs vorbeiging, seine schmerzenden Arme schwer vom Gewicht der Melonen, blieb er einen Moment lang stehen, um sich auszuruhen und die Häuser der Kommandeurinnen und Kommandeure zu betrachten. Es waren die sechs besten Häuser in ganz Quill, abgesehen vom Palast des Hohepriesters. Wut brodelte in Aaron, wenn er daran dachte, wie seine Hoffnungen, eines Tages selbst in einem von ihnen zu wohnen, auf erbarmungslose Weise zerstört worden waren.

Er fragte sich, ob er Kommandeur Strang wohl davon überzeugen könnte, sich auf seine Seite zu schlagen – Strang hatte Aaron gemocht, bevor alles in Chaos versunken war. Aber Aaron hatte den Kommandeur schon eine ganze Weile nicht mehr gesehen. Vielleicht war er ja gerade zu Hause … Doch dann blickte Aaron an sich hinunter: verdreckt, übel riechend, ziellos umherwandernd. Er war sich sicher, sämtliche Kommandeurinnen und Kommandeure wussten, dass man ihn von der Universität geworfen hatte. Wahrscheinlich steckten sie sogar dahinter, zusammen mit Haluki.

Aaron richtete den Blick auf Halukis Haus, während ein Schweißtropfen eine glänzende Linie von seiner Schläfe zu seinem Kiefer zeichnete. Zwei Eimer Wasser standen auf der Treppe vor der Tür, zweifellos erst vor Kurzem geliefert, und führten ihn ernsthaft in Versuchung. Er schluckte reflexartig, doch nach der klebrigen Süße der Wassermelone war sein Mund noch trockener als zuvor. Es war das Risiko nicht wert, einen Kommandeur zu bestehlen, vom Hohepriester ganz zu schweigen, auch wenn Aaron das Gefühl hatte, vor Durst fast wahnsinnig zu werden. Dafür würden sie ihn jahrelang ins Gefängnis stecken. Wütend verengte er die Augen zu schmalen Schlitzen. Er hasste dieses Haus und alle, die darin wohnten.

Doch dann weiteten sich seine Augen wieder und sein Hass verflog. »Moment mal«, stieß er aus. *Wenn Mrs Haluki und die beiden Kinder in Artimé sind und Hohepriester Haluki im Palast … wer wohnt dann im Haus der Halukis?*

»Großes Land Quill«, murmelte Aaron leise. »Das ist es!«

Zu Hause ist's am schönsten

Es war die reinste Qual für Aaron, auf die Dunkelheit zu warten, aber er wusste, es war seine einzige Chance, sich unbemerkt in Halukis Haus zu schleichen. Er wollte es auf gar keinen Fall vermasseln. Als es in der Nachbarschaft still wurde und die Luft rein zu sein schien, huschte er zur Hintertür, um es mit einem kleinen Trick zu versuchen, den er von den Quillitärsoldaten gelernt hatte, damals, als sie ihn noch gemocht hatten. In den trockensten Monaten hingen die Türen in Quill oft ein wenig lockerer in ihrem Rahmen und so gut wie jedes Haus war von Termiten befallen oder teilweise verrottet und dadurch nicht so gut gesichert, wie es schien.

Aaron zog die Tür an der Klinke zwei Zentimeter nach oben und riss sie dann zur Seite. Er hörte, wie die verrostete untere Angel aus dem weichen Holz brach und scheppernd auf dem Boden im Inneren des Hauses landete. Mit einem weiteren Ruck löste sich auch die obere Angel und die Tür ging auf. Aaron schnappte sich seine Ernte, schlüpfte hinein und legte alles auf den Tisch. Er drückte die Tür wieder in ihren Rahmen und lehnte sich heftig keuchend gegen die Wand daneben. Ihm war in seinem ganzen Leben noch nie so schwindlig gewesen.

Er ging zur Vordertür, öffnete sie einen Spalt und linste hinaus, um sich zu vergewissern, dass niemand in der Nähe war. Als er sich sicher war, dass niemand ihn beobachtete, holte er die beiden wertvollen Wassereimer ins Haus. In der Küche nahm er sich eine Tasse, tauchte sie mit zitternden Händen in einen der Eimer und trank gierig. Er tauchte die Tasse ein zweites Mal ein, wohl wissend, dass er versuchen sollte, damit zu haushalten. Aber in diesem Moment war ihm das herzlich egal. Zwei große Eimer Wasser für eine Woche, ganz für sich allein – es war die beste Entschädigung, die er sich nach all den Bestrafungen in letzter Zeit hätte wünschen können.

Nachdem er sich gewaschen hatte, ging er in eins der Schlafzimmer, ließ sich aufs Bett fallen – die Matratze erinnerte ihn an die in seinem Zimmer in der Universität – und schlief sofort ein.

***

Als das Sonnenlicht am nächsten Morgen durch die verstaubten Fenster hereinströmte, bevor sich die Hitze des Tages über das Land Quill gelegt hatte, stand Aaron gut erholt auf. Er verschaffte sich einen Überblick über die Vorräte der Halukis, die geradezu schockierend üppig waren. Sie verfügten über ein komplettes Regal mit Koch- und Backzutaten, ein zweites mit großen Säcken voller Reis, Bohnen und Erdnüsse sowie ein drittes mit getrockneten Kräutern und verschiedenen Ölen. Aaron konnte nur ungläubig auf den Überfluss starren. Nachdem er in einem Notwendigenhaushalt aufgewachsen und anschließend direkt in die Universität gezogen war, wo ihm all seine Mahlzeiten in der Mensa serviert worden waren, hatte er nie ein Zuviel von etwas gesehen.

Er blickte über seine Schulter, obwohl er wusste, dass niemand im Haus war. Er tat es eher aus Gewohnheit. Oder vielleicht lag es auch daran, dass er etwas tat, das definitiv gegen das Gesetz verstieß. Allein die Tatsache, dass er hier war, reichte schließlich aus, um ihn für den Rest seines Lebens ins Gefängnis zu stecken ... oder Schlimmeres.

Gleichzeitig war er jedoch auch seltsam zuversichtlich, nicht erwischt zu werden. Wenn er sich umschaute, war offensichtlich, dass die Halukis das Haus verlassen hatten und allem Anschein nach nie wieder zurückkehren wollten. In der Vergangenheit, vor Artimé, war so etwas nur sehr selten passiert, es sei denn, das letzte Mitglied einer Familie war in den Ältestensektor geschickt worden. Und selbst dann wartete immer schon die nächste ungeduldige Familie darauf, in das Haus einzuziehen. Aber nun, da jeden Tag weitere Leute ihr Heim verließen und nach Artimé zogen – und bei all dem zusätzlichen Chaos, das in jüngster Zeit in Quill herrschte –, war Aaron zuversichtlich, eine ganze Weile verbergen zu können, dass er hier wohnte. Er würde stets ganz vorsichtig durch die Hintertür ein- und ausgehen und sich nur bei Dunkelheit draußen bewegen.

Aaron nahm sich eine Handvoll Erdnüsse und knabberte sie, während er seine neue Unterkunft erkundete. Die Küche und das Wohnzimmer waren doppelt so groß wie das komplette Haus seiner Eltern. Es gab einen Tisch mit vier soliden Stühlen sowie im Wohnzimmer ein Sofa und zwei Ohrensessel. *Wer braucht so viele Stühle?*, wunderte Aaron sich, während er sie alle ausprobierte. *Eine vierköpfige Familie braucht vier Stühle, höchstens.* Er runzelte die Stirn über die schamlose Verschwendung.

Er musste an die vielen Häuser im Notwendigenquadranten denken, die nun leer standen. »All die zusätzlichen Möbel, die dort ungenutzt herumstehen«, überlegte er laut. »Betten und Stühle … und unverderbliche Lebensmittel, Kochzubehör und Schaufeln zum Müllvergraben …« Während Aaron durchs Haus ging, fielen ihm all die unnötigen Dinge auf, die die Halukis besaßen, und erneut kochte Wut in ihm hoch.

»Hohepriester Haluki«, sagte er in nüchternem Tonfall, »eines Tages werdet Ihr mich um Euer Leben anflehen.« Er schlenderte den kurzen Flur hinunter. »Aber ich werde Euch keine Gnade zeigen.« Er hielt inne, selbst ein wenig überrascht über die kalten Worte, die ihm gerade über die Lippen gekommen waren. Dann schüttelte er den Gedanken jedoch ab und ging weiter. Er betrat einen geschlossenen Raum, in dem sich ein Schreibtisch und ein großer Schrank mit einer Flügeltür befanden. Aaron betrachtete den Schreibtisch und bemerkte mehrere Bücher und Papiere. Er ging darum herum, stellte sich vor den Schrank und legte die Hände auf die Türknäufe.

Als er die Türen aufzog, konnte er nur völlig perplex auf den Inhalt starren. Stirnrunzelnd betrachtete er den riesigen Glaszylinder, den er vor sich sah. Er streckte vorsichtig eine Hand aus, um die Oberfläche zu berühren und murmelte: »Was in Quills Namen ist *das?*«

Eine kleine Rangelei

Zwei bullige, ernst wirkende Kerle aus Quill marschierten auf das Tor zu. Alle in Artimé bezeichneten es aus Gewohnheit noch immer als »das Tor«, obwohl das eigentliche Tor nicht mehr existierte. »Frisch von der Universität?«, sagte Arija zu Tina, einer der anderen Girrinodamen, während die jungen Männer näher kamen.

»Keine Quillitäruniform, keine Umhängetaschen, ein müder Ausdruck in den Augen und ziemlich blass«, murmelte Tina. »Arbeiten definitiv drinnen, sind aber nicht alt genug, um eigene Kinder in Artimé zu haben.« Sie und Arija erhoben sich und schnaubten ein paarmal wirkungsvoll.

Unsicher näherten sich die beiden jungen Männer weiter. »Wir sind hier, um unsere Brüder zu sehen«, verkündete einer von ihnen.

»Wie heißt ihr?«, fragte Tina recht höflich.

»Dred Crandall«, antwortete der Größere.

»Crawledge Prize«, sagte der andere, dessen Haar sich um seine Ohren lockte und vor Schweiß tropfte.

»Und ihr wollt zu …?« Arija war skeptisch. Crandall und Prize? Die beiden hatten dieselben Nachnamen wie zwei der Kommandeure. Soweit sie wusste, waren die Halukis jedoch die einzige Kommandeursfamilie in Artimé. Allerdings kannte Arija auch nicht jede und jeden Einzelnen hier.

»… unseren Brüdern«, wiederholte Crandall, ungeduldiger diesmal. Er kratzte an einer kleinen Schorfstelle an seinem Hals.

Arija und Tina wichen zur Seite. »Wisst ihr, wo sie sind?«

»Wir werden sie schon finden«, erwiderte Prize. Er und Crandall traten durch den Eingang und marschierten eilig zu dem Fußweg, wirkten jedoch ein wenig verschreckt angesichts der leuchtenden Farben ringsum. Staunend blickten sie sich um und betrachteten die vielen Leute, die sich Gebäck zum Frühstück schmecken ließen oder durch das Gras schlenderten.

»Behaltet sie im Auge«, sagte Arija zu Opal und Penelope, den beiden anderen Girrinos. »Und ruft Verstärkung, falls es nötig sein sollte.«

Nur wenige Augenblicke später brandete wütendes Geschrei auf dem Rasen vor der Villa auf. Crandall und Prize hatten sich einer Gruppe Notwendiger genähert und wollten zwei von ihnen mit sich fortzerren.

»Komm jetzt«, zischte Prize und versuchte, seinen Notwendigen zum Schweigen zu bringen. »Dein kleiner Urlaub ist vorbei. Du wirst im Ersten Quadranten gebraucht.«

»Nein! Hör auf! Hilfe!«, brüllte der Mann und erregte die Aufmerksamkeit zweier Lehrender, Mr Appleblossom und Ms Claire Morning, die gerade in eine recht lebhafte Diskussion über Musicals und Theaterstücke verstrickt waren.

Mr Appleblossom hüpfte eilends herbei, Ms Morning mit ihren langen Schritten dicht hinter ihm.

»Was ist hier los?«, fragte die Tutorin, ihr normalerweise so freundlicher Tonfall an diesem Morgen eher schroff.

Der Notwendige riss seinen Arm los. »Sie wollen uns zwingen, wieder in Quill zu arbeiten«, keuchte er atemlos.

»Sie haben gewisse Pflichten zu erfüllen«, sagte Crandall. Er funkelte die beiden Lehrenden, die ihm recht harmlos erschienen, wütend an. Dann packte er den Arm des Notwendigen noch fester und drehte sich zum Tor um. »Komm jetzt«, knurrte er.

Mr Appleblossom ging dazwischen. »Eure Wichtigtuerei ist sehr rüpelhaft, drum begebt euch zur Tür nun aus eigener Kraft.«

Prize starrte den Schauspieltutor völlig verdutzt an. »Was?«, fragte er, denn an Mr Appleblossoms reimende Sprechweise musste man sich erst gewöhnen.

»Hinaus, hinaus! Hinfort, hinfort! Kehrt *nie* mehr zurück an diesen Ort!« Mr Appleblossom gestikulierte ungeduldig in Richtung des Tors und stampfte sogar mit dem Fuß auf.

Crandall, mit hochrotem Kopf, ließ den Notwendigen los, drehte sich um, baute sich vor dem kleinen Tutor auf und ballte die Fäuste.

Mr Appleblossom kniff die Augen zusammen. Ein leises Lächeln breitete sich auf Ms Mornings Lippen aus, während sie die Szene beobachtete.

Crandall sah zu Prize, und dann schauten sie beide auf Mr Appleblossom. Crandall holte zum Schlag aus, machte dann jedoch überrascht einen Satz rückwärts. »Autsch!«, schrie er und wirbelte herum. »Au!« Er blickte sich fieberhaft um, ein wilder Glanz in seinen Augen, während er immer wieder mit den Händen auf seinen Körper klatschte.

Einen Moment später hüpfte auch Prize wie wild umher und schrie vor Schmerzen.

Ms Mornings Lächeln verwandelte sich in einen Ausdruck der Überraschung, denn sie hatte keinen Zauber angewandt, ebenso wenig wie Mr Appleblossom, soweit sie es erkennen konnte. Als sich die beiden Gewollten ihre Niederlage schließlich eingestanden und zum Tor flüchteten, entdeckte Ms Morning die Verantwortlichen nur wenige Meter entfernt auf dem Rasen: Cole Wickett und Meghan Ranger, die nun eilig zu ihnen rannten.

»Geht es Ihnen gut?«, erkundigte sich Meghan.

Mr Appleblossom sah den beiden Kommandeurssöhnen nach, bis diese wieder in Quill und außer Sichtweite waren. Er hob eine Hand an seine Stirn und tupfte das bisschen Schweiß ab, das sich dort womöglich gebildet hatte, auch wenn alle Umstehenden die Vermutung hegten, dass es sich dabei eher um eine kleine schauspielerische Einlage handelte und gar nicht wirklich nötig war. »Mir geht's gut«, sagte er schließlich und drehte sich wieder zu den Lehrlingen um. »Die Rohlinge sind in die

Flucht geschlagen.« Mit Blick zu den Notwendigen fügte er hinzu: »Eure Freunde wirken jedoch recht blass im Gesicht. Oh, Claire, ein belebender Trank hilft gegen viele Klagen. Wärst du so nett? Wir anderen Jungs müssen zum Unterricht.«

Meghan zog eine Augenbraue hoch, weil er sie als einen der Jungs bezeichnete. Sie wusste jedoch, dass Mr Appleblossom auf der Suche nach dem perfekten Reim oft nicht auf kleinere Einzelheiten achtete, und wie die meisten anderen Lehrlinge störte sie sich nicht daran.

»Selbstverständlich, Siggy«, versicherte Ms Morning. »Interessante Zauberwahl, Meghan. Was hast du benutzt?«

»Oh, ich war das nicht«, erwiderte sie. »Cole hat blitzschnell reagiert.«

Coles Gesicht lief knallrot an. »Feuerameisen«, sagte er. »Die Wirkung lässt in etwa fünfzehn Minuten wieder nach.«

»Ich bezweifle, dass die beiden so was noch mal versuchen werden«, bemerkte Meghan.

Ms Morning nickte, aber ihre Miene wirkte besorgt. »Ich bin froh, dass es kein permanenter Zauber war, sonst müssten wir uns womöglich auf eine unerfreuliche Reaktion gefasst machen.« Sie nahm die beiden Notwendigen in die Küche der Villa mit, während Mr Appleblossom, Cole und Meghan zu den Röhren gingen, die ins Theater führten.

Ein fast normaler Tag

Es kam so gut wie nie vor, dass Alex zu spät zum Unterricht kam, doch dies war eine dieser seltenen Gelegenheiten. Während Cole zwei Rüpel mit Feuerameisen in die Flucht schlug, wusch Alex sich das Gesicht und versuchte, mit einem Kamm durch sein nasses, zerzaustes Haar zu fahren, gab es jedoch auf, als Clive ihn tadelnd aus der Wohnecke seines Zimmers scheuchte.

»Spät dran«, sagte Clive alle dreißig Sekunden.

»Halt die Klappe. Ich weiß.« Alex stopfte seine Bücher und das Notizbuch in seinen Rucksack und suchte hektisch nach seiner Kampfweste. Er wollte heute in der Schauspielwerkstatt einen neuen Zauber vorstellen.

»Spät dran.«

»Ich mein es ernst, Clive!«, presste er zwischen zusammengebissenen Zähnen hervor. »Das ist mir durchaus bewusst.«

Clive neigte den Kopf zur Seite. »Was reimt sich auf Appleblossom?«, fragte er. »Nicht viel. Aber ich weiß, was noch schlimmer wäre.«

Alex ignorierte ihn.

»Orangeblossom«, sagte Clive und gluckste vor sich

hin. »Orangeblossom, verstehst du? Nichts reimt sich auf Orange, deshalb ist es ...« Clive warf einen Blick auf die Uhr in der Ecke seines Bildschirms. »Zu spät«, ermahnte er Alex erneut.

Der hatte endlich seine Kampfweste gefunden und schlüpfte hinein. Er schnappte sich seinen Rucksack und stieg in die Röhre. »Ciao«, sagte er sarkastisch.

»Stirb nicht«, rief Clive ihm nach. So hatte er Alex auch vor der Schlacht gegen Quill verabschiedet, und weil es funktioniert hatte, sagte er es seither jeden Tag.

Es störte Alex nicht. Er wusste, dass Clive ihn tief in seinem Inneren wirklich mochte. Und auch wenn seine Wandtafel für gewöhnlich ziemlich nervtötend war, tat Clive normalerweise alles für Alex, was er konnte.

Einen Moment später trat Alex aus der Röhre ins Theater, wo Mr Appleblossom bereits zum Rest der Klasse sprach. Alex schlüpfte hastig auf einen freien Platz neben Meghan.

»Schh«, zischte sie.

»Ich hab doch gar nichts gesa–«, erwiderte Alex, aber Meghan funkelte ihn an. Er seufzte, stellte seinen Rucksack vor sich auf dem Boden ab und holte so leise er konnte sein Notizbuch und einen Bleistift heraus.

Mr Appleblossom, der Alex' Zuspätkommen nicht bemerkt hatte, fuhr lyrisch fort: »In Zeiten wie diesen verzweifle ich fast, seh' Krawall und Trubel bei jedem Schritt. Doch kämpf' ich mich tapfer durch Tumulte mit Hast, denn dies Auf und Ab bringt das Leben stets mit.«

Alex blinzelte verwirrt. Er blickte Meghan mit hochgezogener Augenbraue an, wagte es jedoch nicht, noch mal zu sprechen.

Sie kritzelte in sein Notizbuch: »Heute Morgen gab es auf dem Rasen eine kleine Auseinandersetzung.« Dann wandte sie ihre Aufmerksamkeit wieder dem Tutor zu.

Alex' Augen weiteten sich. Er kritzelte zurück: »Wer sind Krawall und Trubel?« Er bohrte die Ecke des Notizbuchs in Meghans Bein, um ihre Aufmerksamkeit zu erregen.

Sie stieß ein frustriertes Seufzen aus und las die Frage. »Schh!«, zischte sie dann und schob das Buch von sich weg.

Alex, der kein Wort gesagt hatte, schrieb: »ICH GEBE KEINEN LAUT VON MIR, ALSO HÖR AUF MIT DEINEM SCHH!« Er stupste ihr wieder ans Bein.

Meghan ignorierte ihn.

Schließlich gab er es auf und lauschte Mr Appleblossom, der über ihre nächste geplante Aufführung sprach: *Und dann sterben alle, Ende*, ein weiteres Stück aus Mr Appleblossoms Feder. Diesmal handelte es sich um eine Musical-Komödie, die vage auf der Tilgung basierte, was … ziemlich bizarr klang. Samheed lehnte sich aufgeregt auf der Bank vor und sabberte schon jetzt förmlich nach der Hauptrolle.

Nach der Ankündigung folgte die »Zauberzeit«, bei der Lehrlinge Gelegenheit bekamen, Mr Appleblossom und dem Rest der Klasse ihre jüngsten Theaterzauber vorzustellen. Ein paar von ihnen waren ziemlich nutzlos, aber Alex und Lani präsentierten in der Regel recht anständige Zauber, von denen einige für den Alltag im Theater durchaus praktisch waren, andere potenziell tödlich, falls Artimé je wieder gezwungen sein sollte, in die Schlacht zu ziehen.

Heute stellte Lani einen praktischen Zauber vor. Sie bezeichnete ihn als Suchzauber und erklärte, wenn jemand das Stichwort für seinen Auftritt verpasste und nirgendwo zu finden war, musste Mr Appleblossom nur etwas berühren, das der oder die Betroffene erschaffen hatte, und dabei stumm das Wort »suchen« sagen, und schon würde eine Lichtkugel aufleuchten, den fehlenden Lehrling aufspüren und zu ihm sausen. Wenn der oder die Schauspielende die Lichtkugel auffing, explodierte sie und zeigte flüchtig – wie auf einem Bild –, was immer Mr Appleblossom berührt hatte. So konnte der oder die Verschwundene erkennen, wer den Zauber angewandt hatte, und musste nur noch der Richtung folgen, aus der die Lichtkugel gekommen war.

Um es zu demonstrieren, nahm Lani eines von Mr Appleblossoms älteren Manuskripten zur Hand, das er ihr geliehen hatte. Sie schloss die Augen, dachte stumm an die verbale Komponente, und eine grelle Lichtkugel schoss aus dem Skript direkt zu Mr Appleblossom. Sie schwebte vor ihm in der Luft, bis der Tutor danach griff, woraufhin sie explodierte und ein Bild von *Die erstaunlichen Abenteuer von Frühstück und Birnenblüte* aufleuchten ließ. Schon einen Moment später erlosch das Bild wieder.

Mr Appleblossom applaudierte. »Dein Zauber ist eine

fantastische List«, rief er aus, »weil's hinter der Bühne oft dunkel ist.«

Lani grinste und setzte sich wieder.

Auch Alex' Zauber war von praktischer Natur, wenn auch nicht unbedingt sein bester. Dennoch glaubte er, dass er sich in bestimmten Situationen als recht nützlich erweisen konnte. Er hatte einen winzigen intuitiven Ohrhörer erschaffen, der einem die richtigen Zeilen soufflierte, falls man unter Lampenfieber litt oder auf der Bühne einen Aussetzer hatte. »Man muss ihn sich nur während der Probe ins Ohr stecken, dann lernt er den kompletten Text, den man aufsagt, auswendig, natürlich in der richtigen Reihenfolge. Wiederholt man die Worte dann später bei der Aufführung, erkennt er den Text wieder. Hat man einen Hänger, muss man den Hörer nur kurz berühren, um ihm zu signalisieren, dass man Hilfe braucht, und schon flüstert er einem die nächste Zeile ins Ohr.« Er demonstrierte es und bot den anderen an, es ebenfalls zu probieren. »Bislang habe ich erst einen davon angefertigt, aber nachdem ich jetzt weiß, wie es geht, kann ich noch mehr machen, sobald ich Zeit habe.«

»Das klingt wirklich interessant«, lobte Mr Appleblossom, wirkte jedoch besorgt. »Doch stimmt ihr mit mir überein, dies wird nie als Ersatz anerkannt fürs Auswendiglernen allein?« Der kleine Mann tippte drohend mit dem Fuß auf.

»Natürlich nicht, Sir«, versicherte Alex. »Schauspielende würden schließlich nicht mehr schauspielern, wenn sie ihn zu oft benutzen würden. Er ist nur als Hilfe bei gelegentlichen Notfällen gedacht. Bestimmt«, fügte er nach einer kleinen Pause strahlend hinzu, »könnte ich ihn so anpassen, dass sich der Ohrhörer, wenn er innerhalb eines gewissen Zeitraums zu oft soufflieren muss, einfach abschaltet.«

Mr Appleblossom lächelte. »Damit wär dein genialer Zauber ein echter Gewinn. Meinen Glückwunsch, Alex, genau das hatte ich im Sinn.«

***

Nach dem Unterricht sausten die vier Freunde gemeinsam mithilfe der Röhre in den Speisesaal. »Also, was ist passiert?«, fragte Alex, als sie sich mit ihrem Essen an einen Tisch setzten. »Es gab eine Auseinandersetzung? Wer hat sich denn gestritten?«

Meghan antwortete: »Ein paar Gewollte haben behauptet, hier jemanden besuchen zu wollen, also haben die Girrinos sie reingelassen. Aber in Wahrheit wollten sie, ähm, ihre Notwendigen nur dazu *ermutigen*, wieder nach Quill an die Arbeit zurückzukehren.«

»Warum sagst du ›ermutigen‹ denn so komisch?«

»Weil sie es eher mit Gewalt versucht haben. Sie wollten ihnen Fesseln anlegen.«

Alex machte eine besorgte Miene. »O nein.«

Lani fügte hinzu: »Mr Appleblossom hat versucht, die Auseinandersetzung friedlich beizulegen, aber die Gewollten hätten ihm einen Schlag verpasst, wenn Meghan und Cole sie nicht mit ihrem Feuerameisenzauber in die Flucht geschlagen hätten.« Sie grinste.

»Das ist ja großartig«, fand Alex. »Gute Arbeit, Meg.«

»Ich war das nicht«, erwiderte sie bescheiden. »Sondern Cole.«

Samheed rollte mit den Augen und murmelte: »Er kann von Glück sagen, dass er sie nicht verfehlt und stattdessen Mr Appleblossom getroffen hat.«

Meghan sprach weiter, als hätte sie Samheed gar nicht gehört. »Die Gewollten waren richtig wütend. Mr Appleblossom meinte, es könnte sein, dass wir noch mal gegen sie kämpfen müssen.« Sie seufzte tief und warf den Rest ihres Brötchens zurück auf den Teller. »Ich dachte, das alles wäre vorbei. Ich will keinen Krieg mehr.«

Alex biss sich auf die Unterlippe. Er wollte Meghan nicht damit belasten, dass auch Mr Today weitere Schlachten für wahrscheinlich hielt. Er wusste, dass sie noch immer mit ihrer familiären Situation zu kämpfen hatte, und sie brauchte wirklich nicht noch mehr, worüber sie sich Sorgen machen musste. Seine Gedanken wanderten wieder zu seinem Treffen mit Mr Today zurück und er fragte sich erneut, wen der alte Magus wohl für seine Nachfolge auswählen würde.

Wie es aussah, würde er vielleicht früher Hilfe brauchen, als alle erwarteten.

Die geborene Spionin

Okay, Mr Finsterer Grübler. Spuck's aus«, forderte Lani Alex auf, als die vier in einer Sitznische im Salon saßen. Sean, der sich nachmittags manchmal für einen kleinen Imbiss zu ihnen gesellte, war nirgends zu sehen.

Samheed grinste schief. Meghan, eine Tasse heiße Schokolade in der Hand, neigte verdutzt den Kopf zur Seite.

»Was soll ich ausspucken?« Alex blickte sie ein wenig säuerlich an. »Du glaubst immer, du wüsstest irgendwas.«

Nun grinste auch Lani. »Tja«, sagte sie, »ich weiß ja auch so einiges. Ich würde eine großartige Spionin abgeben. Also, was ist mit dir los?« Sie rutschte näher an ihn heran. »Sag es uns.«

»Ja«, stimmte Meghan ein. »Ich wollte dich das auch schon längst mal fragen. Worüber redet ihr, du und Mr Today, die ganze Zeit? Hat es irgendwas damit zu tun, was hier los ist?«

»Es ist nichts los«, beharrte Alex. »Hört auf, mich zu nerven.«

Samheed, der alles schweigend beobachtete, verschränkte die Arme vor der Brust und lehnte sich auf seinem Platz zurück, während die Mädchen Alex mit ihren Blicken förmlich durchbohrten. Alex warf ihm einen hilflosen Blick zu, aber Samheed zuckte nur mit den Schultern. »Da musst du schon allein durch.«

Alex lehnte sich ebenfalls zurück und ließ den Kopf gegen die Polsterwand kippen. »Na schön«, seufzte er. »Mr Today möchte für eine Weile Urlaub machen und braucht jemanden, der … ich weiß auch nicht so recht … Ms Morning dabei hilft, den ganzen Laden hier zu schmeißen, schätze ich.«

»Ooh, Urlaub«, sagte Meghan verträumt. »Das macht sonst nie jemand! Wo könnte er denn überhaupt hin? Ich dachte, Urlaub gäbe es nur in Büchern.«

Lani blieb überrascht der Mund offen stehen. »Und … er will dafür dich?«, fragte sie leise.

»Na ja, er hat so was erwähnt, aber ich habe dankend abgelehnt.« Alex wandte sich Meghan zu. »Er will zurück auf die Insel, auf der er aufgewachsen ist.«

Samheed kniff die Augen zusammen. »Er wurde nicht hier geboren?«

»Offenbar nicht«, antwortete Alex. Er wusste nicht, wie viel er erzählen durfte, deshalb blieb er möglichst vage.

»Warum hast du abgelehnt?« Lanis Augen funkelten.

Alex schaute sie überrascht an. »Weil ich ein total mieser Anführer wäre.«

»Was?«, stieß Meghan aus. »Nein, wärst du nicht. Sei nicht so dumm.« Sie lehnte sich auf der Bank zurück. »Außerdem führt sich Artimé doch praktisch von selbst, oder? Und es wäre ja auch nur, solange Mr Today im Urlaub ist. Für ein paar Wochen vielleicht, oder was meinst du?«

Alex schielte auf den Tisch hinunter und erwiderte nichts.

Lani starrte ihn an. Meghan blickte zu Samheed und dann wieder zurück zu Alex.

»Oh. Also nicht nur für ein paar Wochen«, sagte Lani. »Sondern länger?«

Samheed lehnte sich vor und stützte die Ellenbogen auf dem Tisch ab. »Na schön, Stowe. Worum geht es hier wirklich?«

Alex spürte, dass Kopfschmerzen im Anmarsch waren, und presste die Finger an seine Schläfen. »Aus irgendeinem albernen Grund dachte Mr Today, ich würde einen guten zukünftigen Anführer abgeben. Permanent, wenn er irgendwann … ihr wisst schon … zu alt dafür ist. In zehn Jahren oder so. Deshalb wollte er jetzt schon damit anfangen, mich langsam darauf vorzubereiten, damit ich Ms Morning unterstützen kann, solange er im Urlaub ist. Im Lauf der Zeit sollte ich dann immer mehr Aufgaben übernehmen, weil Ms Morning die Position nicht permanent ausfüllen will. Aber ich hab Nein gesagt, weil ich grottenschlecht darin wäre, und das war's. In Ordnung? Können wir jetzt bitte das Thema wechseln?«

Samheed starrte ihn nur mit heruntergeklappter Kinnlade an.

Lani saß völlig still da, ihre Mundwinkel nach unten zuckend, die Augen auf einen vagen Fleck auf der anderen Seite des Raumes gerichtet.

Meghan tätschelte Alex grinsend den Arm. »Sehr lustig«, sagte sie. »Der war wirklich gut, Alex.«

Alle verfielen in unbehagliches Schweigen. Meghans Lächeln erstarb ganz langsam und sie blickte einen nach dem anderen an. »Das *war* gar kein Witz?«, fragte sie dann.

Alex schüttelte kaum merklich den Kopf.

Lani knuffte Samheed in die Seite, um ihm zu sagen, dass sie aufstehen wollte. »Ich muss weg«, sagte sie mit zitternder Stimme. Als Samheed den Ausdruck auf ihrem Gesicht sah, stand er hastig auf, um sie rauszulassen. Sie drängte sich an ihm vorbei, rannte zu den Röhren und ließ die anderen mit starren Blicken sprachlos zurück.

Alex war völlig verdutzt. »Hab ich irgendwas verpasst? Was war *das* denn eben?«, fragte er. »Ist ihr nicht gut?«

Meghan zuckte genauso verblüfft mit den Schultern.

Samheed, der noch immer neben dem Tisch stand, schaute Alex an und hob fragend die Hände. »Ich schätze, dann gehe *ich* wohl nachsehen, ob mit ihr alles in Ordnung ist«, brummte er, wandte sich ab, eilte zu den Röhren und verschwand.

Steine werfen

Samheed brauchte eine Weile, um Lani zu finden, nachdem er in der ganzen Villa nach ihr gesucht und ihre Wandtafel angerufen hatte, um sich zu vergewissern, dass sie nicht auf ihrem Zimmer war. Er rannte sogar zum Tor, um die Girrinos zu fragen, ob sie sie gesehen hatten, aber sie erklärten ihm, nur Sean Ranger und ein paar andere hätten vor Kurzem Artimé verlassen.

Schließlich entdeckte er sie draußen am Strand. Das Meer war recht ruhig an diesem Tag, und Lani ließ Steine auf dem Wasser hüpfen, während die flachen Wellen über ihre nackten Füße brandeten. Ihre Zehennägel waren schillernd violett lackiert.

Samheed ging zu ihr und stellte sich neben sie, sagte zunächst jedoch kein Wort. Er entdeckte ein paar Steine, hob sie auf und wischte den Sand ab, um zu sehen, ob sie sich eigneten. Als er eine Handvoll beisammenhatte, bot er sie Lani an. »Die sehen aus, als würden sie gut hüpfen«, sagte er.

»Danke«, erwiderte sie. Sie nahm sie ihm ab und probierte es mit einem. Lani zählte mit, wie oft er übers Wasser hüpfte. »Sieben. Nicht schlecht.«

Samheed sammelte noch weitere Steine und versuchte es selbst. Schon der erste schaffte nur einen einzigen Satz und sank dann mit einem Glucksen ins Wasser.

»Winkle den Arm ein bisschen an«, riet Lani ihm. »Wie bei einem Wurfstern.«

Er tat es und schaffte beim nächsten Wurf drei Hüpfer. »Pah«, stieß er aus. »Ich war noch nie gut in so was.«

»Dafür bist du beim Zaubern ganz weit vorn.«

Samheed nickte. »Stimmt.« Als er alle Steine geworfen hatte, wischte er sich den Sand von den Händen, zog die Schuhe aus und krempelte die Hosenbeine hoch. »Lust auf einen Spaziergang?«, fragte er und schlenderte langsam in Richtung Dschungel davon.

Nach einem Moment schloss Lani zu ihm auf. Lange platschten sie schweigend Seite an Seite durchs Wasser. Samheed hing seinen Gedanken nach und blickte auf den Sand, der sich vor ihm erstreckte, während Lani mit halb geschlossenen Augen in den Himmel emporblickte.

Als sie den Dschungel hinter sich gelassen hatten und die Lagune erreichten, in der Ms Mornings großes, weißes Boot glänzte, zeigte Samheed auf einen alten umgekippten Baumstamm. »Da sitze ich manchmal«, sagte er. »Aber nur, wenn die Schnabelgeien nicht in der Nähe sind. Die sind so nervig.«

Lani grinste und ließ sich darauf nieder. »Ich weiß«, stimmte sie ihm zu.

Samheed setzte sich neben sie. »Denkst du je darüber nach, dein Glück mit diesem Boot zu versuchen?«

»Jedes Mal, wenn ich es sehe«, gestand sie. »Du?«

»Ja.«

Sie blickten noch eine Weile aufs Wasser, bevor Samheed erneut das Wort ergriff. »Also. Hast du Justine getötet?«

Lani starrte ihn überrascht an. »Was? Woher kommt *das* denn auf einmal?«, fragte sie und lachte flüchtig.

»Und? Hast du?«, bohrte Samheed nach. »Ja, oder?«

Lani wandte den Blick ab und versuchte, ihr Grinsen zu verbergen. Dann zuckte sie mit einer Schulter, neigte den Kopf zur Seite und schaute wieder aufs Meer hinaus.

Samheed betrachtete sie für einen Moment. Sein Respekt war soeben immens gewachsen. Nicht nur, weil sie den Mut gehabt hatte, Hohepriesterin Justine zu töten, sondern auch, weil sie es geschafft hatte, diese Tatsache die ganze Zeit für sich zu behalten.

»Na ja, und du hast Mr Today das Leben gerettet«, sagte sie, lehnte sich zu ihm und schubste seine Schulter mit ihrer an.

Ein Flackern blitzte in Samheeds Augen. Für einen Moment, auf einem Baumstamm in dieser kleinen, stillen Lagune am Ufer eines weiten Ozeans, der sich endlos zu erstrecken schien, spürten die beiden, wie etwas Gewaltiges in ihrem Inneren anschwoll, während sie darüber nachdachten, was ohne den Mut des anderen hätte passieren *können,* und sich daran erinnerten, welche Rolle sie selbst bei der Schlacht gegen Quill gespielt hatten. Lani schaute Samheed vorsichtig an, und er fing ihren Blick ein und konnte nicht anders, als ihr ein kleines, verschmitztes Grinsen zu schenken.

Doch der Moment war schon bald wieder verstrichen, und bevor es unbehaglich zwischen ihnen werden konnte, rückte Samheed auf dem Baumstamm ein wenig zur Seite und blickte wieder aufs Wasser. »Also, was hast du auf dem Herzen?«, fragte er, obwohl er glaubte, die Antwort bereits zu kennen.

Lanis Lächeln verblasste. Sie faltete die Hände im Schoß, schlang die Arme um ihre Beine und legte das Kinn auf den Knien ab. »Gar nichts, ehrlich.«

»Oh, sicher. Das war auch total offensichtlich, als du vorhin so aus dem Salon gestürmt bist und ausgesehen hast, als müsstest du dich übergeben«, erwiderte er.

»War es das, ja?«, fragte Lani sarkastisch. Sie rollte mit den Augen, aber Samheed konnte es nicht sehen.

»Ich glaube, du *musst* es mir sagen, weil ich schon, na ja, eine geschlagene Stunde total nett zu dir bin.«

»Das *ist* eine ziemliche Leistung.«

»Also?«, hakte er nach. »Komm schon, lass mich nicht betteln.«

Lani schloss für einen Moment die Augen und holte tief Luft. »Okay, na schön. Es ist nur … ich hatte nicht erwartet, dass Alex das sagen würde. Das mit Mr Today und der Sache mit seiner Nachfolge.«

Samheed nickte nur stumm, um sie nicht zu unterbrechen.

»Ich meine, Alex ist wirklich toll und ich … du weißt schon, ich mag ihn ehrlich gern und so, aber gibt es wirklich keine bessere Wahl? Jemanden mit stärkerer Magie oder vielseitigeren Fähigkeiten? Eine Person, die sich bestens für eine zuverlässige Partnerschaft mit Quills neuem Hohepriester eignen würde? Die absolut harmonisch mit ihm zusammenarbeiten könnte, ihn blind versteht und wirklich etwas aus dieser Insel machen könnte? Eine Nachfolge, die diese Rolle auch tatsächlich übernehmen *will?*«

Samheed zuckte zusammen und schwieg.

Lani setzte sich gerade auf und wandte sich ihm zu. »Wenn Mr Today jemanden will, der noch jung ist, dann, na ja …« Sie schaute auf die Lagune hinaus. »*Ich* hätte es sein sollen, Sam.« Ihre Augen glänzten feucht und ihre Lippe begann zu zittern. Sie hielt die Tränen jedoch zurück und schluckte schwer. Dann flüsterte sie: »Er hätte *mich* auswählen sollen.«

Samheed biss sich auf die Unterlippe und nickte. Dann drehte er sich um und streckte unbeholfen einen Arm aus. Lani lehnte sich an ihn und legte den Kopf auf seiner Schulter ab, während er ihr den Rücken tätschelte. »Wenn Alex es nicht machen will, könntest du Mr Today vielleicht wissen lassen, dass du Interesse hast«, schlug er vor.

Lani schüttelte den Kopf und schniefte. »Das kann ich nicht.« Sie hob den Blick und schaute Samheed im Licht der untergehenden Sonne an. »Wenn er mich gewollt hätte, hätte er mich von Anfang an ausgewählt.«

Ein ganz anderes Tor

Tag für Tag schmiedete Aaron in seinem neuen Zuhause Pläne und arbeitete unermüdlich an dem Schreibtisch, der einst Hohepriester Haluki gehört hatte. Er hatte sämtliche Schubladen durchsucht, jedoch nichts gefunden – der Hohepriester hatte offenbar alles Wichtige in den Palast mitgenommen. Dem riesigen Glaszylinder in dem Schrank hinter ihm konnte Aaron nicht viel abgewinnen. Es war ein eigenartiges Ding, anscheinend nutzlos, und es fand sich nirgendwo eine Anleitung oder ein Hinweis auf seinen Zweck. Es dauerte nicht lange, bis er vergaß, dass es überhaupt existierte.

Jeden Morgen vor Sonnenaufgang schlich Aaron sich aus dem Haus und ging zur Favoritenfarm, wobei er darauf achtete, jeden Tag einen anderen Weg einzuschlagen und möglichst unsichtbar zu bleiben, während er die Unterhaltungen der Leute belauschte. Ihm fiel auf, dass fast keine Gewollten die Erzeugnisse der Favoritenfarm nutzten. Sie waren so unvertraut mit dieser Art von Arbeit, dass sie gar nicht auf die Idee kamen. Die Notwendigen hatten den Gewollten ihr ganzes Leben lang ihr Essen geliefert. Wahrscheinlich hatten sie keine Ahnung, woher es kam.

Aaron pflückte Tag für Tag die vier ihm zustehenden Teile und hielt sich dabei an Dinge, die etwas länger haltbar waren: Bohnen aller Art – zu seiner Erleichterung galt bei Beeren und Hülsenfrüchten eine Handvoll als ein Stück, nicht nur eine einzige Bohne oder Beere –, Kartoffeln und Zwiebeln, Orangen und Kokosnüsse. Was schneller schlecht wurde, aß er zuerst, den Rest verstaute er in der Speisekammer.

Woche für Woche stellte er seine leeren Wassereimer vor die Tür und sie wurden ohne Fragen wieder gefüllt. Vielleicht waren die Halukis in dem ganzen Chaos ja nur nicht von der Wasserliste gestrichen worden, oder vielleicht gab es auch gar keine offizielle Liste und die Wasserlieferanten füllten einfach alle leeren Eimer auf, wenn sie mit ihrem Wagen vorbeikamen. Wahrscheinlich war dies im Gewolltensektor schlicht so üblich.

Am Abend ging Aaron all seine Ideen und Gedanken noch einmal durch und stellte sich vor, er wäre zurück im Palast. Es würde ein langer Weg bis dorthin werden, und wenn er wirklich ehrlich zu sich war, musste er sich eingestehen, dass seine Erfolgschancen recht gering standen. Er beschloss deshalb, einfach weiterzumachen, nicht allzu viel darüber nachzudenken und zu versuchen, es nicht zu vermasseln. Selbst wenn alles nach Plan verlief, würde es noch Jahre dauern.

An dem Morgen, an dem er den ersten Teil seines Plans in die Tat umsetzen wollte, packte Aaron schon ganz früh eine Handvoll Bohnen und ein Dutzend Orangen in seine Umhängetasche. Er schlich sich wie immer vor Sonnenaufgang aus dem Haus und stieg die Straße zum Palasttor hinauf, als es gerade zu dämmern begann. Er fand einen Platz am Straßenrand, an dem er bis zum Mittag im Schatten der riesigen Mauer sitzen konnte.

Dann wartete er. Gelegentlich tuckerte ein Quillitärfahrzeug zum oder vom Palast vorbei. Aaron wandte sich jedes Mal ab und versuchte, nicht aufzufallen. Er glaubte zwar nicht, dass sie ihm irgendetwas tun würden, aber er wollte es lieber nicht darauf ankommen lassen. Es dauerte nicht lange, bis einige grummelnde Gewollte die Straße zum Palast heraufkamen, zweifellos, um ihre Beschwerden vorzubringen. Aaron blieb, wo er war, und spitzte die Ohren, um ihre Gespräche zu belauschen. Als sie ihn anschauten, nickte er höflich, sagte jedoch nichts, und sie gingen weiter.

Im Lauf der folgenden Stunden beobachtete Aaron still, wie etwa ein halbes Dutzend weiterer Grüppchen zum Palast hinaufstiegen. Als die Ersten wieder zurückkehrten, grummelten sie noch lauter als zuvor. Aaron holte eine Orange aus seiner Tasche, schälte sie langsam, beobachtete und horchte.

»Wir sollen in Frieden zusammenleben? Mit den *Ungewollten?* Das ist absurd!«

»Haluki hat den Verstand verloren.«

»Ich fürchte um Quills Zukunft, ganz ehrlich.«

»Was soll das überhaupt bedeuten, in Harmonie leben? Was ist Harmonie?«

»Ich will meine Notwendigen wieder zurück!«

»Wir werden verhungern, wenn das so weitergeht. Seit

Wochen hat uns niemand eine anständige Mahlzeit gebracht.«

Die Stimmen verhallten.

Aaron steckte sich eine Orangenspalte in den Mund, schloss die Augen und ließ den köstlichen Saft zwischen seinen Zähnen hindurch und über seine Zunge fließen. Er kaute und schluckte, machte die Augen wieder auf und sah, dass ihn eine ältere Frau anstarrte.

»Oh, hallo«, sagte er.

»Woher hast du diese Orange?«

Aaron würde es ihr ganz sicher nicht verraten. »Möchten Sie ein Stück?« Er brach die Hälfte ab und reichte sie ihr. »Wie war Ihr Besuch beim Hohepriester? Gibt's irgendetwas Neues?«

Die Frau beäugte ihn misstrauisch. »Du bist dieser Junge …«, begann sie, aber die Verlockung der Orange war stärker. Sie griff danach. »Danke«, sagte sie barsch, biss jedoch gierig hinein und musste sich offenbar beherrschen, nicht alles mit einem Happs zu verschlingen. »In letzter Zeit wurde nicht viel zu essen geliefert.«

Aaron nickte mitfühlend. »Ich weiß.« Er reichte ihr das letzte Stück. »Was sagt der Hohepriester denn zu alldem? Ich bin mir sicher, er tut, was er kann, um unsere Notwendigen wieder zurückzuholen.« Aaron wandte mit gespielter Beiläufigkeit den Blick ab, war jedoch mehr als erpicht auf einen ausführlichen Bericht aus dem Palast.

Die Frau runzelte die Stirn. »Er tut nichts dergleichen. Alles, wovon er spricht, ist Frieden«, spuckte sie aus. »Dagegen habe ich ja auch gar nichts einzuwenden, solange alle wissen, wo ihr Platz ist. Aber Hohepriester Haluki scheint kein Problem darin zu sehen, dass die Notwendigen in Scharen nach Artimé strömen und dort bleiben. Und da bin ich nun mal anderer Meinung.«

Aaron schenkte ihr einen besorgten Blick. »Aber …«, sagte er, als wäre es ihm eben erst eingefallen, »wer übernimmt denn dann die Aufgaben der Notwendigen, wenn sie nicht wiederkommen? Wird er sie nicht dazu zwingen, zurückzukehren? Wir werden alle sterben vor Hunger!«

»Genau!«, sagte die Frau. »Wir werden sterben!«

Andere, die gerade aus dem Palast kamen, verlangsamten ihre Schritte, um das Gespräch der beiden zu verfolgen, unter ihnen auch zwei Kommandeurssöhne, die Aaron kannte: Crandall und Prize. Sie erkannten ihn ebenfalls und betrachteten ihn mit offener Verachtung. Schon bald wurde ihr Blick jedoch von den Orangenspalten in der Hand der Frau angezogen.

»Was für ein Anführer lässt bitte seine Arbeiter davonlaufen und seine besten Leute verhungern?«, fragte Aaron in verwundertem Tonfall, laut genug, dass alle in Sichtweite es hören konnten. »Hohepriesterin Justine hätte das niemals zugelassen.« Er schüttelte den Kopf.

Die Versammelten nickten, einige noch immer mit skeptischen Blicken in Aarons Richtung, die meisten jedoch so zutiefst erbost, dass sie sich mit jedem verbündet hätten, der dasselbe dachte wie sie.

»Ich frage mich …«, begann Aaron, verstummte dann aber und ließ den Blick über die Gesichter schweifen. »Na, ich sollte lieber nichts sagen. Hohepriester Haluki und das Quillitär haben meine Ideen schließlich bereits für wertlos befunden.«

Er beugte sich nach unten, um seinen Rucksack aufzuheben, als wollte er gehen.

»Was für Ideen?«, fragte die erste Frau. »Ich denke, wenn du welche hast, kann es sicher nicht schaden, wenn wir sie uns mal anhören.«

Aaron schüttelte traurig den Kopf. »Nein … schon gut. Ich bin nicht vertrauenswürdig.« Er griff in seinen Rucksack und verteilte schweigend Orangen an alle Umstehenden. »Ich habe auch Bohnen – ich teile gern mit allen, genauso wie die *ehemalige* Hohepriesterin es erwartet hätte.«

Selbst die Widerwilligsten traten näher an Aaron heran, als er mehrere Handvoll Bohnen verteilte.

»Ich vermisse, wie es früher war«, sagte jemand leise, als hätte er Angst, dabei gehört zu werden. »Hohepriesterin Justine war eine großmütige Frau.«

Aaron nickte ernst. »Das war sie wirklich.« Er lächelte mitfühlend in sämtliche Gesichter. »Ich schätze, wir können jetzt nur versuchen, so lange zu überleben, bis jemand kommt und uns rettet.«

Er legte eine Hand auf die Schulter der älteren Frau. »Ich komme in einer Woche wieder her. Wenn ich bis dahin noch mehr zu essen gefunden habe, teile ich es gerne.«

Damit wandte Aaron sich ab und entfernte sich vom Palast und der Gruppe der Klagenden, die stumm und nachdenklich erst auf die Schätze in ihren Händen blickten und dann wieder zurück zu dem jungen ehemaligen Emporkömmling, der ihnen gegeben hatte, was sie zum Überleben brauchten.

Während Aaron zur Favoritenfarm schlenderte, um sich seine tägliche Essensration zu holen, und darüber nachdachte, wie gut sein Plan an diesem Morgen aufgegangen war, wurden seine Gedanken von sich nähernden, im Kies knirschenden Schritten gestört, bevor eine vertraute Stimme ihm einen Schauer über den Rücken jagte.

»Sei gegrüßt, Aaron.«

Er hob den Blick, und seine Augen wurden überwältigt von den leuchtenden Farben der Kleidung des Mannes und seinem verrückten zerzausten Haarschopf. Aaron setzte eine finstere Miene auf und wurde langsamer, bereit, sich im Notfall zu verteidigen. Doch Mr Today lächelte ihn nur freundlich an und setzte seinen Weg hinauf zum Palast fort.

Fehler wiedergutmachen

Marcus Today betrat das graue Palastbüro von Hohepriester Haluki zu ihrer wöchentlichen Besprechung. »Hallo, Gunnar. Ich hab dir etwas mitgebracht«, sagte er lächelnd. Er fasste in eine Tasche seines Gewands und holte eine winzige Gargoyle-Figur heraus. Als er sie auf den Schreibtisch des Hohepriesters stellte, wuchs sie auf die Größe einer Katze heran. Die Figur blinzelte ein paarmal und gähnte – wobei sie sich höflich eine Hand vor den Mund hielt –, ihre Ohren aufgestellt. Wäre das spitze Horn auf ihrer Stirn nicht gewesen, hätte Haluki ihr den Kopf getätschelt.

Mit einer wedelnden Handbewegung fügte Mr Today hinzu: »Das ist Matilda – ein zusätzliches Paar Augen und Ohren für dich. Sie kann direkt mit ihrem Gegenpart Charlie in Artimé kommunizieren. Die beiden werden sich als sehr nützlich erweisen, falls es Ärger gibt.«

»Wie wundervoll!«, freute sich Haluki. »Ich glaube, ich habe sie schon öfter durch Artimé streifen sehen, vor allem in der Nähe des Tors. Ich danke dir. Wir brauchen jede Hilfe, die wir kriegen können.«

»Ja, die beiden spazieren gern umher. Und du musst

dir ihretwegen überhaupt keine Sorgen machen, Matilda kann sehr gut auf sich selbst aufpassen.« Mr Today gluckste fröhlich. »Allerdings solltest du deine Leute lieber warnen, ihr nicht zu nahe zu kommen.«

»Das werde ich.«

»Dir wird sie natürlich nichts tun.«

»Dafür bin ich überaus dankbar«, murmelte Haluki ernst und betrachtete die Figur.

Matilda nickte majestätisch, so als hätte sie soeben die Position als Hohepriesterin des ganzen Landes übernommen.

Mr Today brachte seinem Freund einige Handzeichen bei, mit deren Hilfe er mit Matilda kommunizieren konnte, bevor er Gunnar ein dünnes Buch überreichte, in dem noch zahlreiche weitere Gesten notiert waren, die er erlernen konnte. Der Magus kämmte sich mit den Fingern durchs Haar. »Also, wie läuft es so?«

Der Hohepriester lächelte, tiefe Ringe unter den Augen. »Ich kann dir sagen, es tut wirklich unglaublich gut, ein freundliches Gesicht zu sehen, Marcus.«

Mr Today ließ sich auf einem Stuhl nieder, während Matilda über die Tischkante rutschte und für einen Moment daran baumelte, bevor sie sich auf den Boden fallen ließ, um sich umzuschauen. »So schlimm?«

»Ja. Die Gewollten strömen Tag für Tag in Scharen hierher, um sich zu beklagen. Es fällt ihnen furchtbar schwer, für sich selbst zu sorgen. Das Konzept, Obst und Gemüse zu ernten, scheint ihr Vorstellungsvermögen zu übersteigen. Sie wollen ihre Sklavinnen und Sklaven zurück.«

»Ich kann ihnen deswegen keinen Vorwurf machen«, erwiderte Mr Today lachend. »Was würde ich dafür geben, ein paar Bedienstete zu haben, die mich mit Beeren füttern und mir meine unliebsten Tätigkeiten abnehmen? Aber keine Sorge, irgendwann werden sie es schon noch lernen. Gewiss wurden sie aus gutem Grund offiziell als intelligent eingestuft. Bevor sie verhungern, kommen sie bestimmt dahinter.«

»Davon abgesehen … auch wenn ich weiterhin zögere, hier in Quill allzu drastische Veränderungen vorzunehmen, weil ich gedenke, stattdessen ganz langsam eine neue Gesellschaft aufzubauen, habe ich als erste große Verbesserungsmaßnahme meine Kommandeurinnen und Kommandeure entlassen. Wir hatten ständig Meinungsverschiedenheiten – sie vertrauen mir nicht, und ich vertraue ihnen ebenso wenig. Außerdem teilen sie meine Vision für Quill nicht.«

»Hmm«, machte Mr Today. »Aber du wirst sie doch durch ein neues Team ersetzen, nicht wahr?«

»Ja, selbstverständlich. Ich muss nur erst herausfinden, wem ich vertrauen kann. Ich hoffe, ich habe keinen Fehler gemacht.«

»Es wäre ein Fehler, dich weiter von Leuten beraten zu lassen, vor denen du in der Vergangenheit so viel versteckt hast, Gunnar. Du bist dabei, ein neues Quill zu erschaffen, und dafür brauchst du auch neue Unterstützung. Ich glaube, am Ende wird alles wunderbar funktionieren.«

Gunnar lächelte. »Ich hoffe, da hast du recht. Trotzdem will ich einiges verändern – die Ältesten freilassen, unsere Mauern zum Ozean hin öffnen, den Gewollten beibringen, wie sie für sich selbst sorgen können. Aber ich glaube, ich muss mich zuerst ihrer Beschwerden annehmen und ihr Vertrauen gewinnen. Jeder Schritt kommt mir vor, als würde ich einen Berg besteigen.« Er rutschte auf seinem Stuhl hin und her. »Wie läuft es in Artimé?«

»Ein wenig chaotisch, aber absolut machbar.« Mr Today spielte mit dem Gedanken, Gunnar von der jüngsten Auseinandersetzung zu berichten, entschied sich dann jedoch dagegen, weil der Hohepriester schon genug anderes im Kopf hatte.

»Gut.« Haluki sank entspannt auf seinem Stuhl zurück. »Und steht bei dir für unseren Friedensgipfel heute irgendetwas Bestimmtes auf der Tagesordnung? Ich fürchte, es ist noch ein wenig zu früh, um einen freundschaftlichen inselweiten Sportwettkampf samt Picknick zu planen.« Seine Augen funkelten heiter.

Mr Today lächelte. »Ich hätte da in der Tat etwas«, erwiderte der alte Magus. »Ich habe in letzter Zeit sehr viel nachgedacht und möchte dir eine Frage stellen.«

»Ich werde mein Bestes tun, sie zu beantworten.«

Mr Today lehnte sich vor. »Was glaubst du, wie viele der ursprünglichen Gründerinnen und Gründer von Quill noch am Leben sind? Oder hat Justine sich … nun … ihrer aller entledigt?«

Gunnar schloss die Augen und dachte nach. Er tippte sich mit dem Finger ans Kinn, während er stumm zählte. »Es sind sechs«, antwortete er nach einem Moment. »Vier befinden sich im Ältestensektor. Die beiden anderen sind diesem Schicksal durch Justines Tod gerade noch entkommen.«

Mr Today nickte. »Und meinst du, sie stehen auf deiner Seite? Oder sind sie eher gegen dich? Kannst du das einschätzen?«

»Hmm«, überlegte der Hohepriester. »Ihre Loyalität ist geteilt. Ich würde vermuten, die meisten von ihnen waren Justine treu ergeben. Ich könnte mir allerdings vorstellen, dass man gewisse Ansichten ändert, wenn einem der Befehl erteilt wird, zu sterben.«

»Das vermute ich auch«, murmelte Mr Today. »Nun, um die Wahrheit zu sagen, Gunnar, es nagt schon seit geraumer Zeit etwas an mir, und ich habe das Bedürfnis, es wiedergutzumachen. Ich frage mich, wie du darüber denkst.«

»Jetzt bin ich neugierig«, gestand Haluki. Er blickte zur Tür, um sich zu vergewissern, dass sie allein waren.

Mr Today fuhr fort: »Du weißt besser als jeder andere, welche Fehler ich in der Vergangenheit begangen habe. Und ich habe mein Bestes getan, sie wiedergutzumachen. Aber da ist noch immer diese eine Sache – diese eine Tat, von der diejenigen, denen das Unrecht widerfahren ist, überhaupt nichts wüssten, wenn ich deswegen nichts unternehmen würde. Wenn sie von meinem Fehler erfahren, könnte dies allerdings große Wut auslösen und möglicherweise zu noch ernsteren Problemen für uns beide führen, zumindest vorübergehend. Doch ich weiß, dieser Fehler wird mich bis ans Ende meiner Tage quälen, und genau das ist das Problem. Ich habe etwas gestohlen, das mir nicht gehört. Und ganz gleich, wie die Sache ausgeht – ich habe das Gefühl, es wieder in Ordnung bringen zu müssen.«

Hohepriester Haluki lauschte Mr Todays Worten aufmerksam, während der Magus ihm alles erklärte.

Als er fertig war, nickte der Hohepriester. »Was immer am Ende auch passiert, es ist das Richtige.«

»Dann sollten wir sie alle zusammentrommeln und es sofort tun, denkst du nicht auch?«

Haluki lächelte. »Ich werde meine Fahrer bitten, sie sofort herzubringen.«

* * *

Innerhalb einer Stunde saßen die sechs noch verbliebenen Gründerinnen und Gründer von Quill im Palast des Hohepriesters und fragten sich, was in Quills Namen wohl geschehen sein mochte, dass man sie so überstürzt aus ihren Häusern und dem Ältestensektor hierhergebracht hatte. Es war Jahrzehnte her, seit sie Marcus Today zum letzten Mal gesehen hatten. Sie schauten ihn und den Hohepriester schweigend an, einige noch immer mit hellem Blick, andere geistig nicht mehr ganz so rege, aber alle körperlich noch recht rüstig.

»Zwei Besuche im Palast an einem Tag«, grummelte eine der Frauen. »Vielleicht wollt Ihr uns ja doch endlich was zu essen beschaffen, Hohepriester.«

»Ich habe Ihnen bereits erklärt, wo Sie etwas zu essen finden können, Mrs Rattrapp«, erwiderte Gunnar.

Die drei Männer schwiegen, ebenso wie eine weitere Frau, die immer wieder auf ihrem Stuhl einnickte.

Die dritte Frau hingegen saß stocksteif da. Sie blickte sich im Büro um und kniff die Augen zusammen, als sie Matilda entdeckte, sagte jedoch nichts.

Mr Today erhob sich. »Liebe Freundinnen und Freunde«, begrüßte er die sechs, »ihr könnt euch nicht mehr daran erinnern, wie ihr nach Quill gekommen seid, ebenso wenig wie ihr euch an das Wasser erinnert, das dieses Land umschließt, oder an euer Zuhause und all die Menschen, die ihr verlassen habt, um hier ein neues Leben zu beginnen.« Er blickte in die Gesichter der sechs, um ihre Reaktionen einzuschätzen, bevor er weitersprach. »Darüber hinaus habt ihr vergessen, dass ihr alle magische Fähigkeiten besitzt. Und das ist meine Schuld. Justine und ich haben euch diese Erinnerungen vor vielen Jahren geraubt.«

Er beobachtete die sechs genau. Die beiden wacheren Frauen waren die Einzigen, die überhaupt eine Regung zeigten. Wie in Zeitlupe zeichnete sich der Schock auf ihren Gesichtern ab, gepaart mit einer ordentlichen Portion Verwirrung. Mr Today benutzte Worte, die sie noch nie zuvor gehört hatten. »Aber ich werde euch diese Erinnerungen jetzt wieder zurückgeben. Das alles tut mir schrecklich leid. Ich hoffe, ihr könnt mir verzeihen. Ich verstehe jedoch sehr gut, falls ihr es nicht könnt.«

Er hob eine Hand, hielt dann jedoch noch einmal inne, als er den Blick der stocksteif und schweigend dasitzenden Frau einfing. Es sah aus, als wollte sie etwas sagen. »Ja?«, ermutigte er sie sanft.

»Werde ich mich wieder an meinen Namen erinnern?«, flüsterte sie.

Mr Today nickte. »Ja, meine liebe Adjutantin. Du wirst deinen Namen zurückbekommen … hier und jetzt.« Er wedelte mit der Hand in Richtung der kleinen Gruppe.

Die vier aus dem Ältestensektor wirkten ein wenig verdutzt, größtenteils aber unverändert.

Das Gesicht der Gewollten lief vor Wut knallrot an.

Und die Frau namens Adjutantin brach in Tränen aus.

Auf dem Rasen

Mr Today ging den weiten Weg zu Fuß zurück nach Artimé, aber er tat es gern, weil es ihm Zeit gab, über alles nachzudenken, was soeben geschehen war. Als er bei Sonnenuntergang über den Rasen schlenderte, sah er Alex, Meghan, Cole Wickett und Samheed am Wasser sitzen. Er setzte sich zu ihnen.

»Der Himmel ist heute Abend wunderschön«, bemerkte er und blickte aufs Meer hinaus, wo die Inseln gerade so zu erkennen waren, wenn man wusste, wo man hinschauen musste. »Wie läuft es so? Kommt ihr mit euren neuen Pflichten bei der Unterstützung der Notwendigen gut zurecht?«

»O ja«, antwortete Meghan, die sich vor dem Magus stets heiter gab, auch wenn ihr nicht wirklich so zumute war. »Es läuft wirklich gut.« Sie lächelte Mr Today fröhlich an und musste wieder an das allererste Mal denken, als sie zusammen so auf dem Rasen gesessen hatten, damals, als er eine Blume in eine Spieldose verwandelt hatte. Es kam ihr vor, als wäre es eine Ewigkeit her, obwohl es erst anderthalb Jahre zurücklag. »Ist schon irgendwie lustig, wenn man wieder daran erinnert wird, was man früher selbst alles nicht wusste.« Sie lachte. »Wenn ihr versteht, was ich meine.«

Cole setzte sich auf. »Oh, ich verstehe dich sehr gut«, erwiderte er und überschlug sich beinahe vor Bewunderung für jedes einzelne Wort, das Meghan über die Lippen kam.

Die schien Coles Begeisterung jedoch gar nicht zu bemerken und berichtete weiter von ihren Fortschritten, während Samheed angewidert den Blick abwandte. Alex unterdrückte ein Grinsen. Seit Lani ihn auf diese romantische Dreierkonstellation hingewiesen hatte, hatte er sie genau beobachtet und fand es höchst amüsant, dass Meghan keine Ahnung von ihren beiden Verehrern zu haben schien.

Alex knuffte Samheed in die Seite. »Entspann dich«, murmelte er. Dann fragte er so laut, dass alle es hören konnten: »Wo ist Lani? Sie macht sich seit Tagen ziemlich rar.«

Samheed zuckte mit den Schultern. »Wahrscheinlich arbeitet sie an irgendwas. Wer weiß?« Er rutschte unbehaglich hin und her, weil er sehr wohl wusste, dass Lani Alex aus dem Weg ging, und wandte seine Aufmerksamkeit wieder Mr Today zu.

»Und wo ist Sean?« Alex schien nichts zu bemerken.

Samheed zuckte erneut mit den Schultern und legte einen Finger auf die Lippen, bevor er auf Mr Today zeigte.

»Na, das ist ja wirklich ganz wundervoll, Meghan«, sagte der Magus gerade und erhob sich. »Alex, wir sehen uns dann wie immer morgen. Euch anderen vielen Dank für eure großzügige Unterstützung unserer Notwendigen. Das bedeutet mir wirklich sehr viel.«

Alex stimmte in die Abschiedsgrüße der anderen ein, wunderte sich jedoch, warum Mr Today sich weiterhin mit ihm treffen wollte, obwohl er eindeutig nicht der Anführer war, nach dem der Magus suchte.

»Hast du es ihm gesagt?«, wollte Samheed von Alex wissen, nachdem Mr Today gegangen war.

»Ja, ungefähr fünf Mal.«

»Und warum triffst du dich dann immer noch mit ihm?«

»Ich habe keine Ahnung.« Alex seufzte. »Ich meine, ich hab ihm auch gesagt, dass ich natürlich gerne aushelfe. Vielleicht geht es ja darum.«

»Hast du je daran gedacht, jemand anderen für seine Nachfolge vorzuschlagen?«

Alex lachte. »Wen, dich?«

»Nein.« Samheed zog ein finsteres Gesicht. »Ich will es auch nicht machen.«

»Und wen dann?«

»Keine Ahnung. Aber denkst du nicht, es gibt vielleicht eine Person, die du ziemlich gut kennst und die ganz hervorragend mit Hohepriester Haluki zusammenarbeiten würde?«

»Doch, na klar: Lani. Aber sie scheint einfach nur wütend zu sein, weil ich Nein gesagt habe. Sie hat keine fünf Worte mit mir geredet, seit ich es euch erzählt habe. Ich glaube nicht, dass sie es machen will, sonst hätte sie bestimmt was gesagt.«

Samheed kippte rückwärts ins Gras und schaute zu den Sternen hinauf, die gerade am Abendhimmel zu leuchten begannen. Er seufzte und murmelte: »Warum muss nur immer alles so kompliziert sein?«

»Das darfst du *mich* wirklich nicht fragen«, erwiderte Alex.

***

Am folgenden Nachmittag begab sich Alex wie üblich zu Mr Todays Büro, blieb jedoch abrupt stehen, nachdem er es betreten hatte. Er fand dort Ms Morning vor, in eine Reithose, eine Weste und eine Mütze gekleidet. Ihr langes, honigblondes Haar schien vom Wind zerzaust, und Alex fragte sich flüchtig, ob Mr Today auch noch andere Pferde erschaffen hatte oder ob es in Artimé nur die magische Sorte gab, die Samheed gerne nutzte.

Ms Morning bemerkte Alex' Blick und lachte. »Kleines Gruppentraining auf unsichtbaren Hengsten«, erklärte sie.

»Ahh.« Alex lächelte und entdeckte erst dann die Fremde im Zimmer.

Hinter Ms Morning saß stocksteif eine ältere Frau. Sie erschrak, als sie Alex sah, und Angst zeichnete ihr Gesicht.

»O nein, tut mir wirklich leid«, sagte Alex und errötete verlegen. »Hab ich bei meinem Treffen mit Mr Today irgendwas durcheinandergebracht?«

Ms Morning lächelte. »Ganz und gar nicht, Alex. Du

bist absolut pünktlich. Ich glaube, wir treffen uns heute alle gemeinsam hier.« Sie drehte sich zu der Frau um und tätschelte ihr die Hand. »Er ist nicht der, für den Sie ihn halten. Das ist Aaron Stowes Zwillingsbruder, Alex. Die Ähnlichkeit ist verblüffend, nicht wahr?«

»Ja«, bestätigte die Frau, noch immer misstrauisch. »Allerdings.« Alles, was Eva in ihrem Leben je gewollt hatte, war eine Aufgabe gewesen – und ein Junge, der genauso aussah wie der, der ihr nun gegenüberstand, hatte ihr diese Aufgabe weggenommen.

»Alex Stowe, darf ich vorstellen? Eva Fathom.«

Alex wischte sich die Hände an der Hose ab – er hatte gerade an einer Kreidezeichnung gearbeitet – und stolperte beinahe über ein Stuhlbein, als er zu der Frau ging und ihr seine Hand hinstreckte. »Gute Güte«, murmelte er über seine eigene Tollpatschigkeit, bevor er an die Frau gewandt sagte: »Freut mich, Sie kennenzulernen.« Ihm kam der Gedanke, wie seltsam es war, dass es in Artimé jemanden gab, der zwar Aaron kannte, ihn selbst aber nicht.

In diesem Moment rauschte Mr Today zur Tür herein. »Tut mir furchtbar leid, dass ich zu spät komme!«, entschuldigte er sich. »Ich war nur noch kurz bei Charlie, weil ich ein wenig besorgt war, wie es ihm ohne Matilda hier geht. Aber die zwei stehen in ständigem Kontakt, deshalb sind sie nicht allzu niedergeschlagen – sehr zu meiner Erleichterung. Außerdem verstehen sie beide, wie wichtig ihre Hilfe in diesen ungewissen Zeiten für uns ist. Und, wie sieht es hier aus? Habt ihr euch schon miteinander bekannt gemacht?«

Alex nickte.

»Wir haben uns einander vorgestellt, Vater, aber ich glaube, wir warten alle darauf, dass du uns erklärst, warum wir eigentlich hier sind«, erwiderte Ms Morning.

»Ahhh«, sagte Mr Today, rieb sich die Hände und lächelte. »Nun, Claire, Alex, meine liebe Adjutantin – oh, Verzeihung! Meine liebe Eva! Dieses Treffen ist eigentlich eher ein Zufall. Ms Fathom ist eine alte Freundin und frisch zu uns gezogen. Ich freue mich einfach sehr, sie bei uns willkommen heißen zu dürfen. Und genauso sehr freut mich, dass deine magischen Kräfte offenbar tatsächlich wieder zurückgekehrt sind, Eva, denn ohne sie wäre es dir unmöglich gewesen, in mein Büro zu gelangen. Also … gut gemacht«, lobte er sie begeistert. »*Sehr* gut gemacht. Davon abgesehen seid ihr alle ein wichtiger Teil meiner Zukunftspläne. Du, Claire, und du, Alex, ihr werdet im Lauf der Zeit immer mehr über all die kleinen und großen Dinge lernen, die diesen Ort zusammenhalten, da ihr euch freundlicherweise einverstanden erklärt habt, mich für eine Weile zu vertreten, solange ich im Urlaub bin, m-hm«, sagte er mit einem freudigen Unterton, den er nicht verbergen konnte. »Außerdem würde mich die wundervolle Ms Fathom gern auf meiner Urlaubsreise zu unseren Nachbarinseln begleiten, um dort ein paar alte Freunde zu besuchen, nun, da sie sich wieder an sie erinnern kann. Es ist ohnehin immer schöner, in Begleitung zu reisen, findet ihr nicht auch?«

Da Ms Morning und Alex noch nie in Urlaub gefahren waren, nickten sie nur höflich und behielten ihre Verwunderung über Mr Todays eigenartige Bemerkung für sich, was in Gesprächen mit dem Magus des Öfteren vorkam. Ms Morning schob noch ein schnelles »O ja« hinterher, was jedoch ein wenig unterging, da Mr Today bereits aufgeregt weitersprach.

»Also, Alex, du hattest angeboten, zu helfen, wo du nur kannst, richtig?«

Alex rutschte auf seinem Stuhl hin und her. »Sicher, ich denke schon«, erwiderte er.

»Wundervoll!« Mr Today lächelte. »Nun gut. Claire, Ms Fathom wird von jetzt an hier in Artimé wohnen. Würdest du ihr bitte ihr Zimmer zeigen?«

Eva Fathom, die die ganze Zeit kaum ein Wort gesagt hatte, hatte denselben verängstigten Ausdruck auf dem Gesicht wie die meisten Besucherinnen und Besucher aus Quill. »Artimé ist so groß«, sagte sie, ein wenig unsicher, so als würde sie doch an ihrer Entscheidung zweifeln, hierherzuziehen. »Wie soll ich mein Zimmer nur jemals wiederfinden?«

»Keine Angst, keine Angst. Deine Tür wird auf magische Weise nach dir rufen. Vergiss nur deinen Namen nicht, dann kann dir nichts passieren.« Der alte Magus grinste verschmitzt, und nach einem Moment der Stille entlockte es Hohepriesterin Justines ehemaliger Adjutantin doch noch ein Kichern.

»In Ordnung«, sagte sie, ein wenig gelöster. »Vielen Dank für deine Gastfreundschaft. Aber bist du dir wirklich sicher, dass man mich hier … akzeptieren wird, trotz meiner früheren Position?« Sie blickte erneut zu Alex, dessen Ähnlichkeit mit Aaron so frappierend war, dass Eva große Mühe hatte, ihn die Verachtung nicht spüren zu lassen, die sie tief in ihrem Inneren für seinen Bruder empfand.

»Ganz sicher«, bekräftigte Mr Today. »Alex mag vielleicht wie Aaron aussehen, aber er ist das genaue Gegenteil seines Zwillings. Außerdem verfügt Alex im Gegensatz zu seinem Bruder nicht über die geringsten Ambitionen, bei irgendetwas die Führung zu übernehmen, also mach dir seinetwegen bitte keine Sorgen.« Er lachte und streckte ihr seine Hand hin.

Alex spürte, wie das Lächeln auf seinen Lippen gefror. Während er Mr Todays Worte sacken ließ, nahm er wahr, wie alles um ihn herum ganz normal weiterging – Eva Fathom erhob sich und Ms Morning begleitete sie zur Tür hinaus –, nur dass er selbst sich nicht mehr bewegen konnte. Er wusste, der alte Magus hatte Ms Fathom damit nur versichern wollen, dass Alex kein böser Mensch war, der versuchte, anderen ihre Position, ihr Land oder ihre Gemeinschaft wegzunehmen. Trotzdem hatte er bei den Worten das Gefühl, ein feuerspeiender Origamidrachen hätte ihn angegriffen, ein Loch in seine Brust gebrannt und ihm die Luft zum Atmen geraubt.

Tür Nummer eins

Mr Today verließ das Büro, um Ms Morning und Eva Fathom in den neuen Notwendigenkorridor zu begleiten, in dem Eva wohnen würde, was Alex ein paar Augenblicke verschaffte, sich wieder zu fangen, zumindest äußerlich. Als Mr Today und Ms Morning zurückkehrten, hatte sich Alex' starre Miene wieder entspannt und es war ihm gelungen, das Stechen in seiner Brust loszuwerden. Es entsprach schließlich der Wahrheit, oder etwa nicht? Alex hatte einfach nicht den nötigen Antrieb, um Artimé anzuführen. Sollte er sich deswegen etwa schämen? Er war jedenfalls nicht dieser Ansicht. Mit einem tiefen Seufzen versuchte er, sich möglichst locker auf seinem Stuhl zurückzulehnen, bereit, zu erfahren, wie er Mr Today und Ms Morning helfen konnte.

Doch Mr Today setzte sich nicht, nachdem er den Raum wieder betreten hatte. »Kommt mit mir«, bat er stattdessen, machte auf dem Absatz kehrt und ging wieder zur Tür hinaus. Er eilte den fast geheimen Korridor zu einer der zwei Türen auf der gegenüberliegenden Seite hinunter. Dann legte er eine dramatische Pause ein, während Alex und Ms Morning zu ihm aufschlossen. »Für Ms

Morning ist das hier nicht ganz so aufregend, da sie bereits ein- oder zweimal hier war. Trotzdem ist es ein faszinierender Ort, und ich glaube, er wird dir gefallen, Alex. Ich nenne ihn … das Museum des Großen.«

Alex hatte sich schon oft gefragt, was sich hinter der Tür verbarg. Es war eine von insgesamt vier Türen in diesem Teil des geheimen Korridors, die er noch nie geöffnet gesehen hatte, ebenso wenig wie er je beobachtet hatte, dass jemand hineinging oder herauskam. Er vermutete, dass die beiden anderen Türen, die sich auf der Seite von Mr Todays Büro befanden, in die Wohnung des Magus führten, was plausibel war, da Alex einmal gesehen hatte, wie Mr Today sein Büro durch die hintere Wand betreten hatte. Die beiden Türen auf der Küchenseite des Flurs waren ihm jedoch ein völliges Rätsel.

Alle negativen Gefühle vergessend, beobachtete Alex aufgeregt, wie Mr Today auf die Klinke drückte und einen Zauber murmelte: »Tür Nummer eins.« Die Tür schwang mit einem dunklen Knarren auf und Mr Today machte einen Schritt zur Seite.

Alex betrat den spärlich beleuchteten Raum und kniff die Augen zusammen, um besser sehen zu können. Seine Schritte klangen übermäßig laut, so als würde sich das Zimmer sehr weit vor ihm erstrecken. Außerdem konnte er deutlich ein Surren und Klicken hören, und in einiger Entfernung etwas, das nach einem Wasserfall oder einem Springbrunnen klang.

Ms Morning und Mr Today traten hinter ihm ein und schlossen die Tür. Als sich Alex' Augen gerade an die Dunkelheit gewöhnt hatten, beschwor Mr Today mehr Licht herauf. An den Wänden sprangen sofort fackelartige Lampen eine nach der anderen an, als würden sie einander durch den scheinbar endlosen Raum jagen – oder durch die Höhle oder … Alex hatte kein passendes Wort dafür. Er schnappte staunend nach Luft, während sein Blick von einem großen Objekt zum nächsten huschte.

»Nur zu, schau dich erst mal in aller Ruhe um«, forderte Mr Today ihn mit einem heiteren Glucksen auf. »Aber du solltest lieber nichts anfassen, solange du dir nicht absolut sicher bist, was es ist.« Ms Morning lächelte, beinahe ebenso aufgeregt wie Alex. Der riesige Raum wirkte wie ein Ort, den man hundertmal besuchen und trotzdem nie alles sehen konnte.

Alex schaute nach links an der Wand hinunter. Soweit er es erkennen konnte, war sie komplett von hohen Regalen gesäumt. Unmengen von Büchern waren in die Fächer gestopft, manche vollkommen achtlos und alle anscheinend wild durcheinander. Er sah riesige Landkarten und eine gigantische gravierte Marmorkugel mit einem Ring darum, die über einem sprudelnden Springbrunnen schwebte. Dieser Teil des Museums des Großen erinnerte Alex in gewisser Weise an die Bibliothek von Artimé, auch wenn hier insgesamt alles massiver, aber gleichzeitig auch intimer wirkte.

»Was steht denn in all diesen Büchern?« Insgeheim gefiel es Alex, dass sie so durcheinander waren. Es verlieh dem endlos wirkenden Raum etwas Heimeliges. »Und wie ist es möglich, dass sich dieses Zimmer scheinbar unendlich erstreckt? Eigentlich müsste es doch irgendwann auf einen der anderen Korridore der Villa stoßen.«

»In den Büchern – viele wurden übrigens von mir selbst verfasst – stehen die unterschiedlichsten Dinge. Von vielen von ihnen befinden sich außerdem Duplikate in der Bibliothek. Und was die Größe des Zimmers angeht: Es ist dieselbe Magie wie beim Salon oder beim Theater. Es nimmt keinen wirklichen physischen Raum ein, weshalb es auch nicht die komplette obere Etage der Villa beansprucht.«

Aus dem Augenwinkel nahm Alex etwas wahr, das zu seiner Rechten aufragte. Er drehte sich in die Richtung, wandte sich von den Büchern ab – und schnappte mit neuem Staunen nach Luft. Nur wenige Schritte entfernt stand eine gigantische Statue einer elefantenartigen Kreatur, so groß, dass sie beinahe die Decke berührte. In der Bibliothek hatte Alex zwar Bilder von Elefanten gesehen, aber dieses Exemplar war geradezu lächerlich riesig und hatte zwei lange, scharfe sowie ein Paar kleinerer glänzender Stoßzähne. Er schaute Mr Today an. »Lebt es?«, fragte er flüsternd.

Der Magus legte eine Hand auf Alex' Schulter. »Nein. Leider musste ich dem guten alten Tater seine Magie vor vielen Jahren wieder entziehen. Er ist eine Mastodonstatue – eine Art prähistorischer Elefant. Ich habe mal ein Bild von einem dieser Tiere gesehen und dachte, Tater würde sich als nützlich erweisen, um Dinge zu transportieren. Leider habe ich seinen Geist beim Erschaffungsprozess nie richtig hingekriegt. Er war bereits nach wenigen Tagen auf diese Größe angewachsen und wurde schon bald gewalttätig gegenüber den Hauskreaturen. Ich habe ihn daraufhin für eine Weile in den Dschungel geschickt, aber dort gefiel es ihm ganz und gar nicht und er fing an, den Urwald zu zerstören und Bäume zu entwurzeln. Außerdem stürmte er immer wieder auf den Rasen und jagte allen mächtig Angst ein. Er hat sich einfach nicht so entwickelt, wie ich es beabsichtigt hatte. Er schien sich in seiner eigenen Haut immer unwohler zu fühlen, wenn man so will. Und so sehr ich es auch versuchte, ich konnte nichts tun, um sein Verhalten zu ändern. Ich hatte einen Fehler gemacht, und der Rest von Artimé musste darunter leiden.«

Mr Today streckte eine Hand aus, um das Tier zu streicheln. Er war jedoch gerade groß genug, um das Knie des Mastodons zu erreichen, also tätschelte er das. »Es war ein harter Tag, aber am Ende hat Tater mich selbst darum gebeten – er war schrecklich unglücklich, das konnte ich sehen. Doch auch als er keinen Funken Magie mehr in sich hatte, brachte ich es einfach nicht übers Herz, ihn völlig zu zerstören, deshalb lebt er nun in dieser Form als kleines Andenken weiter. Er war meine letzte Statue – ich konnte den Gedanken nicht ertragen, das alles noch einmal durchzumachen, und habe nach ihm aufgehört, weitere zu erschaffen.«

Ms Morning drückte sanft die Hand ihres Vaters. Er sah sie an, ein leichtes Schimmern des Bedauerns in seinen Augen.

Doch Alex bemerkte den sentimentalen Moment gar

nicht. Sein Blick war bereits zu etwas Neuem gewandert und ihm klappte die Kinnlade herunter. In der Mitte des Raumes, hinter einem alten, restaurierten Quillitärfahrzeug und einem kleinen, grauen Gebäude, das ihm unheimlich vertraut vorkam, stand, leicht nach Backbord geneigt, ein mächtiges Piratenschiff. Es verfügte über drei Masten mit wunderschönen, aber unheilvoll wirkenden Segeln, und sein Rumpf aus dunkelbraunem Holz glänzte, als wäre er stundenlang poliert worden. Beinahe magnetisch angezogen bewegte sich Alex darauf zu. Als er nahe genug war, legte er die Hände auf den Schiffsrumpf und fuhr mit den Fingern über das glatte Holz. Dann neigte er den Kopf zur Seite und stand einen langen Moment sehr still da.

Schließlich drehte er sich zu Mr Today um. »Hören Sie das?«

Der Magus lächelte und berührte den Rumpf. »Ja. Ich bin mir nicht sicher, woher es kommt.«

»Es ist ein Flüstern, so als käme es aus dem Inneren des Schiffs.«

Mr Today nickte. »Es war von Anfang an da. Ich konnte nie verstehen, was sie sagen. Du?«

Alex schüttelte den Kopf.

Ms Morning gesellte sich zu Alex. »Ich glaube, sie sprechen eine andere Sprache«, sagte sie. »Ich habe immer wieder versucht, sie zu verstehen, leider ohne Erfolg. Ich wollte Siggy schon längst um ein Buch über verschiedene Sprachen bitten.«

Alex schaute sie verdutzt an. »Verschiedene Sprachen?

Sie meinen, diese Stimmen sprechen anders als wir? In Tierlauten oder so?«

Mr Today lächelte. »Als ich noch ein Junge war, sprachen die Menschen unterschiedliche Sprachen, je nachdem, wo sie lebten. Vielleicht tun sie das immer noch, ich weiß es nicht. Aber ich hoffe es eines Tages herauszufinden.«

Alex betrachtete das Schiff erneut. »Und … wozu ist es gut? Haben Sie es gemacht?«

»Nein, es gehört nicht zu meinen Werken. Es strandete hier am Ufer, erst vor ein paar Jahren. Was würdest du sagen, Claire, wann war das?«

Ms Morning presste die Lippen zusammen und überlegte. »Es dürfte höchstens fünf Jahre her sein, sicher nicht länger.«

Mr Today fuhr fort: »Es befanden sich zwei Piraten an Bord, aber sie waren bereits tot – wir konnten nichts tun, um sie zu retten. Sie trugen etwas äußerst Seltsames um den Hals …« Mr Today verstummte, als er daran zurückdachte.

»Aber wie haben Sie es nach hier oben gekriegt, ins … Museum des Großen?« Alex gefiel der Name, auch wenn er nicht recht wusste, was ein Museum eigentlich war, abgesehen von diesem Raum hier.

Mr Today kehrte wieder in die Gegenwart zurück. »Was? Oh, simple Magie«, antwortete er. »Mit dem Transportzauber. Kennst du ihn?«

Alex schüttelte den Kopf.

»Dafür ist kein zusätzliches Requisit nötig. Du stellst

dir einfach den zu bewegenden Gegenstand an dem Ort vor, an den er hin soll. Ungefähr so.« Der Magus zog ein Bonbon in Form eines Schnabelgeis aus der Tasche seines Gewands, zupfte eine winzige Fluse ab, schloss die Augen und flüsterte: »Transportieren.«

Das Bonbon verschwand, und im nächsten Moment spürte Alex etwas in seiner Hand. Er grinste, blickte auf das leuchtend gelbe, köstliche Bonbon hinunter, pustete kurz darauf und steckte es sich in den Mund. »Cool«, sagte er.

In seinem Mund wiederholte das Bonbon gedämpft: »Cool. Cool. Cool.«

»Mit Menschen oder anderen Lebewesen funktioniert es nicht, nur mit Gegenständen«, fügte Mr Today hinzu. »Kleine Dinge lassen sich perfekt transportieren, aber umfangreichere können etwas schwieriger zu platzieren sein. Wenn du also etwas Großes an einem ganz bestimmten Ort haben möchtest, ist es am besten, es selbst dort hinzubringen.«

»Warum haben Sie das Schiff denn hier hochgebracht?«

»Ich hatte Angst, unsere Kreaturen könnten sich daran verletzen oder nicht mehr aus ihm herausfinden, wenn ich es am Strand liegen lasse. Außerdem war es nicht unbedingt eine Augenweide. Es war in schrecklich verrottetem Zustand, und ich war mir nicht sicher, ob es überhaupt noch zu retten sein würde. Aber inzwischen habe ich es repariert und es ist wieder so gut wie neu. Außerdem kann ich dort am besten nachdenken.«

Ms Morning nickte. »Ich weiß noch, wie es damals hier

strandete – es war praktisch ein Wrack. Du hast wirklich viel Arbeit hineingesteckt. Willst du damit auf Reisen gehen? Ich hatte angenommen, du würdest mit dem weißen Boot fahren.«

»Ich habe darüber nachgedacht«, erwiderte Mr Today. »Mit ein bisschen Magie sollte ich in der Lage sein, dieses Schiff allein zu steuern. Die Piratenflaggen müsste ich natürlich vorher gegen etwas Freundlicheres ersetzen.«

Dank Mr Appleblossom wusste Alex ein wenig über Piraten. Der Tutor hatte vor einigen Wochen in der Theaterwerkstatt ganz allein – und in doppeltem Tempo – sämtliche Hauptrollen eines Piratenmusicals gespielt. »Ich finde, Sie würden einen großartigen Piraten abgeben«, bemerkte Alex.

»Oh, vielen Dank«, freute sich Mr Today. Dann riss er die Augen auf, als wäre ihm soeben etwas eingefallen. »Hast du den Wal schon gesehen?«

»Wo?« Alex blickte sich um.

»Auf der anderen Seite des Schiffs.« Der Magus schob Alex um das Schiff herum, wo das perfekt zusammengesetzte Skelett eines Wals ausgestellt war. »Auch er ist keine meiner Schöpfungen. Es ist ein echter Wal, der vor vielen, vielen Jahren, als ich noch allein hier war, bei uns strandete und hier festsaß. Ich konnte ihn nicht mithilfe von Magie ins Wasser zurückbringen, weil der Transportzauber, wie bereits erwähnt, bei Lebewesen nicht funktioniert.

In meiner Verzweiflung habe ich alles versucht, was mir einfiel, aber ohne Erfolg«, seufzte Mr Today. »Ich schätze, Zaubernde können nun mal nicht *alles* in Ordnung bringen – oder zumindest konnte ich es nicht, vor allem nicht in jenen Anfangszeiten.« Er kratzte sich am Kopf. »Wenn es jetzt passieren würde, könnte ich vielleicht etwas tun, auch wenn meine Heilzauber noch immer nicht sehr stark sind. Das Heilen gehörte noch nie zu meinen Talenten.« Er ließ den Blick über das Skelett schweifen und klang traurig, als er hinzufügte: »Ich blieb bei ihm, bis er starb. Es war ein bitterer Moment, der für immer eine schwere Erinnerung bleiben wird. Ich fühlte mich schrecklich hilflos. Ich hoffe, der Wal hat mir keine Vorwürfe gemacht.« Er ging zum Maul des Skeletts. »Es tut mir wirklich unendlich leid«, sagte er sanft, als könnte der Wal ihn hören.

Alex fühlte mit Mr Today, konnte aber dennoch nicht verhindern, dass sein Blick weiterwanderte. Angestrengt starrte er durch das Skelett hindurch auf etwas Eigenartiges dahinter. »Was ist das?«, fragte er und zeigte darauf. Er lief um den Wal herum und sah ein riesiges, zackiges Teil, aus einem leichten Material gefertigt und mit gelber Schrift an der Seite. An der Spitze war ein windradartiges Objekt angebracht.

Mr Today folgte ihm. »Oh, das! Das fiel eines Tages vom Himmel«, sagte er und ein Lächeln zuckte um seine Mundwinkel.

Alex starrte ihn an. »Vom Himmel? Seltsam.«

»Ja, es war wirklich kurios. Das komplette Ding war viel größer, oder zumindest hat man mir das erzählt – Jim hat es gesehen, genau wie Simber und ein paar andere.

Es fiel ins Wasser, weit draußen auf dem Ozean. Dieses Teil hier wurde ein oder zwei Tage später am Strand angeschwemmt.«

Alex schaute den Magus an, doch ihm fehlten die Worte, um sein Staunen über all die ungewöhnlichen Dinge in diesem Raum auszudrücken.

Erneut betrachtete er alles – die riesige Bibliothek, das Schiff, die Mastodonstatue, das Walskelett und die unzähligen anderen Dinge, die es in dem Museum noch zu erkunden gab –, bevor er so höflich er konnte fragte: »Mr Today, warum verstecken Sie all diese unglaublichen Dinge hier oben hinter verschlossenen Türen? Glauben Sie nicht, alle anderen würden sie auch gern sehen?«

Mr Today lächelte und dachte einen Moment darüber nach, bevor er antwortete: »Es scheint wirklich ein wenig egoistisch von mir zu sein, nicht wahr? Ja, in der Tat. Aber diese Dinge sind entweder zu zerbrechlich oder zu groß, um sie irgendwo anders auszustellen, oder sie gehören zu meinen ganz persönlichen Schätzen. All diese Dinge machen meine Existenz aus, Alex. Einen Großteil meines Lebens habe ich allein verbracht, und diese Dinge sind meine Zeugen. Die Bibliothek erzählt meine Geschichte, das Mastodon von meinen Fehlern, das Schiff von meinen Entdeckungen und meiner Fähigkeit, alten Dingen auch ohne Magie neues Leben einzuhauchen – und der Wal … nun, er erzählt von meinen persönlichen Grenzen, schätze ich.« Er presste den Finger auf die Lippen. »Hier drin warten noch viele andere Dinge. Aber vielleicht haben wir für heute genug gesehen.«

Mr Today deutete in Richtung Tür, und die drei setzten sich in Bewegung. »Es gibt einen Grund, warum ich dir das alles zeigen wollte, Alex. Falls du in meiner Abwesenheit irgendetwas über meine Vergangenheit wissen musst, dann sieh bitte hier in der Bibliothek nach. Dort findest du meine komplette Geschichte, meine Magie und zahlreiche meiner Fehler. Erinnerst du dich noch an den Zauber, der dir Zugang verschafft?«

Alex überlegte. »Tür Nummer eins?«, antwortete er.

»Korrekt. Und ich muss dich gewiss nicht daran erinnern, das hier für dich zu behalten, oder? Diese Dinge bedeuten mir sehr viel. Sie sind meine Schätze. Ich weiß, du wirst sie beschützen und sie mit äußerster Sorgfalt behandeln, nicht wahr?«

Alex nickte energisch, während sie den Raum verließen und die Tür hinter sich zuzogen. »Ich werde sie mit meinem Leben beschützen«, sagte er. Und er meinte es auch so.

Gefolgsleute

Tag für Tag packte Aaron Stowe am Morgen seine Umhängetasche mit Essen voll, schlich sich aus dem Haus der Halukis und erreichte bei Sonnenaufgang das Palasttor. Genau wie am ersten Tag freundete er sich auch an jedem neuen mit einigen hungrigen Gewollten an und sagte ihnen, sie sollten in der kommenden Woche am gleichen Tag wieder herkommen. Jeden Nachmittag, sobald seine Arbeit am Palast getan war, kehrte er auf die Favoritenfarm zurück, um noch mehr Obst und Gemüse zu ernten.

Am Montag in der zweiten Woche wartete dort eine Gestalt auf ihn. Als er sich sicher fühlte, dass es niemand war, der ihm Böses wollte, grinste Aaron hämisch in sich hinein – sein Plan funktionierte. Er näherte sich der Gestalt und erkannte sie als die ältere Frau wieder, der er an seinem ersten Tag am Tor begegnet war.

»Guten Morgen«, grüßte Aaron sie. »Es freut mich, dass Sie zurückgekommen sind. Brauchen Sie noch mehr zu essen? Ich habe Ihnen etwas mitgebracht, wie versprochen.«

»Aaron Stowe – heißt du nicht so?«, wollte die Frau wissen. Sie betrachtete ihn misstrauisch.

Aaron blinzelte leicht nervös. »Das kann ich nicht leugnen. Ich war bis zu ihrer Hinrichtung der Assistenzadjutant von Hohepriesterin Justine. Dann wurde ich aus dem Palast verbannt, obwohl ich in der Lage gewesen wäre, Quill noch besser zu machen – und jetzt muss ich mich genauso durchschlagen wie alle anderen. Darf ich fragen, wie Sie heißen?«

Die Frau kniff die Augen zusammen. »Gondoleery Rattrapp.« Sie betonte die erste Silbe ihres Nachnamens überdeutlich, sodass er wie »RATT-rap« klang. »Ich bin eine der ursprünglichen Gründerinnen Quills«, fügte sie bedeutungsvoll hinzu. »Und eine erbitterte Feindin Artimés.«

»Schön, Sie kennenzulernen, Mrs Rattrapp«, erwiderte Aaron und hielt ihr seine Hand hin, wobei er sich nicht anmerken ließ, wie sehr ihn ihre offenen Worte schockierten. Als Gondoleery ihre Hand ebenfalls ausstreckte, ergriff Aaron sie und verbeugte sich so tief, als wäre sie die Hohepriesterin, was die Frau einen Moment lang sprachlos machte.

»Gondoleery genügt«, sagte sie, als sie ihre Stimme wiedergefunden hatte.

Aaron lächelte sie an und wühlte in seiner Tasche herum. »Und du nenn mich bitte Aaron, Gondoleery. Und jetzt, wo wir Freunde sind: Möchtest du vielleicht etwas frühstücken? Heute habe ich frisches Obst und ein paar Erdnüsse dabei.«

Gondoleery nahm ihm das Essen gierig ab. Im selben Moment kam eine kleine Gruppe Passanten vorbei, die alles beobachtet hatten und sich ihnen näherten. Aaron griff beinahe mechanisch mehrmals in seine Tasche und verteilte Lebensmittel an alle – immer nur eine Frucht auf einmal, um die Spannung aufrechtzuerhalten –, wandte seine Aufmerksamkeit jedoch keine Sekunde von Gondoleery ab.

Die alte Frau aß ein paar Bissen, bevor sie sagte: »Ich bin hier, um mit dir darüber zu sprechen, was du letzte Woche gesagt hast – über deine Ideen. Ich bezweifle, dass du davon gehört hast, aber diese miese Ratte, Marcus Today, hat die sechs noch verbliebenen Gründerinnen und Gründer von Quill darüber informiert, dass er uns vor Jahrzehnten unsere Erinnerungen gestohlen hat. Angeblich tut es ihm inzwischen leid, darum hat er sie uns zurückgegeben. Und deshalb … weiß ich jetzt alles.«

Aaron konnte seine Überraschung nicht verbergen. »Wovon redest du denn da?« Die Menge um sie herum wuchs weiter.

Gondoleery fuhr fort: »Bevor wir damals die neue Gesellschaft in Quill erschufen, lebten wir alle an unterschiedlichen Orten. In verschiedenen Gemeinden auf anderen Inseln.«

Aaron musste seine Ungläubigkeit verstecken. *Andere Inseln?*

»Justine und Marcus reisten umher – damals hatten sie beide langes Haar und trugen diese lächerlichen Gewänder, die eigentlich eher wie Ponchos aussahen …« Sie verstummte für einen Moment, in Gedanken versunken. »Wie dem auch sei, sie reisten umher und erzählten allen von den Gefahren, denen sich die Welt schon bald ausgesetzt sehen würde. Und sie boten uns die wundervolle Chance einer sicheren, perfekten Gesellschaft. Ich war damals noch keine zwanzig und ergriff diese einmalige Gelegenheit beim Schopf. Was für ein Abenteuer, dachte ich.« Sie blickte finster auf ihre verschrumpelten Hände hinunter. »Doch nachdem wir bereits seit einiger Zeit hier lebten, während wir die Schutzmauer um unsere Gemeinschaft errichteten, setzte Marcus Today seinen eigenen hinterhältigen Plan in die Tat um. Er stahl unsere Erinnerungen und unterzog uns einer Gehirnwäsche, damit wir glaubten, wir wären von Feinden umgeben.«

Aaron, dem vorübergehend jeder Sinn für gute Manieren abhandengekommen war, konnte sie nur offen angaffen. »Er hat *was* getan? Moment mal – willst du damit sagen, er hätte auch Hohepriesterin Justine einer Gehirnwäsche unterzogen?«

»Ja, er muss auch ihre Erinnerungen gestohlen haben«, bekräftigte Gondoleery. »Sie hätte uns niemals angelogen – sie war eine gute Frau. Sie war meine Anführerin, und Marcus Today hat uns alle bestohlen.«

Aaron spürte ein ebenso angstvolles wie aufgeregtes Kribbeln im Magen, während er versuchte, diese verblüffenden Informationen schnellstmöglich zu verarbeiten. Was konnte das alles zu bedeuten haben? Oh, aber eines wusste er schon jetzt: Es war genau die Munition, die er brauchte – und möglicherweise sogar sein Ticket zurück in den Palast. Er musste nur einen kühlen Kopf behalten, sich exakt an seinen Plan halten und natürlich seine eigene kleine Armee von Gefolgsleuten aufbauen.

Während das Geflüster der Umstehenden immer dringlicher wurde, dachte Aaron konzentriert nach. Äußerlich ließ er sich nichts anmerken und blickte in die Ferne, so als wäre dies nicht die wichtigste Unterhaltung seines Lebens, von der sein ganzer Erfolg abhing. Schließlich nickte er langsam. »Du hast natürlich vollkommen recht«, sagte er. »Ich habe dasselbe entdeckt. Mr Today hat uns alle getäuscht. Schaut euch doch nur mal um!« Er blickte jeder und jedem einzelnen der Umstehenden in die Augen. »Seht uns an! Marcus Today hat uns seit den Anfängen von Quill hintergangen. Wir wurden von einem gestörten Mann betrogen, der in einer Villa haust, der isst, was immer er will, und dem es nie an irgendetwas mangelt. Im Lauf der Zeit hat er immer mehr handverlesene Auserwählte um sich geschart, sogar seine eigene Zwillingsschwester hintergangen und sie in dem Glauben gelassen, *sie* wäre die unantastbare Anführerin. Und dann hat er ihren Tod verursacht, als sie – mit mir zusammen –«, fügte er hinzu, »seine Lügen entdeckte, damit all diese Geheimnisse mit ihr begraben werden.«

Er holte tief Luft und atmete langsam wieder aus. »Aber wir sind zu klug für ihn, und die Wahrheit ist nun vollkommen klar: Quill ist nicht das Land der Gewollten, und das war es auch nie. Artimé ist das Land der Gewollten – und wir sind die *wahren* Ungewollten. Wir alle.«

Er legte eine dramatische Pause ein und wartete, bis absolute Stille herrschte, bevor er die Unheil verheißende

Frage stellte. »Meine Freunde«, tönte er in finsterem, verbittertem Tonfall, »was ist es für ein Gefühl, zu den Ungewollten zu gehören?«

Aaron Stowe sah zu, wie das schockierte Gemurmel der Gruppe zu wütenden Klagen anschwoll, verbarg seine diebische Freude jedoch. Wenn er diese Stimmung weiter fördern konnte, war sein Moment der Rache vielleicht bereits näher, als er es je zu hoffen gewagt hätte.

Missverständnisse

Alex verlagerte nervös das Gewicht von einem Fuß auf den anderen, während er in der Villa in der Nähe der Treppe vor dem Mädchenkorridor wartete, auf die leere Wand starrte und zusah, wie sie eine nach der anderen daraus auftauchten. Die meisten von ihnen ignorierten ihn, denn es war nicht ungewöhnlich, dass sich einer der Jungs dort mit einem Mädchen traf. Manche bedachten ihn jedoch mit fragenden Blicken, offenbar neugierig, auf wen er wartete.

Der Großteil der Lehrlinge kannte Alex. Schließlich war er derjenige gewesen, der beinahe ihre ganze Welt verraten hätte, indem er während der Kommandeursvisite seelenruhig durch Artimé geschlendert war – und derjenige, den der Quillitärgeneral zu Beginn der Schlacht direkt angesprochen hatte. Durch Gemunkel und Gerüchte wussten sämtliche Lehrlinge außerdem über seinen bösen Zwillingsbruder Bescheid, und einige misstrauten Alex seinetwegen. Alex empfand dies als absolut unfair. Alle liebten Mr Today immer noch, obwohl sie nun wussten, dass Justine seine Zwillingsschwester gewesen war. Außerdem hatte die Hälfte der Ungewollten ebenfalls Geschwister in Quill – warum waren diese Ungewollten dann nicht genauso verdächtig?

Doch heute dachte Alex an nichts von alldem. Nach einer rastlosen Nacht – und nachdem Lani fast zwei Wochen kein Wort mit ihm gewechselt hatte – war er mit noch leicht vernebeltem Blick, aber wild entschlossen aufgestanden, um sich wieder mit ihr zu versöhnen. Denn auch wenn sie sich manchmal stritten, mochte er Lani mehr, als er vor irgendjemand zugeben wollte. Er fühlte sich ganz schrecklich, wenn sie nicht miteinander redeten.

Zehn Minuten verstrichen. Alex fragte sich allmählich, ob Lani vielleicht bereits nach unten gegangen war, und schweifte in Gedanken zum Frühstück ab. Aber mit Lani alles wieder ins Reine zu bringen war sogar noch wichtiger als essen. Schließlich stieg sie doch noch aus der Wand. Sie trug ein hübsches blaues Oberteil, das zu ihren Augen passte, und war wie an den meisten Tagen in ein Buch vertieft.

»Lani«, rief Alex.

Sie drehte den Kopf, ein wenig desorientiert und noch halb in ihr Buch versunken, bevor sie ihn entdeckte. »Oh«, sagte sie. »Hi.« Sie schaute zur Treppe und schien versucht, einfach weiterzugehen, blieb dann aber doch stehen und biss sich auf die Unterlippe. »Hi«, murmelte sie erneut. »Ich hab dich gar nicht gesehen.«

Alex lächelte und zeigte auf das Buch. »Ich weiß.«

Sie standen verlegen voreinander, das Geländer zwischen ihnen, während weitere Lehrlinge an ihnen vorbeieilten, um es noch rechtzeitig vor dem Unterricht zum Frühstück zu schaffen.

»Also, was gibt's?«, fragte Lani. »Gehst du frühstücken?«

Alex schluckte trocken. »Ich … nein, geh ich nicht. Ich wollte mit dir reden.«

Sie senkte den Blick zum Boden. »Worüber?«

»Darüber, dass du sauer auf mich bist. Hör mal, es tut mir leid, okay?«

Lani klappte das Buch zu und seufzte. »Was tut dir leid? Hat Sam irgendwas gesagt?«

»Du hast mit Samheed über mich gesprochen?« Beinahe angewidert schüttelte er den Kopf. »Nein, ich bin tatsächlich einfühlsam genug, selbst mitzukriegen, wenn du sauer auf mich bist, ob du's glaubst oder nicht.« Es kam ihm barscher über die Lippen, als er es beabsichtigt hatte. »Du gehst mir schon seit zwei Wochen aus dem Weg.«

Die Menge um sie herum dünnte sich aus, als sich auch die letzten Nachzügler nach unten begaben. Alex blickte über das Geländer zum Eingang hinunter, wo Florence und Simber auf ihren Posten standen und zum Speisesaal blickten. Oder vielleicht schauten sie auch absichtlich *nicht* die Treppe hinauf, um den beiden ein wenig Privatsphäre zu geben.

Lani setzte einen Fuß auf den Treppenabsatz, ihr Schuh direkt neben Alex'. »Ich weiß«, murmelte sie. »Aber es muss dir nicht leidtun. Es ist nicht deine Schuld.«

»Na ja, ich hätte ja auch Ja sagen können«, räumte er ein. »In gewisser Weise *ist* es also meine Schuld. Trotzdem bin ich froh, dass du die Sache aus meiner Perspektive betrachten kannst.«

»Moment mal«, erwiderte Lani zögernd. »Was?«

Alex' Augen weiteten sich. Ihn beschlich das Gefühl, schon wieder etwas falsch gemacht zu haben. »Was *›was?‹?*«

»Wofür entschuldigst du dich hier genau?«, fragte sie und stemmte ihre freie Hand in die Hüfte.

Alex konnte sehen, wie die Anspannung in Lanis Gesicht zurückkehrte, aber er wusste nicht, was er sonst noch sagen sollte. »I-ich entschuldige mich, weil du dir wünschst, ich hätte Mr Today gesagt, dass ich der nächste Anführer von …« Er verstummte.

Lani wartete einen Moment und forderte ihn förmlich mit den Augen heraus, weiterzusprechen. Aber das würde er auf gar keinen Fall tun.

»Jungs«, brummte sie, bevor sie sich auf dem Fußballen herumdrehte und majestätisch die Treppe hinunterstolzierte.

»Mist!«, zischte Alex, während er zusah, wie ihr seidiges Haar bei jedem Schritt auf ihrem Rücken hüpfte. Am liebsten hätte er sich selbst die Augen ausgestochen. Als sie unten ankam, steuerte Lani geradewegs auf die mächtige Eingangstür zu, öffnete sie und ging nach draußen.

Florence blickte die Treppe hinauf zu Alex und versuchte, ihre Erheiterung zu verstecken, während Simber vollkommen still dahockte – abgesehen von seinen Ohren, die plötzlich wie wild zuckten und sich dann spitz aufstellten, so als hätte er irgendetwas gewittert. Einen

Moment lang überlegte Alex, was er tun sollte, beschloss dann jedoch, dass er wegen der ganzen Sache sicher nicht den Hungertod sterben musste. Also ging er ebenfalls nach unten, um sich etwas zu essen zu besorgen und es im Unterricht zu verspeisen.

Als er das Fußende der Treppe erreichte, spannte Simber sich an, breitete dann blitzschnell seine Schwingen aus, streifte Alex dabei, warf ihn unabsichtlich zu Boden und jagte ihm obendrein einen gewaltigen Schrecken ein.

»Vorrrsicht!«, brüllte der Gepard, sprang von seinem Sockel und stürmte zur Tür. »Florrrence, zum Torrr! Alex und alle anderrren, kommt mit uns! Wirrr werrrden angegrrriffen!«

Das riesige Raubtier preschte durch die Tür und rauschte davon, sein bebender steinerner Körper nur noch ein verschwommener Blitz auf dem Rasen vor den Fenstern. Florence donnerte ein scharfes »Marcus!«, das die ganze Villa erzittern ließ.

Alex stürmte hinter Simber aus der Tür, und seine Hände wanderten automatisch in seine Westentaschen, auf der Suche nach Zauberrequisiten. Lani war ihm bereits ein gutes Stück voraus, und Alex krampfte sich der Magen zusammen, als er sie sah: Sie trug ihre Kampfweste nicht. »Lani, warte!«, schrie er, aber durch all den Lärm ringsum konnte sie ihn nicht hören.

Eindringlinge

Alex rannte so schnell er konnte zum Tor, während ein Dutzend andere – unter ihnen auch Ms Morning und Sean Ranger – aus den verschiedenen Türen der Villa strömten. Es herrschten Gebrüll und Verwirrung, die Girrinos bäumten sich auf und immer wieder hallten Schreie durch Artimé. Simber donnerte über den Rasen und brachte die Erde zum Beben, und Alex zählte mindestens fünfzehn Quillerinnen und Quiller, die schreiend durcheinanderwuselten und die Girrinos mit langen, verrosteten Metallteilen angriffen. Lani hielt sich am Rand des Kampfgetümmels, schaffte es aber dennoch, mehreren Gewollten einen kräftigen Schubs oder Schlag zu verpassen, während sie Angriffen aus dem Weg ging und versuchte, nicht niedergetrampelt zu werden. Ohne die Requisiten in ihrer Kampfweste konnte sie jedoch keine Zauber anwenden. Drei der Girrinos bekamen die Hauptlast des Angriffs zu spüren, während das vierte zusammengekrümmt und zappelnd auf dem Boden lag, vor Schmerzen kreischend und brüllend.

Alex feuerte eine Reihe von Fächerclips ab, erwischte einen der Gewollten und ließ ihn mehrere Dutzend Meter durch die Luft fliegen, zurück in die Einöde Quills, bis er schließlich gegen etwas knallte, in dem sich die Fächerclips festhaken konnten.

Auch Ms Morning rannte zum Eingang, feuerte mehrere Zauber ab und verfolgte mit scharfem Blick die Männer und Frauen, die Artimé angriffen, in dem Versuch, sie zu identifizieren. Sie nahm es mit einem der Quiller auf, die die Girrinos angriffen, entwaffnete ihn und wollte gerade einen Zauber hinterherschicken, doch er drehte sich im selben Moment zu ihr um. Als sie sein Gesicht sah, hielt sie mitten im Zauber inne. Ihr blieb der Mund offen stehen, und auch die Augen des Gewollten weiteten sich, als er sie erkannte. Es sprach Angst aus seinem Blick. Er wich einen Schritt zurück und hob eine Hand, als wollte er sich schützen oder um Gnade flehen.

Doch niemand hatte Zeit, die beiden weiter zu beobachten. Simber kam mit einem donnernden Sprung vor dem Tor zum Stehen und gab ein erderschütterndes Brüllen von sich. Die Angreifenden warfen einen Blick auf die unbezwingbare Bestie, kreischten panisch, wirbelten herum und flohen die Schotterstraße hinunter, zurück nach Quill. Simber jagte ihnen noch mehrere Meter hinterher. Sean und Ms Morning folgten ihm ein Stück weit und blieben dann mitten auf der Straße stehen, um den Fliehenden nachzuschauen. Ms Morning legte sich eine Hand auf den Mund, als sich der Mann, den sie entwaffnet hatte, zu ihr umblickte. Simber machte kehrt und stürmte zum Eingang zurück, wo Arija reglos dalag.

Eine Traube aus Artiméerinnen und Artiméern hatte

sich um sie geschart, unter ihnen auch Lani und Mr Today, der neben der Girrinodame kniete. Alex, vollkommen außer Atem, blieb am Rand der Menge stehen und lugte durch die Lücken zwischen den Menschen und Kreaturen hindurch. Es war geradezu unheimlich still.

Mr Today murmelte immer wieder etwas Unverständliches, während er mit einer Hand über den Hals des Girrinos strich. Er versuchte mehrere quälende Minuten lang sein Bestes, und als er schließlich den Blick hob, flossen Tränen über die tiefen Falten um seine Augen. »Ich fürchte –« Seine Stimme brach. Er atmete tief durch und legte sanft eine Hand auf Arijas weiches Fell. Dann schüttelte er den Kopf. »Ich kann sie nicht retten.«

Erneut war einen Moment lang alles still, während die Umstehenden Mr Todays Worte sacken ließen. Dann stießen die noch verbliebenen Girrinos ein so lautes, kummervolles Brüllen aus, dass es in meilenweitem Umkreis sämtlichen fühlenden Kreaturen das Herz brach.

Als Aaron Stowe es im tiefsten Inneren von Quill hörte, lächelte er.

Ernste Gefahr

Als sich die Neuigkeit über den Angriff und den schockierenden Tod der freundlichen Arija in Artimé verbreitete, war niemand überrascht, dass der Unterricht mit sofortiger Wirkung beendet wurde und auf sämtlichen Wandtafeln die Anweisung aufleuchtete, alle sollten sich umgehend ins Theater begeben.

Lani ging gemeinsam mit Alex dorthin, der Streit zwischen ihnen war für den Moment vergessen. Sie hatten sich noch immer nicht von ihrem ersten Schock erholt, als sie das Theater betraten. Alex schlang einen Arm um Lanis Schultern und sie ließ es zu. Sie steuerten auf eine ganz bestimmte Ecke im Theater zu, an der sie und ihre Freunde sich in einer Krisensituation immer trafen.

Meghan und Samheed warteten bereits auf sie, Meghan in Tränen aufgelöst und Samheeds Hand umklammernd. Die vier standen zusammen und sagten nicht viel, während sie darüber nachdachten, wie grauenvoll und seltsam es war, jemanden in einem Moment noch lebendig und munter zu sehen und im nächsten tot.

Alex berichtete Meghan und Samheed, was genau passiert war, wie tapfer Lani gekämpft und wie Simber die

Angreifenden aus Quill in die Flucht geschlagen hatte, auch wenn es bereits zu spät gewesen war. Samheed knuffte Lani in einer seltenen Geste, die er allein für tragische Momente wie diesen zu reservieren schien, in die Seite und flüsterte ihr grummelnd zu: »Ich bin froh, dass es dir gut geht. Aber trag in Zukunft deine blöde Weste, klar?«

Einen Moment später kam Bewegung in den Raum, als sich Menschen und Kreaturen hastig einen Sitzplatz oder – im Fall von Jim, der geflügelten Schildkröte – einen Platz in der Luft suchten, weil Mr Today die Bühne betrat. Er wartete geduldig, bis Ruhe eingekehrt war. Nachdem sich Stille im Saal ausgebreitet hatte, ergriff der Magus das Wort.

»Ich möchte mich möglichst kurzfassen«, begann er mit heiserer Stimme. Er räusperte sich und fuhr fort: »Ich bin tief traurig über diesen Angriff. Arija war uns allen eine liebe Freundin und sie hat unseren Eingang jahrelang treu bewacht. Niemand sorgte sich hingebungsvoller um Artimés Sicherheit als sie.«

Überall im Raum flossen Tränen.

»Dieser Angriff macht eines nur allzu deutlich: Quill hat ungeheure Mühe damit, uns zu akzeptieren – mehr, als es irgendjemand vermutet hätte. So sehr sich unser Freund, Hohepriester Haluki, auch bemüht, Veränderungen umzusetzen, ist und bleibt es schwer, neue Vorstellungen in einer Gesellschaft zu verankern, die in ihrer Lebensweise jahrelang so festgefahren war.« Er betrachtete die Zuhörenden, unter denen sich nun mehr Notwendige denn je befanden, und sogar einige Gewollte hatten sich ihnen inzwischen angeschlossen. Sein Blick blieb an Eva Fathom in einer der vorderen Reihen des Theaters hängen und er lächelte traurig. Sie wirkte nicht mehr so steif wie zuvor und hatte den Kopf geneigt.

»Ganz eindeutig waren wir auf einen so gewalttätigen und organisierten Angriff nicht vorbereitet – aber wir hätten es ebenso eindeutig sein müssen.«

Im selben Moment wackelte Charlie, der Gargoyle, zu Mr Today auf die Bühne. Er gestikulierte wild mit den Händen, als würde er in Zeichensprache kommunizieren, und Mr Today folgte seinen Ausführungen aufmerksam. Als Charlie fertig war, bedankte sich Mr Today bei ihm und die kleine Statue verließ die Bühne wieder und trottete zu den Röhren zurück.

»Hohepriester Haluki spricht uns sein tiefstes Beileid aus. Er war genauso schockiert, von dieser Tragödie zu hören, wie wir es waren, sie miterleben zu müssen. Er bittet alle, die an dem Kampf beteiligt waren, sich mit ihm in Verbindung zu setzen, falls sie eine oder einen der Angreifenden erkannt haben, selbst wenn er oder sie dem Quillitär angehörte.«

Im hinteren Teil des Raumes wrang Ms Morning ein Taschentuch in den Händen. Sie blickte nicht auf.

Mr Today gab ein erschöpftes Seufzen von sich. »O weh, nun geht alles wieder von vorne los«, murmelte er leise, als sei es nur für ihn selbst bestimmt. »Aber diesmal wisst ihr, was auf euch zukommt. Florence wird ein magisches Kampftraining mit unseren Neuankömmlingen beginnen, während ihr anderen an euren Fähigkeiten feilen werdet.

Simber wird bis auf Weiteres Posten am Tor beziehen – er ist bereits dort. Tina, Opal und Penelope werden sich eine dringend benötigte Auszeit gönnen, um den Verlust ihrer Schwester und Anführerin zu betrauern. Von diesem Moment an tragen alle zu jedem Zeitpunkt ihre voll ausgerüsteten Kampfwesten, achten stets auf neue Nachrichten auf den Wandtafeln und sind allzeit kampfbereit.«

Lani sah zu Samheed, der ihr einen Seitenblick zuwarf. Sie nickte und schaute auf ihre in ihrem Schoß gefalteten Hände hinunter.

»Hat irgendjemand noch Fragen?«, wollte Mr Today wissen.

»Ja«, war eine laute Stimme zu hören. »Ich habe eine Frage.« Sean Ranger erhob sich. »Mr Today, warum stellen Sie das Tor nicht wieder auf? Sind noch nicht genügend von uns gestorben?«

Der Magus schwieg für einen langen Moment, bevor er antwortete: »Das weiß ich selbst nicht, Sean«, erwiderte er schlicht. »Ich stelle mir täglich dieselbe Frage.«

»Ist es Stolz? Denn falls ja, dann finde ich es absolut rücksichtslos«, beharrte Sean.

Doch Mr Today schien sich nicht beleidigt zu fühlen. »Vielleicht hast du recht. Danke, dass du dieses Thema angesprochen hast. Ich werde darüber nachdenken.«

Gemurmel raunte durch die Menge. Alex setzte sich kerzengerade auf, schockiert und ein kleines bisschen wütend. Und bevor er wirklich wusste, was er tat, sprang auch er von seinem Stuhl auf und sagte: »Mr Today, wie können Sie das sagen, nach allem, was wir von Ihnen gelernt haben? Sie haben uns gezeigt, dass wir uns nicht verstecken sollten. Sie haben uns beigebracht, dass wir das Recht haben, in Freiheit zu leben! Sie haben uns gerettet, und wir müssen jetzt Artimé retten – das ist der Preis, den wir dafür bezahlen müssen, eine zweite Chance aufs Leben erhalten zu haben.« Stille breitete sich im Raum aus. »Und jeder, der das nicht genauso sieht, kann gerne woanders hingehen.«

Sean Rangers Augen funkelten, als er Alex in dem überfüllten Theater suchte und fand. Er machte den Mund auf, um etwas zu erwidern, doch dann erhoben sich, einer nach der anderen, Samheed, Lani und andere ringsum Alex, um ihre Zustimmung auszudrücken.

Nur Meghan blieb sitzen, blickte von ihrem Bruder zu ihrem besten Freund und wieder zurück. Erschöpft vergrub sie das Gesicht in den Händen, während der ganze Saal in Vorwürfe und Streit darüber ausbrach, wer von den beiden recht hatte und was sie jetzt unternehmen sollten.

Alex, der in eine hitzige, aber respektvolle Diskussion mit jemandem zwei Reihen vor ihm verstrickt war, blickte zur Bühne hinauf und sah, dass Mr Today ihn beobachtete. Er verstummte mitten im Satz und hatte plötzlich ein schlechtes Gewissen, weil er diesen Streit überhaupt ausgelöst und die schöne Rede des alten Magus ruiniert hatte. Doch Mr Today nickte Alex nur zu und faltete die Hände. Alex bildete sich sogar ein, ein wenig Stolz in seinem Blick zu erkennen.

Ein elektrisches Knistern rauschte durch Alex' Adern, und er spürte plötzlich pure Freude darüber, dass er von Mr Today und Artimé gerettet worden war, und über die Herausforderung und das Glück, noch am Leben zu sein. Dieses Gefühl hatte er seit dem Moment, als sein Bruder ihn beinahe getötet hatte, nicht mehr gespürt. Er erwiderte Mr Todays Lächeln, und zum ersten Mal kam es ihm vor, als wären sie weniger Schüler und Lehrer, sondern Freunde.

Beinahe so, als würden sie einander ohne Worte verstehen.

Wieder schlaflos

Wann immer Alex nicht schlafen konnte, streifte er durch die Villa. Manchmal traf er in der Dunkelheit der Nacht auf Samheed, der unter ähnlichen Schlafproblemen litt. Heute war eine dieser Nächte. Die beiden verließen ihre Zimmer fast im selben Moment, wobei Samheed mit einer schnippischen Bemerkung an seine Wandtafel, Stuart, die Tür hinter sich schloss, während Alex Clives Erinnerung »Stirb nicht!« mit einem »Werd' ich nicht« erwiderte. Gemeinsam gingen die Jungen den Korridor hinunter, ohne etwas sagen zu müssen.

Genau wie sie es schon in der Vergangenheit des Öfteren getan hatten, bogen sie nach rechts ab, als sie den Balkon erreichten, dann wieder rechts, um dem fast geheimen Korridor zu folgen. Inzwischen war es ihnen zur Gewohnheit geworden, hin und wieder das Geschehen auf den Wandtafeln in Mr Todays Büro zu beobachten. Als sie an der Tür zum Museum des Großen vorbeikamen, warf Alex einen Blick darauf und sehnte sich danach, es bei einem erneuten Besuch weiter erkunden zu können.

Samheed bemerkte den Blick. »Was versteckt sich da

eigentlich?«, fragte er. »Warst du schon mal drin? Ich hab mal versucht, die Tür zu öffnen, aber sie war abgeschlossen.«

Alex zuckte nur mit den Schultern, weil er nicht lügen wollte und nicht wusste, ob er Samheed die Wahrheit erzählen durfte.

Obwohl die Glaswand schon seit Langem nicht mehr an ihrem Platz stand, war Alex wie jedes Mal vorsichtig und streckte tastend einen Fuß aus, um ganz sicherzugehen.

Samheed lachte leise. »Ich bin auch mal gegen das Ding gerannt, weißt du? Wenn du einen Fächerclip oder einen Origamidrachen den Flur runterwirfst, findest du heraus, ob die Wand hier steht, ohne dich so komisch verrenken zu müssen.«

Alex schnaubte verächtlich. »Ich verschwende meine Requisiten nun mal nicht gern.«

»Wie du meinst. Aber du siehst dabei aus wie ein Idiot.«

Sie betraten Mr Todays Büro und zogen zwei Stühle vor die Wandtafeln, obwohl sie im Dunkeln nicht viel erkennen konnten. Alex wusste, es störte Mr Today nicht, dass sie in seinem Büro saßen. Nicht mehr. Außerdem musste er zugeben, dass es ihn deutlich weniger nervös machte, keine Sorge mehr haben zu müssen, dass Mr Today sie entdecken könnte.

»Ich fand gut, was du bei der Versammlung gesagt hast«, begann Samheed nach einer Weile. »Ich finde, du hast recht. Was zum Geier ist bloß mit Sean Ranger los, dass er diese Frage überhaupt gestellt hat? Das passt gar nicht zu ihm.«

»Ich fand es auch seltsam. Aber er verhält sich in letzter Zeit ohnehin ziemlich komisch. Hast du gesehen, wie er nach der Versammlung aus dem Theater gestürmt ist? Er ist schnurstracks zum Tor raus und nach Quill«, erwiderte Alex, während auf dem Bildschirm Aarons altes Zimmer zu sehen war. Ein neuer Junge wohnte nun darin, aber Alex konnte sein Gesicht in der Dunkelheit nicht erkennen. »Ich glaube, er und Meghan waren am Boden zerstört, nachdem sie ihre Eltern besucht haben. Meg scheint seitdem jedenfalls oft in Gedanken versunken zu sein.«

»Hm«, machte Samheed. »Meg hat mir erzählt, als Sean damals als Ungewollter eingestuft wurde, hatte ihre Mutter jahrelang diesen leeren Blick im Gesicht, so als könnte sie einfach nicht über Seans Tilgung hinwegkommen. Aber als die beiden ihre Eltern zu Hause besucht haben, hatte ihre Mutter wegen Meghan nicht denselben Ausdruck auf dem Gesicht.«

»Autsch«, erwiderte Alex. »Mir hat sie erzählt, ihre Eltern schienen sich zwar zu freuen, Sean zu sehen, sie selber aber … eher nicht.«

»Das ist brutal. Und kommt mir ein bisschen zu bekannt vor.«

Alex warf Samheed im Schein der Wandtafeln und der sanften nächtlichen Beleuchtung des Büros einen Seitenblick zu. »Ist deine Mutter noch mal wiedergekommen?«

»Nein. Und ich bin froh darüber. Ich hoffe, sie … ich hoffe, sie tut es nie wieder.«

»Würdest du mit ihr reden?«

»Nein.« Samheed fuhr sich mit den Fingern durchs Haar. »Ich weiß nicht. Vielleicht. Würdest du mit deinen Eltern reden?«

Alex dachte lange darüber nach. »Ja. Aber meine Eltern werden nicht kommen. Sie werden für immer auf Aarons Seite stehen. Er hat mir gesagt, dass er sie nie wiedersehen will, aber das wird für meine Eltern keine Rolle spielen. Sie sind Notwendige, die sich wünschen, sie wären Gewollte. Sie würden eher verhungern, bevor sie sich uns anschließen. So sind sie nun mal.«

Einen Moment lang saßen die beiden schweigend da.

»Hey, wer ist der Neue in Aarons Zimmer?«, fragte Samheed dann.

»Keine Ahnung.«

»Vielleicht überwacht Mr Today ja jetzt einen anderen Gewollten. Wäre irgendwie unheimlich.«

Alex richtete sich auf und lehnte sich näher zum Bildschirm. »Meinst du wirklich?«

»Nein, eher nicht. Es ist immer noch das gleiche Zimmer wie vorher. Und siehst du, hier? Es ist dieselbe Tür.« Er zeigte auf die vertrauten Astlöcher im Holz. »Ich glaube, wir kennen diese blöde Tür inzwischen beide in- und auswendig.«

Alex lachte. »Ja. Ich wette, Mr Today hat meine 3-D-Zeichnung immer noch. Es wäre bestimmt lustig, sich rüberzuschleichen und dem Neuen ein bisschen Angst einzujagen.«

Samheed setzte ein boshaftes Grinsen auf, wandte sich dann jedoch wieder den Wandtafeln zu. Er hatte genug davon, der Übeltäter zu sein. »Ich frage mich, wo Aaron ist. Weißt du es?«

»Nein.« Alex wackelte mit dem Fuß. »Und das gefällt mir gar nicht. Es macht mich nervös.«

»Ich weiß. Mich auch.«

Sie schauten noch eine Weile auf die Bildschirme, sahen jedoch nur ein paar nicht identifizierbare Personen, die eine Straße hinuntergingen. Alex kniff die Augen zusammen und versuchte herauszufinden, ob Aaron unter ihnen war, jedoch ohne Erfolg. Kurz darauf zog ein ungleiches Paar vorbei, aber alles, was Alex erkennen konnte, war, dass es sich um eine ältere Frau und einen jüngeren Mann von durchschnittlicher Körpergröße handelte. Im Profil sah er aus wie Sean Ranger – und war die Frau seine Mutter? Alex schaute genauer hin, doch die beiden waren schon im nächsten Moment außer Sichtweite. Er seufzte.

Samheed trommelte mit den Fingern auf die Armlehne seines Stuhls. Nach einer Weile erhob er sich. »Hier tut sich nichts. Ich hol mir was zu essen.«

»Ja.« Alex stand ebenfalls auf und folgte Samheed aus dem Zimmer. Die beiden schlenderten zum Balkon zurück und die Treppe hinunter. Alex blickte auf den leeren Sockel, auf dem Simber sonst hockte. Es war seltsam, dass der Gepard den Eingang der Villa nachts nicht bewachte. Aus einem Impuls heraus sagte Alex: »Ich geh spazieren. Wir sehen uns morgen früh.«

»Bis dann.«

Alex ging nach draußen und blieb für eine Weile am Meeresufer stehen. Die salzige Gischt sprühte ihm ins Gesicht und er schmeckte sie auf seinen Lippen. Er atmete ganz tief ein und langsam wieder aus, während er an Arija dachte, an Mr Today auf der Theaterbühne und an das seltsame elektrische Kribbeln, das durch seinen Körper gejagt war. Er konnte es immer noch spüren. Es kam ihm vor, als wäre er so lange krank gewesen, dass er völlig vergessen hatte, wie es war, sich gut zu fühlen, bis er sich heute daran erinnert hatte. Er verspürte das Bedürfnis, loszurennen und Liegestütze zu machen. Aber stattdessen wandte er sich vom Wasser ab, ging an der Villa vorbei und zum Tor.

»Hallo, Alex«, sagte Simber, ohne sich zu ihm umzudrehen.

»Hi.« Alex setzte sich neben der großen Raubkatze ins Gras und lehnte sich gegen die graue Steinwand. Er blickte auf die Straße hinaus, die Quill umschloss, zu der Stelle, an der er bei der großen Schlacht mit Simber gestanden hatte. Ein Besuch am Tor beschwor oft starke Gefühle und lebendige Erinnerungen herauf. Alex erschauderte, als er an die andere Seite dachte.

»Ist dirrr kalt?«

»Nein. Es sind nur die Erinnerungen.«

Für eine Weile saßen die beiden still da, nur Simbers Ohren, Augen und Nasenflügel bewegten sich hin und wieder.

»Kannst du nicht schlafen?« Das tiefe, knurrende Schnurren der Statue klang tröstlich zwischen den nächtlichen Geräuschen. »Oderrr hast du heute Nacht etwas anderrres vorrr?«

»In letzter Zeit hab ich auf nichts wirklich Lust«, erwiderte Alex, überrascht von sich selbst. Er hatte diesem Gefühl noch nie zuvor Ausdruck verliehen, aber so war die Macht des Tors nun mal. »Nicht seit … du weißt schon. Seit dem Angriff in Justines Palast.«

Simber nickte.

Alex wedelte eine Mücke weg, die sich aus Quill zu ihnen verirrt hatte. »Das war wirklich hart, weißt du?«

»Ich errrinnerrre mich«, sagte Simber auf eine Weise, bei der Alex sich ein klein wenig besser fühlte. »Du wärrrst beinahe gestorrrben, als ich dich nach Hause getrrragen habe.«

Alex lehnte den Kopf an die Mauer und seufzte.

»Es ist in Orrrdnung, wenn du so empfindest«, versicherte Simber ihm. »Dein Körrrperrr hat sich wiederrr errrholt, aberrr dein Geist muss genauso heilen.«

Alex schwieg für einen langen Moment. Er kniff seine Nasenwurzel zusammen, als er spürte, dass Kopfschmerzen im Anmarsch waren. »Ich kann den Gedanken an eine weitere Schlacht einfach nicht ertragen. Daran, noch einmal so getroffen und verletzt zu werden, verstehst du?« Er erinnerte sich noch gut daran, wie lange seine Genesung gedauert hatte und wie schmerzhaft sie gewesen war. »Aber«, fügte er dann hinzu und staunte beinahe selbst über die Worte, die aus seinem Mund kamen, »wenn es sein müsste, dann würde ich das alles noch mal tun – für Mr Today und für Artimé. Definitiv.«

Er schaute Simber an und fragte: »Glaubst du, ich habe den nötigen Antrieb?«

Simber neigte den Kopf zur Seite, als würde er nach der Bedeutung dieser Frage suchen. »Die eigentliche Frrrage ist: Glaubst *du* es?«

Alex presste die Lippen fest zusammen und nickte. »Vielleicht. Ja, ich glaube schon.«

Simber lächelte beinahe. »Und wie fühlt sich das an?«

»Furcht einflößend. Gefährlich. Es ist viel leichter, einfach … nichts zu tun. Gewisse Dinge zu ignorieren.«

Zum ersten Mal, seit Alex sich zu ihm gesetzt hatte, blickte Simber den Jungen an. »Ja, ist es.«

»Mr Today wollte, dass ich die anderen anführe. Wenn er … du weißt schon … nicht mehr da ist.«

Simber richtete den Blick wieder auf Quill. »Ich weiß.«

»Ich hab Nein gesagt.«

»Ich weiß«, wiederholte der Gepard.

»Erzählt er dir alles?«

Simber schmatzte laut. »So ziemlich.«

»Oh.«

»Also.« Simber erhob sich, ging ein Stück die Straße hinunter, kam wieder zurück, machte einen unglaublich hohen Katzenbuckel und streckte dann die Hinterbeine aus, eins nach dem anderen. »Ich hab so das Gefühl, du wolltest mich noch was anderrres frrragen.«

Alex biss sich auf die Unterlippe. »I-ich schätze schon. Ich meine …«

Simber ließ sich wieder neben dem Jungen nieder und wartete geduldig.

»Ich meine, wer wäre … bei mir … für mich da … wenn ich es tun würde? Also, na ja, so wie du für ihn da bist. Oder wäre ich, du weißt schon, ganz allein? Oder müsste ich selbst jemanden finden? Weil ich nämlich … nicht wirklich … so jemanden habe. Ganz und gar nicht.« Er dachte an seine Freunde und wusste natürlich, dass sie für ihn da sein würden, wann immer er sie brauchte, aber sie kamen ihm einfach nicht … groß genug vor. Diese Aufgabe fühlte sich so gewaltig an, und Alex hatte schon beim bloßen Gedanken daran das Gefühl, als würde sie ihn verschlingen.

Simber drehte sich erneut zu Alex um und schaute ihn an. Seine warmen Augen glänzten im Mondlicht. »Ich *bin* doch schon fürrr dich da, Alex. Wann immerrr du mich brrrauchst, solange du mich brrrauchst. Und sogarrr noch längerrr«, sagte er. »Es ist meine Pflicht. Aberrr es ist mirrr auch ein Verrrgnügen.«

Das Blut rauschte in Alex' Gesicht und ein Gefühl der Wärme flutete seine Brust. Er konnte sich nicht daran erinnern, dass schon jemals jemand so etwas zu ihm gesagt hatte.

Magie in Quill?

Aaron und Gondoleery trafen sich nun täglich am Tor vor dem Palast des Hohepriesters und gaben dabei ein recht eigenartiges Paar ab, auch wenn sie für die ahnungslos an ihnen Vorbeikommenden vermutlich nur wie ein junger Mann und seine Großmutter aussahen und damit trügerisch unschuldig wirkten. Für das Quillitär wurden sie im Lauf der Zeit jedenfalls nahezu unsichtbar.

Die beiden waren praktisch unzertrennlich, während sie still und heimlich wütende Gewollte mit Essen zu sich lockten und sie nebenbei von ihren Ansichten überzeugten. Nach ein paar Tagen mit Gondoleery ging Aaron das Risiko ein, ihr zu erzählen, woher er das Obst und Gemüse hatte. Er nahm sie mit auf die Favoritenfarm und zeigte ihr, wie einfach es war, alles selbst zu ernten. Und auch wenn Gondoleery den Hohepriester von der Farm hatte reden hören, hatte sie keine rechte Vorstellung davon gehabt, wie es dort aussah. Und natürlich war sie auch noch nie selbst dort gewesen, weil sie dies stets als Aufgabe der Notwendigen betrachtet hatte.

»Das erinnert mich an den Ort, an dem ich aufgewachsen bin. Dort haben die Menschen auch Dinge angepflanzt«, sagte Gondoleery. Sie hatte in letzter Zeit viel über ihre Kindheit nachgedacht, nun, da sie ihre Erinnerungen wiederhatte. »Wer einen eigenen Garten hatte, bot sein übriges Obst und Gemüse einmal die Woche auf dem Markt all jenen an, die selbst nicht genügend Platz hatten, um etwas anzubauen. Und diese Menschen haben es dann gekauft«, erklärte sie.

Aaron runzelte die Stirn. »Was bedeutet ›gekauft‹?«

»Eine wertvolle Münze dafür einzutauschen. Die Münzen konnte man gegen alles Mögliche eintauschen, und alle wollten immer noch mehr Münzen. Sie waren das Beste, was man besitzen konnte.«

»Eigenartig«, murmelte Aaron und blickte über seine Schulter zurück, um zu sehen, ob die Wache sie beobachtete, bevor er sich eine Handvoll Beeren in den Mund steckte und nachdenklich kaute. »Diese Münzen kann man aber nicht essen, oder? Also wozu sind sie dann überhaupt gut?«

»Nein, man kann sie nicht essen, aber man kann Lebensmittel damit kaufen, und andere Dinge.«

Aaron zuckte desinteressiert mit den Schultern. »Was braucht man denn schon außer Essen? Es klingt mir doch sehr nach unnötiger Arbeit, Münzen für andere Dinge einzutauschen, wenn man sich die anderen Dinge auch einfach so holen kann.«

Gondoleery schlang eine Handvoll Beeren hinunter und nickte. »Sie haben immer mehr Münzen hergestellt, bis alle Hunderte oder Tausende davon hatten, und dann waren sie plötzlich nicht mehr so wertvoll.«

Aaron kräuselte die Stirn und versuchte, das Konzept zu verstehen. Es kam ihm jedoch völlig verrückt vor, deshalb hatte er es schon bald wieder vergessen. Die beiden ernteten jeweils ihre vier erlaubten Teile – was sie vorher schon gegessen hatten, nicht mit eingerechnet –, zeigten sie der Wache und gingen wieder ihres Weges.

Es gab etwas, das Aaron Gondoleery schon seit einiger Zeit fragen wollte, und nun wagte er es schließlich. »Du hast gesagt, als Mr Today dir deine Erinnerungen zurückgab, hat er dir auch deine Magie wiedergegeben. Soll das heißen, du hast magische Kräfte, genau wie Mr Today und die anderen in Artimé?«

Gondoleery hinkte neben ihm her. »Vielleicht«, erwiderte sie.

Aaron lief vor Aufregung das Wasser im Mund zusammen. So sehr er die Kreativität auch hasste, die hinter der Magie steckte, wäre sie dennoch eine mächtige Waffe für sie. »Du bist dir nicht … sicher?«

Gondoleery betrachtete ihn mit zusammengekniffenen Augen. »Ich bin mir bei überhaupt nichts sicher«, erwiderte sie, »dich eingeschlossen. Deshalb werde ich diese Frage auch nicht beantworten.«

Leise Wut kochte in Aaron hoch. »Wie du meinst«, murmelte er. »Ich dachte, dir wäre vielleicht aufgefallen, welch großes Vertrauen ich dir geschenkt und mit wie viel Essen ich dich versorgt habe. Und jetzt hab ich dir auch noch das Geheimnis der Favoritenfarm offenbart, und die ist schließlich so was wie unsere ganz private Vorratskammer. Aber egal.« Er fühlte sich verletzt, versuchte jedoch, das Gefühl zu unterdrücken, weil er plötzlich fürchtete, einen Riesenfehler begangen zu haben, indem er Gondoleery die Farm gezeigt hatte.

»Mach einfach weiter wie bisher, um Artimé zu vernichten, dann werde ich es dir vielleicht eines Tages verraten«, erwiderte die Alte. In Wahrheit war sie sich nicht sicher, was sie mit ihren magischen Kräften anstellen konnte. Bis jetzt war es nicht viel. Aber das musste sie Aaron ja nicht auf die Nase binden.

»Ich hatte auch nichts anderes vor«, entgegnete Aaron, wieder ein wenig heiterer. »Wir haben inzwischen eine ganz ansehnliche Schar Verbündeter auf unserer Seite, die Artimé in ihrem Eifer bereits einen ordentlichen Schlag versetzt haben – es waren dreiunddreißig, als ich das letzte Mal gezählt habe, einschließlich zweier Kommandeurssöhne, wie ich erfreut hinzufügen möchte. Ich gedenke, unsere Gruppe in Quill zu einer Mehrheit heranwachsen zu lassen, damit wir den Palast übernehmen, Haluki und Artimé von der Bildfläche verschwinden lassen und wieder zu dem friedlichen Leben zurückkehren können, das wir in Quill einst geführt haben. Habe ich dabei deine volle Unterstützung?«

»Selbstverständlich«, versicherte Gondoleery ihm. »Du hast meine volle Unterstützung dabei, Quill wieder zu seiner alten Größe zu verhelfen. Aber das bedeutet nicht, dass ich dir all meine Geheimnisse verraten werde.«

Beinahe zischte Aaron sie an: *Ich will ja auch gar nicht all deine Geheimnisse erfahren – nur das eine!*, biss sich aber noch rechtzeitig auf die Zunge und nickte nur, während er wieder eine freundliche, mitfühlende Miene aufsetzte.

Als sie sich zum zweiten Mal an diesem Tag dem Palasttor näherten, sah Aaron, dass dort eine vertraute Gestalt auf sie wartete. Sie näherten sich ihr, und er streckte der Frau zur Begrüßung die Hand hin. »Ahh«, sagte er bedeutungsvoll, »meine liebe Eva Fathom.« Er verneigte sich zu ihren Fingerspitzen hinunter. »Welche Neuigkeiten bringst du uns aus der Villa?«

Ein neuer Zauber

Alex, Lani, Meghan und Samheed hatten sich mit Hunderten weiteren Artiméerinnen und Artiméern in zwei Reihen aufgestellt, die sich vom Rasen vor der Villa bis zum Rand des Dschungels erstreckten. Sie standen einander in einem Abstand von zwanzig Metern gegenüber, während Florence mit donnernden Schritten zwischen ihnen hindurchrauschte und beim magischen Kampftraining für Fortgeschrittene Anweisungen erteilte.

Sie hatte den Kurs »für Fortgeschrittene« – der im vergangenen Jahr noch als ganz gewöhnliches magisches Kampftraining bezeichnet worden war – ins Leben gerufen, weil nach einigen überaus frustrierenden gemeinsamen Lektionen Notwendiger und Ungewollter schnell klar geworden war, dass einige der Neuankömmlinge in Artimé zunächst eine ganz grundlegende Einführung benötigten: eine Art Lass-uns-erst-mal-sehen-ob-du-dem-überhaupt-gewachsen-bist-bevor-wir-dich-tatsächlich-mittrainieren-lassen-Kurs.

Lanis kleiner Bruder Henry war inzwischen zehn Jahre alt, aber immer noch nur höchstens so groß wie ein Gargoyle – und wenn man Lani fragte, sah er auch genauso aus. Er war ein etwas eigenartiger Junge, der eine Menge Fragen stellte und stets ein Vergrößerungsglas bei sich trug, nur für den Fall, dass er urplötzlich innehalten und irgendwelche Dinge genauer untersuchen musste – was er auch des Öfteren tat, womit er Lani ziemlich auf die Nerven ging. Allerdings war Henry in Sachen Magie außergewöhnlich talentiert und lernte sehr schnell, weshalb er zusammen mit seiner Schwester und ihren Freunden das Training für Fortgeschrittene besuchen durfte. Alle mochten ihn gern. Er war schlau, strengte sich an und nahm seine Zauber sehr ernst.

Lanis Mutter hingegen gehörte zu jenen, die sich Florence' Ansicht nach noch »deutlich verbessern« mussten. Dies galt auch für viele andere – die meisten von ihnen kurioserweise Erwachsene. Die jüngeren Notwendigen schienen diese Kunst auf ganz natürliche Weise zu erlernen. Jedenfalls entstand so der Vorbereitungskurs für das magische Kampftraining.

Ursprünglich sollten die Anfängerinnen und Anfänger den fortgeschrittenen Lehrlingen beim Training zusehen, sich Notizen machen und dann selbst ein paar Sachen ausprobieren. Doch nachdem sich mehrere Unfälle ereignet hatten, entschied Florence, dass es den Neuankömmlingen bis auf Weiteres nicht mehr erlaubt war, magische Requisiten zu benutzen.

Und so warteten Alex und seine Freunde geduldig, während Florence den Neulingen erklärte, worauf sie achten mussten. Selbst Eva Fathom war unter ihnen, verfolgte alles von der Seite aus und machte sich Notizen.

Alex schloss die Finger um das neue herzförmige Requisit in seiner Tasche, ganz erpicht darauf, es auszuprobieren. Er war sehr stolz auf diese spezielle Erfindung – sie war wahrscheinlich sein bisher mächtigster Zauber und er arbeitete bereits an einer tödlichen Version. Der Gedanke machte ihm Angst, aber gleichzeitig konnte er es kaum erwarten, ihn zu testen. Vor Anspannung jagte ein kalter Schauer an seiner Wirbelsäule hinauf und kribbelte in seinem Nacken. So aufgeregt war er nicht mehr gewesen, seit … nun, seit er mit dem magischen Kampftraining begonnen hatte. Vielleicht lag es daran, dass er damals so hart dafür hatte arbeiten müssen. Oder daran, dass ihm die Teilnahme auf ein wenig unfaire Weise so lange vorenthalten worden war. Doch tief in seinem Inneren glaubte Alex zu wissen, was er an Schlachten so aufregend fand: Er war – wenn er es ganz direkt formulierte – ein unglaublich guter Kämpfer.

Die Erkenntnis zauberte ihm ein Lächeln aufs Gesicht. Es entsprach absolut der Wahrheit. Alex war ein großartiger Kämpfer, und er war außerdem ein ausgezeichneter Zauber-Erfinder – einer der besten. Das hatte Mr Today selbst gesagt. Und Simber auch, und Mr Appleblossom, und Ms Morning. Und allen voran Ms Octavia, die ihm erklärt hatte, seine Fähigkeiten würden die anderer in seinem Alter bei Weitem übertreffen.

»Was grinst du denn so?«, flüsterte Lani.

Alex erschrak und schaute sie an. Sein Lächeln wurde noch breiter und wirkte wahrscheinlich ein bisschen dümmlich, weil ihm gerade der Gedanke kam, dass Lani genauso großartig war, auf ihre ganz eigene Weise. Sie war unglaublich verstohlen und clever, und niemand musste sich je wirklich Sorgen um sie machen – mit ihrem wachen Geist und ihren gewitzten Ideen schaffte sie es ganz natürlich, sich aus jeder brenzligen Situation zu befreien.

Lani lächelte. »Was?«, fragte sie erneut. Dann musste auch sie lachen. »Warum grinsen wir so?«

Alex schaute sie an und ihm wurde ganz warm um sein flatterndes Herz. »Wir sind spitze«, sagte er schließlich. »Ich grinse, weil wir absolut spitze sind.«

Sie lachte noch heller und schüttelte den Kopf. »Du bist so ein Tölpel.« Aber sie sagte es auf die süßeste Weise, auf die ein Mädchen es zu einem Jungen sagen konnte.

Es war verrückt. Alex hatte das Gefühl, seine Energie wäre nach der Schlacht endlich wieder zurückgekehrt, obwohl ihm gar nicht bewusst gewesen war, dass er sie verloren hatte, bis vor ein paar Wochen wieder diese kribbelnde Aufregung durch seinen Körper geströmt war. Er wippte erwartungsvoll auf den Zehenspitzen, nun voll und ganz auf die Ungewollte ihm gegenüber fixiert: eine Frau, die vor etwa zehn Jahren getilgt worden war. Alex bildete sich ein, sie erst kürzlich mit einem Baby gesehen zu haben. Er wusste nicht, wie sie hieß, aber sie bedachte ihn mit einem herausfordernden Grinsen und nickte ihm auf eine Weise zu, die *»Dann zeig mal, was du draufhast«* zu bedeuten schien.

Während Florence ganz in der Nähe mit dem Countdown begann, richtete Alex seine ganze Konzentration auf das herzförmige Stück Ton in seiner Hand, und als die Statue »Feuer!« schrie, riss Alex den Arm zurück und flüsterte: »Herzattacke«, bevor er ihn in einer fließenden Bewegung wieder nach vorne schwang – wie ein wahrer Künstler, der wusste, dass Geschwindigkeit nicht von Bedeutung war, sondern allein der richtige Fokus.

Das kleine Herz verließ seine Finger und breitete winzige weiße Flügel aus, die ihm eine unglaubliche Reichweite verliehen. Es segelte direkt auf die Frau zu, die noch immer grinste, weil sie wusste, dass sie sich in einer Minute revanchieren würde. Alex' Zauber traf sie mitten in die Brust.

Das Lächeln auf ihren Lippen erstarb und die Augen der Frau weiteten sich. Sie brach zusammen und sank zu Boden, ihr Körper von Krämpfen geschüttelt. Ein paar Sekunden später rührte sie sich nicht mehr.

Alex hielt den Atem an. Auch alle anderen in seiner Reihe feuerten ihre Requisiten, und das Gebrüll der Menge klang weit entfernt, als auch ihre Gegenüber von den seltsamsten Anfällen erfasst wurden, die man je gesehen hatte. Einige rannten schreiend davon, andere flogen rückwärts durch die Luft und blieben an der großen, grauen Mauer kleben, während wieder andere durch die Gegend hüpften oder komplett erstarrten und sich gar nicht mehr bewegten.

Die von Angst erfassten Neulinge beobachteten das Geschehen vollkommen still, und auch Alex' Reihe verharrte für einen Moment in einer Art kollektiver Trance. Alle warteten ab, wo ihre Gegnerinnen und Gegner am Ende landeten, bevor sie in Jubel ausbrachen. Dann eilten sie sofort zu ihnen, um sie wieder von ihren Zaubern zu erlösen. Nur Alex jubelte nicht.

Er rannte zu der Frau, die er niedergestreckt hatte. Sie lag zusammengekrümmt auf dem Boden, noch immer reglos und leichenblass. Alex krampfte sich vor Angst der Magen zusammen. *Was, wenn die Wirkung ein bisschen zu stark war?* Hastig löste er den Zauber.

Ein angespannter Moment verstrich, während Florence sich zu ihnen gesellte. Sie blickte auf die Frau hinunter und drehte sich dann erschrocken zu Alex um. »Welcher Zauber?«

»Ein neuer«, antwortete Alex und fuhr sich nervös mit den Fingern durchs Haar. »Ich habe ihn ›Herzattacke‹ getauft.« Ihm rutschte sein eigenes Herz in die Knie, während sich Lani, Sam, Meghan und ein Dutzend weiterer Ungewollter um ihn versammelten, um zu sehen, was los war.

Florence, die nicht so leicht in Panik verfiel, tätschelte Alex die Schulter. »In Ordnung. Kein Grund zur Sorge. Siehst du – sie kommt schon wieder zu sich.«

Langsam kehrte Farbe in die Wangen der Frau zurück und ihre Augenlider flatterten. Sie rollte sich auf den Bauch, hustete und stützte sich auf einem Ellenbogen ab, einen benommenen Ausdruck auf dem Gesicht.

Alex schnappte nach Luft und stieß sie dann mit einem lauten, erleichterten Seufzen wieder aus. »Wow«, sagte er. »Das tut mir so leid.« Er streckte der Frau seine Hand hin und sie nahm sie und rappelte sich vorsichtig auf. »Geht's dir gut?«

Nach einem Moment grinste sie schwach und betrachtete Alex kopfschüttelnd. »Das«, sagte sie, »war eine wirklich interessante Erfahrung.« Sie hustete noch ein paarmal, während Florence sie untersuchte.

»Es tut mir wirklich leid«, entschuldigte Alex sich erneut.

Die Frau schaute ihm direkt in die Augen und erwiderte sehr ernst: »Das muss es nicht. Ganz ehrlich. Das war wirklich unbeschreiblich. Ich würde praktisch alles für dich tun, Alex, wenn du mir auch ein Dutzend von den Dingern machen würdest.« Sie strich ihre Weste glatt und wischte ein paar Grashalme von ihrem Ellenbogen. »Und zwar so bald wie möglich, bitte. Das ist der schlimmste Zauber, den ich je gesehen habe. Oder gespürt. Oder … erlebt. Und mit ›der schlimmste‹ meine ich: der beste.«

Alex lachte heiser, noch immer ein wenig aufgewühlt. »Okay, sicher«, sagte er, »kein Problem.«

Die Frau streckte ihm ihre Hand hin. »Ich bin Carina«, sagte sie, »Carina Fathom. Du findest mich im Familienkorridor.«

Alex entspannte sich ein wenig, als er ihren vertrauten Nachnamen hörte. »Alex Stowe«, erwiderte er und schüttelte fest ihre Hand. »Ich mache welche für dich, versprochen.«

Die Frau kicherte. »Du bist so bescheiden. Ist dir denn nicht klar, dass alle hier wissen, wer du bist? In unserem Korridor nennen wir dich nur ›den Jungen, hinter dem man stehen sollte‹, falls es erneut zu einer Schlacht kommt.« Sie lachte. »Das ist ein ziemlich großes Kompliment.«

Alex spürte, wie sein Gesicht zu glühen begann. »Wow«, murmelte er, furchtbar verlegen. Er hatte geglaubt, alle würden in ihm immer noch den Jungen sehen, der beinahe alles kaputt gemacht hätte.

Er spürte eine schwere Hand auf seiner Schulter und schaute zu Florence hinauf, die einen überaus zufriedenen Ausdruck auf dem Gesicht hatte. »Gut«, rief sie, »zurück an die Arbeit. Alle.«

Die Trainierenden stellten sich wieder in ihren Reihen auf, aber Florence behielt ihre Hand auf Alex' Schulter und ging langsamer als die anderen mit ihm zurück. Auf halbem Weg blieb sie stehen. Als niemand mehr in Hörweite war, wandte sie sich ihm zu und flüsterte: »Du bist ein wahrer Krieger.«

Alex errötete erneut und senkte den Blick zum Boden.

»Ich möchte dich um zwei Dinge bitten, Alex.«

»Ja?«, fragte er und schaute sie wieder an.

»Um eintausend Herzattacke-Requisiten – natürlich erst, nachdem du das Versprechen an dein Testopfer eingelöst hast – und deine Teilnahme an einer privaten Besprechung zum Thema magische Waffen mit Ms Octavia, Mr Today, Simber, Ms Morning und mir. In Mr Todays Büro, direkt nach diesem Training. Kannst du das einrichten?«

Alex platzte beinahe vor Aufregung. »Na klar«, antwortete er. Er wandte sich ab, um wieder an seinen Platz in der Reihe zurückzueilen, hielt dann jedoch noch einmal inne.

»Florence?«

»Ja?«

»Kann ich meine Freunde mitbringen? Ihre Zauber sind auch richtig gut. Wir helfen uns immer gegenseitig, und sie können so viel, was ich nicht kann.« Er kaute auf seiner Unterlippe herum und hoffte inständig, seine Bitte ginge nicht zu weit.

Florence legte die Stirn in Falten. »Wen meinst du? Die drei, von denen du praktisch nicht zu trennen bist? Haluki, Burkesh und Ranger, hab ich recht?«

Alex nickte.

Florence dachte einen Moment darüber nach. Dann sagte sie: »Ich glaube, das ist eine sehr gute Idee.«

Alex grinste. »Danke!«

Er drehte sich um und rannte zu seinem Platz am Strand zurück, wo die anderen geduldig warteten. Doch plötzlich stach ihm auf dem Wasser etwas ins Auge. Er blieb stehen, kniff die Augen zusammen und legte eine Hand an die Stirn, um im grellen Sonnenlicht besser sehen zu können. Ihm klappte die Kinnlade herunter. »Was zum …?« Es war das Seltsamste, was er je gesehen hatte. Er ging an seinen Freunden vorbei und weiter darauf zu.

Lani wirbelte überrascht zu ihm herum – und sah es auch. Sie eilte Alex hinterher und erreichte ihn im selben Moment, als er ins Meer eintauchte, um zu dem Ding hinauszuschwimmen.

»Hol Mr Today«, rief er ihr zu, als er wieder auftauchte. »Schnell!« Er streckte die Hand nach dem seltsamen Objekt aus, drehte es herum und strampelte kräftig mit den Beinen, während er versuchte, es an Land zu ziehen. »Florence! Irgendjemand! Hilfe!«

Besuch

Samheed und Meghan rannten sofort zu Alex und halfen ihm, das Treibgut ans Ufer zu ziehen. Sie hatten noch nie etwas Ähnliches gesehen, aber es fiel ihnen nicht schwer, zu erraten, was es für einen Zweck erfüllte.

Es war ein aus Holzstämmen und Kletterranken erbautes provisorisches Floß. Mehrere Stämme fehlten bereits, so als hätte es sich auf seiner langen Reise nach und nach in seine Bestandteile aufgelöst. Es war jedoch nicht das Floß an sich, auf das ganz Artimé wie gebannt starrte – es waren die beiden jungen Menschen darauf.

Oder zumindest sahen sie wie Menschen aus, auch wenn wohl niemand unter den Anwesenden die Hand dafür ins Feuer gelegt hätte. Es handelte sich um einen Jungen von vielleicht zehn oder elf Jahren und um ein einige Jahre älteres Mädchen. Beide lagen vollkommen reglos da, ihre Augen geschlossen. Sie waren schrecklich sonnenverbrannt und schienen nicht mehr zu besitzen als das bisschen Haut auf ihren Knochen.

Doch das Rätselhafteste war: Beide trugen ein eigenartiges, geradezu unheimliches Band um den Hals, das aus miteinander verflochtenen metallischen Dornen bestand, die sich in ihre Haut bohrten und wieder daraus hervortraten.

Alex trat vorsichtig auf das Floß und kniete sich zwischen die beiden. Er starrte das Mädchen mit den aufgeplatzten Lippen und der verbrannten, sich abschälenden Haut staunend an. Das eng anliegende Dornenband flocht sich tief in ihren Hals, so als sei es ein Teil von ihr. Alex krampfte sich der Magen zusammen, als er sich vorstellte, wie es durch ihre Haut gefädelt worden war. Er streckte eine Hand aus, um es zu berühren. »Wer bist du?«, flüsterte er. Doch ihm blieb jetzt keine Zeit, darüber zu rätseln.

Lani, die davongerannt war, um Mr Today zu holen, kehrte nun genauso schnellen Schrittes wieder zurück, den alten Magus im Schlepptau, sein Gewand wild hinter ihm flatternd. Sie mussten sich einen Weg durch die Menge bahnen, die sich nach Alex' panischen Rufen am Ufer versammelt hatte. Meghan kniete sich zu Alex neben die beiden reglosen Kinder, während Samheed und ein paar andere die Umstehenden in barschem Tonfall anwiesen, zurückzuweichen und ein wenig Platz zu schaffen.

Mr Today fiel neben dem Mädchen auf die Knie und fühlte ihren Puls.

Alex drehte sich zu dem Jungen um, legte ein Ohr auf seine Brust und hielt eine Hand über seine Nase und seinen Mund. »Ich glaube, er lebt noch«, sagte er.

Mr Today hob den Blick. »Das Mädchen auch. Wir bringen die beiden in die Villa. Alex, erinnerst du dich noch an die Krankenstation, die wir erschaffen haben? Du hast schließlich genügend Zeit darin verbracht. Ich möchte, dass du sie neu entstehen lässt – sofort. Ich schicke dir die verbale Komponente – sieh in deiner Tasche nach. Geh!«

Florence befahl den anderen unterdessen, wieder auf den Rasen zurückzukehren und mit dem Training fortzufahren. Alex hatte zwar keine Ahnung, wie er eine Krankenstation erschaffen sollte, aber er zögerte trotzdem keine Sekunde, sondern rannte sofort in die Villa.

»Meghan, bitte such Ms Morning und sag ihr, dass wir Kranke und Verletzte zu versorgen haben. Sie wird wissen, was zu tun ist.«

»Geht klar«, erwiderte Meghan und rannte ebenfalls davon.

»Samheed, kannst du den Jungen nehmen und mir folgen? Schön langsam und vorsichtig, bitte.«

* * *

In der Villa angelte Alex, noch immer triefend nass, mit einer Hand in seine Tasche und zog die durchtränkte Notiz von Mr Today heraus. Er stand zwischen dem Vordereingang und dem Speisesaal, las die Worte, konzentrierte sich und atmete tief durch, um sich zu beruhigen. Er wollte das hier nicht vermasseln. Zitternd erhob er eine Hand vor der Wand und sagte: »Ausdehnen und heilen, Kleinformat.«

Nichts passierte.

Alex grummelte leise vor sich hin. Dann, lauter und entschlossener: »Komm schon, Stowe.« Er schloss die Augen, holte tief Luft und schüttelte die Arme aus, um sich zu lockern. »Du kannst das. Du musst nur daran glauben.« Er atmete aus und schlug die Augen wieder auf. Er ließ zu, dass alles um ihn herum immer weiter verblasste und verschwamm, während er hochkonzentriert und ohne auch nur zu blinzeln auf die Wand starrte. Dann erhob er noch einmal die Hand und spürte die Macht darin. Absolut fokussiert wartete er ein paar Sekunden, bevor er die Worte wiederholte, voller Überzeugung und Selbstbewusstsein: »Ausdehnen und heilen, Kleinformat.«

So verharrte er, reglos und entschlossen, den Blick starr auf die Wand gerichtet. Als sie schließlich vor seinen Augen zu wackeln begann, war er sich nicht sicher, ob er gleich in Ohnmacht fallen würde oder ob sie sich tatsächlich bewegte. Es dauerte nur eine Sekunde, bis er es herausfand.

Die Wand schimmerte, dann schob sich ein Teil von der Größe einer Tür nach hinten und erschuf zunächst einen Raum, der ungefähr das Ausmaß eines Kleiderschranks hatte, bevor er sich in alle Richtungen ausdehnte und schließlich beinahe so groß war wie Alex' Zimmer. Von einer der neu entstandenen Wände fielen Betten, Tische und Stühle herab. Arbeitsflächen und Schränke wuchsen aus einer anderen Wand hervor, während medizinische Instrumente und Zubehör auf Rollwagen aus dem Boden sprossen. Als sich das letzte Stück gerade an seinen Platz schob, schwang die Tür der Villa auf und Mr Today und Samheed stürmten herein, jeder mit einer der geretteten Personen auf dem Arm.

Sie eilten in den Raum und legten die beiden auf den

Betten ab, bevor Mr Today mit gelassener, beruhigender Stimme mehrere Heilzauber sprach. Schon bald stürzte auch Ms Morning mit einer Frau und einem Mann ins Zimmer, die Alex als die Pflegekräfte aus seiner Zeit auf der Krankenstation wiedererkannte.

Er stand am Eingang zur Krankenstation in einer kleinen Wasserpfütze und schlurfte nun vorsichtig ein paar Schritte näher, um die Fremden zu betrachten. Wo waren sie hergekommen? Wer waren sie? Das Mädchen hatte – trotz ihres Sonnenbrands und ihres hageren, ausgehungerten Körpers – ein perfektes, exotisch anmutendes Gesicht. Dem Jungen schien sein Halsband erst vor Kurzem angelegt worden zu sein, denn die Haut um die Dornen war angeschwollen und verschorft.

Alex malte sich ihre Geschichte aus, ihre Welt. Waren sie zum Spaß mit dem Floß hinausgefahren und von der Strömung mitgerissen worden? Hatten sie fischen wollen und es war ein Sturm aufgezogen? Er stellte sich vor, wie das exotisch aussehende Mädchen versuchte, für den kleineren Jungen stark zu sein und tapfer zu bleiben, obwohl die beiden dem endlosen Ozean völlig allein ausgeliefert waren. Wie sie versuchte, am Leben zu bleiben. Alex fühlte sich unwillkürlich zu ihr hingezogen und bewunderte sie, auch wenn er selbst nicht verstand, warum.

Eine sanfte Hand legte sich auf seinen Arm, und dann schreckte ihn eine Stimme an seinem Ohr aus seinen Gedanken und brachte ihn in die Realität zurück. Er drehte sich um und sah Lani. »Oh. Hey«, sagte er leise. »Ich hab dich gar nicht reinkommen hören.«

Die Welt wird größer

Du solltest dich umziehen«, sagte Lani. »Ich mach hier sauber.«

Alex blickte hinab auf die Pfütze um seine Füße. »Oh, okay. Danke. Ich bin gleich wieder da.« Er rannte die Treppe hinauf, immer zwei Stufen auf einmal nehmend, sauste den Jungenkorridor entlang und stürmte in sein Zimmer.

»Was ist denn mit dir passiert?«, fragte Clive und schob sein Gesicht aus der Wandtafel.

Alex rannte an ihm vorbei ins Schlafzimmer. »Ich erzähl's dir in einer Sekunde!«, rief er.

»Eins«, zählte Clive. »Lügner.«

Alex zog sich um, kam wieder heraus und fuhr dabei mit einem Kamm durch sein zerzaustes Haar. »Zwei fremde Leute sind auf einem Floß bei uns gestrandet«, sagte er, heftig keuchend.

Clives Miene hellte sich auf. »Ooh«, erwiderte er. »Woher kommen sie? Von einer der Inseln dort draußen? Nicht dass ich viel über diese Inseln wüsste. Ich krieg außer dir schließlich nichts zu sehen.« Er schniefte. »Ich *höre* nur manchmal gewisse Dinge.«

»Wir wissen es nicht. Sie sind nicht bei Bewusstsein.« Alex warf den Kamm aufs Bett und ging zur Tür. »Ich muss wieder los. Bis dann!«

Clive grummelte noch etwas Unverständliches, als die Tür bereits zuknallte, und Alex rannte die Treppe wieder hinunter.

»Danke«, sagte er zu Lani. Sie hatte das Wasser mit einem Trockenzauber verschwinden lassen, den sie kurzerhand erschaffen hatte.

»Kein Problem«, erwiderte sie. »Ich hab versucht, reinzugehen und nachzusehen, was los ist, aber Ms Morning meinte, wir sollten ihnen am besten erst mal Ruhe gönnen.« Sie wirkte enttäuscht.

»Hast du diese Dinger um ihren Hals gesehen?«, fragte Alex.

»Ja, wirklich eigenartig.«

»Ich frage mich, wo sie herkommen.«

Lani zuckte mit den Schultern. »Wer weiß?«

Sie schlenderten zur Villa hinaus, erspähten Meghan und Samheed bei dem Floß am Strand und gesellten sich zu ihnen. Das magische Kampftraining für Fortgeschrittene war noch in vollem Gange, aber keiner der vier war im Augenblick in der Stimmung, dabei mitzumachen. Es gab viel zu viel zu besprechen.

Sie untersuchten das Floß, fanden jedoch keinerlei Hinweise auf seine Herkunft. »Nichts als ein Haufen zusammengebundener Baumstämme«, sagte Lani. »Ist auf der Unterseite noch was Interessantes?«

»Nein, nur irgendein komischer Schleim«, antwortete

Samheed. »Ich hab es vorhin mal umgedreht, um es mir anzusehen.«

Alex blickte aufs Meer hinaus. Es war beinahe unmöglich, die Inseln tagsüber zu erkennen, wenn man nicht genau wusste, wo sie sich befanden. Am besten waren sie zu sehen, wenn die Sonne hinter ihnen am Horizont unterging und sie als Fixpunkte deutlich aus dem um sie herumwogenden Meer hervorstachen. »Ich frage mich …«, murmelte er.

Seine Freunde folgten seinem Blick. »Ich habe keine Ahnung, woher sie sonst gekommen sein könnten«, sagte Meghan. »Es ist die einzige logische Erklärung.«

»Befinden sich auf der anderen Seite unserer Insel noch andere?«, wollte Samheed wissen. »Ist einer von euch schon mal an der Außenseite der Mauer ganz um Quill herumgegangen?«

»Nein«, erwiderte Alex, der Quill per Boot nur etwa zu einem Viertel umrundet hatte, als er mit Mr Today zum Palast gefahren war. »Aber ich wette, ich weiß, wer es schon mal getan hat.« Er grinste. »Kommt mit.«

Sie huschten an den trainierenden Lehrlingen vorbei zum Tor, wo Simber stoisch Wache hielt.

»Ich hab das ungute Gefühl, ihrrr vierrr habt irrrgendetwas vorrr«, bemerkte der, als sie sich ihm näherten.

»Wir sind total unschuldig«, erwiderte Meghan. »Wir fragen uns nur, wo die Kinder auf dem Floß wohl hergekommen sind.«

»Schwerrr zu sagen«, brummte Simber und schnupperte in die Luft.

»Sind auf der anderen Seite von Quill noch mehr Inseln? Keiner von uns hat je das ganze Land umrundet«, sagte Alex. »Aber du bist schon oft über die Stacheldrahtdecke hinweggeflogen, nicht wahr? Warst du auch schon mal auf der anderen Seite?«

»Warrr ich«, antwortete Simber. Er zog eine Augenbraue hoch, versucht, die vier um seine Aufmerksamkeit betteln zu lassen, wie Katzen es mit Menschen gerne taten. Er ließ sich jedoch von ihren neugierigen Mienen erweichen und fuhr fort: »Im Westen liegen drrrei Inseln – zwei von ihnen kann man von unserrrem Uferrr aus sehen.«

Alex und Samheed tauschten einen Blick. *Drei?*

»Und drrrei Inseln im Osten.« Der riesige Gepard hob seine linke Tatze vor den Mund und knabberte an einer Kralle herum. Als er fertig war, fügte er hinzu: »Wirrr befinden uns genau in derrr Mitte einerrr Inselkette.«

»Wow«, stieß Lani ehrfürchtig aus. Wenn sie nicht gerade auf Simbers Rücken flog, hielt sie für gewöhnlich ein paar Schritte Abstand von der Statue, da es in der Vergangenheit das Öfteren zu Auseinandersetzungen zwischen ihnen gekommen war. Man konnte schließlich nicht vorsichtig genug sein, und außerdem war sie sich nie ganz sicher, in welcher Stimmung Simber gerade war.

»Sieben Inseln«, sagte Alex. »Dann könnten die beiden also von jeder der anderen sechs gekommen sein.«

»Aber wenn man die Strömung des Ozeans mit einberechnet«, gab Lani zu bedenken, »die hier übrigens besonders stark ist, sind einige Inseln wahrscheinlicher als andere.« Sie hatte dank eines alten Buchs mit dem simplen Titel *Gewässer* aus dem Archiv der Bibliothek erst vor Kurzem alles über Strömungen gelernt.

Samheed zog eine Augenbraue hoch. »Okay, Miss Superschlau, und in welche Richtung fließt die Strömung? Warte, sag's mir nicht. Ich glaube, ich weiß es selbst – schließlich bin ich schon öfter dort draußen geschwommen.«

Lani grinste ihn an. »Dann lass mal hören.«

»Sie fließt nach … Westen.« Er wirkte unsicher. »Nein, nach Osten, meine ich.«

»Was denn jetzt?«, fragte Alex.

»Osten«, antwortete Samheed, diesmal überzeugter. »Ich bin mir ganz sicher. Die Strömung fließt nach Osten. Mit anderen Worten: Sie kommt von Westen. Denn das Floß ist auch aus Westen zu uns getrieben.«

»In dieser Richtung liegen auch die Inseln, die wir sehen können, stimmt's? Denn dort geht die Sonne unter.«

»Stimmt.«

»Dann stammen die beiden also höchstwahrscheinlich von einer der drei Inseln dort draußen. Hab ich recht, Lani?«

»Das vermute ich auch.«

Simber hustete leise und alle drehten sich zu ihm um. »Solltet ihrrr nicht beim Unterrricht sein?«, fragte er streng.

»Wir schwänzen«, entgegnete Alex stolz und fühlte sich gleichzeitig ungezogen und mutig.

»Das sehe ich«, erwiderte Simber. »Allerrrdings kommt es mirrr nicht rrrichtig vorrr, euch deswegen zu grrratulierrren.« Die Großkatze unterdrückte ein Lächeln.

Alex zuckte mit den Schultern. »Um die Regeln zu begreifen, muss man sie zuerst brechen«, entgegnete er weise.

Lani blickte ihn verwundert an. »Wer hat das denn gesagt?«, fragte sie.

»Ich. Höchstpersönlich«, antwortete er. »Hab ich mir eben ausgedacht.«

Samheed schnaubte. »Kommt jetzt, Leute – bevor Simber doch noch beschließt, uns zu zerfetzen.«

Simber knurrte leise, wie zur Warnung, doch die vier Freunde grinsten nur.

»Wirrr sehen uns dann bei derrr Besprrrechung«, sagte der Gepard. »Vielleicht solltet ihrrr euch lieberrr darrrauf vorrrberrreiten.«

Alex riss die Augen auf. »Oh, verflixt! Das hab ich ja total vergessen.«

»Moment mal, du musst *schon wieder* zu einer Besprechung?«, fragte Lani und versuchte, ihre Empörung zu verbergen. Sie hatte sich mit Alex versöhnt, aber deswegen gefiel ihr noch lange nicht, dass Mr Today nicht sie gefragt hatte, ob sie die Rolle der Anführerin übernehmen wollte.

»Wir alle«, erwiderte Alex. »Ihr kommt auch mit. Ich hab ganz vergessen, es euch zu erzählen. Darüber hab ich gerade mit Florence gesprochen, als das Floß auftauchte.«

Simber räusperte sich laut und erschreckte die vier so sehr, dass sie hastig davoneilten.

»Florence will, dass wir vier heute an der Besprechung zu magischen Waffen teilnehmen, direkt nach dem Unterricht. Ich kann nicht glauben, dass ich das vergessen habe!« Alex steuerte auf die Villa zu. »Kommt schon, uns bleibt noch eine Stunde Zeit – wir müssen ihnen unsere besten Zauber und sämtliche Ideen präsentieren, die wir haben.«

Die drei anderen wechselten neugierige Blicke, lächelten freudig und rannten Alex hinterher. Sie stürmten in die Villa, eilten an der neuen Krankenstation vorbei direkt zu den Röhren und riefen alle durcheinander: »Bibliothek?« »Ja!« »Los!« Einen Moment später waren sie verschwunden.

Kräfte sammeln

Nachdem Aarons Anhängerschar zunächst auf fünfunddreißig und dann sogar auf fast vierzig Personen angewachsen war, begannen sie mit ihren regelmäßigen Gruppentreffen an einem scheinbar eher ungeeigneten, weil zu ungeschützt wirkenden Ort. Doch da sich die Menschen von Quill nur sehr selten in die trostlosesten Gegenden des Landes vorwagten, waren sie in dem verlassenen Schuppen inmitten eines ausgedörrten Felds sozusagen vor aller Augen perfekt verborgen.

Sie trafen sich zweimal pro Woche und nannten sich selbst »das Restaurationskorps«. Aaron war ihr Anführer, Gondoleery Rattrapp seine aufwieglerische Demagogin und Eva Fathom – der Aaron ihre alte Position versprochen hatte, wenn er erst über Quill regierte – ihre Topspionin.

»Wir verfolgen zwei klare Ziele«, verkündete Aaron der Gruppe bei ihrem ersten Treffen. »Erstens: bedürftige Gewollte mit Essen versorgen und sie von unserer Vision überzeugen, Quill wieder so zu machen, wie es einmal war.« Die Hälfte der Anwesenden nickte – das alte Quill wiederherzustellen war ihre Aufgabe. Aaron hatte seine

Gefolgsleute, immer ein paar auf einmal, zur Favoritenfarm mitgenommen und ihnen gezeigt, wo sie genug zu essen finden konnten, nicht nur, um sich selbst zu versorgen, sondern auch für andere. Gondoleerys Haus hatte sich zum Hauptlager für Lebensmittel entwickelt, und Aaron hatte auch einen Teil der Vorräte der Halukis dorthin gebracht, um ihr zu zeigen, dass er ihr vertraute. Er wollte unbedingt noch mehr über ihre magischen Fähigkeiten erfahren. Denn auch wenn sie schließlich zugegeben hatte, zaubern zu können, schwieg sie weiter über das Ausmaß ihrer Kräfte.

»Unser zweites Ziel ist es, Panik und Chaos nach Artimé zu bringen, um unseren Notwendigen einen Anreiz zu bieten, wieder nach Hause zurückzukehren, wo sie in Sicherheit sind.« Diesmal nickte die andere Hälfte der Gruppe. Sie liebten diesen Plan. Hinterhältige Angriffe, um Angst und Schrecken zu verbreiten – das war ihre Vorstellung von Spaß. Sie sammelten alle möglichen Gegenstände aus ihren Häusern zusammen und plünderten außerdem täglich leer stehende Wohnungen im Notwendigenquadranten, wo sie alles stahlen, was sie für nützlich hielten. Eva Fathom bot ihnen ihr Haus in Quill als Lager an, da sie nun als Geheimagentin in Artimé wohnte.

Einige von Aarons jüngsten Gefolgsleuten gehörten dem Quillitär an. Sie waren unzufrieden damit, wie gewisse Dinge gehandhabt wurden, seit General Blair und Major Burkesh auf so brutale Weise von einem der Ungewollten – dem eigenen Sohn des Majors, Samheed Burkesh – getötet worden waren. Ihr Ziel war es, den jungen Mann aus dem Weg zu schaffen, koste es, was es wolle.

Dank all der die Runde machenden Gerüchte hatten die Soldatinnen und Soldaten Aaron zunächst nicht vertraut. Doch nachdem er die heruntergekommenen Quillitärfahrzeuge angesprochen und ihnen gezeigt hatte, wie sie sie selbst reparieren konnten, und ihnen anschließend auch noch einige dringend benötigte Lebensmittel gebracht hatte, hatten sie sich widerwillig angehört, was er zu sagen hatte. Und waren überrascht gewesen, wie plausibel es klang.

Einer der Quillitäroffiziere, Liam Healy, war zusammen mit den jugendlichen Kommandeurssöhnen Dred Crandall und Crawledge Prize an dem jüngsten Angriff beteiligt gewesen und wusste, wie viel Arbeit noch vor ihnen lag. Dennoch war Liam bereit, den nächsten Angriffstrupp anzuführen.

Unglücklicherweise hatte das gigantische steinerne Ungeheuer – oder was immer es auch war – inzwischen jedoch am Tor Posten bezogen, deshalb wusste das Restaurationskorps nicht recht, wie die nächste Attacke aussehen sollte.

Eva Fathom meldete sich zu Wort. »Heute Nachmittag, ab circa fünfzehn Uhr, wird sich dieses Ungeheuer, wie du es nennst, für mindestens eine Stunde nicht am Tor aufhalten.«

Aaron grinste seine ehemalige Widersacherin an. »Sehr gut, Eva.« Kein Wunder, dass Justine die Adjutantin all diese Jahre an ihrer Seite behalten hatte.

Eva lächelte verschwörerisch. »Möge Quill dank allem, was in mir steckt, florieren«, sagte sie. Der Rest der Gruppe wiederholte das Mantra. Sie alle hofften inständig, eines Tages ihr altes Leben zurückzubekommen.

Liam Healy war es gelungen, sich mehrere Quillitärwaffen zu beschaffen, darunter zwei Luftgewehre, die immer noch funktionierten, ein großer Sack Schießpulver, mit dem niemand etwas anzufangen wusste, ein langes Seil und mehrere verrostete Metallmesser. Liam überließ sie dem Korps, um sie zusammen mit dem Rest des Arsenals in Evas Haus zu lagern. Dann präsentierten Crandall und Prize Aaron die vielleicht beste Beute überhaupt: Beiden war es gelungen, sich mit den Pistolen ihrer Väter davonzuschleichen.

»Die sollten wir uns für die finale Schlacht gegen Artimé aufsparen«, fand Gondoleery, »und sie nicht für irgendwelche kleinen Scharmützel verschwenden.«

»Das sehe ich genauso«, pflichtete Aaron ihr bei. »Aber ich bin mir nicht sicher, ob mir die Vorstellung gefällt, dass sie völlig unbewacht in Evas Haus herumliegen.« Er kratzte sich am Kopf und ließ den Blick durch den Raum schweifen. »Jemand muss sie für uns verwahren. Ich bin für Gondoleery. Wer stimmt mir zu?«

»Ich?«, rief Gondoleery aus. »Warum nicht du?«

»Bei mir sind sie nicht sicher. Ich habe ständig Angst, Mrs Haluki könnte zurückkommen, entweder um wieder in ihr altes Haus einzuziehen oder um irgendetwas zu holen, das ihr plötzlich wieder eingefallen ist. Vor lauter Angst verlasse ich das Haus jeden Tag genau so, wie ich es vorgefunden habe – abgesehen von den Lebensmitteln in der Speisekammer natürlich. Ich kann nur hoffen, dass sie sich nicht mehr an all ihre Vorräte erinnern können, jetzt, wo sie in Artimé im Luxus schwelgen. Und genau diese Angst hält mich davon ab, die Pistolen an mich zu nehmen. Ich will nicht, dass sie den Falschen in die Hände fallen.« Er warf der alten Frau einen bedeutungsvollen Blick zu und fragte dann erneut: »Wer stimmt mir zu?«

»Ich!«, rief Eva. »Bei mir wären sie auch nicht sicher.«

»Alle dafür?«

»Ja!«, erwiderte das Restaurationskorps einstimmig.

»Dagegen?«

Stille.

»Dann wäre das entschieden. Du nimmst die Pistolen mit zu dir nach Hause, meine liebe Gondoleery.«

»In Ordnung«, sagte sie, insgeheim erfreut. »Also, wie sieht unser Plan für fünfzehn Uhr aus?«

Lauter magische Waffen

Alex und Samheed warteten ungeduldig in Mr Todays Büro auf den alten Magus. Nicht weil sie es kaum erwarten konnten, dass die Besprechung begann, sondern weil sie ein nicht unwichtiges Problem entdeckt hatten: Meghan und Lani konnten den fast geheimen Korridor noch immer nicht sehen und ihn daher auch nicht betreten. Während die Jungen warteten, betrachtete Alex ein paar der Bilder, die die Wände zierten. Mehrere von ihnen schienen aus derselben Hand zu stammen und bestanden aus gepunkteten Mustern, die nach nicht allzu viel aussahen, was sie ebenso faszinierend wie, offen gesagt, ziemlich scheußlich machte. Er ging von einem Bild zum anderen, konnte jedoch nicht recht nachvollziehen, warum sie einen so prominenten Platz erhalten hatten.

Doch Kunst war nun einmal subjektiv, das wusste Alex genauso gut wie alle anderen Ungewollten. Und Mr Today hatte definitiv einen äußerst eigentümlichen Geschmack. Allerdings verrieten das schließlich schon seine bunten Gewänder.

Im nächsten Moment kam der Magus endlich durch die hintere Wand in sein Büro gerauscht, wie er es schon einmal getan hatte. »Seid mir gegrüßt! Gesellen sich die jungen Damen auch noch zu uns?«

»Sie können nicht rein«, antworteten Alex und Samheed wie aus einem Mund.

»Gute Güte, natürlich!«, erwiderte Mr Today. »Nun, dann werden wir wohl oder übel umziehen müssen. Aber eigentlich passt das ganz gut – wir treffen uns stattdessen einfach am Tor. Die Girrinos sind nach ihrer Trauerzeit wieder zurück und wollten Simber während der Besprechung vertreten, aber ich war ohnehin ein wenig nervös, sie ganz allein dort Posten beziehen zu lassen.«

»Prima«, freute sich Alex.

»Klingt gut«, fand auch Samheed.

Mr Today und die Jungen eilten aus dem Büro den Flur hinunter und schossen urplötzlich aus der Wand hervor – zumindest sah es für Lani und Meghan so aus. »Wir verlegen die Besprechung ans Tor«, informierte Alex die Mädchen.

Unterwegs begegneten sie Ms Morning und Ms Octavia, die gerade die Treppe heraufkamen, und am Eingang sammelten sie auch noch Florence ein. Gemeinsam traf die seltsam aussehende Truppe am Tor ein, als Simber sich gerade von den Girrinos verabschiedete.

Sie entschieden sich für ein Plätzchen ein Stück vom Tor entfernt, damit Tina, Opal und Penelope von ihrer Diskussion nicht abgelenkt oder gar aus Versehen von einem abwegigen Zauber getroffen wurden.

Mr Today kam direkt zur Sache. »Zunächst ein paar organisatorische Dinge«, begann er. »Alex, gute Arbeit bei der Erschaffung der Krankenstation. Du bist damit ganz offiziell einer der wenigen Lehrlinge, die ganz ohne die Hilfe eines Requisits einen so schwierigen Zauber gemeistert haben.«

Alex konnte nicht verhindern, dass sich ein fettes Grinsen auf seinem Gesicht ausbreitete. »Danke. War wirklich cool, wie Sie mir die verbale Komponente geschickt haben.« Er errötete, als seine Freunde ihn an der Schulter anstießen und ihm auf den Rücken hauten, und neigte verlegen den Kopf, als Ms Octavia ihm ein sehr zufriedenes Lächeln schenkte.

»Es war eine völlig neue Idee, rein aus der Not geboren«, erwiderte Mr Today. »Aber mir hat sie auch recht gut gefallen.«

Er wandte sich der Gruppe zu. »Was die Patientin und den Patienten angeht: Sie sind am Leben und werden behandelt«, fuhr er fort. »Noch sprechen sie allerdings nicht auf die Behandlung an. Wir hoffen jedoch, dass sie bald das Bewusstsein wiedererlangen werden, damit sie uns zumindest sagen können, woher sie kommen.« Er sprach leiser weiter: »Die Metalldornen um ihren Hals machen uns große Sorgen. Ich habe so etwas schon einmal gesehen, als ein Schiff an unserer Küste strandete. Die toten Männer an Bord trugen etwas ganz Ähnliches. Ich muss zugeben, ich habe keine Ahnung, was es bedeutet.«

Alex erinnerte sich wieder daran, dass Mr Today etwas Ähnliches auch im Museum des Großen erwähnt hatte.

»Es könnte sich dabei um eine Art Initiationsritus handeln«, vermutete Ms Morning. »Oder um ein Zeichen für gewisse Errungenschaften.«

»Ich bin froh, dass wir hier so was nicht machen, wenn wir irgendwas Tolles erreicht haben«, flüsterte Meghan.

»Ich auch«, stimmte Lani ihr zu.

Alex und Samheed schauten einander an und nickten.

»Was auch immer es ist«, sprach Mr Today weiter, »wir wollen diesen Schiffbrüchigen helfen, den Weg zurück nach Hause zu finden, sobald sie wieder bei Kräften sind.«

»Was glauben Sie, von welcher Insel sie stammen?«, wollte Samheed wissen.

»Ich habe keine Ahnung. Die Waldsängerinsel liegt uns am nächsten und war ein wahres Paradies, als wir die Insel damals verlassen haben. Zu meiner Zeit wurde etwas Derartiges dort gewiss nicht praktiziert. Ich kann mir nicht vorstellen, dass die beiden von dort stammen.« Mr Today wandte sich an Florence. »Wie läuft es mit dem Training?«

Florence zeigte ein seltenes Lächeln. »Meine fortgeschrittenen Lehrlinge machen sich ausgezeichnet. Die Neulinge hingegen … Nun, die Jüngeren entwickeln sich recht gut, aber die Älteren können die Verbindung zwischen Geist und Magie einfach nicht richtig herstellen. Aber wir versuchen es natürlich trotzdem weiter.«

»Was ist mit unserer alten Freundin Eva?«

»Sie ist die Ausnahme. Sie macht sich ausgesprochen gut. Die magischen Fähigkeiten aus ihrer Kindheit sind in unserer Umgebung hier auf ganz natürliche Weise zurückgekehrt, und sie zeigt großes Interesse daran, zu lernen. Sie macht mir wirklich große Freude. Wahrscheinlich werde ich sie bald in den Fortgeschrittenenkurs einteilen, damit sie mit ihrer Tochter Carina zusammenarbeiten kann – die sich übrigens ausgezeichnet als Gruppenleiterin eignen würde. Sie ist überaus talentiert.«

»Wundervoll«, freute sich Mr Today. Er zauberte einen Notizblock herbei und kritzelte etwas hinein. »Und was wollt ihr, du und unsere jungen Expertinnen und Experten, uns heute zeigen?«

»Nun, Marcus, ich habe die vier zu diesem Treffen eingeladen, weil sie in Sachen Zauber in ganz neue Sphären aufgestiegen sind. Mit ihren vereinten Kräften übertreffen sie alles, was ich jemals gesehen habe. Andererseits lag unser Fokus natürlich auch noch nie so sehr auf der Entwicklung neuer Zauber wie jetzt, weil es bisher schlicht nicht nötig war. Trotzdem: Sie sind schon allein großartige Kämpferinnen und Kämpfer, aber gemeinsam sind sie ein unglaublich starkes, innovatives Team.« Während sie sprach, bedeutete Florence den vieren mit einem Winken, sich zu erheben. »Warum zeigt ihr uns nicht, was ihr draufhabt? Aber erklärt den Zauber erst, bevor ihr ihn demonstriert.«

Alex, der schon bei vielen dieser Besprechungen dabei gewesen war, machte auf Drängen der anderen – die verständlicherweise recht nervös waren – den Anfang. Er holte ein herzförmiges Stück Ton aus seiner Westentasche und hielt es hoch.

»Ich nenne es ›Herzattacke‹. Mit diesem Wort als verbaler Komponente wachsen dem Tonherz Flügel und es segelt direkt auf die Brust der Zielperson zu, die beim

Einschlag sofort zusammenbricht. Dank der Flügel verfügt der Zauber über eine große Reichweite und Präzision. Außerdem ist er recht kraftvoll und setzt die Zielperson innerhalb von Sekunden komplett außer Gefecht, wobei sie ziemlich tot aussieht, bis der Zauber wieder gelöst wird.« Alex lächelte und trat wieder in die Reihe seiner Freunde zurück. Er schaute zu Samheed.

Der war voll auf Florence konzentriert, weil es ihm leichter fiel, als Mr Today direkt gegenüberzutreten. Da sie das Kampftraining leitete, war er daran gewöhnt, mit ihr über seine Zauber zu sprechen. Er kramte in seiner Westentasche herum und zog einen kleinen Gummiball hervor, der wie ein winziges Gehirn aussah. »Diesen Zauber habe ich erst vor Kurzem erschaffen«, erklärte er. »Ich nenne ihn ›Demenz‹. Er verwirrt die Zielperson so sehr, dass sie von einer Sekunde auf die andere komplett handlungsunfähig ist.« Samheed trat ziemlich steif zurück in die Reihe und drehte sich zu Meghan um.

Meghan machte mit ihrem Requisit, einer winzigen Aluminiumfeder, einen Schritt vor. »Ich nenne ihn ›Rückwärtswackelkopf‹. Er sorgt dafür, dass sich der Kopf der Zielperson um hundertachtzig Grad dreht und auf und ab hüpft, was dazu führt, dass sie auch den Rest ihres Körpers nicht mehr unter Kontrolle hat und ihre Augen nichts mehr fokussieren können.« Sie stellte sich wieder in die Reihe und lächelte nervös.

Lani hob den Blick, gelassen und selbstbewusst. »Hallo«, begann sie. »Diesen Zauber nenne ich ›Nadelkissen‹.« Sie hielt ein marienkäfergroßes ausgestopftes Stück Stoff hoch, in dem eine winzige Nadel steckte. »Die Zielperson hat dabei das Gefühl, es würden sich tausend Nadeln in ihre Haut bohren, und jede Bewegung macht alles nur noch schlimmer, bis der Zauber wieder gelöst wird.« Sie grinste zufrieden.

Die Tutorinnen und Tutoren waren schwer beeindruckt und klatschten den Lehrlingen Beifall.

Nachdem der Applaus verebbt war, bat Florence Ms Morning, Ms Octavia und Mr Today, sich als freiwillige Ziele zur Verfügung zu stellen. Sie stimmten alle so begeistert zu, als wären sie zu einem wundersamen Abenteuer eingeladen worden. Aber sie bekamen eben nur selten Gelegenheit, am magischen Kampftraining teilzunehmen. Mr Today stellte sich Alex gegenüber, Florence Samheed, Ms Octavia trat vor Meghan und Ms Morning vor Lani.

Florence vergewisserte sich, dass alle bereit waren, begann dann mit ihrem Countdown und rief schließlich: »Feuer!«

Die vier Freunde griffen an, und Mr Today brach fast sofort auf dem Boden zusammen, während Florence zu stöhnen begann und völlig verwirrt umhertaumelte. Ms Octavias Kopf drehte sich nach hinten und ihre Alligatorenschnauze wackelte nutzlos auf und ab. Ms Morning wiederum stieß einen markerschütternden Schrei aus, als sich die magischen Nadeln in sie bohrten.

Im selben Moment drang das Gebrüll der Girrinos zu ihnen. Simber sprang auf, wirbelte herum und preschte zum Tor. »Angrrreiferrr am Torrr! Beeilt euch!«

Die vier Freunde starrten auf ihre nun hilflosen Opfer, zögerten kurz und rannten dann Simber hinterher, als sie erkannten, dass ihnen nicht genügend Zeit blieb, um die Zauber wieder zu lösen *und* den Angriff aus Quill abzuwehren.

Die vier Lehrlinge zogen verschiedene Requisiten aus ihren Westen, während sie zum Eingang stürmten, wo die Girrinos bereits tapfer kämpften. Simber stürzte sich auf mehrere Quiller, die versuchten, sich an den Torwächterinnen vorbeizuschleichen. Alex, Samheed, Lani und Meghan feuerten alle gleichzeitig, trafen ihre Ziele und ließen sofort die nächste Salve folgen, mit der sie vier weitere Angreifende ausschalteten, während im Hintergrund Ms Morning noch immer brüllte, Florence wie ein riesiger Roboter hin und her stapfte und das laute *Boing-boing* von Ms Octavias Wackelkopf zu hören war.

Doch es eilten bereits weitere Ungewollte herbei, während Simber die restlichen Angreifenden nach Quill zurückscheuchte. Als Alex sah, dass alle in die Flucht geschlagen waren, hastete er zu den Verzauberten zurück und erlöste Ms Morning als Erste, damit sie aufhörte zu schreien, bevor er auch die beiden anderen Tutorinnen und schließlich Mr Today von dem Herzattackenzauber befreite. Das Gesicht des alten Magus sah ganz grau aus. Nach mehreren langen, angespannten Sekunden des Wartens schnappte er jedoch endlich gierig nach Luft und hustete heftig. Einen Moment lang lag er ganz still da, sein Blick verwirrt, doch dann breitete sich ein Grinsen auf seinen Lippen aus. Er setzte sich mühevoll auf und klopfte Alex matt auf den Rücken.

»Den muss ich mir merken«, sagte Mr Today, seine Augen geweitet. »Sensationell.« Er schüttelte den Kopf, während alle anderen davoneilten, um nach den verzauberten Angreiferinnen und Angreifern zu sehen, von denen zwei noch immer wie am Spieß brüllten. »Für einen Moment dachte ich wirklich: Das war's mit mir, Alex. Aber merk dir für die Zukunft, nicht zu lange zu warten, bis du diesen Zauber wieder löst.« Er kicherte fröhlich und streckte eine Hand aus. Alex half ihm hoch. »Hab ich irgendwas verpasst, während ich weg war?«

Ms Mornings Geheimnis

Nachdem auch die letzten acht Quiller Angreiferinnen und Angreifer entwaffnet worden waren, fesselte Alex ihre Handgelenke mit miteinander verbundenen Tonfallen und löste dann die ursprünglichen Zauber.

Ms Morning, wieder ganz sie selbst, stand ungeduldig mit dem Fuß klopfend neben dem Herzattackenopfer und wartete darauf, dass der Mann das Bewusstsein wiedererlangte. Andere Ungewollte kümmerten sich um die restlichen sieben, schubsten sie zum Tor und sandten sie, noch immer aneinandergefesselt, ihres Weges. Mr Today rief inzwischen Charlie, den Gargoyle, herbei, um Matilda im Palast zu bitten, dem Hohepriester mitzuteilen, er könne die Gefesselten am Straßenrand finden, sollte er sich dazu entscheiden, sie ins Gefängnis zu stecken.

Sämtliche Lehrlinge sowie die Tutorinnen und Tutoren – abgesehen von Ms Morning – standen im Kreis zusammen und unterhielten sich aufgeregt über alles, was passiert war, während das Herzattackenopfer schließlich zu sich kam. Der Mann schlug die Augen auf, schnappte nach Luft und hustete, bevor er die über ihm stehende Frau mit großen Augen anstarrte.

Die beiden hatten einander beim letzten Quiller Angriff schon einmal so in die Augen geschaut, aber damals war der Mann entkommen. Nun, gefesselt und schwach, gab es für ihn kein Entrinnen.

»Hallo, Claire«, sagte er geschlagen und hustete erneut.

»Liam«, erwiderte Ms Morning tonlos.

Er hatte Mühe, sich aufzurappeln, und sie machte keinerlei Anstalten, ihm zu helfen. Mit auf dem Rücken gefesselten Armen brauchte er einige Sekunden, um sich schwankend auf die Beine zu hieven. Er kippte zweimal vornüber und fiel aufs Gesicht, bevor es ihm schließlich gelang. Als er endlich stand, wischte er sich mit einem Schulterzucken den Staub von der Wange.

Ms Morning stemmte eine Hand in die Hüfte und suchte mit bohrendem Blick sein Gesicht ab, ohne ihre Emotionen zu zeigen. »Deine Familie?«, fragte sie.

»Meine Eltern sind beide im Ältestensektor«, antwortete er.

»Tut mir leid«, erwiderte sie.

Ihre Worte schienen ihn zu verblüffen. »Warum?«

»Weil es schwer ist, zuzusehen, wie die eigenen Eltern sterben.«

»So läuft das nun mal. Und ist bald vergessen«, sagte er.

»Für dich vielleicht. Für Menschen wie dich.«

»Du sagst das mit solcher Verachtung.«

»Überrascht dich das? Schau dir doch nur mal an, was ihr Artimé antut! War es nicht genug, uns einmal zu töten?«

Liam wich erschrocken zurück, sprach jedoch mit der

ruhigen, gehirngewaschenen Stimme aller Menschen in Quill: »*Ich* habe dich nicht getötet. Ich habe niemanden getötet.«

»Nein, natürlich nicht. Niemand ist dafür verantwortlich«, sagte Ms Morning, ihre Stimme triefend vor Sarkasmus und Bitterkeit. »Niemand in Quill ist für eure widerlichen Regeln verantwortlich. Niemand stellt irgendetwas infrage. Niemand hat ein Gewissen. Es überrascht mich, dass du dich überhaupt an mich erinnerst – bist du nicht darauf programmiert, zu vergessen?«

Liam starrte sie an. »Du hast doch keine Ahnung, wovon du redest«, erwiderte er, klang jedoch nicht überzeugt. »Quill war ein perfekter Ort, bevor Artimé enthüllt wurde. Wir wollen einfach nur unser Land zurück.«

Claires Augen funkelten. »Alle hier sind genauso eure Landsleute. Hast du je darüber nachgedacht, Liam? Hast du? Als sie mich in Ketten fortbrachten und wir uns ein letztes Mal in die Augen schauten – hast du gedacht, ich hätte es verdient? Hast du je versucht, es aufzuhalten? Oder hast du einfach akzeptiert, dass andere es besser wussten als du?«

Liam machte den Mund auf, erwiderte jedoch nichts.

Doch Claire war noch nicht fertig. »Hast du jemals an mich gedacht oder hast du einfach getan, was sie von dir verlangt haben? Soll das menschlich sein? Kannst du mir erklären, wie es jemals natürlich oder gut und richtig sein könnte, diejenigen zu vergessen, die man liebt? Weil ich es nämlich nicht verstehe.«

Die kleine Gruppe der Lehrlinge, Tutorinnen und Tutoren richtete ihre Aufmerksamkeit auf Ms Morning und Liam und beobachtete sie schweigend.

Liam wurde blass. »Ich –«

Ms Morning sprach leiser weiter. »Hast du da irgendwo in dir drin ein Herz, Liam? Das musst du, sonst hätte der Zauber nämlich nicht funktioniert.« Sie lachte verbittert. »Ich hatte immer Hoffnung für dich. Fünfundzwanzig Jahre lang dachte ich: ›Er ist nicht wie die anderen.‹ Aber das bist du.« Sie schüttelte den Kopf, gefangen zwischen Wut und Tränen. »Und du widerst mich an.«

Und damit wandte sie sich abrupt ab, rannte davon, stieß dabei beinahe mit ihren düster dreinblickenden Lehrlingen zusammen, steuerte auf die nächstbeste Tür der Villa zu und verschwand darin.

Samheed sah Liam voller Verachtung an. »Du hast es echt versaut, was?« Er packte ihn am Arm, zerrte ihn zur Straße nach Quill und gab ihm einen ordentlichen Schubs in Richtung des Palasts. »Du hast dir gerade sozusagen selbst eine riesige Zielscheibe auf den Rücken geklebt, Kumpel«, rief er ihm nach. »Wenn ich dich das nächste Mal sehe …« Samheed sprach den Rest der Drohung nicht aus, wodurch sie allerdings nur umso unheilvoller klang.

Liam erwiderte nichts, sondern schlurfte nur mit gesenktem Kopf zum Palast davon.

Unterwegs begegnete ihm Sean Ranger, der nach Artimé zurückkehrte. Sean kniff die Augen zusammen, ging jedoch schweigend weiter. Nach einer Weile schloss Liam zu den anderen nach Quill Zurückgeschickten auf. Sie folgten einem Seitenweg zu den Wohnquadranten und schlichen sich in Gondoleerys Haus, damit sie den Zauber ihrer Fesseln lösen konnte, bevor Haluki oder irgendwer anders sie aufspürte. Dann machten sie sich wieder an die Arbeit, entschlossener als je zuvor.

Die rätselhaften Fremden

Jeden Tag nach dem magischen Kampftraining für Fortgeschrittene eilten Alex und Lani auf die Krankenstation der Villa, um die noch immer nicht ansprechbaren Fremden mit den seltsamen Halsbändern zu besuchen. Oft saßen sie zwischen ihren Krankenbetten und stellten Vermutungen über die Geschichte der beiden an, während sie fieberhaft an neuen Zauberrequisiten arbeiteten. Mr Today hatte um jeweils tausend Stück für die Herzattacken-, Wackelkopf-, Nadelkissen-, Demenz- und Bienenschwarmzauber gebeten. Letzterer war Cole Wicketts Schöpfung und gefiel Alex sehr.

Alex und die anderen führten nun stets alles mit sich, was sie zur Anfertigung der Requisiten brauchten – so wie manche Leute ein Buch oder einen Beutel mit Strickzeug dabeihatten, um unerwartete Momente des Leerlaufs zu füllen –, nur für den Fall, dass ihnen zwischendurch ein wenig Zeit dafür blieb.

Bei einer dieser Gelegenheiten gesellte sich Mr Today zu ihnen und zog sich einen Stuhl neben Alex heran. Für eine Weile saßen die drei schweigend da, während Alex und Lani arbeiteten und Mr Today ihr Werk prüfend bewunderte. Dann sagte Alex aus heiterem Himmel: »Ich glaube, sie haben zu fliehen versucht.«

Lani nickte, als hätte sie gerade genau dasselbe gedacht, und murmelte: »Das glaub ich auch.«

Mr Today rieb sich nachdenklich das Kinn und seine Finger kratzten dabei leise über seine Bartstoppeln. »Warum denkt ihr das?«

»Wegen des Floßes, hauptsächlich«, antwortete Lani. »Außerdem hatten sie nichts bei sich – keine Angelausrüstung, keine Wechselkleidung. Wer geht so irgendwohin, wenn er es nicht mächtig eilig hat? Und wer würde sich auf einem so jämmerlichen Floß wie ihrem überhaupt aufs Wasser wagen?«

»Das sind alles sehr gute Fragen«, lobte der alte Magus sie. »Vielleicht wurden all ihre Sachen ja bei einem unerwarteten Sturm über Bord gespült.«

Lani dachte darüber nach. »Vielleicht.«

»Ich frage mich, wo sie herkommen«, sagte Alex zum mindestens zehnten Mal, seit die beiden gestrandet waren. Er starrte auf das Mädchen.

»Ich mich auch«, erwiderte Mr Today. »Ich kann nur vermuten, dass sie von einer der Inseln weiter westlich stammen, jenseits der Waldsängerinsel.«

Lani zog eine Augenbraue hoch und Alex lehnte sich vor. »Waren Sie schon mal auf einer dieser Inseln?«, wollte er wissen.

»Ja. Wenn ich mich recht erinnere, wurden die beiden entlegensten Eilande von recht primitiven Völkern bewohnt, die wohl eher etwas Derartiges tun würden …« Er zeigte mit einer wedelnden Hand auf die dornigen Halsbänder der Bewusstlosen. »Ich stamme von der uns am nächsten gelegenen Insel, der Waldsängerinsel – ein wundervoller Ort. Tropisch und sonnig, aber mit mehr Regen, als ganz Quill in den vergangenen Jahren gesehen hat. Im Herzen der Insel ragen majestätische Felsen auf, als hätte jemand mit einer gigantischen Faust einen Berg aus der Tiefe des Meeres nach oben gedrückt. Außerdem fließt ein Fluss durch die Waldsängerinsel, und ringsum locken herrliche Strände. Die Menschen dort sind überaus freundlich und herzlich.«

»Klingt traumhaft«, seufzte Lani sehnsüchtig.

»War es auch. Vielleicht waren wir töricht, die Insel zu verlassen, aber wir hatten unsere eigenen großen Pläne und Ideen, wisst ihr? Niemand hätte uns davon abbringen können, obwohl wir dafür einige sehr liebe Freunde und unsere Familien zurücklassen mussten.« Er schwieg für einen Moment. »Eva Fathom ist auch dort aufgewachsen. Wir beide hatten gehofft, die Insel noch einmal besuchen zu können, aber jetzt …« Mr Today verstummte.

Alex runzelte die Stirn. »Aber jetzt was?«

»Ich bin mir nicht sicher, ob dies der richtige Zeitpunkt für meine kleine Auszeit ist.«

Die Worte blieben in der Luft hängen, als wollten sie, dass man ihnen widersprach. Doch so angestrengt Alex und Lani auch über alles nachdachten – von den bewusstlosen Schiffbrüchigen in den Betten vor ihnen bis zu den jüngsten immer heftigeren Angriffen aus Quill –, sie konnten es einfach nicht guten Gewissens tun.

»Ich habe mich noch nicht entschieden«, fügte Mr Today hinzu, »aber ich kann mir den Verlust von Arija selbst kaum vergeben. Was, wenn noch jemand getötet wird, während ich meinen Urlaub genieße? Das wäre unverzeihlich.«

»Aber Arija ist gestorben, während sie das tat, was sie liebte – das, wofür sie erschaffen wurde«, erwiderte Lani leidenschaftlich. »Wenn wir auch sterben, während wir etwas tun, woran wir glauben, dann sollten wir zufrieden sterben.«

»Umso mehr Grund für mich, hierzubleiben, denkst du nicht auch?«, fragte Mr Today.

Überrascht stellte Alex fest, dass er ein wenig enttäuscht über Mr Todays Neuigkeit war. »Ich weiß nicht«, erwiderte er. »Ich wette, unsere Besucher werden irgendwann wieder gehen wollen, sobald sie sich erholt haben. Vielleicht könnten Sie auf Ihrer Reise ja herausfinden, wo sie hergekommen sind, damit wir sie nach Hause zurückbringen können. Falls sie das wollen, meine ich.« Alex überlegte. »Und vielleicht … na ja, ich bin mir deswegen zwar selbst nicht ganz sicher, aber … vielleicht könnten Sie das Tor doch wieder errichten? Zumindest für eine Weile. Nur solange Sie weg sind.« Hastig fügte er hinzu: »Nicht, dass Sean recht gehabt hätte oder so.«

Mr Today neigte den Kopf zur Seite, betrachtete Alex neugierig und versteckte ein Lächeln hinter seinen Fingern. »Interessante Betrachtungsweise, Alex. Ich werde darüber nachdenken.«

»Ich meine«, fügte Alex in einem Tonfall hinzu, als sei

ihm selbst eben erst bewusst geworden, welch glühenden Eifer die Vorstellung in ihm auslöste, »ich habe schließlich versprochen, Ihnen und Ms Morning zu helfen. Und ich glaube, es wäre in Ordnung, wenn Sie gehen würden.«

Mr Today kratzte sich erneut am Kinn und seufzte tief. »Wir werden sehen. Aber die Sache drängt schließlich nicht, nicht wahr?«

Lanis Plan

Die Fremden hatten irgendetwas an sich, bei dem Lani sich unwohl fühlte. Deshalb konnte sie nach ihrem Gespräch mit Mr Today und Alex auch nicht zustimmen, dass »die Sache nicht drängte«. Sie konnte einfach nicht aufhören, über die beiden Fremden nachzudenken. Außerdem war sie sich sicher, dass sie zu fliehen versucht hatten.

Damit schied die am nächsten gelegene Insel im Westen, von der Mr Today stammte, im Prinzip aus, schließlich hatte der Magus die Insel als wahres Paradies beschrieben. Wer sollte von einem solchen Ort fliehen wollen? Es machte Lani nur umso neugieriger, ihn mit eigenen Augen zu sehen.

Sie bekam den Gedanken tagelang nicht aus dem Kopf und kehrte irgendwann sogar in die Lagune zurück, wo sie erneut auf das glänzend weiße Boot starrte und davon träumte, das Abenteuer wirklich zu erleben, das durch ihren Kopf tanzte. Sie war jedoch klug genug, ein solches Vorhaben nicht allein zu wagen.

Eines Tages beim Mittagessen fragte sie ihre Freunde schließlich: »Denkt ihr nicht auch, es würde Spaß machen, in Urlaub zu fahren, so wie Mr Today?«

Samheed ließ eine Augenbraue nach oben wandern. »Kann fon fein«, erwiderte er mit vollem Mund.

Meghan, die tagelang ziemlich lustlos gewirkt hatte, antwortete: »Schätze schon. Ich hab noch nie darüber nachgedacht.«

»Oh, *kommt* schon, Leute! Was ist mit dir, Alex?«

Alex schüttelte den Kopf. »Ich hab schon genug mit den Vorbereitungen zu tun, bevor Mr Today wegfährt. Ich glaube, er kann es kaum noch erwarten. Es könnte jeden Tag so weit sein.« Er schob sich einen Löffelvoll Reispudding in den Mund, kaute, wischte sich den Mund ab, schob seinen Stuhl zurück und erhob sich. Nachdem er geschluckt hatte, tastete er seine Taschen ab, um zu sehen, ob Mr Today ihm weitere Zauber zum Üben geschickt hatte, bevor er entschuldigend mit den Schultern zuckte. »Außerdem muss ich jetzt los«, sagte er dann.

»Buh«, erwiderte Lani und sackte ein wenig auf ihrem Stuhl zusammen. »Du bist in letzter Zeit andauernd beschäftigt. Wir kriegen dich kaum noch zu Gesicht.«

»Ja«, stimmte Samheed ihr zu. »Wir haben seit Monaten kein richtiges Abenteuer mehr erlebt.«

Meghan schwieg und starrte auf ihre Hände, als hätte sie die anderen gar nicht gehört.

Alex stieß ein enttäuschtes Seufzen aus. »Ich weiß«, sagte er. »Es tut mir leid. Es ist nur … ich muss noch so viel lernen. Mr Today hat Jahre gebraucht, um all das hier zu erschaffen – ein paar Zauber hat er inzwischen komplett vergessen, deshalb verbringe ich manchmal Stunden damit, in seinen Tagebüchern zu recherchieren –« Er verstummte abrupt, als ihm bewusst wurde, dass er ihnen gerade Geheimnisse verriet.

Hastig versuchte er das Thema zu wechseln. »Meg, was ist eigentlich mit dir los? Du siehst echt nicht gut aus. Ist alles in Ordnung? Haben Cole Wickett und die Notwendigen dir sämtliche Kräfte geraubt? Hey, das wäre ein guter Name für eine von Ms Mornings Lehrlingsbands.« Er nahm sich vor, es ihr vorzuschlagen, wenn er sie das nächste Mal sah.

Meghan blickte zu Alex hoch und schenkte ihm ein mattes Lächeln. »Tut mir leid, ich bin nur ein bisschen abgelenkt. Sean benimmt sich total seltsam, und ich habe keine Ahnung, was ich deswegen unternehmen soll.«

Alex zögerte. Er wusste, dass er losmusste, kam jedoch zu dem Schluss, dass Mr Today sein Zuspätkommen bestimmt entschuldigen würde, wenn es wegen einer Freundin war. Also setzte er sich wieder. Auch Lani und Samheed wandten ihre Aufmerksamkeit Meghan zu.

»Was ist los?«, fragte Lani sie.

Meghans Gesicht war blass und sie hatte dunkle Ringe unter den Augen. Alex wurde bewusst, dass er seine Freundin wochenlang gar nicht richtig angeschaut hatte. »Was stimmt nicht?«

Samheed blickte Meghan nur an und wartete.

»Sean ist … Er geht hin und wieder nach Quill. Ich glaube, er besucht dort unsere Eltern.«

Alex dachte für einen Moment darüber nach und zuckte dann mit den Schultern. »Okay«, erwiderte er.

»Das machen viele andere auch. Warum kommt dir das so seltsam vor?«

Meghan schob ihren Teller von sich weg, stützte die Ellenbogen auf dem Tisch und das Kinn in den Händen ab. »Ich schätze, was mich daran stört, ist, dass er mir nicht sagt, dass er es tut. Als ich ihn neulich gefragt habe, wo er war, hat er mich angelogen und gesagt: ›Im Dschungel‹. Aber ich weiß, dass er in Quill war, und ich hab gesehen, wie er in den Wohnsektor unserer Familie gegangen ist.«

»Dann glaubst du also, er hätte eure Eltern ohne dich besucht? Aber warum sollte er nicht wollen, dass du das weißt?« Lani schüttelte verdutzt den Kopf.

»Das wüsste ich auch gern«, erwiderte Meghan, furchtbar niedergeschlagen. »Ich glaube, sie mögen ihn jetzt richtig gern.« Ihre Unterlippe zitterte und sie sah aus, als würde sie gleich anfangen zu weinen. Sie kippte auf den Tisch und vergrub das Gesicht in den Armen.

»Oh, Meg«, sagte Lani. Sie stand auf, ging zu ihrer Freundin und schlang die Arme um ihre Schultern. »Es tut mir so leid, dass du so traurig bist. Vielleicht versucht Sean ja, sich für euch beide wieder mit euren Eltern zu versöhnen, und will dich nur vor ihren dummen Ansichten beschützen.«

»Ja«, stimmte Samheed ihr zu. »Das kann ich mir auch gut vorstellen.«

Alex runzelte die Stirn. Er war sich da nicht so sicher – nicht nach seiner und Seans Meinungsverschiedenheit bei der Versammlung. Tatsächlich war er Sean seit jenem Tag so gut wie nicht mehr begegnet, außer wenn er ihn auf den Wandtafeln hatte umherschleichen sehen. »Bist du sicher, dass er eure Eltern besucht und nicht irgendwas … anderes treibt?«, fragte Alex, bereute es jedoch sofort, als Samheed ihn böse anfunkelte, während Lani ihm unter dem Tisch gegen das Schienbein trat. Er musste sich richtig zusammenreißen, damit ihm kein »Au!« entwich.

Meghan zuckte hilflos mit den Schultern. »Ich weiß es nicht. Alles, was ich weiß, ist, dass meine Eltern mir niemals verzeihen werden, dass ich ihr Leben zerstört habe. ›Warum hast du dich nicht mehr angestrengt, eine Gewollte zu werden?‹, hat meine Mutter mich immer gefragt. Sie hat nie irgendwas aus meiner Perspektive betrachtet. Es ist fast, als hätte sie Sean seine Tilgung verziehen, während sie mir die Schuld daran gibt, dass ich zum zweiten Mal Schande über sie gebracht habe. Quiller Logik ist so bescheuert!« Sie atmete zitternd ein, stieß die Luft dann wieder aus und lachte leise. »Gute Güte«, sagte sie und wischte sich eine Träne weg. »Mir geht's gut, ehrlich. Ich bin nur müde.«

»Du brauchst ein bisschen Abwechslung«, beschloss Lani. »Ein Abenteuer. Einen kleinen Urlaub vielleicht.« Ihre Augen funkelten.

Samheed schaute sie neugierig an.

Alex biss sich auf die Unterlippe und sah auf die Uhr. »Und dir geht's wirklich gut?«, fragte er Meghan und kam sich dabei wie ein Idiot vor. Aber er wurde langsam nervös wegen seiner Verabredung.

»Ja, alles bestens«, versicherte sie ihm. »Geh schon.

Lerne irgendwas Unglaubliches.« Sie schenkte ihm ein Lächeln.

»Wir werden uns gut um sie kümmern, keine Sorge«, sagte Lani und grinste so breit wie seit Langem nicht mehr. »Viel Spaß, Alex! Wir nehmen Meghan so lange auf ein fantastisches Abenteuer mit, um sie ein bisschen aufzuheitern.«

Alex, der sich bereits von ihnen entfernte, blickte noch einmal über seine Schulter zurück. Er spürte ein Stechen der Eifersucht in seiner Brust. »Ich wünschte, ich könnte mitkommen«, gestand er leise. »Ich vermisse euch alle ganz schön.«

Aber Lani hatte bereits aufgeregt zu plappern begonnen und zog Meghan und Samheed in die andere Richtung davon, deshalb hörten sie ihn nicht mehr.

***

Während Alex zu Mr Todays Büro eilte, ging eine aufgeregte Lani Meghan und Samheed über den Rasen voraus und weihte die beiden in ihren Plan ein.

»Also, was sagt ihr?«, fragte sie, während die drei halb in Richtung des Dschungels zum Ufer liefen. »Seid ihr dabei?«

Meghan kicherte und ließ sich von Lani mitziehen. »Ich werde das wahrscheinlich bereuen, aber okay. Ich bin so kaputt, dass mir eigentlich egal ist, was wir machen. Sam?«

»Äh, na klar – ich bin definitiv dabei. Ich meine, mal ernsthaft: Warum haben wir das nicht schon vor Ewigkeiten gemacht?« Er grinste. »Du bist ganz schön hinterhältig, Lani. Ich kann echt nicht glauben, dass ich diese Seite an dir noch nicht kannte.«

»Das liegt daran, dass du zu sehr damit beschäftigt warst, mich nervig zu finden, genau wie Alex.«

»Aber wie wollen wir es überhaupt in Gang kriegen?«, fragte Meghan.

»Alex hat gesagt, es funktioniert mit Magie. Es dürfte also nicht allzu schwer sein, dahinterzukommen. Er meinte, nachdem Mr Today den Zauber gesprochen hatte, musste er nur in die Richtung lenken, in die er wollte, und das Boot ist losgefahren. Ganz ohne Requisiten oder so.«

»Klingt simpel«, stimmte Samheed ihr zu. »Und wenn jemand dahinterkommt, dann wir.«

Als sie die Lagune schließlich erreichten, zögerten die drei jedoch und schauten einander an.

»Seid ihr sicher, dass Mr Today und Ms Morning nicht wütend sein werden?«, fragte Meghan.

»Sie haben nie gesagt, dass wir das Boot nicht nutzen dürfen«, erwiderte Samheed. »Mr Today hat schließlich nur zwei Regeln für uns aufgestellt. Und wir machen ja auch nur eine kleine Ausfahrt. Außerdem bettelt es doch praktisch darum, genutzt zu werden.«

Lani grinste. »Wenn er nicht will, dass wir es benutzen, dann hat er es bestimmt irgendwie abgeschlossen oder so.«

Mit einem Gefühl des schelmischen Übermuts zogen die drei Freunde ihre Schuhe aus, krempelten die Hosenbeine hoch und wateten durch das warme, flache Wasser zu dem glänzenden Boot hinaus.

Wach

In der Villa steuerte Alex auf die Treppe zu, um zu Mr Todays Büro hinaufzugehen, blieb jedoch stehen, als er Stimmengewirr aus der Krankenstation hörte. Dort stand der Magus, umringt von einer kleinen Traube Artiméerinnen und Artiméer, darunter auch die Pflegekräfte, Ms Morning und Eva Fathom, mit der Mr Today sich angeregt unterhielt.

Alex änderte die Richtung und ging zu ihnen. »Was ist denn los? Ist irgendwas passiert?« Ihm krampfte sich die Brust zusammen, als er an die stillen Fremden dachte. Er hoffte, es gab keine schlechten Nachrichten.

»Das Mädchen ist wach«, teilte Ms Morning ihm mit. Sie bedeutete Alex, hereinzukommen, und rückte ein Stück zur Seite, damit er sich zu ihnen an das Krankenbett stellen konnte. Vor Aufregung kribbelte es richtig in Alex' Magen, als er sich näherte. Er hoffte, dass all ihre Fragen schon bald beantwortet werden würden.

Er blickte auf die Fremde hinunter, die nun an drei flauschige Kissen gelehnt im Bett saß. Das Halsband mit den Metalldornen machte es ihr jedoch offensichtlich unmöglich, es sich wirklich bequem zu machen. Ihr Gesicht war von Alex abgewandt und sie blickte zum Bett des Jungen, so als würde sie stumm flehend darauf warten, dass er ebenfalls erwachte.

»Sie hat Angst«, sagte Ms Morning. »Zu viele Erwachsene schwärmen um sie herum. Vielleicht kannst du mit ihr reden.«

Alex nickte. »Hallo«, sagte er leise. Er streckte eine Hand aus und berührte den Arm der Patientin, um ihre Aufmerksamkeit zu erregen.

Sie schreckte im Bett hoch, riss scharf den Kopf herum und starrte Alex voller Furcht an.

Er zog die Hand wieder zurück und machte einen Schritt rückwärts. Als er ihre Augen sah, schnappte er nach Luft. Die Iris des Mädchens waren tieforange, wie eine Ringelblume bei Sonnenuntergang – eine Farbe, die Alex schon Dutzende Male zu perfektionieren versucht hatte. Er hörte die Reaktionen der anderen hinter sich, doch sie kamen ihm sehr weit entfernt vor. Er konnte den Blick nicht von der Fremden abwenden, wie hypnotisiert von ihrem exotischen Aussehen. Ihre glitzernden Augen bohrten sich in seine, und das Dornenhalsband schien sich beinahe fließend zu bewegen, wenn sie den Kopf drehte.

So blickten sie einander für einen langen Moment an, und Stille breitete sich im Raum aus. Alex' Herz raste. Er hob die Hände, um ihr zu zeigen, dass er ihr nicht wehtun würde, lächelte sie an und hoffte, dass er freundlich und kein bisschen Furcht einflößend wirkte. »Hallo«, wiederholte er.

Sie rührte sich nicht.

Alex' Blick huschte zum Nachttisch. »Möchtest du vielleicht was trinken?«, bot er ihr an. Er bewegte sich langsam, um sie nicht zu erschrecken, schenkte ein wenig Wasser aus einem Kanister in ein Glas und hielt es ihr hin.

Ihr ganzer Körper spannte sich an, aber sie griff danach. Sie führte es mit zitternder Hand an ihre Nase und schnupperte vorsichtig an dem Glas, ihren Blick die ganze Zeit auf Alex gerichtet. Dann öffnete sie ihre trockenen Lippen, nippte vorsichtig daran – und im nächsten Moment lehnte sie sich vor, die Augen zu schmalen Schlitzen verengt, und spuckte Alex das Wasser ins Gesicht.

»Hey!«, rief er aus und wich einen Schritt zurück. »Was in aller Welt …?« Er hob den Arm, um sich vor weiteren Wasserfontänen zu schützen. Dann riss das Mädchen den Mund auf, als wollte sie ihn anschreien, doch es kam kein Laut heraus. Sie versuchte verzweifelt, aus dem Bett zu klettern, hatte sich jedoch völlig in der Decke verheddert und ihr Halsband blieb in einem der Kissen hängen. Nach einer Schrecksekunde reagierten die Pflegekräfte, eilten zu ihr und beruhigten das Mädchen wieder. Sie unternahm einen weiteren halbherzigen Fluchtversuch, sank dann jedoch wieder auf die Kissen zurück – vermutlich, weil sie gegen die vielen Menschen im Raum ohnehin nichts ausrichten konnte. Sie wandte den Blick von Alex ab, schloss die Augen und zog sich die Decke über den Kopf.

Alex wischte sich mit dem Ärmel das Gesicht trocken und verspürte den seltsamen Drang zu lachen, nun, da sich das Mädchen wieder beruhigt hatte. Er vermutete jedoch, dass ihm dies bei niemandem Pluspunkte einbringen würde. Also unterdrückte er das Lachen und schaute Ms Morning Hilfe suchend an, weil er nicht wusste, was er stattdessen tun sollte. Sie bedeutete ihm mit einem Winken, ihr aus dem Raum zu folgen. Mr Today gesellte sich ebenfalls zu ihnen, und zu dritt stiegen sie die Treppe hinauf.

»Nun, das war interessant«, fand Mr Today, zog ein Taschentuch hervor und reichte es Alex. »Ich wette, das hattest du nicht erwartet.«

Alex lachte nun doch und wischte sich das Gesicht ab. »Nein. Aber ich bin froh, dass sie wach ist, Sie nicht auch? Ich hoffe nur, sie macht niemandem Schwierigkeiten.« Sie bogen in den fast geheimen Korridor ab.

»Ich glaube, sie hatte einfach Angst, in dieser anderen, völlig fremden Umgebung die Augen zu öffnen«, sagte Ms Morning. »Anfangs, bevor sie den Jungen gesehen hat, war sie schrecklich verstört. Ich vermute, er ist ihr kleiner Bruder.«

»Haben Sie ihre Augen gesehen?«, fragte Alex. Sie betraten Mr Todays Büro und setzten sich.

»Wunderhübsch, nicht wahr?«, erwiderte der Magus. »Genauso leuchtend wie mein Gewand.«

»Atemberaubend schön«, fand auch Ms Morning und sah Alex an. »Ich habe noch nie zuvor Augen von dieser Farbe gesehen.«

»Ich auch nicht«, erwiderte er und war überrascht, als er spürte, wie sein Gesicht bei dem Gedanken an das

Mädchen zu glühen begann. Er beeilte sich, noch etwas hinzuzufügen: »Sind die Augen des Jungen auch gold-orange? Ich meine, hat schon jemand nachgesehen?«

»Ja, ich glaube, nachdem die Pflegekräfte ihre Augen gesehen haben, haben sie sich auch die des Jungen angeschaut, und seine sehen genauso aus«, erwiderte Mr Today. »Es ist wirklich eigenartig. Ich habe mit Eva Fathom darüber gesprochen und sie meinte, ihres Wissens gab es diese Augenfarbe auf unserer Heimatinsel nicht.«

Alex fragte sich zum zigsten Mal, von was für einem Ort die beiden Fremden wohl stammen mochten. Nach dem zu urteilen, woran sich Mr Today und Eva Fathom noch erinnerten, musste es sich wohl um eine der entfernteren Inseln handeln.

Der Magus sprach weiter und durchbrach Alex' Gedanken: »Ich empfinde die metallenen Halsbänder als überaus verstörend, ebenso wie die Tatsache, dass unsere Besucherin offenbar nicht in der Lage ist, ihre Stimme zu benutzen. Ich werde das ungute Gefühl nicht los, dass jenseits unserer kleinen Welt etwas ganz und gar nicht in Ordnung ist.«

Er holte tief Luft. »Meine Bestürzung über all das hat mich außerdem zu der Entscheidung bewogen, meine kleine Reise doch anzutreten. Darüber hinaus werde ich auf Anraten mehrerer vertrauenswürdiger Personen hin – darunter auch du, Alex, ebenso wie Sean Ranger und Eva Fathom – das Tor nach Artimé vorübergehend wieder installieren, um während meiner Abwesenheit alle hier zu schützen. Heute Abend treffe ich mich zu meinem wöchentlichen Friedensgipfel mit Gunnar und werde ihn bei dieser Gelegenheit über meine Pläne informieren. Anschließend werde ich in die Villa zurückkehren, um noch einige Dinge zu erledigen und zu packen, bevor ich am Morgen mit Eva Fathom aufbrechen werde. Wir werden nur etwa drei Tage weg sein, um einige Nachforschungen anzustellen.« Er hielt inne und sah Claire Morning und Alex an. »Was meint ihr? Seid ihr bereit, für mich die Stellung zu halten?«

Verbündete oder Feinde?

Eine muntere Eva Fathom, ehemalige Adjutantin der Hohepriesterin Justine, schenkte den Girrinos am Tor ein warmherziges Lächeln, als sie auf dem Weg nach Quill an ihnen vorbeischlenderte. Eine Zeit lang ging sie allein, bis sie außer Sichtweite von Artimé war. Dann schloss sich ihr ein junger Mann mit rötlichem Haar an, der auf sie gewartet zu haben schien.

»Was ist los?«, fragte er.

»Ich habe ihn davon überzeugt, das Tor wieder zu errichten. Er und ich brechen morgen früh zu einer mehrtägigen Reise auf.«

Der junge Mann schwieg für einen langen Moment. »Ich mache mir Sorgen.«

»Das ist vollkommen unnötig. Es ist alles in Ordnung. Unser Plan ist solide.«

»Und Aaron?«

»Es kommt zwar früher, als er erwartet hatte, aber er ist so gut vorbereitet, wie er es eben sein kann.«

»Wirst du ihm das mit dem Tor erzählen?«

Eva Fathom blickte den jungen Mann misstrauisch an. Dann antwortete sie: »Würdest du es tun?«

Der junge Mann zog eine finstere Miene.

Ein paar Minuten lang gingen sie schweigend weiter. Die flirrende Hitze hing schwer über der Straße, ließ Trugbilder entstehen, aus denen eine echte Gestalt auftauchte.

»Ich sollte jetzt gehen«, sagte der junge Mann.

Eva nickte. »Viel Glück«, wünschte sie ihm.

»Dir auch. Ich hoffe, du weißt, was du tust.«

Genervt entgegnete Eva: »Dasselbe könnte ich auch zu dir sagen, Sean Ranger.«

Er bog auf einen Fußweg ab, eine Abkürzung zu den Wohnquadranten, während Eva weiter auf Quill und die soeben erschienene Gestalt zuging.

***

»Hallo, Aaron«, begrüßte Eva ihn freundlich, als die beiden einander gegenüberstanden. »Was gibt es Neues?«

»Unsere Armee wächst, und wir arbeiten fieberhaft daran, vernünftige Waffen herzustellen.«

»Werdet ihr morgen für einen Angriff bereit sein?«

Aaron zögerte. »So bald?«

»Ich musste mich innerhalb eines Sekundenbruchteils entscheiden. Ich glaube, wir sollten die Gelegenheit nutzen – ich werde morgen früh mit Marcus wegfahren.«

Aaron verbarg sein Entsetzen. Er überlegte kurz und murmelte dann: »Natürlich. Gut gemacht. Wir sind allzeit bereit.«

»Ausgezeichnet.« Die alte Frau zog eine Handvoll Tonherzen aus ihrer Tasche und hielt sie Aaron hin.

Er betrachtete sie mit zusammengekniffenen Augen. »Was ist mit diesen dünnen Metallklammern, mit diesen Fächerclips, wie sie sie nennen? Die wollte ich haben. Was sollen das hier denn bitte für Dinger sein?« Er griff nach einem und begutachtete es. »Die sehen nicht besonders furchterregend aus.«

»Das sind die Requisiten für einen Zauber namens ›Herzattacke‹«, erklärte Eva ihm. »Dein Bruder hat sie auf ihren Wunsch hin für meine Tochter gemacht. Sie behauptet, es wäre der beste Zauber, den es in Artimé jemals gab. Deshalb dachte ich, ich klaue davon ein paar.«

»Hast du eins ausprobiert?«

»Nein. Ich wollte sie nicht verschwenden.«

»Ist der Zauber tödlich?«

Eva Fathom zögerte. »Natürlich ist er das. Das muss er sein, wenn es der mächtigste Zauber ist, der jemals erschaffen wurde.«

»Na, und wie … wie lautet dieser *Befehl*, der dazugehört?« Aarons Verärgerung wuchs. Er hatte Eva ganz klar angewiesen, ihm Fächerclips zu beschaffen, weil er wusste, wie mächtig sie waren und wie er sie benutzen musste. Außerdem hasste er es, dass er sich nicht mehr an das Wort erinnern konnte, das sie in Artimé dafür benutzten. Er fühlte sich deswegen unbehaglich und schlecht vorbereitet. Davon abgesehen war er sich ganz und gar nicht sicher, ob er bis morgen wirklich alles würde in die Wege leiten können, um die Gelegenheit zu nutzen, die sich ihnen so unerwartet bot. Aber ihm blieb wohl nichts anderes übrig.

»Herzattacke«, sagte Eva Fathom. »Du wirfst das Herz auf die Zielperson und ihm wachsen Flügel oder irgend so was in der Art, bevor es sie mitten in die Brust trifft. Die Person bricht daraufhin zusammen und … ist tot.« Sie blickte über ihre Schulter zurück und presste die Lippen zusammen.

»Ich hoffe, du hast auch eins für dich selbst behalten. Unsere einzige Chance, die Macht an uns zu reißen, ist es, sämtliche Schlüsselfiguren aus dem Spiel zu nehmen, allen voran Mr Today. Von dir wird er es niemals erwarten.« Aaron lächelte. »Er wird gar nicht mitkriegen, was passiert, wenn du es richtig anstellst.«

»Das ist der Plan«, erwiderte Eva. »Ich kümmere mich schon um ihn, zerbrich dir darüber mal nicht den Kopf. Ich mache mir eher Sorgen, dass du es vermasseln könntest.«

Aaron verengte die Augen zu schmalen Schlitzen, erwiderte jedoch nichts. Es war genau die Herausforderung, die er brauchte. Er würde vielleicht die ganze Nacht durcharbeiten müssen, aber morgen … morgen würde er Artimé in ein Katastrophengebiet verwandeln und die Notwendigen damit zwingen, nach Quill zurückzukehren. Und dann würde er einmal mehr die Karriereleiter hinaufklettern, wenn alle in Quill erkannten, dass er sie gerettet hatte.

Und wenn alles gut ging, würde er die Welt dabei auch gleich noch von Alex, Mr Today und all ihren törichten Ungewollten-Freunden befreien, ein für alle Mal.

Unterdessen

Das weiße Boot flog förmlich über die Wellen und schien die Wasseroberfläche kaum zu berühren, und Samheed, Meghan und Lani genossen die ruhige, angenehme Fahrt. Es war ein Kinderspiel gewesen, das Boot in Gang zu setzen – die Anweisungen für den Zauber standen direkt neben dem Bordkompass und hatten die drei praktisch angefleht, eine kleine Ausfahrt zu unternehmen.

»Das macht noch mehr Spaß, als auf Simbers Rücken zu fliegen«, schrie Lani am Steuer. Sie drehte das Rad langsam hin und her und hinterließ eine träge S-Spur auf dem Wasser.

Meghan konnte ihr da nur zustimmen. Ihr Gesicht, ganz rosig vom Wind und der Sonne, sah nun eindeutig gesünder aus als noch vor ein paar Stunden. Sie stand auf dem Sitz neben Lani, klammerte sich oben an der Windschutzscheibe fest und ließ die steife Brise über sich hinwegwehen, während sie versuchte, nicht zu breit zu grinsen, nur für den Fall, dass Insekten draußen auf dem Meer unterwegs waren.

»Ja, ist nicht übel«, murmelte Samheed. Er saß in der

Nähe des Hecks, nach vorne gebeugt und eine Hand auf dem Bauch. *Sein* Gesicht sah alles andere als gesund aus. »Aber kannst du vielleicht aufhören, die ganze Zeit hin und her zu fahren?«

Lani blickte über ihre Schulter zurück und stellte das Steuerrad sofort gerade. »Tut mir leid. Hey, dir kommt doch nicht das Mittagessen wieder hoch, oder?« Sie drosselte das Tempo ein wenig. »Denn falls doch, dann bitte überallhin, nur nicht ins Boot, ja?«

Samheed zog eine finstere Miene. »Mir geht's gut. Hör nur endlich mit dem Gewackel auf.«

Die Mädchen grinsten einander an, waren jedoch so freundlich, den armen Samheed in Ruhe zu lassen, damit er seine Seekrankheit ohne Häme durchleiden konnte.

Nach etwa einer Viertelstunde ließ Meghan den Blick über den Horizont wandern und blickte Lani überrascht an. »Steuerst du die Insel an?«

Lani zuckte mit den Schultern. »Ich dachte, wir könnten mal näher hinfahren und sehen, was es da so gibt.«

Meghan kniff die Augen zusammen. »Was, wenn dort Leute sind? Das wäre total seltsam.« Sie hatten noch nie Menschen aus anderen Ländern gesehen, bevor die beiden Fremden auf dem Floß an Artimés Küste angetrieben waren. Bis vor Kurzem hatten sie noch nicht einmal gewusst, dass es überhaupt andere Länder oder Menschen gab.

»Stimmt«, erwiderte Lani. »Aber Mr Today stammt von dort, und er meinte, die Insel sei wunderschön und die Menschen dort sehr nett.« Sie schaute zu der vor ihnen aufragenden Insel, blickte jedoch immer wieder über ihre Schulter zurück, um sich einzuprägen, wie sie wieder nach Artimé zurückkamen. Außerdem behielt Lani den Kompass im Auge, da sie aus den unzähligen Büchern, die sie verschlang, auch ein wenig über das Segeln gelernt hatte.

Nach einer Weile erhob Samheed sich und gesellte sich zu den Mädchen. Er stellte sich hinter Lani und beobachtete genau, wie sie das Boot steuerte.

»Geht's dir besser?«, fragte sie ihn freundlich.

»Ja, seit wir nicht mehr so hin- und herschaukeln«, antwortete er. »Danke.« Er blickte auf den weiten Ozean hinaus und dann zu der Insel vor ihnen. »Es ist so seltsam, wie viel größer sie auf einmal aussieht«, fand er.

Lani nickte. Sie konnte die Gefühle, die durch ihren Magen wirbelten, nicht richtig einordnen. Sie war nervös und aufgeregt. Und sie hatte auch Angst. Aber vor allem konnte sie es kaum erwarten, etwas Neues herauszufinden, wie es bei ihr so oft der Fall war. Sie konnte gar nicht genug kriegen von Geschichten über andere Welten. Sie liebte die Erzählungen, die sie aus dem Literaturunterricht kannte, und die Theaterstücke, die sie in der Schauspielwerkstatt aufgeführt hatten. Und sie liebte die Geschichten, die sie sich damals in Quill selbst ausgedacht und ihren Freunden oder in der Nachbarschaft erzählt hatte – die Geschichten, für die sie fortgeschickt worden war. Und nun war sie wild entschlossen, mit eigenen Augen eine neue Welt zu sehen, anstatt nur darüber zu lesen oder sie sich vorzustellen. Es war immer ihr kühnster Wunsch gewesen, und er erfüllte sich in diesem Moment.

Später am Nachmittag waren sie der Insel nahe genug, um zu erkennen, dass das Ufer kaum von Felsen, dafür aber von umso mehr Sand gesäumt war. Soweit sie es sehen konnten, gab es weder einen Rasen noch eine Villa, ebenso wenig wie umherwandelnde Menschen oder Kreaturen. Es gab nichts als einen Strandstreifen mit einem Palmenhain dahinter, bevor das Land zur Inselmitte hin langsam anstieg und riesige Felsen imposant in den Himmel ragten. Wasser stürzte über die Felsen herab, und ringsum wuchsen dichte, hohe, saftig grüne Sträucher und Bäume.

Lani bremste das Boot langsam ab und sie trieben auf die Insel zu. Alles war vollkommen still und sie konnten noch nicht einmal das sanfte Rauschen der an den Strand brandenden Wellen hören. Die drei begannen zu flüstern, ohne dass es ihnen überhaupt bewusst gewesen wäre, vielleicht, weil sie spürten, wie Ehrfurcht gebietend ihre Entdeckung war. Dies war wirklich das Paradies, das Mr Today ihnen beschrieben hatte. Der Anblick war pure Schönheit.

Sie verschwendeten keinen Gedanken mehr daran, dass Mr Today und Claire Morning böse auf sie sein könnten, weil sie sich das Boot ohne zu fragen ausgeliehen hatten. Oder daran, was in diesem Moment wohl in Artimé vor sich gehen mochte. Und die drei Abenteuerlustigen empfanden auch so gut wie keine Furcht angesichts dieses Unbekannten. Für sie gab es nur noch diese wunderschöne

Bucht, herrlich und still, die warme Sonne und die leichte Brise, die sie sanft auf den Wellen schaukeln ließ.

Es war genau das, was Meghan brauchte. Sie schloss die Augen und atmete den tropischen Duft ein. Eigentlich war es hier gar nicht so anders als in Artimé, nur dass es sich nach ein paar Stunden auf See frisch und neu anfühlte. Sie fühlte sich mit einem Mal wunderbar frei von Sean und ihren gemeinen, blöden Eltern, und von all dem Stress, der in Artimé auf ihren Schultern lastete. Sie kam sich vor wie eine völlig neue Meghan, voller neuer Energie. Eine mutige, gestärkte Meghan, die an diesem unbekannten Ort nicht der Hauch einer Sorge plagte.

»Lasst uns an Land gehen«, flüsterte sie.

Lani und Samheed starrten sie an.

»Was?«, fragte Lani ungläubig.

»Das ist mein Ernst«, bekräftigte Meghan. »Kommt schon, wir gehen an Land.«

Lani und Samheed starrten ihre Freundin noch einen Moment lang an und wechselten dann einen Blick, um herauszufinden, was der andere dachte. War es eine leichtsinnige Idee? Samheed spannte den Kiefer an und fixierte Lani so intensiv mit seinem fragenden Blick, dass sie die Augen nicht abwenden konnte. Sie wusste, dass es Risiken gab. Was, wenn die Insel in Wahrheit doch nicht so freundlich war wie in Mr Todays Erinnerung?

»Also?«, drängte Meghan und beendete den Starrwettkampf der beiden.

Lani und Samheed schauten Meghan an, dann wieder einander. Lani lachte leise – ein Versuch, die Härte in

Samheeds bohrendem Blick, den sie alle so gut kannten, ein wenig zu erweichen. »Ich bin dabei«, sagte sie dann. Sie streckte eine Hand aus und strich über seinen Ellenbogen, als wollte sie ihm – ohne es direkt zu sagen – übermitteln: *Ich glaube, das könnte gut für Meghan sein.* »Sam? Bist du dabei?«

»Ehrlich, ich weiß nicht. Wir wissen nicht das Geringste über diese Insel. Was, wenn die Fremden von hier kamen?«

»Mr Today hat gesagt, das hier ist ein guter Ort. Die Insel ist genau so, wie er sie mir und Alex beschrieben hat – die Felsformation in der Mitte, der Wasserfall, wie wunderschön hier alles ist …« Lani biss sich auf die Unterlippe.

Samheed schloss die Augen, seufzte tief und schüttelte dann kaum merklich den Kopf. »Na schön«, sagte er schließlich.

Allein Meghans Grinsen war die Sache wert und gab allen das Gefühl, gerade die beste Entscheidung ihres Lebens getroffen zu haben.

Plötzlich geht alles ganz schnell

Es war, als würde ein Sturm durch Alex' Kopf wirbeln, als Mr Today ihn und Ms Morning fragte, ob sie bereit waren, die Führung in Artimé zu übernehmen. Sein erster Gedanke war: *NEIN!* Sein zweiter: *Na ja, aber nur für eine Weile.* Sein dritter: *NEIN, NEIN, NEIN!* Sein vierter: *Wenigstens stellt er das Tor wieder auf.* Sein fünfter: *Auf GAR KEINEN Fall!* Und so weiter und so fort, bis zum dreizehnten und letzten Gedanken.

Doch zum Glück war Alex inzwischen offenbar tatsächlich ein wenig gereift, denn er musste all diese Gedanken nicht mehr laut aussprechen, um sie zu verarbeiten. Es war für ihn – und bestimmt auch für alle anderen – eine Erleichterung, und seltsamerweise gab es ihm auch ein kleines bisschen mehr Selbstvertrauen.

Trotzdem rumorte es nervös in Alex' Magen und ihm wurde bei der Vorstellung, irgendetwas könnte schrecklich schieflaufen, beinahe so schwindlig, dass er dem Drang, aufzustehen und den Raum zu verlassen, nur mit größter Anstrengung widerstehen konnte.

»Wir sind bestens vorbereitet, Vater. Nicht wahr, Alex?« Ms Morning bedachte Alex mit einem bohrenden Blick, der keinen Zweifel daran ließ, was er erwidern sollte.

»Bestens«, bestätigte er prompt, obwohl seine Stimme unter dem Druck ein wenig zitterte.

»Sehr gut!«, freute sich Mr Today und wirkte beinahe übermütig. »Simber, Florence, Octavia und all eure Freunde werden natürlich stets an eurer Seite sein, solltet ihr irgendetwas brauchen. Ich erwarte jedoch, dass alles im Großen und Ganzen genauso weiterläuft wie bisher. Ihr werdet bestimmt kaum merken, dass ich nicht hier bin. Artimé ist wie eine gut geölte Maschine. Und falls doch irgendetwas passieren sollte, wisst ihr, wie man kämpft … und wie man liest. Ich habe euch sämtliche Zauber aufgeschrieben, die mir eingefallen sind. Außerdem sind sowohl in der Bibliothek als auch im Museum des Großen weitere Hinweise, die euch gewiss helfen werden, sollte es während meiner Abwesenheit zu einem weiteren Angriff kommen. Aber«, fügte er triumphierend hinzu, »das wird nicht passieren, weil das Tor wieder an seinem Platz stehen wird.« Er brummte beinahe vor Aufregung.

»Das klingt wundervoll, Vater.«

Alex schluckte und nickte nur.

»Ich schnappe mir ein paar Lehrlinge, dann stellen wir euch ein kleines Mittagspicknick für morgen zusammen. Klingt das nicht exotisch?«, freute sich auch Ms Morning. »Wir beladen das Boot schon heute Abend mit allem, was ihr vielleicht braucht, damit ihr morgen früh sofort startklar seid.«

Mr Today strahlte vor Glück. »Wundervoll. Einfach

traumhaft.« Seine Augen glänzten ein wenig feucht. »Auch wenn wir in einer sehr ernsten Angelegenheit unterwegs sein werden, Alex, muss ich gestehen, ich sehne mich schon danach, in Urlaub zu fahren, seit wir die Mauern von Quill damals errichtet haben. Und ich war mir noch nie sicherer als bei dir und Claire, dass Artimé in besten Händen sein wird.« Er ergriff Alex' Hand und schüttelte sie feierlich. »Danke.«

Alex wollte erwidern: *Aber ich habe nicht den Hauch einer Ahnung davon, wie man diese Welt leitet!* Er wollte sagen: *Es gibt noch so vieles, was Sie mir nicht erklärt haben!* Er wollte erwidern: *Bitte gehen Sie nicht. Bitte gehen Sie nicht!*

Doch stattdessen tat er sein Bestes, selbstbewusst zu lächeln. Dann umarmte er den alten Magus und klopfte ihm ein paarmal kräftig auf den Rücken. Mr Today gluckste fröhlich, und das Lachen rasselte tief in seiner Brust. Dann fiel Alex doch noch etwas Erwachsenes ein – zumindest seiner Ansicht nach –, das er sagen konnte. Er löste sich aus der Umarmung und blickte Mr Today an. »Ich hoffe, Sie finden alles, wonach Sie suchen, Sir. Danke, dass Sie an mich glauben.« Er lächelte, und ein Teil seiner Nervosität verflog.

Mr Today nickte ernst. »Vergiss nie, mein Junge: Ich habe dich für diese Aufgabe ausgewählt. Es wird immer Momente geben, in denen wir uns schwertun oder schlechte Entscheidungen treffen oder gar versagen. Doch zu versagen ist gar nicht so schlimm. Das Wichtigste ist, dass wir daraus lernen und daran wachsen. Und wissen, dass es dort draußen immer jemanden gibt, der an uns glaubt.«

Alex nickte.

Mr Today fuhr fort: »Welchen Problemen du auch immer begegnen magst, eines darfst du niemals vergessen: Ich glaube an dich.«

Alex' Augen glänzten und erneut nickte er nur, weil er seiner eigenen Stimme nicht zutraute, etwas zu erwidern. Er fühlte sich gleichzeitig stolz und verlegen und senkte den Blick zum Boden, während sich ein Lächeln auf seinen Lippen ausbreitete. Zaghaft wich er einen Schritt zurück, als wollte er sich aus den starken Emotionen lösen, die Mr Today wie eine Wolke zu umgeben schienen. Während sein Anführer ihn weiter voller Stolz betrachtete, fand Alex seine Stimme doch wieder: »Na, jetzt ist aber mal gut. Sie sind schließlich nur für ein paar Tage weg.«

Ms Mornings und Mr Todays Lachen schallte laut durch das Büro und den fast geheimen Korridor hinunter, und der alte Magus wischte sich ein paar Tränen aus den Augen. »Wie wahr, wie wahr.« Und mit einem schelmischen Grinsen fügte er hinzu: »Kommt jetzt, wir müssen ein Tor erschaffen und dem Rest von Artimé von unseren Plänen berichten. Und dann setzen wir dir eine riesige Krone auf den Kopf, damit die Notwendigen wissen, an wen sie sich mit ihren Bagatellen wenden können, solange ich fort bin.«

Diesmal war es Alex, der schallend lachte.

***

Nachdem Mr Today ganz Artimé zu einer Versammlung auf dem Rasen zusammengerufen hatte, um allen den Grund für das wiedererrichtete Tor und seine baldige Abwesenheit zu erklären, ließ Alex den Blick über die Menge schweifen. Die Bewohnerinnen und Bewohner ihrer kleinen Welt waren *gut*, auch die ehemaligen Notwendigen, die noch immer Mühe hatten, sich einzufinden, halfen ihnen nach Kräften. Er schaute von einem Gesicht zum anderen und konnte nicht wirklich einen Unterschied zwischen den Alteingesessenen und den Neuankömmlingen erkennen.

Er hielt nach Lani, Meghan und Samheed Ausschau und wünschte sich, er hätte ihnen alles erzählen können, bevor der Rest von Artimé davon erfuhr. Doch er konnte seine drei besten Freunde nirgendwo entdecken und begann, nervös auf seinem Platz neben Mr Today hin und her zu rutschen. Es war aber auch wirklich seltsam. Er betrachtete die Menge genauer und stellte fest, dass auch einige andere fehlten. Sean Ranger, zum Beispiel. Und Eva Fathom.

Irgendetwas stimmte hier ganz und gar nicht.

Vorbereitungen

Aaron hatte wirklich nicht genügend Zeit, um zu warten, bis sich die Dunkelheit über Quill legte – er musste sich sofort an die Arbeit machen. Dennoch wollte er keinerlei Aufmerksamkeit auf sich selbst oder all die anderen lenken, die sich dem Restaurationskorps angeschlossen hatten – die Atmosphäre in Quill war ohnehin schon nervös genug, und viele ihrer Mitglieder waren ohne das Wissen oder die Unterstützung ihrer Familien zu ihnen gestoßen, daher waren ihre Möglichkeiten begrenzt.

Aaron trommelte alle zusammen und teilte sie in weniger verdächtige kleinere Gruppen ein, wobei er ein paar aus jedem Trupp zunächst zu Gondoleery Rattrapp nach Hause schickte, um Vorräte und Waffen zu besorgen, bevor sie sich so unauffällig wie möglich auf ihre jeweiligen Posten verteilten. Wenn das Quillitär bemerkte, dass sich zu viele Leute auf einmal versammelten oder gemeinsam unterwegs waren, würden sie ganz gewiss Verdacht schöpfen. Und das konnte Aaron definitiv nicht gebrauchen.

Ihm blieb daher keine andere Wahl, als auch das Haus der Halukis als Treffpunkt zu nutzen, so ungern er es auch tat. Die meiste Zeit waren jedoch so wenige Bewohnerinnen und Bewohner auf den Straßen des Kommandeurssektors unterwegs, dass er das Beste hoffte. Im schlimmsten Fall – sollte er vor dem Haus erwischt werden –, würde er einfach behaupten, er befände sich auf einer Auslieferungstour, dann würde ihn bestimmt niemand lange aufhalten.

Zusammen mit Eva Fathom, Liam Healy, einer Frau namens Bethesda Dia Gloria und Crawledge Prize schlich er sich im Gänsemarsch durch die Hintertür ins Haus der Halukis, wo sie ihre komplette Ausrüstung ausbreiteten, einschließlich der Hälfte der magischen Objekte, die Eva Fathom in den vergangenen Wochen für ihn beschafft hatte. Aaron war sich mit Eva einig, dass es sinnvoll war, Magie einzusetzen, wenn sie schon dazu in der Lage waren, obwohl er die dahintersteckende Kreativität noch immer verabscheute. Magische Waffen verfügten über immense Kraft – das war offensichtlich gewesen, als Aaron seinen Bruder niedergestreckt hatte.

Bei Gondoleery Rattrapp, die in letzter Zeit oft allein an ihrem Küchentisch saß, auf ihre Finger starrte und über ihre Kindheit und die Magie in ihrer Jugend sinnierte, lagerte die andere Hälfte der magischen Waffen – und Aaron hatte entdeckt, dass Gondoleery sogar noch besser darin war als Eva, Zauber zu lernen. Sie hatte vorgehabt, ihren Trupp in der Benutzung der magischen Requisiten zu unterrichten, um zu sehen, ob überhaupt jemand von ihnen ein Talent dafür hatte. Sie hatte jedoch schnell erkennen müssen, dass die älteren Quillerinnen und Quiller einen entscheidenden Nachteil hatten: Im Prinzip verfügten sie über keinen einzigen Funken Kreativität, was exakt null Komma null magischen Fähigkeiten gleichkam. Eva hatte daher schon nach kurzer Zeit aufgegeben, es bei allen über fünfundzwanzig überhaupt zu versuchen, während die noch deutlich ungeduldigere Gondoleery sofort komplett das Handtuch geworfen hatte und wieder an ihren Küchentisch zurückgekehrt war, um allein über den Requisiten zu brüten. Und dagegen hatte Aaron auch nicht das Geringste einzuwenden. Er wollte ohnehin nicht, dass zu viele von ihnen wussten, wie Magie funktionierte.

Dem Team im Haus der Halukis blieb keine Zeit, über den großzügigen Wohnraum und den Luxus zu staunen, die das Amt eines Kommandeurs mit sich brachte, auch wenn es natürlich niemandem entging. Stattdessen begannen sie, den Wert der verschiedenen Waffen einzuschätzen und sie gründlich zu reinigen. Außerdem stellten sie aus den in den vergangenen Wochen gefundenen oder gestohlenen Metallteilen neue, sehr scharfe Waffen her. Aaron tigerte währenddessen die ganze Zeit auf und ab, murmelte vor sich hin und versuchte, den perfekten Plan zu ersinnen.

Es ist noch zu früh, warnte ihn eine Stimme in seinem Kopf. *Es ist zwar die perfekte Gelegenheit, aber wir sind noch nicht bereit. Sei nicht so dumm!* Aaron versuchte, die Stimme zu ignorieren, doch je angestrengter er es tat, desto lauter wurde sie. Er begann, an sich selbst zu zweifeln.

»Eva«, sagte er scharf, »ich muss mit dir reden.«

Bei seinem Befehlston verengte Eva Fathom die Augen zu schmalen Schlitzen. Sie brachte in aller Ruhe zu Ende, womit sie gerade beschäftigt war, legte erst dann ihre Waffe weg und ging langsam zu Aaron hinüber. Er fuhr sich mit dem Handrücken ungeduldig über die Stirn, um sich den Schweiß abzuwischen.

Eva blieb vor ihm stehen und verschränkte die Arme vor der Brust. Sie hatte in ihrem Leben schon viele Befehle erhalten, aber es gefiel ihr ganz und gar nicht, dass dieses Milchgesicht mit Oberlippenflaum versuchte, ihr zu sagen, was sie tun sollte. »Was gibt's?«

Aaron legte eine Hand auf ihre Schulter und drehte sie von den anderen weg, bevor er sich ein Stück mit ihr entfernte. »Bist du sicher, dass du den Mumm hast, den alten Mann zu töten? Du musst nur dieses magische Herzattacken-Dings benutzen und seine Leiche dann ins Meer werfen, klar?«

Eva versteifte sich. »Warum zweifelst du an mir?«

»Tue ich nicht!«, flüsterte Aaron barsch. »Ich zweifle an mir selbst. Ich glaube, wir verfügen noch nicht über genügend Waffen oder Leute für eine erfolgreiche Aktion. Aber wenn der Alte überlebt, können wir definitiv einpacken.«

Es gefiel Eva nicht, dass Aaron ständig negative Bemerkungen über Marcus' Alter machte, schließlich war sie sogar noch ein oder zwei Jahre älter als er. Aber dies war nicht der richtige Moment, um sich zu zanken. »Das gehört alles zu unserem Plan«, sagte sie. »Ich kümmere mich schon um ihn.«

»Das sagst du jedes Mal. Dass du dich … um ihn kümmern wirst.« Aaron wandte den Blick ab und fragte sich, ob er ihr wirklich diese niederträchtigste aller Taten anvertrauen konnte. »Du meinst, du wirst ihn *töten* – richtig?«

Das Paradies

»Wir sollten wahrscheinlich nicht zu lange bleiben«, warnte Samheed. Er schlüpfte aus seinen Sandalen und streifte seine Kampfweste ab, zögerte dann jedoch und betrachtete sie. »Sollten wir sie nicht lieber tragen?«

Lani, die es kaum noch erwarten konnte, die Insel zu erkunden, wusste instinktiv, was Samheed meinte, ohne sich zu ihm umdrehen zu müssen. Sie hatte bereits denselben Gedanken gehabt und gründlich darüber nachgedacht. »Im Wasser würden die Papierrequisiten völlig ruiniert werden und die Tonrequisiten würden sich auch auflösen, und dann hätten wir sowieso nur noch Pampe in unseren Taschen.« Nun schaute sie sich doch zu ihren Freunden um. »Außerdem glaube ich nicht, dass auf dieser Insel noch irgendjemand lebt. Ich habe bisher weder irgendwas gesehen noch gehört.«

»Wir könnten auch nur die Requisiten aus Metall und Gummi mitnehmen, nur für den Fall, dass wir sie brauchen«, schlug Meghan vor. »Und die Westen hierlassen.«

Samheed nickte. »Klingt gut.« Er nahm ein paar Fächerclips und Demenzzauber heraus und steckte sie sich in die Hosentasche, bevor er die Weste auf den Bootssitz legte. Die Mädchen taten dasselbe.

Lani sprach den Ankerzauber, der zusammen mit den anderen Anweisungen neben dem Steuerrad angebracht war, und spürte einen sanften Ruck, als die Wellen versuchten, das Boot trotz des Ankers näher an Land zu tragen. Zufrieden zog auch sie ihre Schuhe aus. »Ich wünschte, wir hätten daran gedacht, Badesachen mitzubringen, oder wenigstens Wechselklamotten für später.«

Meghan zuckte mit den Schultern und kletterte über den Bootsrand. »Wir trocknen ja wieder.« Sie sprang mit einem lauten Platschen ins Wasser. Als sie wieder auftauchte, fügte sie hinzu: »Das gehört alles zum Abenteuer! Kommt schon, ihr zwei!«

Samheed und Lani ließen sich nicht noch einmal bitten. Sie sprangen zu Meghan ins Meer, achteten überhaupt nicht mehr darauf, leise zu sein, und schwammen voller Tatendrang ans Ufer. Als sie schließlich mit den Füßen den Boden berühren konnten, wateten sie den Rest des Wegs auf den wunderschönen Sandstrand zu, der vor ihnen in der Sonne glitzerte. Nach ein paar Metern begannen sie zu rennen und spritzten durch das flache Wasser. Meghan ließ sich auf den nassen Sand fallen, und Lani warf sich neben sie, woraufhin Samheed über ihr Bein stolperte und ebenfalls im Sand landete.

»Ahhh«, sagte Meghan, während die Wellen um ihre Füße schwappten. »Das fühlt sich so gut an.« Kleine Sandkäfer krabbelten über den Strand und wurden schon im nächsten Augenblick vom Wasser an andere Orte davongetragen.

Lani wrang ihr langes Haar aus und klatschte Samheed spielerisch die Spitzen ins Gesicht.

»Pass bloß auf«, knurrte der, musste jedoch zugeben, dass mit zwei so kreativen, klugen und talentierten Mädchen an einem wunderschönen Strand abzuhängen gar nicht so übel war.

Die drei blieben im Sand liegen und schlossen die Augen. Eigentlich war es gar nicht so anders, als am Strand von Artimé zu liegen, aber wenn sie an das Abenteuer dachten, das sie hierhergeführt hatte, kam es ihnen aus irgendeinem Grund trotzdem wie etwas ganz Besonderes vor.

Plötzlich setzte Lani sich auf. »Irgendwas ist hier komisch«, murmelte sie.

Meghan schirmte ihre Augen mit einer Hand ab. »Was ist komisch?«

Auch Samheed setzte sich auf. »Ich hab gerade genau dasselbe gedacht.«

»Es ist zu still«, fand Lani. »Ich meine, wir haben noch kein einziges Geräusch gehört, seit wir an Land gegangen sind, nur den Klang unserer eigenen Stimmen.«

»Keine Vögel, keine Laubfrösche … das kann ich ja noch verstehen. Aber kein Rauschen der Wellen? Das ist eigenartig.« Samheed kniff die Augenbrauen zusammen. »Irgendwas stimmt auf dieser Insel nicht.«

Lani blickte ihn besorgt an. Dann schaute sie zu Meghan, die nun auf einen Ellenbogen gestützt dasaß. »Hm«, machte sie.

Die drei wechselten erneut einen besorgten Blick und fragten sich, ob sie nicht lieber auf die Angst hören sollten, die sich wie eine Faust auf beunruhigende Weise in ihre Brust krallte. Vielleicht war es das Beste, wenn sie so schnell sie konnten wieder von dieser seltsam stillen Insel verschwanden. Doch ihnen blieb keine Zeit, noch länger darüber nachzudenken, denn schon im nächsten Moment spürten sie ein scharfes, schmerzhaftes Stechen zwischen den Schulterblättern. Ohne die geringste Chance, einen Schrei auszustoßen oder herauszufinden, was sie getroffen hatte, schauten die Freunde einander mit einem identischen Ausdruck panischen Entsetzens an, bevor ihre Körper völlig schlaff wurden und sie bewusstlos in den Sand zurückkippten.

Vermisst

Nachdem die Versammlung beendet und Mr Today wieder in die Villa verschwunden war, um seine Notizen für den Friedensgipfel vorzubereiten, machte Alex sich auf den Weg, um seine Freunde zu finden. Zunächst ging er dabei methodisch und ruhig vor, doch nachdem er erkennen musste, dass sie sich weder auf ihren Zimmern noch im Salon, im Speisesaal oder in der dritten Etage der Bibliothek befanden, wurde seine Suche deutlich fieberhafter, blieb jedoch ohne Erfolg.

»Warrrum rrrennst du denn so aufgescheucht durrrch die Gegend?«, wollte Simber wissen, der wieder auf seinem üblichen Posten in der Villa saß und ein wenig genervt davon war, dass Alex ständig die Haustür zuknallen ließ, durch verschiedene Röhren rauschte und die Treppe hinauf- und hinuntersauste. »Ich verrrsuche, ein bisschen Schlaf nachzuholen, nun, da das Torrr wiederrr steht.«

»Hast du Samheed, Meg und Lani gesehen?« Die Worte sprudelten so schnell aus Alex' Mund, dass die Namen der drei wie einer klangen: *SamheedMeghanLani.* »Sind sie nach Quill gegangen? Haben wir sie aus Versehen ausgesperrt?« Er wurde langsam ein wenig panisch und war vom vielen Herumrennen so verschwitzt, dass sein Haar an seiner Stirn klebte.

»Berrruhige dich«, sagte Simber. »Ich bin mirrr sicherrr, Marrrcus hat alle nötigen Vorrrkehrrrungen getrrroffen. Hast du die Girrrinos schon gefrrragt?«

»Noch nicht … Das heißt also, die drei könnten auf keinen Fall tagelang ausgesperrt werden?«

»Marrrcus hat bestimmt auch an diese Möglichkeit gedacht, schließlich herrrscht hierrr inzwischen ein rrreges Kommen und Gehen. Verrrmutlich würrrden die Damen am Torrr ihrrr Klopfen hörrren, und dann müsste sie nurrr noch jemand herrreinlassen. Vielleicht bist du ja sogarrr dieserrr jemand. Hat Marrrcus dirrr den Zauberrr fürrr das Torrr gegeben?«

Alex zögerte. »Na ja, ja. Im Prinzip schon. Ich stand jedenfalls neben ihm, als er es wieder heraufbeschworen hat.«

»Na also«, erwiderte Simber. »Siehst du? Du musst jetzt wie ein Anführrrerrr denken und nicht mehrrr nurrr darrrauf warrrten, dass errr dirrr Anweisungen errrteilt.«

Alex starrte den riesigen Geparden an.

Simber, plötzlich sehr geduldig, fügte hinzu: »In diesem Fall hättest du zum Beispiel auch ganz allein auf die Idee kommen können, zum Torrr hinunterrrzugehen und die Girrrinos zu bitten, dich zu rrrufen, falls eine oderrr einerrr derrr brrraven Bewohnerrrinnen und Bewohnerrr von Arrrtimé herrreingelassen werrrden möchte.«

Alex blinzelte. »Oh. Richtig. Natürlich.« Er stand noch einen Moment lang da, bevor er, nach einem leichten

Schubs mit der steinernen Pfote des Geparden, nach draußen stolperte und zum Tor rannte, um zu tun, was ein Anführer in einem Moment wie diesem tun würde.

***

Nach einer Weile kehrte Alex zu Simber zurück und berichtete ihm aufgeregt, dass am Tor tatsächlich jemand gewartet hatte, als er dort eingetroffen war, und dass es ihm gelungen war, ihn hereinzulassen. Alles hatte bestens funktioniert. Er schaute sich um und sah, dass Ms Morning zu ihnen kam. Sie blickte mit Sorgenfalten auf der Stirn zu Simber hinauf. Alex hörte sofort auf zu plappern, um zu erfahren, was passiert war.

»Das Boot ist verschwunden«, verkündete Ms Morning dem Geparden. »Hast du irgendetwas beobachtet oder womöglich gehört, dass es heute jemand benutzen wollte? Ich würde es gern für Vaters Reise beladen.«

»Nein, habe ich nicht. Bist du sicherrr, dass es nicht forrrtgetrrrieben wurrrde?«

Ms Morning schüttelte den Kopf. »Nicht einmal der gewaltigste Sturm wäre stärker als der Ankerzauber. Jemand muss es sich ausgeliehen haben. Wirklich zum unpassendsten Zeitpunkt!«

Alex klappte den Mund auf und zu, während sich die Rädchen in seinem Kopf zu drehen begannen. Dann blickte Simber ihn direkt an.

»Hat man deine verrrmissten Frrreunde schon gefunden? Oderrr machen sie heute vielleicht einfach blau?«

Alex machte erneut den Mund auf, um seine Freunde zu verteidigen, klappte ihn jedoch sofort wieder zu und klatschte sich eine Hand auf die Stirn. »Argh. Ich wette, *sie* haben es genommen. Sie haben heute Morgen verkündet, sie wollten zu einem Abenteuer aufbrechen, aber weil ich verabredet war, konnte ich nicht …« Er verstummte nachdenklich, als er sich wieder daran erinnerte, wie gerne er sich den dreien angeschlossen hätte.

Simber durchbohrte Alex förmlich mit seinem Blick und tippte mit einer Pfote auf. »Also?«

Alex erschrak. »Also was? *Ich* hab das Boot schließlich nicht genommen.« Es war nett, ausnahmsweise mal nicht derjenige zu sein, der Ärger bekam.

Simber seufzte. »Das weiß ich. Ich meine: Was willst du, in deinerrr Eigenschaft als Anführrrerrr, deswegen unterrrnehmen?«

»Oh!«, stieß Alex aus. *Mann, diese ganze Anführersache ist gar nicht so einfach,* dachte er. »Ähm … na gut«, murmelte er, um Zeit zu schinden. »In Ordnung, also, Claire …« Er lief knallrot an. »Ich meine, Ms Morning, Sie bleiben hier auf der Insel und behalten alles im Auge, während Simber und ich das Boot suchen? Weil er, na ja, fliegen kann und so, deshalb sollten wir in der Lage sein, es … zu finden. Mit Leichtigkeit. Genau.« Alex war stolz auf sich, dass er so schnell darauf gekommen war.

Ms Morning, deren Augenbraue bei Alex' kleinem Ausrutscher nach oben gewandert war, freute sich insgeheim darüber, dass Simber dem Jungen auf eine Weise half, die ihrem Vater nicht eingefallen war. »Das klingt nach einem hervorragenden Plan. Sollten Vater und ich bereits zum Friedensgipfel aufgebrochen sein, bevor ihr alle wieder zurück seid, bitte einfach ein paar der Lehrlinge, dir beim Beladen des Boots zu helfen. Ihr könnt es über Nacht vor der Villa vertäuen. Einverstanden?«

Alex nickte. »Puh«, sagte er leise. »Ich meine, gut, Simber, bist du bereit? Oder besser gesagt: Ist das für dich in Ordnung? Ich weiß, dass du eigentlich ein Nickerchen machen wolltest.«

»Wirrrd wohl nichts mit meinem Nickerrrchen«, grummelte der riesige Gepard. Er sprang von seinem Sockel, und die ganze Villa bebte, als er landete. »Monatelang interrressierrrt sich niemand fürrr das Boot, und jetzt brrrauchen es auf einmal alle.«

Alex lächelte. Er wusste, dass Simber seinem Frust manchmal einfach Luft machen musste und es besser war, ihn zu ignorieren, als sich deswegen mit ihm zu streiten.

***

Schon wenige Minuten später kletterte Alex am Strand auf Simbers Rücken. »Irrrgendeine Ahnung, wohin sie gefahrrren sein könnten?«, fragte die steinerne Raubkatze.

Alex hatte die ganze Zeit angestrengt versucht, sein Gehirn auf »Anführermodus« zu schalten und vorauszuahnen, was Simber ihn fragen würde, und diesmal war es ihm tatsächlich gelungen. »Sie fahren entweder um unsere Insel herum, um zu sehen, wie es auf der anderen Seite aussieht, oder sie sind Richtung Westen unterwegs.«

Simber setzte sofort zu einem kraftvollen Sprint an, stieg beinahe kerzengerade in den Himmel empor und flog über das Zentrum von Quill hinweg, so schnell, dass Alex durch die Luft flatterte und sich panisch an den Hals des Geparden klammern musste. »Hey! Hey!«, brüllte er.

»Entschuldigung«, knurrte Simber und flog wieder gerade. Alex bildete sich jedoch ein, die Raubkatze kichern hören zu können. »Aberrr jetzt können wirrr alles überrrblicken. Siehst du sie irrrgendwo?«

Alex schaute sich um. »Nein«, sagte er dann.

»Ich auch nicht. Gut – dann also auf nach Westen.«

Alex nickte und rutschte auf dem glatten Rücken des Geparden ein Stück nach vorn. »Auf nach Westen!«

Verloren im Paradies

Lani erwachte, als jemand einen Schrei ausstieß – Meghan – und beinahe hätte sie selbst angefangen zu schreien.

Lanis erster Gedanke war es, von dem Tisch aufzuspringen, auf dem sie lag, herauszufinden, was ihre Freundin so zum Schreien brachte, und dem ein Ende zu bereiten. Trotz der gewaltigen Panik, die in ihr aufstieg, wusste sie jedoch instinktiv, wie töricht dies gewesen wäre. Deshalb blieb sie mucksmäuschenstill liegen und blickte sich um, ihre Augenlider nur einen winzigen Spalt geöffnet. Lani konnte sich nur noch an den Strand erinnern, danach an nichts mehr. Nun versuchte sie, eine Vorstellung davon zu bekommen, wo sie war und was mit ihr passierte. Ihr Hirn fühlte sich jedoch zu vernebelt an, um einen Sinn in irgendetwas zu erkennen.

Durch ihre Augenschlitze konnte sie auf einem Tisch neben sich Samheed erkennen, noch immer nicht bei Bewusstsein. Sie war erleichtert, ihn zu sehen. Er schien noch am Leben zu sein, denn sein Brustkorb hob und senkte sich. Lani drehte ganz langsam den Kopf zur anderen Seite, in Richtung der Schreie. Sie hoffte inständig, damit keine Aufmerksamkeit auf sich zu lenken. Im nächsten Moment fiel ihr jedoch etwas ins Auge – und sie erstarrte. Sie steckte noch immer in ihrer feuchten Kleidung und brach in kalten Schweiß aus, während sie versuchte, einen Schauder zu unterdrücken – denn neben ihr standen ein Mann und eine Frau. Sie hatten ihr den Rücken zugekehrt, waren in hauchdünne weiße Hemden gekleidet und versperrten ihr die Sicht auf den Kopf ihrer Freundin.

Die beiden standen vornübergebeugt, hoch konzentriert bei was immer sie Meghan Schreckliches antaten. Lani schluckte schwer und gab sich alle Mühe, nicht durchzudrehen, während sie fieberhaft versuchte, sich irgendetwas einfallen zu lassen, um Meghan zu helfen, ohne alles noch schlimmer zu machen.

Es war kein Geräusch zu hören, abgesehen von Meghans Schluchzen und Schreien. Lani hatte Mühe, einen klaren Gedanken zu fassen. Erneut blickte sie zu Samheed hinüber, dessen Miene ruhig und gelassen wirkte. Sie wünschte sich, sie könnte ihn mit schierer Willenskraft dazu bringen, aufzuwachen. Voller Verzweiflung flehte sie stumm, jemand würde ihre Gedanken hören und Samheed würde endlich die Augen öffnen, damit sie ihre Flucht gemeinsam planen konnten. Sie war sich nicht sicher, ob sie das hier allein schaffen würde.

Ihr Herz raste wie wild. Sie würde die beiden zunächst irgendwie erschrecken, sie dann angreifen und schließlich außer Gefecht setzen müssen, und anschließend mussten sie und Meghan Samheed gemeinsam von hier fortzerren. *Es ist nicht unmöglich,* dachte sie, selbst überrascht, und der Gedanke beruhigte sie ein wenig. Es sei denn, natürlich, Meghan konnte sich nicht bewegen ... Aber daran wollte Lani überhaupt nicht denken.

Langsam ließ sie eine Hand an ihrem Oberschenkel und zu ihrer Hosentasche hinaufwandern. Meghans Schreie klangen immer heiserer, und Lani richtete ihr stummes Flehen nun an ihre Freundin, beschwor sie, bei Bewusstsein zu bleiben, die Leute in den weißen Hemden weiter zu beschäftigen ... und nicht zu sterben.

Lani zwängte ihre Finger mühsam in ihre nasse Hosentasche, doch sie war leer. Sie versuchte es in der anderen Tasche, aber das Einzige, was sie fand, war das Porträt, das Alex gemalt und ihr geschenkt hatte. Sie presste die Lippen zusammen, um ihre wütenden Tränen zurückzuhalten. Jemand hatte ihre Zauberrequisiten genommen. Ihr Herz hämmerte so laut in ihrer Brust, dass sie sich sicher war, die Fremden würden es hören.

Sie hob ein Stück den Kopf an, um sich in dem Raum umzublicken, obwohl sie wusste, dass sie sich am besten gar nicht bewegen sollte. Aber sie konnte sich einfach nicht zurückhalten – allmählich verfiel sie in Panik. Und dann, auf einem Tisch auf der anderen Seite des Zimmers, entdeckte Lani sie: ein Häuflein Fächerclips und andere Requisiten, weit außerhalb ihrer Reichweite. Sie ließ den Kopf wieder sinken und ermahnte sich selbst, ruhig zu bleiben, die Nerven nicht zu verlieren und nachzudenken. Doch Meghans Schreie machten Lani schreckliche Angst, und sie hatte keine Ahnung, wie lange sie sie noch ertragen würde. Sie brauchte einen Plan – sofort.

Im nächsten Moment verstummten Meghans Schreie abrupt und nur ihr Echo blieb noch für eine Sekunde in der Luft hängen, bevor es ebenfalls verhallte. Lani spannte sich an und ihr krampfte sich der Magen zusammen. Plötzlich war ihr furchtbar übel. Hatten sie ihre Freundin umgebracht? Doch sie hatte keine Zeit, lange darüber nachzudenken. Sie zog die Knie ans Kinn, versetzte dem Mann einen Tritt und traf ihn mit solcher Wucht mitten auf dem Rücken, dass er das Gleichgewicht verlor und zu Boden fiel. Lani sprang vom Tisch und grapschte verzweifelt nach den Requisiten, doch sie bekam sie nicht richtig zu fassen, weil der Mann sie im selben Moment am Knöchel packte und nach unten zerrte, und sie purzelten zu Boden.

Meghan, vollkommen still, stützte sich mit letzter Kraft auf die Ellenbogen und verpasste der Frau, die sie auf dem Tisch festgehalten hatte, einen schwachen Tritt. Lani riss die Augen auf, als sie es sah. Meghan lebte noch! Sie schüttelte den Mann ab, bekam eine Handvoll Fächerclips zu fassen und schleuderte sie durch die Luft auf die Frau, die nun mit Meghan rang. Die Klammern bohrten sich in die Kleidung der Frau und zogen sie mehrere Meter von Meghan weg zur Wand, wo sie sie festpinnten. Ein Ausdruck des Entsetzens und der Irritation huschte über ihr Gesicht, während sie erfolglos versuchte, sich aus dem Griff der Fächerclips zu befreien.

Der Mann hatte sich inzwischen jedoch wieder gefasst, grapschte erneut nach Lanis Knöcheln und versuchte zu verhindern, dass sie sich aufrappelte.

»Lauf, Meg! Hol Hilfe!«, schrie Lani und tastete blind nach den Requisiten. »Ich komme gleich nach!«

Meghan, völlig benommen und zweifellos unter Schock, taumelte gehorsam in Richtung der Tür, während sich Lani über den erdigen Boden krallte und versuchte, einen weiteren Fächerclip zu erwischen. »Lauf!«, brüllte sie erneut, und diesmal verschwand Meghan, ohne sich noch einmal umzublicken.

Der Mann riss an Lanis Knöcheln, während sie verzweifelt versuchte, sich auf den Bauch zu drehen, um sehen zu können, wo sich die Requisiten befanden. »Sam, wach auf!«, brüllte sie. »SAM!« Es gelang ihr, ein Bein aus dem Griff des Mannes zu befreien, ihm mit aller Kraft gegen den Kiefer zu treten und ihn erneut umzuwerfen. Er knallte mit dem Kopf auf die Ecke des Tischs und sank zu Boden, bei Bewusstsein zwar, aber sichtlich benommen – und er landete direkt auf den Requisiten.

Lani sprang auf und schätzte hastig ihre Lage ein. Sie blickte zur nun offen stehenden Tür. Meghan war fort. Sie schaute zu Samheed, der sich die ganze Zeit nicht gerührt hatte. Die Frau steckte dank der Fächerclips noch immer an der Wand fest.

Der Mann hingegen versuchte, wieder auf die Beine zu kommen. Lani hätte sich gerne einen weiteren Fächerclip geschnappt, aber sie konnte es auf keinen Fall riskieren, sich ihm zu nähern. Stattdessen humpelte sie an Samheeds Seite und verpasste ihm eine Ohrfeige, rüttelte an seinem Arm und schrie immer wieder seinen Namen. »SAM! Wach auf!«, schluchzte sie. »Bitte …«

Sie blickte zu dem Mann, der wieder auf den Beinen war, ein Seil aus einer Schublade zog und auf sie zuwankte. Dann schaute sie wieder auf Samheed hinab, der hilflos vor ihr lag. Nichts versperrte Lani den Weg zur Tür. Sie konnte immer noch fliehen.

Aber sie konnte Sam nicht einfach hier zurücklassen.

In ihrer Verzweiflung steckte sie die Hände noch einmal in die Hosentaschen. Vielleicht hatten die seltsamen Fremden ja einen Fächerclip oder ein Stück Gummi in einer Stofffalte übersehen, als sie sie gefangen genommen hatten. Aber sie hatte kein Glück. Zum zweiten Mal, seit sie gefangen worden waren, fanden Lanis Finger nur Alex' Zeichnung. Doch diesmal schnappte sie scharf nach Luft und ihre Augen weiteten sich, als ihr bewusst wurde, dass es vielleicht doch noch einen Funken Hoffnung gab. Sie schloss die Finger fest um die Zeichnung und ihre Lippen bewegten sich kaum, als sie das benötigte Wort sprach: »*Suchen.*« Sofort schoss in einer feurigen Explosion eine Lichtkugel aus Lanis Hosentasche, ohne ihr die geringste Verletzung zuzufügen, flog im Zickzack zur Tür hinaus und verschwand.

Eine Sekunde später tauchten scheinbar aus dem Nichts Dutzende weiterer stummer Menschen auf, fluteten den Raum und fingen Lani zwischen der Wand und dem Kopfende von Samheeds Tisch ein. Sie stellte sich ihnen tapfer entgegen, krallte die Finger in Samheeds Haar und zog fest daran, in der Hoffnung, der Schmerz würde ihn endlich aufwecken. Aber das tat er nicht. *Lauf, Meghan!*, flehte sie stumm. *Komm schon, Alex!*

Der Mann, gegen den Lani schon die ganze Zeit gekämpft hatte, bahnte sich einen Weg durch die Leute. Sie schienen eine seltsame Zeichensprache zu benutzen, um miteinander zu kommunizieren. Einige von ihnen gingen auf Zehenspitzen, um besser mitzubekommen, was passierte. Sie alle trugen mit Symbolen bedruckte Schals um den Hals. Lani wich zurück, als sich der Mann mit dem Seil näherte. Er gab einem anderen Mann ein Zeichen, der Lani daraufhin an den Schultern packte, sie mit dem Gesicht zur Mauer drehte und sie mit der Wange gegen den klammen, kühlen Stein drückte. Dann nahm der Mann ihre Handgelenke und hielt sie an ihren Seiten fest. »SAMHEED!«, brüllte sie erneut, trat nach hinten aus und erschreckte damit die Menge, wenn auch nicht genug, um fliehen zu können.

Der erste Mann schlang das Seil um Lanis Hals und zog es fest zu. Lani wehrte sich, aber es war sinnlos. Anfangs sah sie Punkte vor ihren Augen tanzen, weil sie kaum noch atmen konnte, dann nur noch eine Wand aus Schwärze. Schließlich konnte sie sich nicht länger ans Bewusstsein klammern und kippte gegen die Wand nach vorn.

***

Als Lani wieder erwachte, waren die Schreie, die sie hörte, diesmal ihre eigenen. Sie war an denselben Tisch gefesselt, auf dem sie schon zuvor gelegen hatte. Eine andere Frau mit seltsamen goldorangen Augen hielt ihren Kopf still, während eine zweite sorgfältig Metalldornen durch die Haut an Lanis Hals fädelte.

Die Suche

Simber flog der bereits untergehenden Sonne entgegen. Alex zitterte und ärgerte sich über sich selbst, weil er nicht daran gedacht hatte, eine Jacke mitzunehmen – es war deutlich kühler, wenn man so hoch oben über dem Ozean dahinflog. Und eigentlich hatte er auch wirklich Besseres zu tun. Er wünschte, seine Freunde hätten sich einen anderen Tag ausgesucht, um sich Ms Mornings Boot auszuleihen. Er wünschte …

Alex zog sich auf dem steinernen Rücken des Geparden weiter nach oben und versuchte, sein Gesicht vor dem Wind zu schützen, der sein Haar in sämtliche Richtungen peitschte und ihm in den Augen brannte. Er hatte keine Ahnung, wie schnell Simber flog, aber es war viel rasanter, als Alex sich je zuvor bewegt hatte, so viel stand fest.

»Kannst du dich noch festhalten?«, fragte Simber.

»Ja«, antwortete Alex, obwohl ihm die Arme wehtaten.

Im selben Augenblick tauchte ein leuchtender Lichtpunkt in der Ferne auf, der mit jeder Sekunde größer wurde. Zuerst glaubte Alex, es sei nur ein Fleck, der vor seinen Augen tanzte, weil er zu lange in die Sonne geschaut hatte. Doch aus Sekunden wurden Minuten, und der Punkt verschwand trotzdem nicht. Schon bald hatte er Alex und Simber erreicht und blieb in Alex' Reichweite in der Luft stehen.

Alex hatte keine Ahnung, was er sonst tun sollte, deshalb streckte er die Hand aus und pflückte die Kugel aus der Luft. Sie explodierte, und das leuchtende Bild einer Zeichnung von Lani – *seiner* Zeichnung – erschien, bevor es in winzige Lichtfunken zerfiel und sich auflöste. Alex erinnerte sich sofort wieder an den Zauber, den Lani für Mr Appleblossom erschaffen hatte.

»Wir sind auf dem richtigen Weg!«, rief er Simber zu. »Lani hat einen Suchzauber losgeschickt. Wenigstens geht es ihnen gut«, fügte er voller Hoffnung hinzu.

»Na ja«, knurrte Simber, »wenigstens geht es *ihrrr* gut – oderrr ging es zumindest, als sie den Zauberrr losgeschickt hat.«

Der kurze Moment der Erleichterung verpuffte und die Angst krallte sich wieder in Alex' Magen. Er hatte keine Ahnung, wie schnell sich die Lichtkugel auf ihrer Suche fortbewegt hatte. Woher sollte er wissen, wie weit seine Freunde entfernt waren? Er lehnte sich vor und hielt noch angestrengter Ausschau nach ihnen.

Etwa eine Stunde später näherten sie sich der am nächsten gelegenen Insel. Alex blickte mit zusammengekniffenen Augen aufs Wasser hinunter und suchte nach dem Boot, ließ sich aus der Höhe jedoch immer wieder von den weißen Schaumkronen der Wellen täuschen – die See wurde langsam ziemlich rau. Doch er musste sich deswegen keine Sorgen machen, denn Simbers scharfe Augen entdeckten schon bald mit Leichtigkeit das Boot.

Der riesige steinerne Gepard tauchte abrupt in die Tiefe, um es sich genauer anschauen zu können, und Alex rutschte der Magen in die Kehle. Einen Moment lang schwebten sie über dem Boot in der Luft. Es war niemand an Bord.

»Ihrrre Kampfwesten liegen auf den Sitzen, aberrr ich sehe nirrrgendwo eine Spurrr von den drrreien«, knurrte Simber, höchst unerfreut.

Alex' Augen weiteten sich und sein Blick huschte von dem Boot zum Ufer, zur herrlich grünen Inselmitte und zu den hohen Felsenspitzen. »Wo sind sie?«

Simber schlug mit seinen mächtigen Schwingen und flog auf die Insel zu. »Genau das werrrden wirrr jetzt herrrausfinden.« Seine Stimme klang rauer als gewöhnlich und gab Alex das Gefühl, er sollte sich Sorgen machen.

Sie segelten zu der Insel, und Simber sauste erst am Strand entlang und dann landeinwärts. Alex schirmte seine Augen ab und schaute an Simbers Hals vorbei. Nun war ihm nicht mehr kalt. Er dachte nicht mehr an sein eigenes Unwohlsein oder die lästige Sonne in seinen Augen. Simber machte sich eindeutig Sorgen, und darum war auch Alex besorgt. Der Gepard war nicht der Typ, der sich leicht aus der Ruhe bringen ließ, und wenn er so beunruhigt war, musste etwas Ernstes dahinterstecken.

»Siehst du irgendwas?«, wagte Alex zu fragen, nachdem sie ein Viertel der Insel abgesucht hatten.

»Ein paarrr Fußabdrrrücke am Strrrand«, antwortete Simber. »Und eben dachte ich, ich hätte Metall oderrr etwas Ähnliches blitzen sehen, aberrr es warrr soforrrt wiederrr verrrschwunden und jetzt kann ich es nicht mehrrr finden.« Er überflog das Gebiet erneut, entdeckte jedoch nichts.

Alex biss sich auf die Unterlippe, rutschte ein Stück auf Simbers Rücken hinunter und lehnte sich ganz weit zur Seite, wild entschlossen, etwas zu finden. »Kannst du hier sicher landen?«, fragte er.

»Das würrrde ich lieberrr nicht«, gestand Simber knurrend. »Dieserrr Orrrt hat irrrgendetwas Eigenarrrtiges an sich. Hierrr ist kein einziges Gerrräusch zu hörrren. Das gefällt mirrr ganz und garrr nicht.«

Alex schluckte schwer. Er versuchte zu verhindern, dass Panik seine Sinne verschleierte. »Lani«, flüsterte er. »Kommt schon, Leute. Der Spaß ist vorbei. Wo seid ihr?« Doch tief in seinem Innersten hatte er das untrügliche Gefühl, dass das hier gar kein Spaß war.

Nachdem sie über die gesamte Insel geflogen waren, segelte Simber noch ein letztes Mal über den Strand. »Also gut, Anführrrerrr – was jetzt?«

Alex hatte sich genau diese Frage bereits selbst gestellt. Er versuchte, so erwachsen wie möglich zu agieren und alles genauso gründlich zu durchdenken, wie Mr Today es getan hätte. Schließlich antwortete er: »Glaubst du wirklich, dass es gefährlich für uns ist, am Ufer zu landen und die Insel zu erkunden?«

»Fürrr dich schon. Fürrr mich wahrrrscheinlich nicht.«

Alex presste die Lippen zusammen. War es in Ordnung, Simber zu bitten, allein an Land zu gehen?

Der Gepard räusperte sich. Er blieb über dem Strand in der Luft stehen, beobachtete alles und schnupperte in die Luft. Und wartete.

»Würdest du … ich meine, was würdest du sagen, wenn …?« Aber Alex konnte so etwas nicht von dem Geparden verlangen.

Simber reckte den Hals und blickte Alex über seine Schulter hinweg an. »Nurrr zu, Alex«, ermutigte er ihn. »Das ist deine Aufgabe.«

»Gut, in Ordnung. Simber, bitte setz mich auf dem Boot ab und geh an Land, um dich ein wenig umzusehen. Aber sei sehr vorsichtig.«

Simber nickte. »Das ist die beste Idee, die du den ganzen Tag hattest«, lobte er Alex. Er schoss über das Wasser zum Boot und sank dann langsam tiefer, bis Alex sicher an Bord springen konnte.

»Sei vorsichtig!«, wiederholte Alex, als Simber den kurzen Weg zum Strand zurückflog und anmutig im Sand landete.

Alex beugte sich über den Bootsrand und umklammerte die Reling so fest, dass seine Knöchel weiß hervortraten, während er zusah, wie Simber, als Jäger ganz in seinem Element, auf die Bäume zuschlich. »Bitte, finde sie«, flüsterte er immer wieder, so nervös, dass ihm die Zähne klapperten. »Bitte, lass ihnen nichts passiert sein.«

Sein Herz machte einen Satz, als Simber zwischen den Bäumen hindurchrannte, als würde er seine Beute jagen.

Alex richtete sich auf und spitzte die Ohren, um zu lauschen, ob er irgendetwas aus Richtung der Insel hörte. Doch wie schon die ganze Zeit war dort alles unheimlich still.

Als er ganz in der Nähe ein leises Platschen hörte, schreckte er hoch. Er stellte sich vor, wie eine Gruppe von Inselbewohnerinnen und -bewohnern unter dem Boot aus dem Wasser auftauchte, um ihn anzugreifen, nun, da Simber nicht mehr bei ihm war. Er versetzte sich selbst so in Panik, dass ihm ganz schwindlig wurde, und er schnappte sich mit der einen Hand ein Paddel aus einer Halterung an der Bootswand, während er mit der anderen nach einem Herzattacken-Requisit griff und den Blick hastig übers Wasser huschen ließ.

Er hörte ein weiteres Platschen, und diesmal konnte er es zuordnen – es kam vom hinteren Teil des Boots. Mit der rechten Hand hob Alex das Paddel hoch über den Kopf, während er zum Kampf bereit mit der linken mit dem Herzattacken-Requisit ausholte, ganz egal, was auf ihn zukam. Vorsichtig lugte er über das Heck.

Als er sie sah, einen Arm matt um die Bootsleiter geschlungen, schnappte er nach Luft – beinahe hätte er sie nicht erkannt.

»Meg«, flüsterte er.

Er warf das Paddel aufs Deck und streckte sich nach ihr aus. Sie konnte kaum die Hand heben, so schwach war sie. Die tief stehende Sonne ließ Meghans rotes Haar wie Feuer leuchten – und die Spitzen der Metalldornen um ihren Hals funkelten hell.

Zum Angriff bereit

Eva«, rief Aaron, als er seine Planungen für den Angriff am folgenden Tag abgeschlossen hatte. »Auf ein Wort, bitte.«

Eva rollte mit den Augen. »Was ist denn jetzt schon wieder?« Sie und die anderen hatten sich gerade am Esstisch der Halukis niedergelassen, um sich in bester Kommandeursmanier ein recht üppiges Mahl schmecken zu lassen.

Aaron versuchte, ihren Tonfall zu ignorieren. »Ich will, dass du dich zu Gondoleery schleichst, ihr erklärst, wie der Plan aussieht, und sie fragst, wie weit sie mit ihren Waffen sind.«

»Wie *sieht* der Plan denn aus?«

»Dazu wollte ich gerade kommen«, erwiderte Aaron. »Du kannst dir deinen anmaßenden Tonfall sparen. Es tut mir leid, dass ich an dir gezweifelt habe. Jetzt tue ich es nicht mehr. Können wir uns also ab sofort bitte gemeinsam auf unsere Aufgabe konzentrieren? Wir haben eine Regierung zu stürzen, und dafür müssen wir unbedingt an einem Strang ziehen.«

Diesmal rollte Eva nicht mit den Augen, obwohl sie es gerne getan hätte. »Na schön. Dann lass mal hören.«

»Das ist jetzt sehr wichtig. Ich will, dass du Gondoleerys Team ausrichtest, sie sollen warten, bis es ganz dunkel ist, bevor sie sich heimlich, still und leise nach Artimé schleichen. Sie sollen all ihre Waffen mitnehmen, sich verstecken, geduldig vor den Mauern Artimés Stellung beziehen und beobachten, wer im Lauf der Nacht hinein- und hinausgeht. Sie dürfen erst angreifen, nachdem ihr, Today und du, morgen früh aufgebrochen seid.«

»In Ordnung«, erwiderte Eva.

»Und ich will, dass du jetzt auch zurückgehst und heute Nacht wie üblich in der Villa schläfst. Du hast deine Herzattacken-Waffe bei dir?«

»Habe ich«, bestätigte Eva und klopfte auf ihre Tasche.

»Und du hast den Rest.« Eva senkte nachdenklich den Blick zum Boden. Sie musste so tun, als wüsste sie nicht, dass das Tor wieder stand. Hoffentlich gab es für sie trotzdem noch einen Weg zurück nach Artimé. Sie verlagerte nervös das Gewicht von einem Fuß auf den anderen. Wenn sie den Torzauber nicht lösen und nach Artimé gelangen konnte, konnte sie am Morgen auch nicht mit Marcus abreisen.

»Ich werde den Rest unseres Teams anweisen, sich morgen früh zum Palast zu begeben und zu versuchen, Haluki aufzuhalten, nur für den Fall, dass er Wind von der Sache bekommt.«

»Gute Idee«, erwiderte Eva. Sie blickte sich zu den anderen um. »Dann übernachtet ihr heute also hier? Alle zusammen?«

»Ja. Wenn wir angreifen, wirst du bereits mit dem alten Mann unterwegs sein, wir sehen uns also erst hinterher wieder. Und vergiss nicht: Du wirfst die Leiche einfach ins Meer und behauptest, er wäre schwimmen gegangen und dabei ertrunken.«

»Mache ich.«

»Und du musst so tun, als wärst du deswegen am Boden zerstört.«

»Ja, ich *weiß*.« Evas Unmut über Aaron wuchs merklich. »Vielleicht solltest du ein bisschen Mut zeigen und ihn selbst töten, wenn du solche Angst hast, ich könnte alles falsch machen.«

Aarons Gesicht lief knallrot an. Er presste die Lippen zusammen, erwiderte jedoch nichts.

Eva drehte sich um und blickte sehnsuchtsvoll auf den Esstisch, an dem Liam, Bethesda und Crawledge ihr Essen gierig verschlangen. »Soll ich Gondoleery sonst noch irgendetwas ausrichten?«

»Nur …« Aaron zögerte. »Nur, dass sie sich zurückziehen und die ganze Sache abblasen soll, falls sie sich allzu sehr in Unterzahl fühlt. So eilig haben wir es nun auch wieder nicht.«

»In Ordnung.« Damit schien das Gespräch für Eva beendet zu sein, denn sie kehrte an den Tisch zurück, um sich ihre Mahlzeit schmecken zu lassen.

Aaron beobachtete sie ungläubig und räusperte sich dann laut. »Eva?«

Sie drehte sich überrascht wieder zu ihm um. »Ja?«

»Sofort.«

Eva und die drei anderen hielten inne, eine Hand auf halbem Weg zum Mund, und starrten Aaron an.

»Sofort«, wiederholte er und zeigte zur Hintertür. »Geh.«

Die ehemalige Adjutantin der Hohepriesterin Justine zögerte, legte ihren Löffel dann jedoch wieder in ihre volle Suppenschüssel zurück. Sie erhob sich, verließ das Haus der Halukis schnaubend vor Wut durch die Hintertür und verschwand.

***

Als sie Gondoleery Rattrapps Haus erreichte, trat sie ganz leise ein. Gondoleery saß an ihrem Tisch, starrte auf die Zauberrequisiten und rollte eine von ihnen zwischen ihren Fingern hin und her, tief in Gedanken versunken. Sie schreckte hoch und erhob sich, als Eva sich räusperte.

»Ich habe eine Nachricht für dich«, teilte Eva ihr mit. »Aaron Stowe will, dass du mit deinem Team jetzt schon nach Artimé gehst. Ihr werdet feststellen, dass das Tor dort wieder steht. Löst den Zauber oder reißt es ein, falls es nötig sein sollte«, sagte sie und betrachtete die andere Frau mit bohrendem Blick. »Und dann greift unverzüglich an.«

Der wöchentliche Friedensgipfel

Als die Sonne über den Inseln in der Ferne unterging, saß Marcus Today in seinen Privatgemächern vor dem Spiegel. Er zupfte das Gewand auf seinen Schultern zurecht und band es mit einer lockeren Schlaufe um seinen Hals fest. Für den Ausflug nach Quill schlüpfte er aus seinen Lieblingspantoffeln und in seine Wanderschuhe. Dann musste er jedoch über sich selbst kichern, als ihm einfiel, dass er das Tor wieder errichtet hatte. Vielleicht würde er heute doch nicht zu Fuß nach Quill gehen.

Seit der Schlacht gehörte der Spaziergang zu den Lieblingsdingen in seinem neuen Alltag. Manchmal begleitete Claire ihn, dann konnte er ein bisschen wertvolle Zeit zu zweit mit seiner Tochter verbringen. Noch lieber unternahm er den Spaziergang jedoch allein. Auch wenn es auf der Straße sehr heiß war und der Geruch und die Landschaft auf dem Weg zum Palast einiges zu wünschen übrig ließen, war die Gegend in weiten Abschnitten oft völlig verlassen, was Mr Today ein wenig Ruhe und Frieden und eine dringend benötigte Pause von dem – wenn auch meist freundlichen – Chaos in Artimé bescherte. Es war gut für ihn, hin und wieder allein zu sein, das wusste er, denn gelegentliche Einsamkeit war besonders gut für einen kreativen Geist. Einige seiner besten Ideen der vergangenen Monate waren ihm auf seinem wöchentlichen Spaziergang gekommen. Und die beste von allen war Alex Stowe.

Alex war noch jung, aber Marcus hegte keinerlei Zweifel daran, dass er in den kommenden Jahren regelrecht aufblühen würde. Der alte Magus war wild entschlossen, Alex zu mehr Selbstvertrauen und Selbstbewusstsein zu verhelfen, damit der Junge auch selbst daran glaubte, den Titel des Magus von Artimé verdient zu haben. Es würde Zeit brauchen, aber am Ende würde Alex sich überzeugen lassen.

Während Marcus seinen zerzausten Haarschopf zu bändigen versuchte, ließ er all seine Treffen mit Alex in den vergangenen Monaten noch einmal Revue passieren. Er dachte daran, wie viel Spaß es ihm machte, den Jungen mit seinen exzentrischen Ideen zu überraschen. Daran, wie klug und talentiert Alex war. Und wie enttäuscht der Junge sein konnte, wenn er etwas unbedingt wollte, das ihm verwehrt wurde. Marcus hatte von Anfang gewusst, dass Alex sich nicht dazu imstande fühlen würde, die Rolle des Magus zu übernehmen. Doch wusste er auch, besser als der Junge selbst, dass Alex genauso wenig wollte, dass irgendjemand anderer die Aufgabe an seiner Stelle übernahm.

»Oh!«, sagte er zu seinem Spiegelbild. »Da fällt mir wieder ein …«

Er schnappte sich Bleistift und Papier und schrieb hastig eine Notiz an sich selbst, damit er es nach dem Friedensgipfel nicht vergaß:

Alex Triadenzauber beibringen.

Er gluckste vor sich hin und legte den Stift wieder weg. »O weh. Mein Gedächtnis lässt wirklich allmählich nach«, murmelte er. »Dieses kleine Prachtstück von einem Zauber dürfen wir auf keinen Fall vergessen. Vielleicht ist es am besten, wenn ich es gleich hole.« Er erhob sich, verließ sein Zimmer und betrat das Museum des Großen auf der anderen Seite des Flurs. Für einen langen Moment betrachtete er die Bücherberge und konzentrierte sich. Langsam ging er die Bibliothekswand entlang und blieb in der Mitte des mittleren Regals stehen, dem er ein dünnes, handgeschriebenes Tagebuch mit dem Titel *Die Triade: Leben, Verstecken, Wiederherstellen* entnahm.

Mit dem Buch kehrte er in seine Gemächer zurück und legte es auf seinen Tisch, damit er nicht vergaß, es Alex noch an diesem Abend zu geben.

Einen Moment später hörte er ein leises Klopfen am Türrahmen und Claire streckte den Kopf ins Zimmer.

»Hallo, Liebes«, sagte Mr Today und lächelte strahlend.

»Bist du so weit, Vater?«

»Fast«, antwortete er. »Ist Alex schon mit dem Boot zurückgekehrt?«

»Noch nicht«, erwiderte Claire. Sie machte sich allmählich Sorgen, wusste jedoch, dass Alex keinen besseren Begleiter als Simber an seiner Seite haben konnte. »Ich bin mir sicher, sie werden wieder zu Hause sein, wenn wir vom Friedensgipfel zurückkehren.«

»Vielleicht sollten wir lieber noch warten.«

Claire lächelte. »Du hast uns beiden die Verantwortung übertragen, Vater. Alex erledigt seine Aufgabe bestimmt sehr gewissenhaft. Aber falls er und Simber morgen früh noch immer nicht zurück sind, kannst du deine Reise selbstverständlich verschieben.«

Mr Today nickte. »Du hast recht. Weißt du, Claire, es ist wirklich sehr gut für mich, hin und wieder ein paar Dinge aus der Hand zu geben.«

»Ja, ich weiß«, erwiderte sie.

Mr Today drehte sich zu Charlie, dem Gargoyle, um. »Charlie, kannst du Gunnar Bescheid sagen, dass wir auf dem Weg sind?«

Charlie zeigte Mr Today drei Daumen hoch. Die kleine Figur hatte es immer als großes Glück betrachtet, drei Daumen zu haben, und benutzte sie alle, wann immer sich ihr die Gelegenheit dazu bot.

Mr Today und Ms Morning verließen die Privatgemächer des Magus und überquerten den Korridor zu der kleinen Küche. Claire stellte sich neben die Röhre und bedeutete ihrem Vater mit einer übertrieben wedelnden Handbewegung, einzusteigen. »Alter vor Schönheit, wie man so schön sagt.«

Mr Today lachte leise und betrat die Röhre.

Stille

Meghan!« Alex hievte Meghans schlaffen, triefnassen Körper an Bord und wäre beinahe umgekippt, als sich ihr Fuß in der Leiter verfing. Er riss sie mit einem kräftigen Ruck los und sie fielen gemeinsam aufs Deck. »Meg!«, stieß er erneut aus.

Ihre Haut war bläulich weiß und sehr kalt, abgesehen von den geschwollenen Rötungen an ihrem Hals, dort, wo das Dornenband hineingebohrt war. Ihre Augenlider flatterten und sie atmete nur ganz flach. Eine Sekunde lang schaute sie Alex an und versuchte zu sprechen, doch es kam kein Laut heraus. Sie fuhr mit den Fingern über ihre Kehle und verzerrte das Gesicht, ihre Lippen zitternd, während Tränen über ihre Wangen flossen, begleitet von einem stummen Schluchzen, bei dem ihre Brust heftig bebte.

Alex starrte sie einen Moment lang an – dann sprang er auf. »Simber!«, brüllte er, lehnte sich über den Bootsrand und legte die Hände wie einen Trichter an seinen Mund. »Simber!« Er suchte das Boot nach irgendetwas Nützlichem ab, fand ein paar Handtücher, wickelte Meghan darin ein und brachte ihr ein Kissen. Sie hatte die Augen geschlossen und schlug sie auch nicht wieder auf, als Alex sie am Arm schüttelte. Er sprang erneut auf, um den Namen des Geparden zu rufen, sah ihn jedoch bereits kommen.

Simber schwebte herbei und landete mit den Hinterbeinen schwankend auf dem Geländer, während er weiter mit den Flügeln schlug, um das Boot nicht mit seinem ganzen Gewicht zu belasten und sie alle zum Kentern zu bringen. Trotzdem passte er auf, das Wasser dabei nicht zu berühren. Seine Augen waren scharf wie die eines Adlers, seine Zähne gefletscht. »Was ist mit ihrrr passierrrt? Wo ist sie herrrgekommen?«, knurrte er.

Alex, der nun gegen den Wind von Simbers Flügelschlägen ankämpfen musste, schirmte sein Gesicht ab – er war schon einmal aus Versehen von diesen Schwingen umgeworfen worden, was definitiv nicht lustig war. »Sie war im Wasser und hat sich an der Leiter festgeklammert. Ich wusste nicht, dass sie da war, bis ich ein Platschen gehört habe. Sie kann nicht sprechen. Sie haben –« Seine Stimme erstickte. Alex wusste nicht, wer »sie« waren, was das Ganze nur umso furchterregender machte. »Sie haben ihr dieses grauenvolle Metallding um den Hals geschlungen.« Er spürte, dass ihm die Gesichtszüge vor lauter Emotionen zu entgleisen drohten, doch er krallte sich in die Rückenlehne des Kapitänssitzes und gab sich alle Mühe, nicht die Fassung zu verlieren. »Ich habe weder Lani noch Samheed irgendwo gesehen.« Er grub die Fingernägel in das Polster und schloss für einen Moment die Augen, während er versuchte, sich zusammenzureißen.

Er trug die Verantwortung. Und Leute, die die Verantwortung trugen, konnten nicht einfach durchdrehen. Er wusste, er musste seinen eigenen Schmerz für den Moment ignorieren und sich ausschließlich auf das konzentrieren, was zu tun war. Er atmete tief ein und wieder aus. Dann blickte er zu Simber, seine Miene sehr ernst. »Hast du auf der Insel irgendwas entdeckt?«

Simber nickte grimmig. »Ja. Nicht Samheed oderrr Lani, aberrr ich habe zwei Einheimische mit den Dorrrnenhalsbänderrrn gesehen. Ich bin ihnen nachgejagt, bis sie in einem Loch im Boden verrrschwunden sind, aberrr es warrr viel zu klein, als dass ich ihnen hätte folgen können.« Er schaute erst Meghan an, dann Alex.

»Ein Loch im Boden?«, wiederholte Alex. Aber er hatte jetzt keine Zeit, weiter darüber nachzudenken – er wusste, dass er die nächste Entscheidung treffen musste. Und diesmal ging sie weit über seine Fähigkeiten hinaus. »Simber ...« Er starrte auf Meghans schlaffen Körper hinunter und blickte dann wieder zu Simber hinauf. »Ich brauche deine Hilfe«, sagte er.

»Ich bin immerrr fürrr dich da«, versicherte der Gepard ihm leise.

Alex ließ den Blick erneut über die Insel schweifen und wünschte sich verzweifelt, er könnte Lani oder Samheed irgendwo entdecken. »Es wird bald dunkel. Meghan ist eiskalt – das Wasser hier ist viel kälter als in Artimé. Ich weiß nicht, ob sie noch andere Verletzungen außer dem Halsband hat. Sie ... sie will einfach nicht aufwachen.«

Simber nickte und wartete.

»Also … du bist dir wirklich sicher, dass es nirgendwo eine Spur von Sam und Lani gibt?« Alex wusste natürlich, dass Simber ihn niemals angelogen hätte. Er musste sich nur selbst dazu zwingen, zu akzeptieren, dass seine Freunde verschollen waren … und dass es ihnen womöglich noch schlechter ging als Meghan. Nur konnte er den Gedanken kaum ertragen.

»Es tut mirrr leid. Keine Spurrr. Kein Gerrruch. Und, natürrrlich, kein Gerrräusch.«

Alex schaute wieder auf Meghan hinunter. »Wir müssen sie hier zurücklassen … nicht wahr?« Eigentlich war es gar keine Frage.

Simbers Blick wurde weicher. »Ja, Alex.«

Alex atmete langsam aus und nickte. »In Ordnung.« Es war der Anstoß, den er gebraucht hatte. »Wir müssen die retten, von der wir wissen, dass wir sie retten *können.*« Hastig schnappte er sich noch weitere Handtücher von dem Stapel, den er gefunden hatte, und wickelte Meghan in ein paar frische ein.

»Das ist rrrichtig.«

Alex blickte auf die beinahe untergegangene Sonne und dann in Richtung Artimé. Sein Herz hämmerte wie wild, als er sich kerzengerade aufrichtete, sich nach vorne lehnte und besorgt die Augen zusammenkniff. »Ich kann Artimé nicht sehen.«

»Ich schon«, erwiderte Simber. »Wirrr gehen zusammen, wie immerrr.«

Alex warf noch einen letzten flüchtigen Schulterblick auf die stille Insel, bevor er den Ankerzauber löste, sich ans Steuerrad stellte und die Augen zusammenkniff, um die Anweisungen im spärlicher werdenden Licht lesen zu können. Er brachte das Boot in Gang und schaute zu Simber hinauf. »Zeig uns den Weg – volle Kraft voraus.«

»Wenn wirrr uns beeilen, schaffen wirrr es noch vorrr Einbrrruch derrr Dunkelheit«, erwiderte Simber. Er schaute Alex an. »Ich werrrde dich nicht allein lassen.«

Alex nickte. Mit einem kraftvollen Flügelschlag schwang Simber sich höher und flog Richtung Osten – nach Hause.

»Halte durch, Meg«, flüsterte Alex, während er das Boot auf Höchstgeschwindigkeit schaltete. »Bald bist du in Sicherheit.« Die Hände fest ums Steuerrad geklammert, folgte er Simber. Er schaute sich nicht noch einmal um.

Ein dunkler, stiller Ort

Nach den Schreien kam die Stille – und dann die brennenden Augentropfen, die zwar nicht annähernd so grauenvoll waren wie die Operation mit dem dornigen Halsband, die Lani aber trotzdem schreckliche Schmerzen bereiteten und sie obendrein blind machten. Alles tat ihr weh. Am Ende wurde Lani an einen kühlen, trockenen Ort gebracht und man ließ sie dort liegen, ohne Fesseln oder Seile. Aber es spielte keine Rolle.

Ihr war ohnehin nicht danach, sich zu bewegen.

Eine Zeit lang hatte sie Samheeds Schreie irgendwo in der Ferne gehört, war jedoch zu schwach und zu blind gewesen, um einen Versuch zu unternehmen, ihn zu finden. Schließlich war Sam – genau wie Meghan und genau wie Lani selbst – urplötzlich und ohne Vorwarnung verstummt, als sie ihm das scharfkantige Halsband angelegt hatten. Seitdem war nichts mehr zu hören gewesen.

Einige Zeit später spürte Lani eine leichte Brise, so als wäre jemand oder etwas an ihr vorbeigegangen, und streckte matt die Hände aus, spürte jedoch nichts als Luft. Sie krabbelte umher, zitternd vor Schmerzen, Schwäche und Angst, bis die Panik schließlich mit einem mächtigen Schauder aus ihrem Körper brach. Doch niemand, den es gekümmert hätte, würde jemals erfahren, was mit ihr passiert war.

Lani konnte nichts weiter tun, als in dieser Höhle zu sitzen. Sie konnte nichts sehen außer einer Wand aus Schwarz. Und sie konnte auch überhaupt nichts hören. Auf der Insel wurde kein einziger Laut transportiert. Weder von Stimmen noch durch Reibung oder schlurfende Schritte.

Noch nicht einmal tropfende Tränen oder brechende Herzen.

Herzattacke

Aaron kehrte wieder zu dem Schreibtisch in Halukis Büro zurück und grübelte über die Waffen nach. Im Moment konnte er noch nicht einmal an Essen denken. Er ließ sich auf Halukis Stuhl nieder, die Ellenbogen auf dem Tisch und das Gesicht in den Händen. Diese ganze Sache war eine Nummer zu groß für ihn, und das wusste er auch. Er hatte höchstens vier Dutzend Kampfeswillige um sich geschart … höchstens! Wie sollten sie je gegen Hunderte Artiméerinnen und Artiméer bestehen, selbst wenn sein Restaurationskorps über ein wenig Magie verfügte? Artimé hatte noch viel mehr davon. Sie hatten immer mehr von allem.

Davon abgesehen hatte Aaron sich gleich mehrere Fehler erlaubt. Was hatte er sich nur dabei gedacht, Eva so wütend auf ihn zu machen? Aber er konnte sie bereits spüren – die Macht, nach der er sich so verzweifelt sehnte, befand sich nur noch ein winziges Stück außerhalb seiner Reichweite. Es trieb ihn fast in den Wahnsinn. Vielleicht sollte er das Ganze doch lieber abblasen.

»Es ist zu früh«, murmelte er, nicht zum ersten Mal an diesem Abend. Er hob den Kopf und starrte auf das magere Waffenarsenal vor ihm. Dann hörte er plötzlich ein Geräusch.

Als der Schrank gegenüber von ihm klapperte und sich die Türen einen Spalt öffneten, glaubte Aaron zuerst, sein gestresster Verstand würde ihm einen Streich spielen. Doch dann schwangen die Türen weiter auf, und bevor Aaron auch nur einen Laut von sich geben konnte, tauchte Mr Today aus der riesigen Glasröhre in dem Schrank auf und betrat das Büro.

Der Magus ging ein paar Schritte und bemerkte erst dann die seltsame Waffensammlung auf Gunnars Schreibtisch. Er hob den Blick und sah, wie Aaron langsam von seinem Stuhl aufstand.

Beide verharrten stockstill, nur wenige Meter voneinander entfernt, und starrten den jeweils anderen wie gelähmt vor Schreck an. Keiner von ihnen zuckte auch nur mit der Wimper, während die Gedanken wie wild durch ihre Köpfe wirbelten.

Mr Todays erster Instinkt war es, seine Tochter zu warnen. Doch bevor er irgendetwas tun konnte, um Claire davon abzuhalten, in die Röhre zu steigen, ließ Aaron Stowe einen Arm nach vorne schnellen und schnappte sich eine Handvoll Herzattacken-Requisiten vom Schreibtisch.

Ohne zu zögern zog Mr Today einen Stift aus der Tasche seines Gewands und feuerte einen blendenden Leuchtstiftzauber auf Aarons Augen ab. Doch Aaron – unbeirrt und angespornt durch Eva Fathoms Herausforderung – brauchte seine Augen nicht, um zu wissen, wo sich der Magus befand. Im Rückwärtsfallen schleuderte er sämtliche Requisiten auf einmal auf den Mann ab und brüllte: »Herzattacke!«

Den fünf Tonherzen wuchsen Flügel, während sie auf Mr Today zuschossen. Der alte Magus versuchte, ihnen auszuweichen, aber die Requisiten hatten ihr Ziel bereits erfasst. Sie rauschten in seine Brust und warfen ihn zu Boden.

Geschockt von der Wucht der Einschläge schnappte Mr Today nach Luft und krallte eine Hand in sein Gewand. Ein brennender Schmerz jagte durch seinen Körper, strahlte von der Brust in sämtliche Richtungen aus und nahm ihm den Atem. Er schloss die Augen und sandte eine letzte Nachricht aus, während sich die Herzattackenzauber tief in ihn hineinbohrten, mit fünffacher Kraft und Intensität. Zitternd drehte und wand er sich auf dem Boden.

Aaron, noch immer geblendet, schrie nach seinem Team, nicht sicher, was eigentlich passiert war. »Hilfe!«, brüllte er. »Ich kann nichts sehen!«

Eine Sekunde später hörte er ein erneutes Klappern aus Richtung des Schranks. »Hilfe!«, schrie er erneut. »Sie greifen an!«

Die anderen stürmten gerade aus dem Esszimmer herbei, als Claire Morning aus dem Schrank trat und ihren Vater auf dem Boden erblickte. Mr Today hatte aufgehört zu zittern und lag vollkommen reglos da.

Crawledge und Bethesda packten Claire sofort und Liam klatschte eine Hand auf ihren Mund. Er schnappte sich ein verrostetes Messer vom Schreibtisch und drückte es ihr an die Kehle. »Nicht *ein* Wort«, warnte er sie.

Alle waren wie hypnotisiert von der seltsamen, schrecklichen Situation, während ihnen, einem nach der anderen, bewusst wurde, was Aaron gerade getan hatte.

»Was ist passiert?«, rief Aaron, ein wenig panisch, doch im nächsten Moment konnte er auf wundersame Weise wieder klar sehen. Er rappelte sich auf, bereit zum Angriff, aber alle starrten nur wie gebannt auf den Schrank, in dem die seltsame Glasröhre vor den Augen des Restaurationskorps-Teams verblasste.

Auf dem weiten Ozean

Alex lockerte seinen Griff um das Steuerrad keine Sekunde lang und trieb das Boot immer schneller an. Simber hielt ruhig den Kurs, ein Stück voraus, und blickte hin und wieder über seine Schulter zurück, um sich zu vergewissern, dass bei Alex alles in Ordnung war.

Alex schaute immer wieder zu Meghan hinunter, froh, dass sie vor dem Wind geschützt war. Er hoffte inständig, dass sie noch lebte und durchhalten würde.

Bedauern und Angst schwappten in Wellen durch seinen Körper. Er wünschte, er hätte seine Freunde aufgehalten. Er wünschte, er hätte gewusst, was sie vorhatten. Wie töricht! Was hatten sie sich nur dabei gedacht? Aber dann erinnerte er sich wieder daran, wie er die wunderschöne Insel zum ersten Mal erspäht hatte und wie traumhaft und friedlich sie ihm erschienen war. »Warum habt ihr das getan, Meg?«, fragte er, obwohl er wusste, dass sie ihn nicht hören konnte.

Doch das, was er nicht laut aussprechen konnte, war das, was ihn beinahe umbrachte. Das, was er noch nicht einmal denken konnte, weil es zu schrecklich war, um es sich vorzustellen. *Lani.*

Und Samheed. Aber bei Lani war es anders. Schließlich war sie seine … irgendwie, jedenfalls … Oh, es war alles so grauenvoll. Er musste diese Gedanken abstellen. Alex blickte auf die Kampfwesten der drei, ordentlich zusammengelegt auf dem Sitz neben ihm, die oberste leise flatternd, wann immer eine Windböe sie erfasste. Seine Freunde waren völlig ungeschützt gewesen. Warum um alles in der Welt hatten sie ihre Westen ausgezogen? Eigentlich waren sie doch wirklich schlauer! Alex verstand es einfach nicht.

Und nun hatten Simber und er sie dort zurückgelassen … wo immer sie auch waren. In einem Loch unter der Erde? Das war doch verrückt.

Vielleicht hätte er Simber bitten sollen, Meghan und ihn nach Hause zu tragen und das Boot für Sam und Lani vor der Insel liegen zu lassen, nur für den Fall. Er blickte über seine Schulter zurück und biss sich auf die Lippe, wünschte sich, er hätte schon früher daran gedacht. Vielleicht sollten sie noch einmal umkehren. Aber sie waren schon fast wieder zu Hause. Im Dämmerlicht konnte Alex die hell erleuchtete Villa erkennen. Von diesem Blickwinkel aus war sie wunderschön. Er hatte sie noch nie zuvor so gesehen.

Als sie Artimé schon beinahe erreicht hatten, stand Alex' Entscheidung fest. Er würde Meghan auf der Krankenstation abliefern und dann mit Simber zu der Insel zurückkehren, um das Boot für Samheed und Lani dort liegen zu lassen, nur für den Fall. Er bezweifelte, dass das Volk auf der Insel wusste, wie man den Ankerzauber löste, deshalb machte er sich auch keine Sorgen darüber, dass es gestohlen werden könnte. Was, wenn Samheed und Lani gesehen hatten, wie er und Simber mit dem Boot verschwanden, und nur keinen Laut hatten von sich geben können, genau wie Meghan? Der Gedanke zerriss Alex innerlich. Er verfluchte das Boot, weil es nicht schneller fahren konnte, während Simber ihm unermüdlich vorausflog. Immer da, treu an Alex' Seite.

Bis der Gepard es plötzlich nicht mehr war.

Ohne Vorwarnung begann das Boot laut zu stottern und blieb dann abrupt stehen. Alex und Meghan wurden nach vorne geschleudert, und Alex knallte mit solcher Wucht gegen die Windschutzscheibe, dass seine Lippe aufplatzte, während Meghan gegen einen Sitz donnerte und reglos liegen blieb. Als er gerade die verbale Komponente sprechen wollte, um das Boot wieder in Gang zu bringen, bemerkte er aus dem Augenwinkel, dass Simber mitten im Flügelschlag erstarrt war. Die riesige Raubkatze kippte steil nach unten und fiel … fiel … fiel. »Simber!«, schrie Alex, aber die mächtige steinerne Statue reagierte nicht. »SIMBEEER!«

Der Gepard krachte mit dem Gesicht voraus mit einem gewaltigen Platschen ins Wasser und löste eine gigantische Welle aus, die beinahe das Boot zum Kentern brachte. Alex und Meghan flogen über Bord, wie federleichte Stoffpuppen, die quer durchs Zimmer geschleudert wurden, und landeten kopfüber im Meer. Als Alex wieder auftauchte, hustend und prustend, sah er gerade noch, wie Simbers Schwanzspitze im Wasser versank.

»SIMBER!«, brüllte Alex erneut. Aber er konnte jetzt nicht an Simber denken. Er drehte sich im Wasser und blickte sich panisch in sämtliche Richtungen um.

»MEGHAN!«, brüllte er.

Doch er konnte sie nirgends entdecken.

Fort

Aaron starrte einen Moment lang staunend, bevor er wieder zu Sinnen kam. Er schnappte sich eine Pistole vom Tisch und zielte damit auf Claire Morning. »Wenn du sprichst, stirbst du«, drohte er ihr.

Ms Morning brachte keinen Ton heraus, schaute Aaron noch nicht einmal an. Sie konnte nur auf den reglosen Körper ihres Vaters schauen, zusammengekrümmt auf dem Boden. Er sah so hilflos aus.

Die Waffe weiter auf Claire gerichtet, drehte Aaron sich wieder zu Mr Today um. Vorsichtig machte er einen Schritt über den Magus hinweg und stupste ihn mit dem Fuß an. Der alte Mann reagierte nicht.

»Ist er tot?«, fragte Bethesda. »Was hast du mit ihm gemacht?«

»Sei still«, blaffte Aaron sie an. Sein Herz raste. Hatte er Mr Today getötet? War es wirklich so einfach gewesen? Er drehte sich zu Crawledge und Bethesda um. »Sperrt sie in der Speisekammer ein. Verriegelt die Tür. Und Liam, gib ihr eine kleine Gedächtnisstütze, damit sie uns keinen Ärger macht.«

Liams Augen weiteten sich. »Wie zum Beispiel?«

Aaron steckte die Hände in die Hosentaschen, damit sie nicht mehr so zitterten. »Na ja … keine Ahnung. Droh ihr. Denk dir irgendetwas aus! Ist mir egal.«

Claire drehte sich zu Liam um, ihre Augen voller Hass und nicht vergossener Tränen. Sie funkelte ihn an, aber er konnte ihren Blick nicht erwidern.

»Komm jetzt«, sagte Liam barsch. Er stieg über Mr Today hinweg und zerrte Claire unsanft mit sich in die Küche. Sie versuchte zwar, sich zu wehren, aber nicht so sehr, dass sie erschossen werden würde. »Werft sie einfach da rein«, brummte er den beiden anderen zu. »Ich muss Aaron mit der Leiche helfen.«

Crawledge und Bethesda stießen Claire unsanft in den winzigen Vorratsraum, quetschten sie in die Nische unter dem untersten Regalbrett, fesselten ihre Hand- und Fußgelenke, stopften ihr einen staubigen Lappen in den Mund und schlossen die Tür. Nachdem sie die Kammer verriegelt hatten und ihre Stimmen entfernter klangen, schloss Claire Morning die Augen und ließ den Kopf gegen die Wand zurückkippen.

Das Restaurationskorps

Nachdem Eva ihr die falsche Nachricht überbracht hatte, verschwendete Gondoleery Rattrapp keine Zeit. Sie wartete schon seit Wochen auf diesen Moment, und ihre Teams und Waffen waren bereit. Sie schlichen sich durch Quill und hielten sich, wann immer es möglich war, im Schutz der Nachmittagsschatten. In der Abenddämmerung erreichten sie Artimé. Gondoleery versuchte, den Torzauber zu lösen, aber es funktionierte nicht. Sie probierte es erneut, bevor ihr bewusst wurde, dass es sich um einen sehr starken Zauber handeln musste, der – für den Moment – noch mächtiger war als sie.

»Wir müssen das Tor einreißen«, murmelte sie. Sie scharte ihre Truppe um sich, um den Plan noch ein letztes Mal durchzugehen. Alle stimmten überein, noch zu warten, bis der Mond hoch am Himmel stand, damit sein Licht ihnen wenigstens einen kleinen Vorteil verschaffte, wenn die Artiméerinnen und Artiméer aus der Villa strömten, um zu kämpfen.

Doch bevor sie den Plan in die Tat umsetzen konnten, drang aus Artimé ein seltsamer Schrei zu ihnen. Gondoleery und ihr Team hörten ihn klar und deutlich. Soweit sie wusste, war so etwas noch nie zuvor passiert, schließlich war Artimé von einer schalldichten Barriere umgeben, die dabei geholfen hatte, das Land all die Jahre zu verstecken. Jetzt konnten sie jedoch Leute kreischen und schreien hören. Ganz offensichtlich war in Artimé aus irgendeinem Grund Chaos ausgebrochen. Im nächsten Moment war am Tor ein leises Klicken zu hören und es sprang einen Spalt auf.

Und Gondoleery nutzte diese Tatsache nur allzu gern aus.

»Bereit?«, flüsterte sie scharf. »Angriff!« Sie stieß das Tor auf und ihr Team stürmte hinter ihr hindurch. Es dauerte jedoch nicht lange, bevor sie alle beinahe von den aus Artimé strömenden Massen niedergetrampelt oder mitgerissen wurden.

»Hinterher!«, schrie Gondoleery. Sie war alles andere als erfreut, dass in all dem Chaos niemand ihre unerschrockene Truppe auch nur zu bemerken schien. Trotzdem gelang es ihnen, ein paar Nachzügler unter den Ungewollten auszuschalten, die den anderen nachjagten.

Als die aus Artimé Fliehenden auf der Straße nach Quill jedoch erkannten, dass sie angegriffen wurden, hatten sie sich schnell wieder im Griff und fingen blitzschnell an, zurückzuschlagen. Gondoleery zuckte zusammen, als eine Artiméerin einen Gummiball auf sie abfeuerte und sie an der Schulter erwischte.

Aber nichts passierte. Das Zauberrequisit prallte nur harmlos auf den Boden ab und rollte durch den Dreck. Als sie den Ausdruck der Überraschung auf dem Gesicht der Ungewollten sah, die den Ball geworfen hatte, hob Gondoleery ihn auf und betrachtete ihn, bevor sie ihn in ihre Tasche steckte. Sie hatte jetzt keine Zeit, um über diese jüngste Entwicklung nachzudenken. Sie hatte eine Schlacht zu gewinnen.

In die Tiefen der Verzweiflung

Alex holte tief Luft und tauchte unter, seine Augen weit aufgerissen, auf der Suche nach einem Fleckchen Farbe oder irgendeiner Spur von Meghan. Es war dunkel dort unten, und er zermarterte sich das Hirn nach einem Zauber, der ihm in dieser Situation helfen konnte, doch ihm fiel kein einziger ein. Nicht einmal die Origamidrachen konnten ihm etwas nützen und die Nacht erhellen, denn sie klebten nass in der Tasche seiner Kampfweste aneinander.

Verzweifelt suchte er nach Meghan und wedelte mit den Händen im Wasser. Seine Lunge fühlte sich an, als würde sie gleich platzen. Er tauchte auf, um nach Luft zu schnappen, riss den Kopf hin und her nach irgendeinem Zeichen von ihr, aber da war nichts. Also tauchte er erneut ab. *Bitte!*, schrie er stumm und dachte an Lani und Samheed. *Ich kann sie nicht alle verlieren.*

Der Gedanke brach ihm das Herz, aber er gab ihm auch die Kraft, noch tiefer zu tauchen, noch angestrengter zu suchen. Er kam erneut an die Oberfläche, heftig keuchend, und schaute sich um. Doch er konnte nur das Boot sehen, das nun wieder aufrecht im Wasser schaukelte und langsam ans Ufer trieb. Er wusste, dass er keine Zeit verschwenden durfte.

Er atmete so tief er konnte ein und tauchte ein drittes Mal ab, tiefer, weiter, bis ihm die Ohren wehtaten und ploppten. Er reckte sich, um sich an irgendetwas festzuhalten, das er in dem trüben Wasser erreichen konnte. Er wollte es gerade aufgeben, als er mit den Füßen strampelte und mit einer Zehenspitze an etwas hängen blieb.

Meghans Haare.

Alex wirbelte herum, grapschte nach ihrem Haar und krallte die Hand hinein. Er zerrte sie mit letzter Kraft mit sich, strampelte aufwärts, so fest er konnte, bis es ihm schließlich gelang, mit ihr voran die Oberfläche zu durchbrechen. Er schnappte und japste nach Luft, drehte sich auf den Rücken und drückte Meghan fest an seine Brust, in dem verzweifelten Versuch, sie über Wasser zu halten, und nicht in der Lage, irgendetwas anderes zu tun, bis er seine Sauerstoffspeicher wieder aufgefüllt hatte.

Er presste Meghan einen Arm auf den Magen und begann, in Richtung Ufer zu schwimmen. »Atme!«, schrie er. Zwischen seinen eigenen abgehackten Atemzügen presste er es immer wieder hervor, als wollte er sich damit selbst anspornen. »Atme. Bitte atme.«

Schließlich würgte Meghan lautlos und spuckte Wasser aus. Sie schnappte zitternd nach Luft und hustete erneut.

»Ja!«, rief Alex. »Atme! Weiter so!«

Meghan kämpfte. Die scharfen Dornen ihres Halsbands gruben sich tief in Alex' Brust, wie tödliche Fächerclips, die sich in ihr Ziel bohrten. Aber er konnte im Augenblick nichts tun, um Meghans oder seine eigenen Schmerzen zu lindern. Eine Welle nach der anderen schwappte über ihre Gesichter hinweg und gab ihnen jedes Mal aufs Neue das Gefühl zu ertrinken.

»Komm schon«, stieß Alex aus, kaum noch flüsternd. »Wir schaffen das. Wir schaffen das.« Mit letzter Willenskraft zwang er sich, die nächste Sekunde zu überstehen, dann die nächste, und die nächste.

Es dauerte fast eine Stunde, bis sie das Ufer von Artimé erreichten. Als das Wasser endlich flach genug war, begann Alex, taumelnd an Land zu waten. Er zerrte Meghan mit sich in den Sand, wo er schließlich zusammenbrach. Mehrere Minuten lang verharrten sie so in der Dunkelheit. Alex spürte den festen, nassen Boden unter sich, während Meghan überhaupt nichts zu spüren schien. Aber Alex ließ sie nicht los. Er wusste nur, dass sie noch am Leben war, weil er fühlen konnte, wie sich ihr Bauch unter seinem Arm hob und senkte.

Als er endlich wieder die Kraft dazu hatte, rief er mit heiserer Stimme: »Hilfe – irgendjemand? Ist jemand hier draußen?«

Niemand antwortete.

Niemand? An einem so wunderschönen Abend wie diesem? Vorsichtig rollte er Meghan von sich herunter und rappelte sich schwankend auf. Seine Beine zitterten und seine Arme fühlten sich an wie Seetang. Er packte Meghan unter den Achseln und zog sie rückwärtsgehend den Strand hinauf, bis er nicht mehr konnte. Er legte sie sanft wieder ab und wandte sich der Villa zu, um allein weiterzugehen und Hilfe zu holen.

Aber da war keine Villa.

Da waren keine Villa, keine Bäume, keine Springbrunnen, keine wunderbaren Farben. Keine kleinen Kreaturen, die fröhlich umherwanderten. Kein hell erleuchteter Rasen, auf dem man sitzen konnte.

Da war nur ein kleines graues Gebäude, das auf einer rissigen Betonfläche stand, aus deren Ritzen verbrannt aussehende Gräser wuchsen. Eine karge Mauer erhob sich in der Ferne, mit einem offen stehenden Tor darin. Und über den Beton verstreut lagen die leblosen Körper von Einhörnchen, Biebops und Fledereulen.

In Alex' Kopf drehte sich alles. Halluzinierte er? War er auf der falschen Insel gelandet? Er taumelte im Mondlicht vorwärts und ließ Meghan im Sand liegend zurück. Alex torkelte an einer reglosen Kreatur nach der anderen vorbei und verstand nicht, was er sah, bis sein Blick auf eine vertraute Form mit siebeneinhalb geradezu unheimlich reglosen, nicht umherschwebenden Armen fiel. Eine Halbbrille war von ihrer Schnauze gerutscht und lag neben ihr. »Ms Octavia?«, flüsterte Alex.

Er kniete sich neben sie und spürte, wie Panik in ihm aufstieg. »Ms Octavia!«, brüllte er ihr ins Gesicht, aber sie rührte sich nicht und blinzelte noch nicht einmal. Er berührte sie vorsichtig. Ihr Gesicht fühlte sich an wie Stoff, als wäre sie irgendeine lächerliche Flickenpuppe.

Alex hob den Blick. »Florence«, murmelte er. »Florence!« Er stand auf und rannte auf das graue Gebäude zu, vor dem Florence reglos stand, mitten im Schritt erstarrt, als wollte sie zum Eingang stolzieren. Alex ging zu ihr und zog sie am Arm. »Florence!«, brüllte er verzweifelt, obwohl er inzwischen wusste, was passiert war.

Alles, was Mr Today erschaffen hatte, war tot.

Aber was war mit den Menschen?

»Mr Today! Ms Morning!«, schrie er, aber seine Stimme versagte. »Mr Appleblossom! Sean? Eva? *Irgendjemand?*«

Er rannte zum Tor und achtete genau auf den Weg, um nicht auf einen Schnabelgeien oder eine andere Kreatur zu treten. »Tina«, flüsterte er nur noch, machte sich nicht mehr die Mühe, ihren Namen zu rufen. Die drei Girrinos ragten als riesige Haufen in der Dunkelheit auf. Von irgendwo jenseits des Tors konnte Alex Stimmen hören – und das Scheppern und Klirren aufeinanderschlagender Waffen. Mit neuem Mut rannte er nach Quill – es war immerhin ein Lebenszeichen. Doch dann grapschte aus dem Schatten jemand Starker nach Alex, packte ihn unsanft, klatschte eine Hand auf seinen Mund und drückte ihn gegen die Mauer.

Zur nächsten Herausforderung

Aarons Herzrasen – offenbar eine Begleiterscheinung, wenn man den großen Magus von Artimé tötete – wollte einfach nicht mehr aufhören. Nachdem alle den Raum verlassen hatten, ließ er sich ermattet auf den Schreibtischstuhl von Hohepriester Haluki sinken und wischte sich mit den Händen übers Gesicht. Er rieb sich die Augen und atmete tief durch.

Es spielte keine Rolle, dass es reines Glück gewesen war. Ein zufälliger Hinterhalt. Ein für beide Seiten überraschender Angriff. Es spielte keine Rolle, dass Aaron jung und unbedacht und übereifrig war oder dass der alte Mann nicht gewillt – oder klug genug – gewesen war, ihn direkt mit dem ersten Schlag zu töten. Es war kein geplantes Duell gewesen, bei dem jeder den Vorteil der Fairness auf seiner Seite wusste. Der Feind war, ohne Vorwarnung, in Aarons Zuhause eingedrungen. Oder zumindest *fühlte* es sich für Aaron inzwischen wie sein Zuhause *an*. Er hatte aus reiner Selbstverteidigung gehandelt.

Aber warum wurde er dann das Gefühl nicht los, betrogen zu haben? Für einen flüchtigen Moment musste er an seinen Bruder denken, und wie sehr ihm das hier wehtun würde. Es überraschte Aaron, dass er kaum Befriedigung darüber empfand. Vielleicht lag es daran, dass die Schlacht noch nicht einmal annähernd zu Ende war. Der Tod des Magus würde in Artimé zwar womöglich das Chaos auslösen, das er sich wünschte – und die Notwendigen würden daraufhin gewiss wieder nach Quill zurückkehren –, aber Aaron war dem Thron trotzdem noch immer kein Stück näher. Oder vielleicht lag es daran, dass Aaron denselben Schmerz, den Alex bald empfinden würde, selbst einst gespürt hatte. Er zog eine finstere Miene und verbannte das Mitleid aus seinem Geist. Sein Bruder hatte noch viel größeren Schmerz verdient. Das hier war erst der Anfang.

Aaron drehte sich um und blickte durch die offene Schranktür. Der Schrank war leer, obwohl er *wusste*, dass sich darin noch vor Kurzem eine riesige Glasröhre befunden hatte. Wohin war sie verschwunden? Es ging über Aarons Verstand hinaus. Aber eines war vollkommen klar: Die Glasröhre war eine Art Portal nach Artimé gewesen. Und da er sich hier in Halukis Haus befand, bestand kein Zweifel daran, dass auch der neue Hohepriester ganz genau wusste, wie dieses Portal funktioniert hatte. Und das Einzige, was Aaron im Augenblick interessierte, war, zu verhindern, dass Haluki vom Verschwinden der seltsamen Röhre erfuhr.

Als Liam Healy das Büro betrat, blickte Aaron auf. Sein Team brauchte Anweisungen. Dies war sein Moment, alles richtig zu machen.

»Habt ihr die Frau sicher eingesperrt?«, fragte er.

»Ja.«

Aaron nickte und sah zu Mr Today hinüber. Er konnte immer noch nicht glauben, dass er den Mann getötet hatte. Aaron fühlte sich seltsam betäubt und kein bisschen mächtig. »Bring seine Leiche in den Ältestensektor und begrab sie dort – du, niemand anderer.«

»Ich allein?«

»Ja. Ich brauche die anderen hier. Wir müssen Quill jetzt sofort übernehmen, solange sich uns die Chance dazu bietet.«

Liam zögerte. Doch als Aaron ihm einen scharfen Blick zuwarf, ging er zu der Leiche hinüber, hob sie vorsichtig hoch und legte sie sich über die Schulter.

Aaron konnte den alten Magus nicht ansehen. Er schalt sich insgeheim für seine Schwäche, tröstete sich jedoch selbst damit, dass er schließlich Wichtigeres zu tun hatte, als auf tote Leute zu starren. Als Liam sich zur Tür bewegte, stand Aaron auf. »Warte«, sagte er.

Liam blieb stehen und schaute sich noch einmal zu Aaron um.

»Bring mir vorher noch das Gewand des Alten. Das ist unsere … Trophäe.« Er überlegte einen Moment. »Wir könnten es zerschneiden und lächerliche Flaggen daraus machen, zur Erinnerung an diesen denkwürdigen Tag.« Aaron ließ den Blick hin und her huschen, versuchte alles, um die Leiche nicht ansehen zu müssen.

Liam lachte hohl und gehorchte. Als er das Haus der Halukis schließlich verließ und in die tiefe Dunkelheit hinaustrat, griff Aaron nach dem farbenfrohen Gewand, legte es zu einem ordentlichen Quadrat zusammen und platzierte es feierlich auf der Ecke des Schreibtischs.

***

»Es gibt eine kleine Planänderung«, teilte Aaron seinen noch verbliebenen Verbündeten, Bethesda und Crawledge, mit. »Eva und die anderen sind bereits in geheimer Mission nach Artimé unterwegs. Sie sind schon zu weit weg, um sie wieder zurückzupfeifen. Allerdings bietet sich uns eine überaus günstige Gelegenheit, den Palast zu erobern. Haluki hat Todays Besuch zweifellos erwartet. Wenn der Alte nicht auftaucht, wird er herkommen, um nach ihm zu suchen. Deshalb werden wir uns hier auf die Lauer legen.«

***

Während Aaron einen Coup gegen den Hohepriester vorbereitete, begab sich Haluki auf die Suche nach Matilda, um herauszufinden, warum sein Freund Marcus noch nicht zum Friedensgipfel erschienen war. Als er sie zusammengekauert auf einer Fensterbank entdeckte, wirkte sie, absolut untypisch, vollkommen teilnahmslos. Es schien beinahe, als wäre sie nie lebendig gewesen.

Haluki schaute aus dem Fenster, die lange Einfahrt hinunter. »Wachen«, sagte er leise, und die vier erschienen sofort. »Fahrt nach Artimé und seht nach, ob dort irgendetwas nicht stimmt. Und beeilt euch.«

Der Kampf

Alex, mit dem Rücken zur Wand und einer fremden Hand auf dem Mund, trat mit aller Kraft zu, aber sein Gegenüber rechnete mit der Gegenwehr und blockte ihn ab.

»Alex, hör auf. Ich bin's. Halt still!«

Alex riss die Augen auf, konnte aber trotzdem nichts sehen. Im Schatten der Mauer war es stockdunkel. Er wusste nicht, wer »ich« war, und er würde ganz sicher niemandem blind vertrauen, bis er es herausfand. Also wehrte er sich weiter und versuchte, in die Hand zu beißen, die ihm den Mund zuhielt und sich schmerzhaft auf seine aufgeplatzte, geschwollene Lippe presste. Als er auch damit keinen Erfolg hatte, streckte er die Zunge heraus und leckte die Hand ab. Es funktionierte – sie gab Alex' Mund endlich frei.

»Igitt, wie eklig!«, zischte sein Angreifer. »Was zum –?«

Alex konnte hören, wie sich sein Gegner wütend die Hand an der Hose abwischte. »Wer … Moment mal – Sean? Bist du das?«

»Ja, du Tölpel. Uäh. Das war echt widerlich.«

»Na ja, für dich war's definitiv weniger schlimm.« Alex

spuckte auf den Boden und versuchte, den Geschmack von Dreck und Schweiß in seinem Mund loszuwerden. »Bah!« Er wischte sich mit dem Ärmel die Zunge ab, und plötzlich brach alles wieder über ihn herein. Er packte Sean am Arm und fragte mit leiser Panik: »Was ist in Artimé passiert?«

Sean antwortete nicht sofort, so als würde er darüber nachdenken, wie er es am besten ausdrücken sollte. Schließlich seufzte er und sagte: »Komm mit, zurück nach Artimé. Aber mach das Tor nicht zu, sonst sperrt es uns vielleicht ein – wir haben nämlich keinerlei Magie mehr.«

Keinerlei Magie?

Alex fiel wieder ein, wie verdächtig sich Sean in den vergangenen Wochen verhalten hatte. Er zögerte für einen Sekundenbruchteil und fragte sich, ob er in eine Falle gelockt werden sollte. Doch bevor Sean noch irgendetwas hinzufügen konnte, musste Alex ihm etwas anderes mitteilen, ganz egal, wie es um seine Loyalität stand. »Sean … wir müssen zuerst deine Schwester retten.«

»Was?« Seans Flüstern wurde lauter. »Wo ist sie? Geht es ihr gut?«

»Sie ist am Strand. Komm mit.« Im Licht des Mondes rannten sie um die reglosen Kreaturen herum.

Als sie Meghan erreichten, kniete Sean sich neben sie, hob sie hoch, hüllte sie in seine Jacke und wiegte sie in seinen Armen. »Oh, Meggy …« Er blickte sich hilflos um. »Es gibt keine Krankenstation mehr, keine Pflegekräfte … Alle, die sich noch bewegen konnten, sind davongerannt, aber die meisten kämpfen seit dem Angriff tapfer.« Er berührte Meghans Metalldornenhalsband, einen Ausdruck tiefen Entsetzens auf seinem Gesicht. »Ich kann das nicht glauben.«

Alex kniff die Augen zusammen. »Es gab einen Angriff?«, fragte er mit hohler Stimme.

»Ja.«

Beinahe schienen die Worte auszureichen, um all die Fragen zu beantworten, die Alex durch den Kopf schwirrten, in einem einzigen Durcheinander aus nicht zusammenhängenden Sätzen. Nichts um ihn herum ergab irgendeinen Sinn – und er wollte auch gar keinen Sinn darin erkennen. Denn das hätte bedeutet, sich die Realität einzugestehen, die ihm in Wahrheit längst bewusst war.

Die beiden Jungen standen mit ihrer reglosen Schwester und besten Freundin am Strand, während die Wellen rauschend am Ufer brandeten, als wäre der ganze Ozean im Krieg mit sich selbst. Beide wünschten sich beinahe, das Meer würde sie verschlingen, damit sie sich den unüberwindbaren Tatsachen, die vor ihnen lagen, nicht stellen mussten.

Erschöpft ließen sie sich im Sand nieder und wechselten sich damit ab, den anderen auf den neuesten Stand zu bringen.

»Simber und ich sind ihnen nach und haben das Boot vor der Insel gefunden«, berichtete Alex.

»In Quill hat sich eine Gruppe formiert, die sich das Restaurationskorps nennt«, erklärte Sean.

»Samheed und Lani sind immer noch … da draußen. Irgendwo.«

»Dein Bruder, Aaron, führt das Kommando und schart immer mehr Gefolgsleute um sich.«

»Wir mussten sie zurücklassen und versuchen, Meg zu retten, aber –«

»Mr Today ist zu seinem Friedensgipfel aufgebrochen, und dann war Artimé plötzlich verschwunden und das Restaurationskorps hat es geschafft, das Tor zu öffnen. Die Girrinos sind einfach zusammengebrochen, als Artimé sich in Luft auflöste. Wir standen alle total unter Schock, als uns das Restaurationskorps überfallen hat, und unsere Zauber haben auch nicht mehr funktioniert …«

»Das Boot ist ohne Vorwarnung plötzlich nicht mehr weitergefahren, und dann ist Simber …« Alex' Stimme erstickte und er konnte nicht mehr weitersprechen, als er daran zurückdachte, wie der Gepard völlig erstarrt vom Himmel gefallen und ins Meer gestürzt war. Er demonstrierte Simbers Sturz ins Wasser mit einer Handbewegung. »Er ist immer noch da draußen. Irgendwo auf dem Grund des Ozeans.« Ein schluchzendes Husten brach sich Bahn, und Alex ermahnte sich selbst. Wenn er jetzt die Nerven verlor, würde er das hier niemals durchstehen.

Einen Moment lang war es still. Alex sah Sean im spärlichen Licht des hoch am Himmel leuchtenden Mondes an und wusste, dass sie noch über eine letzte Sache sprechen mussten.

Alex biss sich auf die Lippe, riss dabei aus Versehen seine Wunde wieder auf und spürte ein Brennen. Er schmeckte Blut und ihm wurde ein wenig flau im Magen.

»Ist Mr Today … fort?« Er brachte es nicht über sich, »tot« zu sagen.

Sean blickte aufs Wasser hinaus. Sein Unterkiefer zitterte, und dann brach er plötzlich zusammen und vergrub das Gesicht in den Händen. Er brauchte ein paar Minuten, bis er sich wieder gefasst hatte, dann presste er erstickt hervor: »Das muss er sein. Wenn das hier passiert ist …« Sean machte eine ausladende Handbewegung. »Es gibt keine andere Erklärung dafür.« Er konnte seinen Kummer nicht länger unterdrücken und schaute auf Meghans blasses Gesicht hinunter. »Es ist eine einzige Katastrophe.«

Alex war wie betäubt. »Was ist mit Ms Morning?«

»Sie wollte Mr Today begleiten. Hier ist sie jedenfalls nicht, deshalb vermute ich, sie ist auch tot.«

Das Blut schmeckte wie Metall in Alex' Mund. Er konnte das alles nicht begreifen und hatte das Gefühl, gleich in Ohnmacht zu fallen. Schließlich flüsterte er: »Was sollen wir denn jetzt tun?«

Der Thron

Hohepriester Haluki warf einen Blick auf seine Uhr und schaute dann wieder aus dem Fenster. Alles war ruhig. Aber wo war Marcus? Und wo waren die Wachen? Er rief seinem Koch, der gerade die Küche aufräumte, zu: »Ich mache einen Spaziergang, runter zum Haus.«

»Ja, Sir«, erwiderte der Koch.

Der Hohepriester schlüpfte aus dem Palast, wie er es manchmal tat, um die abendliche Kühle zu genießen. Wäre es noch hell gewesen, hätte er von hier aus das Dach seines Hauses sehen können. Es stand nicht weit entfernt.

Seit seinem Umzug in den Palast war er nicht mehr dort gewesen. Marcus kam immer zu ihm, weil es dem alten Magus so lieber war. Und obwohl es in Quill bislang nicht zu gewalttätigen Ausschreitungen gekommen war, seit er die Macht übernommen hatte, war Haluki äußerst wachsam, als er die Einfahrt zum Palasttor hinunterging, und blickte immer wieder nach links und rechts. Doch alles schien vollkommen normal.

Er öffnete das Tor und nickte den Wachen zu, die dort auf ihren Posten standen.

»Sollen wir Euch begleiten, Sir?«, fragte einer der beiden dienstbeflissen.

»Nein, danke, Frederick.« *So* ein Hohepriester wollte Haluki nicht sein. »Ich gehe nur zum Haus. Falls Marcus Today inzwischen auftaucht, bittet ihn, drinnen auf mich zu warten. Ich bin gleich wieder da.«

»Wird erledigt, Sir.«

»Danke.« In den nächsten Minuten spazierte der Hohepriester den sanften Hügel hinunter und versuchte, den schwer in der Luft hängenden Gestank von Abfall zu ignorieren. Er wünschte sich eine sanfte Brise, doch selbst wenn eine geweht hätte, wäre sie ohnehin von den Mauern daran gehindert worden, über das Land zu streichen. Irgendwann würde er diese Tatsache ändern und die Mauern einreißen müssen. Oh, doch solange sich die Gewollten noch nicht an körperliche Arbeit gewöhnt hatten, war es dafür noch viel zu früh.

Als Haluki sein Zuhause erreichte, stieg er die Stufen hinauf, zog einen kleinen Schlüssel aus seiner Tasche, schloss die Tür auf und ging hinein.

Drinnen war es dunkel und stickig. Es kam ihm kleiner vor als in seiner Erinnerung. Er folgte dem Flur bis zu seinem Büro. Alles war noch genau so, wie er es verlassen hatte: sein Schreibtisch leer, der Stuhl ebenfalls. Er griff nach der Schranktür und zog sie auf, um in die Röhre zu steigen, die ihn in Marcus' Büro bringen würde.

Ohne einen Laut streckte Aaron Stowe den Arm aus, schlang ihn um Halukis Hals und hielt ihn in einem Würgegriff fest. Crawledge Prize packte den überraschten Hohepriester bei den Handgelenken, riss sie ihm auf den Rücken und schlang ein langes, dünnes Seil darum, bevor er dasselbe mit seinen Knöcheln tat. Bethesda Dia Gloria stopfte Haluki ein Handtuch in den Mund, obwohl es gar nicht mehr nötig war. Dank Aarons Griff hatte er ohnehin bereits das Bewusstsein verloren.

Die drei hievten den erschlafften Hohepriester in den Schrank und nagelten die Türen zu.

»Gut gemacht, Leute«, lobte Aaron die beiden anderen leise und heftig keuchend. »Wir arbeiten inzwischen richtig gut zusammen, nicht wahr?«

Dann war aus Richtung der Hintertür ein Geräusch zu hören. Aaron schnappte sich eine Pistole und schlich sich den Flur entlang zur Küche. Als er sah, wer es war, senkte er die Waffe wieder. Liam und Eva betraten das Haus, in ein flüsterndes Gespräch vertieft. Eva hatte einen entsetzten Ausdruck auf dem Gesicht, als sie sich zu Aaron umdrehte. »Du hast Marcus getötet?«

Aaron lächelte. »Korrekt«, bestätigte er. »Liam hat ihn gerade begraben.« Er betrachtete ihre Miene. »Enttäuscht?«

Eva starrte ihn nur an. »Ja«, antwortete sie. »Ich habe mich so sehr darauf gefreut, es selbst zu tun.« Sie klang nicht sehr überzeugend.

Liam warf ein: »Was ist mit dem Hohepriester? Ich hab gesehen, wie er das Haus betreten hat. Wir haben einen Kampf gehört und erst mal abgewartet, bevor wir reingekommen sind.«

»Es war klug von euch zu warten. Haluki ist nun unser

Gefangener. Es war eine wirklich fesselnde Begegnung für ihn«, scherzte Aaron. Niemand lachte.

Im nächsten Moment platzte Dred Crandall zur Hintertür herein, völlig außer Atem. »Auf der Straße findet eine riesige Schlacht gegen die Ungewollten statt«, verkündete er japsend. »Direkt vor ihrem Tor. Artimé ist komplett verschwunden, und überall liegen Leichen! Es hat einige aus dem Restaurationskorps erwischt, aber auch jede Menge auf ihrer Seite.«

Aaron war sofort alarmiert. »Was? Was habt ihr denn heute Abend schon da unten getrieben?«

»Wir haben auf Ihren Befehl hin angegriffen, Sir!«

Aaron funkelte ihn an. Und dann, ganz langsam, drehte er sich zu der wie erstarrt wirkenden Eva Fathom um. Sie schüttelte den Kopf, als hätte sie kein Wort von dem verstanden, was Dred gesagt hatte.

In der Speisekammer weiteten sich Claire Mornings Augen bei jeder neuen Enthüllung noch mehr. Artimé verschwunden? Überall Leichen? Gunnar gefangen … ihr Vater begraben … Sie starrte auf das schwarze Regal über ihr, ohne es sehen zu können, und machte sich an den Seilen um ihre Handgelenke zu schaffen, bis ihre Arme brannten und ihre Finger bluteten.

Die Last der Welt

Sean griff nach dem Ärmel seiner Jacke, die noch immer um Meghan gewickelt war, und wischte sich damit die Augen trocken. Dann schaute er Alex an. »Jetzt liegt es allein an dir, Mann. Du musst das alles wieder in Ordnung bringen.«

Alex schnürte sich schmerzend die Kehle zu. Das konnte er sich beim besten Willen nicht vorstellen. »Ich kann nicht«, flüsterte er. »Ich weiß nicht, wie. So was hat er mir nie beigebracht.«

Sean schaute Alex direkt in die Augen. »Aber er hat dir mehr erzählt als irgendwem sonst«, erwiderte er. »Du bist der Einzige, der es kann.«

Alex schüttelte den Kopf. »Nein. Du verstehst das nicht. Es sollte nur für ein paar Tage sein. Ich kann das alles immer noch nicht begreifen.« Er blickte Meghan an. »Wir müssen uns um sie kümmern. Und Sam und Lani finden … und Simber …« *Mr Today ist tot. Mr Today ist tot. Tot.* »Und … alle anderen.«

»Oh! Mist!« Panik sprach aus Seans Miene. »Apropos alle anderen: Ich muss los. Sie sind immer noch da draußen und kämpfen. Ich muss zurück und ihnen helfen.«

Es war, als sei ihm eben erst klar geworden, dass der Rest der Welt nicht einfach stehen geblieben war, nur weil er Alex gefunden und gesehen hatte, wie es seiner Schwester ging. Er erhob sich mühevoll, Meghan noch immer auf seinen Armen. »Steh auf«, sagte er zu Alex, ein verängstigter Unterton in seiner Stimme. »Das hier ist noch nicht vorbei. Aber du … musst hierbleiben. Und dich verstecken. Wenn du stirbst, haben wir gar keine Chance mehr. Hier, nimm Meghan.«

Alex rappelte sich mit wackligen Beinen auf, und Sean legte Meghan in seine Arme.

»Versteck dich im Haus. Verriegle die Tür. Versuch, etwas zu essen zu finden, und ruh dich ein bisschen aus. Du siehst … Mann, du siehst echt furchtbar aus.«

Mit heruntergeklappter Kinnlade und vollkommen überwältigt sah Alex zu, wie Sean sich abwandte und davonrannte, wobei er über die auf dem Rasen verstreuten Kreaturen hüpfte. Alex bahnte sich vorsichtig einen Weg um sie herum und trug Meghan zu dem grauen Gebäude. Nach einer Weile begannen seine Arme zu zittern. Er stieß die Tür auf, stolperte hinein und hatte Mühe, in den Schatten irgendetwas zu erkennen. Er war noch nie zuvor im Inneren des Hauses gewesen, jedenfalls nicht in seiner eigentlichen Form als unscheinbares graues Gebäude, nur in der Villa. Alex blickte durch die Dunkelheit und konnte die Umrisse einiger Möbelstücke ausmachen. Er taumelte darauf zu, legte Meghan auf einer Couch ab und krallte sich dann mit einer Hand in der Rückenlehne fest, um das Gleichgewicht nicht zu verlieren und die vor seinen Augen tanzenden schwarzen Punkte zu vertreiben, die ihn an die eigenwilligen Gemälde in Mr Todays Büro erinnerten. *Mr Today ist tot,* dachte er wieder. *Er ist tot. Der Mann, der uns alle gerettet hat … ist tot.* Aber es wollte ihm einfach nicht in den Kopf. Er atmete tief ein und wieder aus. Dann noch einmal, langsamer, bis die Punkte schließlich verschwunden waren. Er dachte daran, was Sean ihm geraten hatte: dass er etwas essen sollte. Vielleicht war das ja tatsächlich ein Grund dafür, warum er sich so schwach fühlte. Schließlich hatte er seit dem Mittagessen nichts mehr zu sich genommen.

Dann hörte er plötzlich das Knarren einer sich öffnenden Tür.

Er wirbelte herum und blickte sich in dem dunklen Raum um, konnte jedoch nichts erkennen. »Wer ist da?«, rief er. »Ich bin bewaffnet und bereit, dich zu töten!«

Er machte ein paar Schritte zur Seite in die vertraut wirkende Küche – vertraut aus seinem Haus in Quill, nicht aus der Villa –, während er sich fragte, warum um alles in der Welt es hier drin kein Licht gab. Doch dann fiel ihm wieder ein, wie es früher in Quill gewesen war. Er öffnete eine Küchenschublade und entnahm ihr mehrere Kerzen und einen Feuerstein. Er zündete eine von ihnen an und stellte erfreut fest, dass er bei der Benutzung des Feuersteins nur ein kleines bisschen aus der Übung war, obwohl er seit über einem Jahr keine Kerze mehr hatte anzünden müssen. Die Flamme züngelte, und der mit Hühnerfett getränkte Docht brannte. Alex hielt die Kerze vor sich hoch. »Wer ist da?«, fragte er erneut. Er ging zum Schlafzimmer und stieß die Tür auf.

Das Licht wurde von zwei orange leuchtenden Augenpaaren reflektiert.

Alex schnappte nach Luft. Ihre Krankenbetten waren verschwunden, genau wie all die anderen wundervollen Dinge aus der Villa. Doch offenbar hatte Mr Today für die Besuche der Kommandeurinnen und Kommandeure einige Küchenutensilien und Möbel in dem alten Gebäude verwahrt. Im Schlafzimmer stand ein Einzelbett, das recht klapprig aussah. Die beiden hatten sich stattdessen auf dem Boden zusammengekauert und sahen furchtbar harmlos aus. War es wirklich erst ein paar Stunden her, seit das Mädchen ihm ins Gesicht gespuckt hatte?

»Mensch«, stieß Alex aus, als er wieder richtig atmen konnte, »habt ihr mir einen Schrecken eingejagt. Euch zwei hatte ich schon völlig vergessen.« Er näherte sich den beiden ein paar Schritte und ging vor ihnen in die Hocke. »Was für ein Moment, um aufzuwachen, Kleiner. Aber habt keine Angst«, sagte er. »Ich werde euch nicht wehtun. Und ich, ähm, hab gelogen, was die Waffe angeht.« Er wusste nicht, ob sie ihn verstehen konnten. »Aber sagt es niemandem, ja?«, fügte er hinzu. »Versteht ihr? Haha.« Es war ein ziemlich mieser Witz, das wusste Alex selbst, und vollkommen unangebracht. Aber er konnte im Augenblick einfach nicht klar denken.

Die Augen bewegten sich, und als Alex sich ein Stück nach vorn lehnte, konnte er die Umrisse ihrer Körper erkennen. Ihre Halsbänder glänzten im Kerzenschein. Die beiden wichen an die Wand zurück, und Alex erhob sich wieder und ging ebenfalls ein paar Schritte rückwärts.

»Okay, ihr zwei, hört mir mal zu. Das hier ist alles total verrückt. Ihr vertraut mir offensichtlich nicht, und ich will nicht wieder angespuckt werden. Ich möchte nur, dass ihr wisst, dass ich nicht vorhabe, euch wehzutun, niemals – und dass ihr gehen könnt, wann immer ihr wollt. Euer Floß ist … wahrscheinlich irgendwo da draußen.« Er kratzte sich am Kopf. »Wie klingt das: Ich bleibe hier drüben im Wohnzimmer bei Meghan«, sagte er, »und ihr zwei tut, was immer ihr wollt? Ihr seid im Augenblick wirklich meine geringste Sorge.« Alex unterdrückte ein mächtiges Gähnen. »Obwohl es wirklich nett wäre, wenn ihr mir erklären könntet, was es mit diesen Dornamenten auf sich hat.« Er lachte leise über seine Wortschöpfung – sie war ein eindeutiges Zeichen, dass er vor lauter Erschöpfung langsam nur noch Unsinn faselte. »Nur … bringt mich nicht um, in Ordnung? Ich bin im Moment nämlich offenbar ziemlich wertvoll.«

Alex schaute zur Tür und erinnerte sich wieder an Seans Vorschlag, sie zu verriegeln. Mit einem tiefen Seufzen zog er einen wackligen Stuhl heran und klemmte ihn unter die Türklinke, damit sie für den Rest der Nacht in Sicherheit waren. Dann durchsuchte er die Küchenschränke nach Wasser, brachte Meghan ein Glas und versuchte sie aufzuwecken, jedoch ohne Erfolg. Er träufelte ihr ein paar Tropfen in den Mund, um ihn zu befeuchten, trank dann selbst etwas und ließ den Rest für die Stillen auf der Küchentheke stehen. Dann ließ er sich auf einen relativ weichen Sessel neben dem Sofa fallen, zu müde, um nach etwas zu essen zu suchen, und schlief sofort ein.

***

Als er erwachte, hatte ein strahlender neuer Tag begonnen. Doch alles brach viel zu schnell wieder über ihn herein. Meghan war noch immer bewusstlos, Sam und Lani waren noch immer verschollen, Simber lag noch immer auf dem Meeresgrund und Mr Today war noch immer tot.

Alex setzte sich auf, ein wenig durcheinander. Er schaute zu seiner besten Freundin hinüber, die sich nicht gerührt hatte, und kam sich ohne seine anderen Freunde völlig verloren vor. Er trottete durch das kleine graue Haus, betrachtete die spärliche, farblose Einrichtung und schaute dann zum Fenster hinaus auf die überall verstreut liegenden Leichen. Sein Blick fiel auf den Fußweg, auf den Jim, die geflügelte Schildkröte, herabgestürzt war, wahrscheinlich genau wie Simber ohne die geringste Vorwarnung.

Alex lehnte sich gegen eins der Fenster und vergrub das Gesicht in den Händen, als ihm zwei Dinge bewusst wurden:

Es gab keine Heilung für seinen Schmerz.

Und sein Leben würde nie wieder dasselbe sein.

Mitten in der Nacht

Mitten in der Nacht entdeckte Sean Ranger Eva Fathom, die am Rand der Schlacht lauerte. Sie wirkte erleichtert, ihn zu sehen, auch wenn er sich bei ihr nie ganz sicher war, ob sie es womöglich nicht nur vortäuschte. Sie zog ihn beiseite.

Gemeinsam entfernten sie sich ein paar Schritte, dann flüsterte Eva: »Aaron hat Marcus getötet und hält Haluki als Geisel – sie sind in Halukis Kommandeurshaus.« Es schwang ein drängender Unterton in ihrer Stimme mit. »Er plant seine Übernahme des Palasts. Er hat Waffen und Wachen.«

»Was ist mit Ms Morning?«

»Ich habe sie nicht gesehen.«

Sean stieß seinen angehaltenen Atem aus. »Wo könnte sie sein?«

Eva schüttelte den Kopf. »Keine Ahnung. Welche Verluste gibt es aus Artimé zu beklagen?«

»Alex' Freunde Samheed und Lani – Halukis Tochter – werden vermisst, aber das hat nichts mit dem Angriff zu tun. Einige unserer älteren Ungewollten sind gefallen … und Mrs Haluki ist schwer verletzt. Ich fürchte, sie wird es nicht überleben – nicht ohne Magie. Und dann ist da noch meine Schwester …« Sean rieb sich mit den Fingern die Augen. Sie fühlten sich so rau an, als wären sie voller Sand. Es war so viel Schreckliches geschehen, dass es beinahe seine Vorstellungskraft überstieg.

Eva drückte seinen Arm. »Das tut mir sehr leid für dich«, sagte sie. »Es ist alles furchtbar schiefgelaufen. Ich hätte das … niemals erwartet. Aber wir müssen trotzdem weitermachen.« Sie zögerte einen Moment, bevor sie fragte: »Was ist mit Alex?«

»Ihm geht's gut, soweit ich weiß«, antwortete Sean. »Kannst du Haluki irgendwie eine Nachricht wegen seiner Frau und Lani überbringen?«

Eva presste die Lippen zusammen und dachte angestrengt darüber nach. »Ich bin mir nicht sicher, ob Aaron mir im Moment genug vertraut, um mich überhaupt wieder ins Haus zu lassen. Aber ich werde es versuchen.« Sie wandte sich zum Gehen, blickte sich dann jedoch noch einmal um. »Ich habe gehört, von Artimé ist nichts mehr übrig …« Sie verstummte, doch in ihrer Stimme schwang der Anflug einer Frage mit.

»Nur das graue Haus, sonst nicht viel.«

»Meine Tochter, Carina …?«

»Kämpft weiter.«

Eva wandte sich mit einem Nicken wieder ab, und da es nichts weiter zu sagen gab, entfernte sie sich. Erschöpft vom vielen Hin- und Herrennen humpelte sie einmal mehr durch die Schatten zu Halukis Haus zurück und hoffte dabei inständig, sich in nicht allzu ferner Zukunft endlich ausruhen zu können.

***

Nachdem die Schlacht zwischen Aarons Restaurationskorps und Artimés magielosen Ungewollten in Quill über Nacht ein wenig an Energie verloren hatte, humpelten die Verletzten schließlich nach Hause und zerrten und trugen ihre Gefallenen mit, während die Stärksten weiterkämpften.

Der Großteil der Notwendigen, für die Artimé in den vergangenen Monaten zu ihrem Zuhause geworden war, hatten miterlebt, was geschehen war, und mussten nun mitansehen, wie die Ungewollten nach und nach mit Artimé untergingen. Traurigerweise fiel es den meisten von ihnen nicht schwer, erneut die Seite zu wechseln – sie hielten sich aus dem Kampf heraus und kehrten in ihre Häuser in Quill zurück. Auch wenn sie sich vor einer Bestrafung fürchteten, hatten sie sonst keinen Ort, an den sie gehen konnten. Sie alle waren mehr als bereit, zu tun, was immer von ihnen verlangt wurde, wenn sie dafür nur in Quill bleiben durften.

Aaron hatte bei den Gefechten bislang sieben seiner Gefolgsleute verloren – Artimé über dreißig. Die Ungewollten waren nicht darauf vorbereitet gewesen, sich ohne magische Waffen verteidigen zu müssen. Auch in der Nacht dauerten die Kämpfe ohne Pause an, und beide Seiten mussten sich ohne jemanden durchschlagen, der oder die das Kommando führte. Schließlich, nachdem Gondoleery zwei ihrer stärksten Kämpferinnen und mehrere Waffen verloren hatte und Mr Appleblossom es einfach nicht länger ertragen konnte, einigten sich die beiden auf einen Waffenstillstand. Die meisten aus dem Restaurationskorps fragten sich verbittert, wo Aaron Stowe die ganze Zeit gewesen war, während die Artiméerinnen und Artiméer das schreckliche Gefühl beschlich, noch bedeutend mehr verloren zu haben als nur die Magie und zahlreiche Kämpferinnen und Kämpfer.

***

Eva stand einmal mehr vor dem Haus der Halukis. An der Tür berichtete sie Aaron, dass Mrs Halukis Leben am seidenen Faden hing und Lani vermisst wurde. Sie hoffte, diese Informationen würden ihr in Aarons Augen wieder zu etwas mehr Glaubwürdigkeit verhelfen – sie musste unbedingt sein Vertrauen zurückgewinnen. Und es funktionierte tatsächlich, zumindest für den Moment.

Er ließ sie ins Haus.

Als ein paar Stunden vor Sonnenaufgang die Palastwachen bei den Halukis klopften, weil sie sich Sorgen machten und ihren Hohepriester suchten, öffnete Gunnar persönlich die Tür.

»Mir geht's gut«, versicherte er ihnen, während Aaron, im Haus versteckt, mit seiner Pistole auf ihn zielte. »Danke, dass ihr nach mir gesehen habt. Wir hatten einen familiären Notfall und ich muss mich hier um ein paar

Dinge kümmern. Deshalb habe ich einen stellvertretenden Hohepriester ernannt – ihr kennt ihn: Aaron Stowe, der ehemalige Assistenzadjutant von Hohepriesterin Justine.«

Die Wachen wechselten einen unbehaglichen Blick.

Doch Gunnar fuhr voller Autorität in der Stimme fort: »Er wird in den Palast ziehen und von dort aus an meiner Stelle das Kommando führen. Bitte bringt ihm eure absolute Loyalität entgegen. Und verfasst eine Mitteilung, die im Morgengrauen in ganz Quill verkündet werden wird. Unsere ganze Gemeinschaft soll sich zur Mittagsstunde im Amphitheater versammeln.«

Die Wachen wirkten verdutzt, aber es stand ihnen nicht zu, den Hohepriester infrage zu stellen.

»Beeilt euch«, ermahnte Haluki sie. »Ihr habt vor morgen früh noch eine Menge zu tun.«

»Wie es dem Hohepriester gefällt«, murmelten sie.

Frederick, der Wachmann vom Tor, warf einen letzten Blick über seine Schulter zurück, als sie sich wieder entfernten. Gunnar, dem der Schweiß am Hals hinunterlief, winkte ihnen nach. Dann schloss er die Tür und drehte sich zu Aaron um.

»Was ist mit meinem Sohn, Henry?«, fragte er ihn. Sein Blick huschte zu Eva Fathom, die aus ihrem Versteck im Flur gekommen war und überrascht eine Augenbraue hochzog. Sie schüttelte kaum merklich den Kopf.

Aaron zielte mit der Pistole weiter auf den Hohepriester, richtete den Blick dabei jedoch auf Eva. »Hast du den Haluki-Jungen gesehen?«

»Nein«, antwortete sie. Sie war bei ihrem ganzen Hin und Her an zahlreichen Verletzten vorbeigekommen, aber der Junge war definitiv nicht darunter gewesen. Doch das würde sie jetzt sicher nicht erwähnen. Im Augenblick führte sie etwas ganz anderes im Schilde.

»Ich glaube allerdings, dass ich Claire Morning draußen im Kampfgetümmel gesehen habe«, bemerkte sie vorsichtig.

Aaron Stowe lachte. »Das bezweifle ich.«

Aus der Küche war ein Geräusch zu hören, so als hätte jemand eine Kiste fallen lassen oder wäre gegen eine Tür geknallt. Liam warf Aaron einen erschrockenen Blick zu, der Eva nicht entging. *Aha*, dachte sie. Laut sagte sie: »Wahrscheinlich hast du recht. Es war ziemlich dunkel und wir wissen schließlich beide, dass meine Augen nicht mehr das sind, was sie mal waren. Dann ist sie also tot, ja?« Eva fragte sich, ob Aaron sie anlügen würde.

Er zögerte. »Genug davon«, wechselte er das Thema. »Haluki, wenn du deine Rolle weiterhin so überzeugend spielst, wirst du am Leben bleiben. Vielleicht sogar lange genug, um zu verhindern, dass deine Kinder als Waisen aufwachsen, nun, da deiner Frau nicht mehr viel Zeit auf dieser Welt bleibt.« Seine Stimme klang so kalt, dass Aaron bei seinen Worten selbst ein wenig zusammenzuckte.

Haluki starrte ihn an und ließ sich nicht anmerken, wie sehr Aarons Enthüllung ihn schockierte oder verletzte. »Ich werde deine Befehle um meiner Familie willen befolgen«, erklärte er voller Würde.

Doch dann, nicht in der Lage, sich zurückzuhalten, bemerkte er: »Du verfügst wirklich über einige gute Eigenschaften, die dich retten könnten, Aaron, aber sie sind mit jedem verstreichenden Tag schwerer zu erkennen.«

Aaron funkelte ihn an, sein Gesicht glühend heiß. »Fessle ihn wieder«, befahl er Liam.

Doch Haluki wagte sich noch weiter vor. »Es gibt einen natürlichen Weg zum Erfolg, Aaron. Aber du bist zu wütend und verbittert, um ihm zu folgen.« Gehorsam streckte er die Arme für Liam hinter seinen Rücken. »Du trampelst nur störrisch durch die Böschung, wütend auf die ganze Welt, weil sie den Weg nicht genau dort gebahnt hat, wo du entlanggehen willst.«

Aaron, nicht sicher, wovon der Hohepriester da eigentlich redete, spürte, wie seine Mundwinkel zuckten und sein Atem schneller ging. »Kneble ihn!«, befahl er Liam. Er legte die Pistole auf dem Tisch ab und stürmte zur Hintertür. Inzwischen war ihm egal, wer ihn draußen sah oder hörte.

Er atmete die faulige Luft tief ein und musste sofort husten, woraufhin er beschloss, dass es seine erste große Tat sein würde, dafür zu sorgen, dass die Notwendigen sofort mit den Reinigungsarbeiten begannen, nun, da er in Quill das Sagen hatte. Ganz genau – *er hatte in Quill das Sagen!* Nicht Haluki! Und Aaron Stowe brauchte keinen blöden ehemaligen Hohepriester, der ihm sagte, wie er sich verhalten sollte, als wäre er noch ein kleines Kind.

Ein neuer Tag

Alex hörte ein leises Klopfen. Als er zum Fenster neben der Tür hinaufschaute, sah er dort ein Gesicht, das ihn anstarrte. Er drehte sich hastig um und stieß dabei einen kleinen Beistelltisch um, der scheppernd auf dem Boden landete. Er eilte zur Tür, zog den Stuhl weg und riss sie weit auf.

»Henry«, sagte er. Im ersten Moment war er froh, den Jungen zu sehen. Doch dann wurde ihm ganz schwer ums Herz, als ihm einfiel, dass er Henry erklären musste, dass seine Schwester Lani vermisst wurde.

Henry kam ins Haus, einen seltsamen Ausdruck auf seinem Gesicht. »Meine Mutter ist tot«, murmelte er.

Alex klammerte sich an die Türklinke. »Was?«

»Sie ist gestorben«, sagte Henry. »Ich kann es einfach nicht glauben. Sie hat für Artimé gekämpft. Sie war eine Heldin. Das würde Dad jedenfalls sagen. Und die Krankenschwester hat es auch gesagt.«

»Es tut mir so leid«, erwiderte Alex leise.

Henry wirkte benommen, als er sich umblickte. »Ich hab wirklich schrecklichen Durst, Alex. Es gibt nirgendwo Wasser. Hier ist es jetzt so heiß …«

Alex machte sich Sorgen, der Junge könnte unter Schock stehen oder völlig dehydriert sein, vielleicht auch beides. Er schloss hastig die Tür und schob Henry in Richtung Küche. Der Kanister auf der Theke war leer. Er schaute sich in der Vorratskammer um und fand weitere Kanister mit Wasser darin. Zuerst wunderte er sich darüber und fragte sich, warum Mr Today so viele davon hier gelagert hatte. Dann wurde ihm jedoch klar, dass der alte Magus jedes Mal, wenn die Kommandeurinnen und Kommandeure zu Besuch gekommen waren, eine große Menge Wasser erhalten haben musste, damit die Lieferanten den weiten Weg bis hinaus zur Todesfarm nicht jede Woche zurücklegen mussten. Und da Mr Today keine Verwendung mehr für das Wasser gehabt hatte, weil er die Welt jedes Mal zurückverwandelt hatte, nachdem die Kommandeure gegangen waren, hatte er sämtliche Lieferungen hier im Gebäude gelagert. Es war eine Erleichterung, es zu sehen.

Alex öffnete einen der Kanister und schenkte Henry ein Glas ein. Er sah zu, wie der Junge es in einem Zug leerte und füllte das Glas erneut. Er fühlte sich ein wenig überfordert von all den düsteren Neuigkeiten. »Ich … das mit deiner Mutter tut mir wirklich leid«, murmelte er schließlich. Er wünschte sich mit einem Stechen im Herzen, er müsste Henry nichts von Lani erzählen. Alex hatte das Gefühl, er bräuchte einen zweiten Körper, um all den Kummer überhaupt aushalten zu können.

»Bist du traurig?«

»Ja. Es ist ja auch alles so traurig, weißt du? Aber vor

allem fühlt es sich total eigenartig an.« Henry trank sein zweites Glas Wasser, ein wenig langsamer diesmal, und holte tief Luft, bevor er fortfuhr: »Bevor sie gestorben ist, hat sie zu mir gesagt, sie wollte weiter für Artimé kämpfen, obwohl es verschwunden war – weil sie wusste, dass *du* alles wieder in Ordnung bringen kannst.«

»Oh«, erwiderte Alex. »Oh … wow.« Er wusste nicht, was er sonst noch sagen sollte, und fuhr sich unbeholfen mit den Fingern durch sein zerzaustes Haar. »Ich weiß wirklich nicht …«

Henry sah Alex an. »Wo ist Lani? Ich dachte, sie wäre bei dir und Meghan. Hi, Meghan«, sagte er und schaute zu ihr hinüber. Er winkte ihr zu.

Alex wirbelte herum und riss die Augen auf. »Meg!«, rief er. Er eilte zu ihr. »Du bist wach.« Er nahm ihre Hand, hielt sie ganz fest und schaute seine beste Freundin an. Ihre Augen glänzten wässrig. »Sei nicht traurig«, sagte er. »Keine Sorge. Wir bringen das alles wieder in Ordnung. Versprochen.«

Meghan nickte, legte eine Hand auf die Dornen an ihrem Hals und formte stumm mit den Lippen: »Ich kann nicht sprechen.«

»Ich weiß. Denkst du, du kannst Wasser trinken? Henry, schnapp dir das Wasserglas und bring es uns.« Vorsichtig half Alex Meghan, sich aufzusetzen, bevor er Henry das Glas abnahm. Er hielt es an ihre Lippen und sie zuckte beim Schlucken zusammen, trank es jedoch ganz aus.

»Puh«, sagte Alex. »Sehr schön. Immerhin *etwas* Gutes. Nein, sogar zwei Dinge. Langsam geht's aufwärts«, sagte Alex und schaute zu Henry. »Ihr seid beide noch am Leben. Endlich mal gute Nachrichten.«

Meghan sah Alex fragend an.

Er zögerte, wusste jedoch, dass Meghan sich wunderte, wo um alles in der Welt sie waren. Also erzählte er Henry und Meghan die ganze Geschichte, so gut er konnte, ohne irgendetwas auszulassen. Er bemerkte gar nicht, dass die beiden Stillen, wie er sie inzwischen nannte, aus dem Schlafzimmer kamen und ihm ebenso aufmerksam zuhörten.

Als Alex fertig war, war Henry ebenso still wie die anderen. Er blickte mit ernster Miene zu Alex hinauf, seine Augen genauso blau wie Lanis. »Dann hast du ja eine ganze Menge wieder in Ordnung zu bringen«, sagte Henry.

Erneut breitete sich dieses überwältigende Gefühl in Alex aus. Er sprang so abrupt auf, dass er die Stillen erschreckte, stellte sich vor das Fenster, von dem sich ein Blick auf das Tor bot, und lehnte sich mit der Stirn ans Glas. Sein Atem ließ die Scheibe beschlagen, und nachdem er für eine Weile durch den Schleier hinausgeblickt hatte, wischte er den Fleck wieder weg. Nie und nimmer konnte Alex all das tun, was die Leute von ihm erwarteten.

Artimé wiedererschaffen? Wie? Mr Today hatte ihn nie gewarnt, dass so etwas passieren könnte. Wahrscheinlich hatte er selbst nicht gewusst, dass es überhaupt möglich war, denn sonst hätte er Alex bestimmt darauf vorbereitet. Die unzähligen Bücher im Museum des Großen und die Kopien in der Bibliothek ... Mr Today hatte definitiv alles versucht, um ihnen dabei zu helfen, jedes Problem zu lösen, auch wenn sein Organisationssystem einiges zu wünschen übrig ließ. Aber konnte Alex diese Bücher erreichen, nun, da er sie so dringend brauchte? Natürlich nicht! Sie befanden sich in der Villa. Und die Villa existierte nicht mehr.

Er dachte an seine vielen Treffen mit Mr Today zurück und erinnerte sich wieder daran, wie er den alten Magus danach gefragt hatte, wie man Kreaturen zum Leben erweckte – und er erinnerte sich daran, dass Mr Today sich geweigert hatte, es ihm beizubringen, weil er dieses Wissen nur der Person anvertrauen wollte, die seine Nachfolge antreten würde.

»Tja, und jetzt steh ich hier«, grummelte Alex. »Danke für gar nichts.« Er blickte über seine Schulter, um zu sehen, ob ihn jemand gehört hatte, aber Henry sprach leise mit Meghan und inspizierte interessiert ihr Dornenhalsband.

Alex überraschte selbst, wie wütend er auf Mr Today war. Wie hatte der Magus ihn einfach so verlassen können? Wie konnte er seiner Welt, seinen Leuten, nur so etwas antun? Die einzige plausible Schlussfolgerung, die Alex einfiel, war, dass Mr Today unmöglich hatte wissen können, dass diese Welt mit seinem Tod enden würde. Oder vielleicht war er sich auch einfach nur sicher gewesen, dass er noch nicht sterben würde.

Und vielleicht hatte Mr Today ja seiner Tochter alles erklärt.

Aber falls dem so war, nützte es Alex im Moment einen fetten Haufen Garnichts. Wo zum Geier war Ms Morning gewesen, als alles in sich zusammengebrochen war?

Er blieb noch mehrere Minuten am Fenster stehen. Nach einer Weile trudelten die von der Schlacht gezeichneten Kämpferinnen und Kämpfer wieder in Artimé ein – oder wie immer dieser Ort nun auch heißen würde, nachdem er nichts Magisches mehr an sich hatte. Würden sie ihn wieder als Todesfarm bezeichnen? Zumindest kam er Alex nun so vor – schließlich waren sie hier von Tod umgeben.

Nervös beobachtete er die Zurückkehrenden. Er war sich nicht sicher, wohin sie eigentlich wollten. Ein paar von ihnen konnten sie hier im Haus unterbringen, aber sicher nicht mehr als dreißig, ohne dass sich alle gegenseitig auf die Füße traten. Trotzdem war Alex froh, dass so viele von ihnen noch am Leben waren. Er entdeckte Carina Fathom, für die er die extrastarken Herzattackenzauber gefertigt hatte. Ein Jammer, dass sie sie nicht hatte benutzen können.

Ein paar Minuten später hastete Sean Ranger im Laufschritt durch das Tor. Er steuerte direkt auf das Haus zu, als er Alex am Fenster sah, und Alex öffnete ihm die Tür. »Schhh«, sagte er. »Meghan ist vorhin aufgewacht, aber jetzt schläft sie wieder.«

Sean war seine Erleichterung anzusehen. Aber offenbar gingen ihm noch andere Dinge durch den Kopf. Er blickte sich im Haus um und schaute dann wieder Alex an. »Was in aller Welt hast du die ganze Zeit getrieben? Ein

Nickerchen gemacht? Tee getrunken?« Sein Gesicht war zerkratzt und dreckverschmiert und er blutete am Arm. »Ich dachte, du hättest wenigstens Wasser für deine Leute besorgt.«

Alex blinzelte. »Meine Leute? Was?«

Sean starrte ihn an wie einen Idioten. »Alex, alle hier wissen, dass Mr Today dir alles beigebracht hat, damit du ihn während seines Urlaubs vertreten kannst. Also steh auf und tu endlich was! Du musst die Führung übernehmen. Du kriegst keinen Sonderurlaub, um zu trauern, weil er tot ist.«

Die Worte bohrten sich schmerzend in Alex' Brust. Er schluckte schwer. »Ähm ...«

Seans grüne Augen funkelten. »Okay, Alex, hör mir gut zu. Die Leute da draußen haben die ganze Nacht gekämpft und kein Auge zugetan. Wenn du ihnen nichts bieten kannst, garantiere ich dir, sie werden nach Quill zurückkehren und jemanden finden, der oder die es kann.« Er betrachtete Alex kopfschüttelnd. »Denk nach, Mann. Komm schon! Willst du wirklich, dass sie von hier fort- und nach Quill zurückgehen? Die Notwendigen sind bereits alle weg! Sie können es offenbar gar nicht erwarten, wieder für deinen Bruder zu arbeiten. Sie sabbern förmlich vor Eifer, riesige Berge aus Müll wegzuräumen und anschließend um Essen zu betteln, nur um aus diesem zerstörten, trostlosen Ort rauszukommen.«

Alex wandte sich ab. Die Worte taten weh. Aber er wusste, dass Sean recht hatte. Wo war er nur mit seinen Gedanken gewesen? Auch all die Menschen dort draußen, die sich völlig erschöpft durch das Tor schleppten, hatten Freunde und Familienangehörige verloren. Und nun war es an ihm, ihnen neuen Mut zu geben … sonst würde Aaron gewinnen, und dann wäre alles dem Untergang geweiht. »Es tut mir leid«, flüsterte er. »Du hast recht, Sean.«

Seans Miene wurde weicher. »Okay. Wir sterben alle vor Durst. Das wäre schon mal ein guter Anfang. Gibt's hier drin irgendwo Wasser?«

»Ja, ein wenig.« Alex blickte sich in seiner kargen Umgebung um und holte tief Luft. »Gib mir ein paar Minuten, um mir einen Plan auszudenken.«

Sean nickte und boxte Alex gegen den Arm. »Das wollte ich hören. So lange kann ich sie noch hinhalten.« Er wandte sich ab und kehrte nach draußen zurück, wo er den Leuten zurief, sich in mehreren Reihen aufzustellen. Alex sah zu, wie Sean völlig natürlich Claires und Florence' Rollen übernahm.

Genauso, wie Alex nun Mr Todays Platz einnehmen musste.

Er drehte sich um, als er ein Geräusch hörte. In der Küche mühte sich die Stille damit ab, Wasserkanister aus dem Schrank in der Vorratskammer zu ziehen. Sie war zwar noch immer ein wenig geschwächt, aber den Umständen entsprechend ging es ihr gut.

Alex fing ihren Blick ein und streckte die Hände aus, um ihr den Kanister abzunehmen. »Danke«, sagte er leise, um sie nicht erneut zu erschrecken. Ihre seltsamen goldorangen Augen erinnerten ihn an den Sonnenuntergang über der stillen Waldsängerinsel, als das Licht auf dem Wasser geschimmert hatte. Er neigte den Kopf zur Seite, als ihm bewusst wurde, was sie vorhatte.

»Kannst du … verstehst du mich? Uns?«

Sie zögerte, wandte dann den Blick ab und zog den nächsten Wasserkanister heraus. Als sie ihn vor Alex auf die Theke stellte, biss sie sich auf die Unterlippe und nickte.

Alex starrte sie an.

Sean klopfte ans Fenster und winkte. Alex nickte ihm zu und schenkte dem Mädchen dann ein flüchtiges Grinsen. Sie konnte sie verstehen! In ihm keimte ein kleiner Funken Hoffnung. Sie senkte schüchtern den Blick und griff nach einem weiteren Kanister.

Voller neuer Energie rief Alex Henry zu: »Hey, Kumpel, ich brauch deine Hilfe!«

Henry tätschelte Meghan tröstend die Schulter und eilte an Alex' Seite. Der drückte ihm zwei Kanister in die Arme, schnappte sich selbst vier weitere und zog mit dem Fuß die Tür auf. Er hielt das Wasser hoch. Hoffnungsvolles Gemurmel raunte durch die Reihen der ausgezehrten Ungewollten. Wenigstens hatten sie Wasser. Fürs Erste.

Möge Quill florieren

Nachdem die Palastwachen verschwunden waren, wechselte sich Aarons Team mit dem Schlafen ab, um die Gefangenen zu bewachen. Am nächsten Morgen zog er, die Umhängetasche mit seinen spärlichen Habseligkeiten gefüllt, in den Palast, wusch sich, schlüpfte in seine besten Kleider und rundete seine neue Uniform in bester Justine-Tradition mit einem schwarzen Umhang ab, den er in einem der Schränke im Palast entdeckt hatte. Auf dem Schreibtisch des Hohepriesters, neben einer kleinen Gargoyle-Figur, fand er Papier und Bleistift, mit denen er ins Haus der Halukis zurückkehrte, um seine Rede vorzubereiten, wobei er Hohepriester Haluki zwang, alles genau so niederzuschreiben, wie er es ihm diktierte.

Um elf Uhr dreißig hielt das Palastfahrzeug vor dem Haus, um Aaron abzuholen.

Der neue stellvertretende Hohepriester betrachtete sein Spiegelbild im Fenster und strich sich das Haar glatt. Dann versammelte er sein Team um sich. »Crawledge und Eva werden an meiner Seite sein, wenn ich meine Rede halte. Sie sind beide bekannte Gesichter, denen die Menschen in der Gemeinschaft vertrauen. Diejenigen, die Justine geliebt haben, werden Zuversicht schöpfen, wenn sie sehen, dass die beiden hinter mir stehen.« Er drehte sich um. »Liam und Bethesda, ihr bleibt hier und bewacht die Gefangenen.« Er ließ den Blick über die kleine Gruppe schweifen. »Ich habe außerdem mit Gondoleery gesprochen, und wir sind uns einig, dass es am besten ist, wenn sie und der Rest des Restaurationskorps sich fürs Erste bedeckt halten. Aber sie werden Augen und Ohren offen halten und mir Bericht erstatten, wie die Menschen auf all diese interessanten Veränderungen reagieren.«

»Was ist mit den Kommandeurinnen und Kommandeuren?«, wollte Liam wissen. »Unterstützen sie die neuen Maßnahmen?«

»Haluki hat sie bereits vor Wochen entlassen. Kein Wunder, dass hier alles so tot war wie im Ältestensektor – sie hocken vermutlich alle schmollend in ihren Häusern. Und deshalb spielt es auch keine Rolle, ob sie uns unterstützen oder nicht«, sagte Aaron. »Es gibt kein Gesetz, das es dem Hohepriester verbieten würde, eine neue Position auszurufen. Und ein stellvertretender Hohepriester hat nun mal mehr zu sagen als ein Kommandeur.« Er neigte den Kopf und zuckte mit den Schultern. Einst war es Aarons Ziel gewesen, Oberster Kommandeur zu werden. Nun hatte er dieses Ziel bereits übertroffen. »Damit wäre die Sache erledigt. Ich habe alles, was ich brauche – sogar schriftlich.«

Die Augen der anderen leuchteten bei seinen Worten. Nur einer Handvoll Ausgewählter in Quill war es erlaubt, Dinge niederzuschreiben. Hauptsächlich den Lehrenden,

den Kommandeurinnen und Kommandeuren und, natürlich, dem Hohepriester. »Das ist ziemlich clever von dir«, sagte Liam.

Aaron erwiderte nichts. Er fand, die Bemerkung spreche für sich. Er blickte zu Eva Fathom, um zu sehen, ob sie ihm in irgendeiner Weise widersprechen würde.

Sie tat es nicht. Stattdessen lächelte sie ihn an. »Wollen wir dann? Wenn wir uns jetzt auf den Weg machen, werden wir nur ein kleines bisschen zu spät kommen. So hat es Hohepriesterin Justine auch immer gerne gehalten.«

Aaron nickte. Es kribbelte nervös in seinem Magen, als die anderen ihm alles Gute wünschten, und bevor er wirklich wusste, was passierte, waren sie auf dem Weg zum Amphitheater.

***

Aaron Stowe, neuer selbst ernannter stellvertretender Hohepriester von Quill, betrachtete die in der heißen Sonne stehende Menge. Alle waren so still wie immer. Seine Eltern standen an derselben Stelle, an der er und Alex auch damals bei der Tilgung mit ihnen gestanden hatten. Eineinhalb Jahre waren seither vergangen. Es kam ihm wie eine Ewigkeit vor. Nun waren Mr und Mrs Stowe allein hier. Aaron kniff die Augen zusammen. Seine Mutter war offensichtlich hochschwanger. Er hatte nichts davon gewusst. Nicht, dass ihn derartige Belanglosigkeiten interessierten – es würde noch mindestens sieben oder acht Jahre dauern, bis das Kind zu irgendetwas zu gebrauchen war. Außerdem war es gut möglich, dass es schon vorher starb.

Er runzelte die Stirn und schüttelte den Gedanken ab.

Aaron ließ die vergangenen Monate noch einmal Revue passieren, von seinem Universitätsverweis über seinen Aufbau des Restaurationskorps bis hin zu dem Moment, als er den Magus von Artimé getötet hatte. Es war eine unglaubliche Entwicklung gewesen. Wenn nur Justine ihn jetzt sehen könnte! Seine harte Arbeit und seine Weitsicht hatten sich bezahlt gemacht, von seiner Gerissenheit ganz zu schweigen. Niemand hier musste erfahren, wie er das alles vollbracht hatte. Nur, *dass* er es vollbracht hatte. Er betrachtete die selbstgefälligen Gesichter vor ihm, räusperte sich und begann zu sprechen.

»Seid gegrüßt, Bürgerinnen und Bürger von Quill. Ich bin Aaron Stowe, neu ernannter stellvertretender Hohepriester.« Seine Worte schallten klangvoll durch das Amphitheater, sein Tonfall gleichermaßen nobel und bedrohlich – zwei überaus wichtige Eigenschaften für einen Anführer.

Er fuhr fort: »Mein Freund Gunnar Haluki schickt euch seine besten Wünsche und bedauert es sehr, heute nicht hier sein zu können. Unglücklicherweise wurde seine Frau vergangene Nacht bei einer völlig unnötigen Auseinandersetzung mit einer Bande ruchloser Artiméer auf offener Straße ermordet. Obwohl sie vollkommen friedlich unter ihnen lebte, wandten sie sich gegen sie. Man kann eben nie wissen, wem man vertrauen kann, so sehr man es sich auch wünscht.«

Aaron hatte das Gefühl, zu oft »man« gesagt zu haben, und geriet für einen Moment ins Straucheln. Er fasste sich jedoch schnell wieder und zog das Papier aus seiner Tasche. Als sich bei dem Anblick Gemurmel in der Menge ausbreitete, kehrte sein Selbstbewusstsein zurück.

»Dies ist ein von Hohepriester Haluki persönlich geschriebener Brief«, verkündete er und hielt ihn hoch. Er rief einen Gelehrten zu sich, um ihm das Schriftstück zu zeigen, und der Mann bestätigte der Menge dessen Echtheit.

Aaron räusperte sich. »In dem Brief steht: ›Liebe Menschen von Quill, ich freue mich, euch mitteilen zu können, dass ich die neue Position des stellvertretenden Hohepriesters geschaffen habe, die einem zweiten Herrscher dieselbe Macht über Quill verleiht. Ich bin sehr stolz darauf, diese Position mit einem kompetenten jungen Mann besetzen zu können – einem jungen Mann, den Hohepriesterin Justine sehr zu schätzen wusste und für den auch ich selbst großen Respekt empfinde. Ich habe sehr intensiv mit ihm zusammengearbeitet und absolutes Vertrauen in seine Fähigkeiten, Quill zu regieren, solange ich aufgrund dieser unglückseligen Umstände nicht dazu in der Lage bin, meinen Pflichten nachzukommen.

Um einer Bestrafung zu entgehen, werdet ihr alle dem stellvertretenden Hohepriester Aaron ab sofort und bis auf Weiteres eure ungebrochene Loyalität entgegenbringen. Ich bin mir sicher, mithilfe eurer bedingungslosen Unterstützung wird er euch in Sachen Stärke und Intelligenz an die Weltspitze führen.

Hochachtungsvoll,
Hohepriester Gunnar Haluki.‹«

»Quill floriert, wenn die Starken überleben«, skandierte die Menge in monotonem Einklang, beinahe so, als würden sie Mrs Halukis Tod gutheißen. Es gab keine erkennbare Reaktion, keine überraschten Gesichter, keinen Schock und kein Entsetzen.

Aaron faltete das Papier wieder zusammen und steckte es in seine Tasche zurück, während zufriedene Wärme seinen Körper flutete, die zur Hitze des Tages passte. Es war noch glatter gelaufen, als er gehofft hatte.

»Gut«, sagte er, »meine erste Ankündigung als stellvertretender Hohepriester richtet sich an alle Notwendigen, die ihre abscheulichen Fehler eingesehen, diesem Desaster namens Artimé den Rücken gekehrt haben und wieder zurück nach Hause gekommen sind.« Er hielt für einen Moment inne, um zu sehen, wie viele im Rund den Blick abwandten und verlegen mit den Füßen scharrten. Es waren einige. »Ihr werdet die Chance erhalten, euch zu rehabilitieren. Findet euch morgen bei Sonnenaufgang bei mir am Palasttor ein, bereit zur Arbeit, dann werde ich euch das Recht gewähren, wieder hier zu leben.« Aaron konnte die Erleichterung beinahe spüren, die durch die Menge schwappte. Er wusste, er hatte damit jede Menge Pluspunkte bei Gewollten und Notwendigen gleichermaßen gesammelt.

»Außerdem«, fuhr er fort, »biete ich euch allen für jede oder jeden Ungewollten aus Artimé, den ihr für Quills Streben an die Weltspitze gewinnt, pro Monat ein zusätzliches Nahrungsmittel eurer Wahl. Und ihr werdet diese Belohnung so lange erhalten, wie der oder die Ungewollte mit aller Kraft für Quills Allgemeinwohl arbeitet – und sich nicht fortpflanzt. Dies könnte über mehrere Monate oder gar Jahre hinweg mehr Essen auf eurem Tisch bedeuten.«

Diesmal wirkte das Schweigen der Zuhörenden anders. Sie hatten auch nicht länger den leeren Ausdruck schlafender Fische auf dem Gesicht. Jetzt standen sie aufrechter da, ihre Augen weiter. Noch nie zuvor hatte man ihnen einen Anreiz geboten, irgendetwas zu tun. Noch nie zuvor hatte man ihnen eine Wahl gelassen, was sie essen wollten. Leises Gemurmel brandete unter den Quillerinnen und Quillern auf, vor allem von jenen, die für eine Weile in Artimé gelebt und deren steife Ansichten sich dort ein wenig gelockert hatten. Diese Notwendigen begannen bereits zu überlegen, welche Ungewollten sie möglicherweise davon überzeugen konnten, nach Quill überzulaufen, nun, da in Artimé alles so durcheinandergeraten war. Und auch wenn diese Notwendigen im Augenblick noch nicht annähernd so hungrig waren wie jene, die nie nach Artimé gezogen waren, waren sie inzwischen seit mehreren Stunden zurück in Quill – lange genug, um all die Gerüchte und das Getuschel über das Leben unter Halukis Regentschaft zu hören.

Für sie klang es beinahe, als würde dieser neue Anführer den Reichtum mit ihnen teilen … nicht nur mit den Gewollten, sondern auch mit den Notwendigen, die bereit waren, dafür zu arbeiten. Und so etwas hatte es noch nie gegeben.

Aaron hatte keine Angst vor ihrer Reaktion. Er ließ zu, dass das Gemurmel in der Menge noch stärker anschwoll und sich von selbst wieder beruhigte. Er schenkte allen ein seltenes Lächeln, und sie schienen sich ihm ein winziges Stück zu nähern, so als wollten sie noch mehr von ihm hören.

Und genau mit diesem Gefühl wollte Aaron sie zurücklassen.

***

Zurück in Halukis Haus, wo Haluki im Schrank eingesperrt und Bethesda eingenickt war, zitterten Liam Healys Hände bei dem Gedanken daran, was er gleich tun würde. Leise öffnete er die Tür der Speisekammer und kniete sich auf den Boden. Er zog Claires Knebel aus ihrem Mund und hielt ihr einen Becher Wasser an die Lippen. Geschwächt wie sie war, wehrte sie sich nicht, sondern trank es in einem Zug.

Er steckte ihr den Knebel wieder in den Mund, lockerer diesmal, zog die Tür hinter sich zu und schloss sie im selben Moment wieder ab, als Bethesda sich rührte und zu ihm hochschaute. »Alles in Ordnung?«, fragte sie und schmatzte widerlich.

»Alles wie immer«, antwortete Liam so gelassen, wie er konnte, obwohl sein Herz in seiner Kehle hämmerte.

Bethesda gähnte und legte den Kopf auf den Tisch, um weiterzuschlafen.

In der Speisekammer spürte Claire Morning zum ersten Mal, seit sie das Haus betreten hatte, einen Funken Hoffnung.

Zwei Zimmer weiter trauerte Gunnar Haluki völlig allein um seine Familie und seinen liebsten Freund.

* * *

Nach der Rede, auf dem Weg zum Palast, wandte sich Eva Fathom, die auf ihrem üblichen Platz im Fahrzeug des Hohepriesters saß, an Aaron. »Eure Worte kamen – wie zu erwarten war – sehr gut an, stellvertretender Hohepriester Aaron Stowe«, sagte sie gelassen, genauso wie die ehemalige Adjutantin auch zu Justine gesprochen hätte.

»In der Tat«, erwiderte Aaron. »Und das ›stellvertretend‹ werden wir in Zukunft weglassen – der Einfachheit halber natürlich nur.« Insgeheim war er jedoch höchst erfreut. »Und was dich angeht …«, fügte er hinzu, drehte sich mit hochgezogener Augenbraue zu ihr um und betrachtete sie ausführlich.

Eva erstarrte. Sie musste wieder an den Moment denken, als Justine ihr verkündet hatte, sie würde bald beseitigt werden. Während sie zusah, wie die Stacheldrahtschatten über ihre Haut huschten, erschauderte sie innerlich bei dem furchterregenden Déjà-vu. »Ja?«, fragte sie.

»Ich habe dir versprochen, deine Loyalität zu belohnen, indem ich dir deine alte Position zurückgebe.«

»Ich erinnere mich«, sagte Eva. Von schrecklicher Angst erfüllt wartete sie auf sein »*Aber* …«.

Doch es kam nicht. Stattdessen fügte er völlig gelassen hinzu: »Ich wüsste dich gern als meine Adjutantin an meiner Seite – wenn du gewillt bist.«

Eva spürte, wie Erleichterung ihren Körper flutete, und wünschte, sie könnte zulassen, dass sie sich mit einem tiefen Seufzen, einem schallenden Lachen oder einem Jubelschrei Bahn brach. Stattdessen nahm sie Aarons Angebot jedoch nur auf traditionelle Quiller Art an: »Möge Quill dank allem, was in mir steckt, florieren.«

Aaron Stowe, der Gewollte – ehemaliger Assistenzadjutant der Hohepriesterin Justine, ehemals zukünftiger Oberster Kommandeur, ehemaliger Ausgestoßener, verschwörerischer Anführer des Restaurationskorps, Mörder des überschwänglich gefeierten Marcus Today und dank verabscheuungswürdiger Machenschaften amtierender (in Wahrheit nicht nur stellvertretender) Hohepriester von Quill –, blickte aus dem Fenster über die Maisstauden, Kokospalmen und riesigen Beerensträucher der prächtig gedeihenden Favoritenfarm hinweg, während das Quillitärfahrzeug stotternd dahinrumpelte. Er lächelte.

Heute musste er nur noch einen letzten Besuch absolvieren.

Alex' Botschaft

Alex konnte sich nicht erinnern, jemals nervöser gewesen zu sein als in diesem Moment – außer vielleicht bei der Tilgung. Er stand vor den erschöpften Gesichtern Hunderter niedergeschlagener Ungewollter. Die Menge war zusammengedrängt auf der kleinen Fläche aus Beton und Unkraut versammelt, erstreckte sich bis zum Ufer und ergoss sich sogar durch das Tor hinaus nach Quill. Sie alle, erfüllt von tiefem Respekt für ihr Land und ihre gefallenen einstigen Anführer, blieben trotz der trostlosen Umstände loyal. Ausgelaugt warteten sie geduldig darauf, wenigstens ein winziges Wort der Hoffnung zu hören, das ihnen durch diesen Tag helfen und sie davon abhalten würde, zu verzweifelten Maßnahmen zu greifen – wie etwa, dort Schutz zu suchen, wo sie einst zum Tode verurteilt worden waren.

Das Wasser wurde herumgereicht, und ohne dass man sie darauf hätte hinweisen müssen, tranken alle nur ein paar Schlucke, nicht mehr. Sie vertrauten darauf, dass sich auch die anderen Artiméerinnen und Artiméer vernünftig verhalten würden. Sean Ranger zog Alex beiseite, um ihn über die neuesten Entwicklungen zu informieren und zu bestätigen, dass Mrs Haluki, wie von Henry berichtet, verstorben war. Die anderen Verletzten hatten geheime Zuflucht bei einer noch immer auf ihrer Seite stehenden Notwendigen gefunden, deren Haus sich am Rand eines Wohnquadranten befand. »Und dann ist da noch der Hohepriester«, endete Sean schließlich. »Aaron hat ihn gefangen genommen, auch wenn wir es nicht wissen sollen. Die meisten in Quill haben auch keine Ahnung davon. Aaron hat soeben verkündet, Haluki hätte ihn zum stellvertretenden Hohepriester mit denselben Machtbefugnissen wie er selbst ernannt.«

Alex starrte Sean an. »Das ist nicht dein Ernst.«

»Doch, ist es.«

»Wow.«

»Allerdings.«

»Tja«, sagte Alex und versuchte, seine Gedanken zu sortieren, »wie's aussieht, macht er keine halben Sachen. Ich bin mir ziemlich sicher, dass er voll auf Angriff gehen und alles daransetzen wird, uns zu vernichten.« Es überraschte Alex selbst, wie ruhig er klang. Vielleicht gab es ihm einfach ein Gefühl der Gelassenheit, wenigstens zu wissen, wo Aaron war und was er tat. »Woher hast du eigentlich all diese Informationen?«

Sean zögerte. »Im Augenblick möchte ich dir das lieber nicht sagen.«

Alex runzelte die Stirn. Er spürte wieder dieses ungute Gefühl im Magen. Sean führte irgendetwas im Schilde, schlich sich ständig nach Quill und erzählte noch nicht einmal Meghan, was er dort trieb. Aber Alex hatte jetzt keine Zeit, sich darüber Gedanken zu machen. Doch dann fiel ihm wieder ein, was Mr Today einmal gesagt hatte: dass man ehrlich sein muss, wenn man seine Ziele erreichen will. Also schaute er Sean direkt in die Augen und sagte: »Manchmal frage ich mich, ob ich dir vertrauen kann.«

Sean hielt seinem Blick stand. »Ich schwöre, du kannst mir vertrauen, Alex. Ich schwöre es bei Meghans Leben.«

Alex schaute ihn lange an, aber Sean wandte den Blick nicht ab. Schließlich streckte Alex seine Hand aus. Sean nahm sie und schüttelte sie fest. Es waren keine weiteren Worte nötig. Also wandte sich Alex der Menge zu, stellte sich auf den Stuhl, den Henry ihm von drinnen gebracht hatte, und bat um Ruhe, indem er die Hände hob, die nur ein winziges bisschen zitterten.

Alex wartete, bis sich herumgesprochen hatte, dass er etwas sagen wollte. Und da er nicht in einem Amphitheater stand und die Magie von Artimé verloren hatte, gab es nichts, was ihm dabei geholfen hätte, seine Stimme klar und deutlich bis in die hintersten Reihen zu tragen. Er wusste daher, dass er langsam und so laut wie möglich sprechen musste, damit alle ihn hören konnten.

Während er den Blick über all die geschundenen, erschöpften Menschen schweifen ließ, wurde er von einer Gefühlswelle erfasst. Als schließlich Stille eingekehrt war, spannte Alex den Kiefer an und fing an zu reden.

Seine Stimme zitterte nicht. Er brach nicht zusammen. Er sprach einfach das aus, was er tief in seinem Herzen fühlte, genau so, wie Mr Today es getan hätte.

»Es ist schön, euch zu sehen, Kämpferinnen und Kämpfer«, begann er. »Ihr alle wart unglaublich tapfer und loyal, genau wie unser furchtloser Anführer, Marcus Today, es uns beigebracht hat. Und, na ja, genauso wie er selbst es war, bis … zum Ende. Lasst uns alle eine Minute innehalten und uns an den Moment zurückerinnern, an dem wir ihm zum ersten Mal begegnet sind.«

Die Artiméerinnen und Artiméer neigten die Köpfe und dachten an den Tag zurück, an dem sie ein exzentrischer Zauberer mit einem in sämtliche Richtungen abstehenden weißen Haarschopf gerettet hatte, der aus einem grauen Gebäude gekommen war und zur Begrüßung die schicksalhaften Worte gesprochen hatte: »Was ist es für ein Gefühl, liquidiert zu werden?« Jahr für Jahr hatte er es auf dieselbe Weise getan, stets unendlich erfreut, den Kreativen und Künstlerischen das Leben gerettet zu haben. Und sie nicht nur gerettet zu haben, sondern sie auch auszubilden und ihnen dabei helfen zu können, zu unglaublichen Menschen heranzuwachsen. Er hatte ihnen beigebracht, selbstständig zu denken, wirklich zu leben und die erstaunlichsten Dinge zu erschaffen. Für das zu kämpfen, woran sie glaubten, für ihre Rechte einzutreten und sich nicht vor dem Unbekannten zu fürchten. Liebe und Wärme und Anerkennung zu empfinden, nachdem man ihnen so oft und mit solchem Nachdruck gesagt hatte, sie wären nichts als ein nutzloses Stück Dreck, noch nicht einmal gut genug, um damit die Schlaglöcher in der Straße nach Quill zu stopfen.

Alex freute sich über das Gefühl der Leere, das er in

sich spürte – ausnahmsweise war er dankbar dafür, weil es ihm dabei half, sich auf seine Aufgabe zu konzentrieren.

»Meine Freundinnen und Freunde«, durchbrach er Hunderte von Erinnerungen, »Mr Today ist fort, genau wie unsere Welt. Wir können nun nichts anderes mehr tun, als einander um Hilfe zu bitten.« Er schwieg einen Moment und ließ den Blick über die Menge wandern. »Wir alle haben Familienmitglieder durch die Menschen in Quill verloren, und außerdem werden einige der Unseren vermisst. Aber wir dürfen auch die beiden Stillen nicht vergessen, die das Schicksal – oder wie immer wir es auch nennen wollen – hierhergeführt hat und die durch ziemlich bizarre Umstände nun ebenfalls zu uns gehören. Deshalb müssen wir auch sie weiterhin so behandeln, als gehörten sie zur Familie, auch wenn wir ihnen … ähm … momentan nicht wirklich etwas bieten können.«

Einige in der Menge nickten, und Alex fing den Blick von Mr Appleblossom ein, der die Faust auf sein Herz legte und ihm ermutigend zunickte. Das gab Alex genau den kleinen Schub Selbstvertrauen, den er brauchte, um weiterzumachen. Er antwortete Mr Appleblossom mit derselben Geste, als würde er einen wortlosen Reim vollenden.

Dann fuhr er fort: »Freundinnen und Freunde, mein Bruder Aaron hat die Macht in Quill übernommen. Er hat verkündet, Haluki habe ihn zum stellvertretenden Hohepriester ernannt, und angeblich arbeiten die beiden von nun an Hand in Hand.« Er senkte den Blick, weil er die skeptischen Mienen nicht sehen wollte, die er auf den Gesichtern in der Menge vermutete. Nach einem Moment schaute er jedoch wieder auf, weil er wusste, dass er Stärke beweisen musste. »Aber ich glaube nicht, dass Aaron jemals wirklich Seite an Seite mit jemandem zusammenarbeiten würde, der so gut ist wie Hohepriester Haluki. Ich muss gestehen, es fällt mir schwer, schlecht von meinem Bruder zu sprechen, aber das muss ich – mir fällt kein einziger Grund ein, warum ich ihn weiter in Schutz nehmen sollte. Er hat seinen Weg selbst gewählt und folgt dem Gegenteil von allem, woran ich glaube. Darum werde ich nun noch einmal wiederholen, was ihr alle bereits wisst: Aarons Herz ist voll von böser Hässlichkeit, und ich weiß, er wird seine Angriffe nicht einstellen, bis er einen Weg gefunden hat, uns zu beherrschen. Es wäre das Größte für ihn, beenden zu können, was Justine mit der Tilgung beginnen wollte. Und, meine Mit-Ungewollten«, rief Alex mit lauter, weit tönender Stimme, »das dürfen wir auf keinen Fall zulassen. Wir müssen zusammenhalten, um stark bleiben zu können.« Alex zeigte mit ausladender Geste auf ihre schockierend karge Umgebung und fügte hinzu: »Dieser Anblick bot sich auch Mr Today, als er zum ersten Mal von Artimé träumte. Nun müssen wir noch einmal ganz von vorn anfangen, genau wie er damals – auf diesem kleinen Fleckchen Land, von diesem kleinen grauen Häuschen aus. Nur dass wir nicht allein sind. Wir sind Hunderte! Wir haben einander, richtig? Und wenn wir zusammenhalten, schaffen wir es ganz bestimmt.«

Erneut ließ Alex den Blick langsam über die schweigende Menge schweifen, vom Meeresufer zur Mauer, zum

Tor und darüber hinaus. »Wir werden unseren Anführer ehren, indem wir ein noch größeres, noch stärkeres Artimé erschaffen – einen Ort, der genauso prächtig und wundervoll ist, wie er es sich immer erträumt hat.«

Alex hatte keine Ahnung, *wie* sie das alles erreichen sollten. Aber er war wild entschlossen, es zu schaffen – und notfalls sogar sein Leben bei dem Versuch zu opfern. Doch er wusste, ihm blieb nicht mehr viel Zeit.

Gemurmel breitete sich in der Menge aus. Alex konnte förmlich spüren, wie vollkommen erfüllt die Ungewollten von Mr Todays Vision für ihr geliebtes Artimé waren, so als würde es ihnen aus den Poren strömen. Doch was hatten sie schließlich für eine andere Wahl, als sich dieser Vision völlig zu verschreiben? Für die meisten von ihnen konnte eine Rückkehr nach Quill unmöglich eine Option sein. Alex lehnte sich ein Stück auf dem Stuhl vor, einen entschlossenen Ausdruck auf seinem Gesicht. Trotz seiner Angst vor Ablehnung wagte er sich noch weiter. Jetzt oder nie! »Artiméerinnen und Artiméer«, rief er, so laut er konnte, weil er wollte, dass alle ihn hörten, »kämpft ihr mit mir?«

Als ein dröhnender Chor aus Jas an seine Ohren drang, jagte ein Schauder durch ihn hindurch und Gänsehaut breitete sich auf seinem Körper aus. Er wiederholte die Worte erneut und reckte dabei immer wieder eine Faust in die Luft. »Artiméerinnen und Artiméer! Kämpft! Ihr! Mit! Mir?«

Diesmal war das Gebrüll noch lauter, klar und deutlich, Hunderte Stimmen wie eine.

Alex grinste und wartete, bis sie sich wieder beruhigt hatten. Dann fügte er ernst hinzu: »Sehr gut. Aber ich will es wirklich von jeder und jedem Einzelnen von euch hören. Wenn ich fertig bin, werde ich hier stehen bleiben, und ich möchte euch bitten, nacheinander zu mir zu kommen, damit wir einander in die Augen schauen und uns gegenseitig versichern können, dass wir Seite an Seite kämpfen werden. Auch wenn es noch so hart wird, auch wenn wir nicht viel haben, auch wenn wir unsere Anführer, Familienangehörigen, Freundinnen und Freunde verloren und schreckliche Angst haben, noch mehr zu verlieren. Werdet ihr das für mich tun?«

Ein weiterer Chor aus Jas schlug ihm entgegen.

»Gut.« Alex stieß ein erleichtertes Seufzen aus. »Das ist großartig. Ich danke euch. Wenn ihr zu mir kommt, werde ich euch außerdem eine Aufgabe übertragen, weil wir sofort damit beginnen müssen, sicherzustellen, dass unsere dringendsten Bedürfnisse erfüllt sind: Wasser, Schutz, solche Sachen eben. Artiméerinnen und Artiméer, nehmt ihr diese Herausforderung an?«

»JAA!«, kam erneut die Antwort, noch lauter als zuvor.

Wieder hielt Alex einen Moment lang inne und wartete, bis die Menge zur Ruhe gekommen war. Es gab noch einen weiteren wichtigen Punkt, den er ansprechen musste.

»Und zu guter Letzt, meine Freundinnen und Freunde«, rief er, »ein Wort zum Tor. Ich bin zu dem Schluss gekommen, dass wir es trotz der Bedrohung durch weitere Angriffe aus Quill fürs Erste geöffnet lassen müssen.« Er verstummte kurz, um die Worte sacken zu lassen. »Es war eine wirklich schwere Entscheidung, aber es gibt drei gute Gründe, weshalb ich sie getroffen habe.«

Die Menge schwieg, lauschte gebannt jedem seiner Worte. »Erstens, weil Ms Morning noch immer vermisst wird. Möglicherweise wurde sie gefangen genommen, aber im Augenblick wissen wir schlicht nicht, wo sie ist. Doch falls ihr die Flucht gelingt, wollen wir schließlich, dass sie zu uns gelangen kann. Das Gleiche gilt für unsere Verletzten, die im Haus einer sehr großzügigen Notwendigen Zuflucht gefunden haben. Sie versteckt sie und kümmert sich zusammen mit unseren Pflegekräften um sie. Wenn wir das Tor schließen, riskieren wir, sie alle auszusperren, bis wir … äh, ich meine, bis ich herausgefunden habe, wie wir unsere Welt neu erschaffen können. Und ich bin nicht bereit, irgendjemanden abzuschreiben, der vielleicht wieder zu uns zurückkehren will oder muss.

Zweitens brauchen wir Wasser, und offen gestanden gibt es im Moment außer Quill keinen anderen Ort, an dem wir es bekommen könnten.« Die Zuhörenden schauten einander an und nickten.

»Und drittens gibt es irgendwo in Quill irgendjemanden, der einen Schlüssel besitzt – und wir wollen schließlich nicht, dass eine einzelne Person solche Macht über uns hat.« Alex schaute in die Menge und fragte: »Sind wir uns da alle einig?«

Diesmal fiel die Zustimmung etwas leiser aus, aber nicht weniger bedeutungsvoll. Die simple Wahrheit war: Die Menschen in Artimé hatten schon so viel durchgemacht, dass sie Dinge wie Sicherheit und Gefahr oder Leben und Tod viel besser verstanden als die meisten anderen. Und größtenteils herrschte Einigkeit unter ihnen. Sollte jemand gegen ihn sein, würde Alex es schon bald herausfinden. Bis jetzt schienen jedoch alle gewillt, ihm eine Chance zu geben.

»Ausgezeichnet!«, sagte er schließlich und versuchte, so heiter und kompetent wie möglich zu klingen. »Natürlich könnt ihr jederzeit mit euren Fragen zu mir kommen. Ich verspreche euch, ich werde mich sofort an die Arbeit machen, damit Artimé bald wieder auf die Beine kommt.« Erneut betrachtete er die Menge von seiner erhöhten Position aus und fügte dann schlicht hinzu: »Ich danke euch allen. Danke für eure Loyalität. Gemeinsam werden wir es schaffen, stark zu bleiben. Starke Herzen, starker Wille, hab ich recht? Wir werden das hier überstehen.« Er ballte die Faust und legte sie auf seine Brust, wie Mr Appleblossom es vorhin getan hatte, in dem Versuch, seine tiefe, aufrichtige Loyalität für Artimé zum Ausdruck zu bringen. Viele andere imitierten die Geste.

Dann stieg Alex von dem Stuhl, und schon bald hatte sich eine ordentliche Schlange gebildet. Die Artiméerinnen und Artiméer kamen zu ihm, schauten ihm in die Augen und sagten: »Ich kämpfe mit dir, Alex«, und Alex erwiderte jedes Mal: »Und ich mit dir.« Dann begann er, verschiedene Teams zusammenzustellen. Die eher technisch und architektonisch Begabten teilte er dafür ein, das Haus auszuräumen. Sie mussten so viel Platz auf dem Boden schaffen wie möglich und das kleine Gebäude außerdem erweitern, indem sie sämtliche Schrank- und Zimmertüren entfernten, um aus dem Holz eine Art Unterstand über der Hintertür zu errichten.

Die Gewieftesten und Unerschrockensten schickte Alex in den Quillitärsektor, um Fässer mit Wasser sowie Obst und Gemüse auf der Favoritenfarm zu stehlen.

Außerdem teilte er die robustesten Artiméerinnen und Artiméer dazu ein, die noch immer überall verstreut liegenden leblosen Kreaturen an der Mauer oder der Außenwand des Gebäudes aufzustellen, wie dekorative Statuen, damit niemand mehr um sie herumgehen musste oder gar über sie stolperte. Er wollte den Lebenden so viel Platz wie möglich verschaffen.

Später am Tag stellte Alex außerdem einen Dienstplan für die Wache am Tor zusammen und teilte alle in sechsstündige Schlafschichten im Haus ein. Zu guter Letzt schickte er ein weiteres Team los, das versuchen sollte, das Boot zu finden, es zu ihrem kleinen Stück Land zu schleppen und am Ufer zu vertäuen.

Es war genau das, was Alex brauchte. Seinen Geist und seinen Körper zu beschäftigen gab ihm das Gefühl, etwas Bedeutungsvolles zu tun, daher stürzte er sich mit vollem Eifer in seine Aufgabe. Und während er arbeitete, begann auch sein Unterbewusstsein zu rattern und versuchte fieberhaft, sich etwas einfallen zu lassen, wie er sein Versprechen, Artimé ganz neu zu erschaffen, tatsächlich einlösen konnte.

* * *

Es war schon beinahe Abend, als jemand Alex von hinten auf die Schulter tippte. Es war die Stille. Sie hatte dem Team, das das Gebäude ausräumte, so gut sie konnte geholfen, und hielt etwas in den Händen, das wie ein Puppenhaus auf einem Holzbrett aussah. Offenbar wollte sie es Alex zeigen.

Er setzte sich auf und betrachtete es mit zusammengekniffenen Augen. Dann wischte er sich die Hände an der Hose ab, nahm es entgegen und studierte jedes einzelne Detail genauer. Es war ein Miniaturmodell der Villa in all ihrer Pracht. »Wow, cool«, stieß er aus und nahm das Dach ab, um die Korridore, die Treppe und die entzückenden Miniaturversionen von Simber und Florence am Eingang bestaunen zu können. Ihm krampfte sich das Herz zusammen, als er an den Geparden dachte. Er schluckte schwer und sagte: »Wo hast du das gefunden?«

Sie bedeutete ihm mit einem Winken, ihr ins Haus zu folgen. Drinnen zeigte sie auf einen Schrank unter der Küchentheke.

»Ha, interessant«, murmelte Alex leise. Er konnte sich richtig vorstellen, wie Mr Today vor Jahren an dieser Theke gestanden, von seinem zukünftigen Zuhause geträumt, Pläne geschmiedet und das Modell gebastelt hatte, bevor er langsam, Stück für Stück, mithilfe von Magie eine Version in voller Größe davon erschaffen hatte. Es gab Alex das Gefühl, Mr Today wäre immer noch bei ihnen, zumindest im Geiste. Etwas, das der Magus mit eigenen Händen erschaffen hatte, befand sich nun in Alex' Händen. Und in diesem Wissen lag etwas sehr Tröstliches.

Er drehte sich wieder zu der Stillen um und lächelte, dankbar, dass sie daran gedacht hatte, es ihm zu bringen. Sie musste instinktiv gespürt haben, wie wichtig das Modell für ihn sein würde, obwohl sie vermutlich kaum verstand, was hier vor sich ging – und obwohl sie Mr Today nur sehr flüchtig gekannt und außer der Krankenstation, in der sie untergebracht gewesen war, nicht viel von der Villa gesehen hatte. »Danke«, sagte Alex. Er ging in die Hocke und stellte das Villamodell wieder an seinen Platz im Schrank.

Das Mädchen hockte sich neben ihn, legte eine Faust auf die Brust und erwiderte sein Lächeln.

So ist das bei Zwillingen, Nachtrag

Der neue Hohepriester Aaron empfand seine Fahrt nach Artimé als seltsam erfüllend, weil er wusste, welch katastrophale Zustände dort nun herrschten – und weil er wusste, dass er sie verursacht hatte. Seit er seinen Bruder zum letzten Mal an diesem Tor gesehen hatte, war wirklich viel passiert.

Es war Aaron gelungen, das zwischendurch aufflammende Mitleid für seinen Bruder zu unterdrücken, auch wenn ihm nicht danach war, sich zu sehr mit seiner neuen Position vor Alex zu brüsten. Etwas, das Haluki gesagt hatte, nagte noch immer an Aaron, obwohl er sich nicht sicher war, warum. Doch davon abgesehen würde ihm später noch genügend Zeit bleiben, seine Erfolge zu genießen.

Trotzdem hatten ihn seine neuen treuen Wachen nun auf seinen eigenen Wunsch hin nach Artimé gefahren, in Begleitung seiner frisch ernannten Adjutantin, Eva Fathom. Aaron vertraute ihr zwar noch immer nicht hundertprozentig, kannte jedoch das alte Sprichwort: Behalte deine Feinde an deiner Seite, um jeden ihrer Schritte verfolgen zu können. Dies war die perfekte Situation, um Evas Loyalität auf die Probe zu stellen: Er würde sie von Angesicht zu Angesicht mit den Menschen konfrontieren, die ihr vertraut hatten, inmitten all des Chaos, an dessen Entstehung sie nicht ganz unbeteiligt gewesen war.

Als sie näher kamen, zog Aaron eine Pistole unter seinem Umhang hervor und legte sie auf seinen Schoß, damit die Wachen, die Artimé beschützten, sie sehen konnten. Aber er war nicht auf Ärger aus. Nicht heute. Auch sein Restaurationskorps brauchte wenigstens eine kleine Pause.

»Was wollt ihr?«, fragte die Artiméer Wache, als sie mit ihrer alten Blechkiste vorfuhren.

»Ich möchte mit Alex Stowe sprechen. Ich nehme an, irgendjemand hier weiß, wer das ist.« Aaron meinte es nicht als Witz.

Doch die fremden Wachen lachten verbittert. »Du scheinst es aber allem Anschein nach nicht zu wissen«, murmelte einer der Männer. Sie empfanden nur umso größere Loyalität für Alex, nun, da sie Aarons Hochmut aus erster Hand erlebten. Wer würde schon freiwillig einem Anführer wie ihm folgen wollen?

Einer der Wachmänner entfernte sich, um Alex Bescheid zu sagen. Als er ihn fand, trug er einen leblosen Biebop auf den Armen. »Alex, dein Bruder ist hier. Er sagt, er will mit dir reden.«

Alex kniff die Augen zusammen und ignorierte die Angst, die in seinem Magen aufflammte. »Wie viele sind bei ihm?«

»Nur sein Fahrer und eine Wache. Und seine Adjutantin.«

»In Ordnung«, sagte Alex. Er legte den Biebop ab und ging zum Tor, wo er die anderen Wachen freundlich grüßte und fragte: »Könnt ihr Aaron bitte sagen, er soll allein kommen? Ich spreche draußen auf der Straße mit ihm. Und sagt ihm, dass er seine Waffen zurücklassen soll.«

Die Wachen schritten durchs Tor hinaus und beäugten das Quillitärfahrzeug misstrauisch, bereit, anzugreifen und ihren neuen jungen Anführer zu verteidigen, falls es nötig sein sollte.

Alex baute sich mitten auf der Straße auf, faltete die Hände vor dem Körper und wartete. Aaron ließ sich Zeit, stieg in aller Ruhe aus der Schrottkarre, strich die Falten seines Umhangs glatt und schlenderte gemächlich zu Alex. Er trug ein kleines, in einen Jutesack eingewickeltes Bündel bei sich.

Alex verengte die Augen zu schmalen Schlitzen. »Was ist das?«

Aaron setzte ein herablassendes Grinsen auf. »Sei ebenfalls gegrüßt, lieber Bruder. Ist lange her.« Er streckte träge die Hand aus, wie Hohepriesterin Justine es getan hätte. Aber Alex schüttelte sie weder noch verbeugte er sich darüber, küsste sie oder nahm sie in irgendeiner anderen Form zur Kenntnis.

Tatsächlich lag in Alex' Augen nicht einmal mehr ein Anflug von Wärme, ganz anders als noch vor wenigen Momenten mit dem stillen Mädchen im Haus. »Ich habe keine Zeit zu plaudern, Aaron. Wie du siehst, sind wir ziemlich beschäftigt.«

Aaron schaute nach Artimé, aber sein Blick verharrte nicht lange. Er wirkte gelangweilt. »Darum gönnen wir euch ja auch eine kleine Erholungspause, damit ihr eure sieben Sachen in Ordnung bringen könnt. Ich lade dich hiermit ein, wieder in Quill zu leben, zusammen mit deinen … Leuten.« Er sagte es mit höhnischem Unterton. »Wir können ihnen verschiedene Aufgaben bieten, mit denen sie sich ihren Unterhalt verdienen können.«

»Geh mir aus den Augen«, sagte Alex. »Niemand hier will sich von dir versklaven lassen.«

Aaron zuckte mit den Schultern. »Schon in Ordnung. Ich dachte nur, du wüsstest die Geste zu schätzen. Es ist viel einfacher, Wasser nach Hause geliefert zu bekommen, als es fässerweise stehlen zu müssen«, bemerkte er.

Alex funkelte ihn an, erwiderte jedoch nichts.

»Aber diesmal lasse ich euch noch damit durchkommen.«

Alex ließ sich keinerlei Gefühlsregung anmerken. »Ist sonst noch was?«

»Nur das hier.« Aaron hielt das Bündel hoch. »Obwohl ich eigentlich gar keine Lust mehr habe, es dir zu geben, so wie du mich behandelst. Aber wo ich schon mal hier bin. Außerdem will *ich* es ganz bestimmt nicht.«

Alex hielt Aarons Blick noch einen Moment lang fest, bevor er das Päckchen entgegennahm.

»Als Mr Today gestorben ist, hat er übrigens kein Wort gesagt.«

Alex spannte den Kiefer an. Auf das hier war er nicht vorbereitet. Und obwohl er wusste, dass er damit Schwäche zeigte, konnte er sich nicht zurückhalten. »Wie hast du ihn umgebracht?« Alex hatte sich das schon die ganze Zeit gefragt, aber niemand schien es zu wissen.

»Oh, *ich* habe ihn nicht umgebracht«, erwiderte Aaron, als wäre er hocherfreut, dass Alex ihm diese Frage stellte. »Er ist an einer Herzattacke gestorben. An fünf von ihnen, um genau zu sein – alle auf einmal. Wirklich ein Jammer.«

Auch Alex blieb beinahe das Herz stehen. Er kniff für einen Moment seine müden, rot unterlaufenen Augen zusammen, öffnete sie dann jedoch sofort wieder. Seine Stimme war kaum noch ein Flüstern. »Du hast Mr Today mit *meinem* Zauber getötet?«

»Oh! Das war einer von deinen?«, täuschte Aaron Überraschung vor.

Alex konnte es nicht glauben. »Wie bist du denn an die Requisiten gekommen?«, wollte er wissen. »Niemand hatte Zugang zu ihnen.«

»Oh, ho, ho, ich würde eher sagen: fast niemand. Meine Adjutantin aber schon.«

Alex blickte zu dem Fahrzeug. Er schirmte die Augen ab, um durchs Fenster zu schauen. Aus dem Wageninneren starrte ihn Eva Fathom an.

Ihm blieb der Mund offen stehen und er schnappte leise nach Luft, als ihn die Erkenntnis traf – und dann rauschte auch alles andere auf ihn ein: Er hatte Carina Fathom zwölf Herzattacke-Requisiten gegeben. Eva Fathom, der Mr Today vertraut hatte, arbeitete für Aaron, nicht für schon die ganze Zeit … Alex spürte, wie eine mächtige Woge der Enttäuschung über ihn hinwegschwappte. Er war schon wieder zu vertrauensselig gewesen. Wann würde er endlich aufhören, immer das Beste von den Leuten anzunehmen?

Eva bemerkte Alex' entsetzte Miene. Ihre Augen weiteten sich kaum merklich, als sie seine Enttäuschung erkannte. Sie hatte damit gerechnet. Deshalb zeigte sie ansonsten auch keine Reaktion. Einen Moment später wandte sie den Blick ab und sah wieder zur Windschutzscheibe des Fahrzeugs hinaus.

Alex spürte, wie sämtliches Blut aus seinem Kopf rauschte. Sein eigener unglaublicher Zauber, von dem alle so begeistert gewesen waren, hatte Mr Today getötet. Er nahm sich eine Sekunde Zeit, um seine Wut im Zaum zu halten. Dann blickte er Aaron fest in die Augen und fragte: »Wo ist Ms Morning?«

Aaron lächelte wieder. »Das wüsstest du wohl gern.«

Selbst in dieser vagen Antwort steckte mehr Information, als Alex erwartet hatte. Beinahe zu viel. »Haluki?«

»Tss«, zischte Aaron, »jetzt wirkst du aber doch ein bisschen verzweifelt. Nicht sehr attraktiv, Alex. Vor allem nicht, wenn du hier mitten im Katastrophengebiet stehst.«

Alex umklammerte das Bündel und schüttelte den Kopf, als würde er seinen Bruder bedauern. »Du hast mir alles genommen, was ich geliebt habe. Was könntest du bitte sonst noch von mir wollen?«

»Ahh«, erwiderte Aaron mit einem Grinsen. »Ich dachte schon, du fragst nie. Aber die Antwort ist: nichts.«

Er strich sich eine Haarlocke aus der Stirn. »Jedenfalls nicht heute. In einer Woche oder zehn Tagen, wenn euer Wasser zur Neige geht und deine Leute erschossen werden, weil sie beim Klauen erwischt wurden, kannst du es vielleicht gar nicht mehr erwarten, wieder mit mir zu reden. Aber im Augenblick? Will ich gar nichts mehr von dir.«

Alex verschränkte die Arme vor der Brust, das Bündel von seinen Fingern baumelnd. »Dann geh.«

»Willst du es denn nicht aufmachen?« Aaron zeigte auf den Jutesack.

Alex, völlig angewidert, verschaffte ihm nicht die Genugtuung einer Erwiderung. Stattdessen machte er auf dem Absatz kehrt und ging davon.

Aaron blieb, wo er war. Das hohle Lächeln weiter in sein Gesicht geklebt, sah er zu, wie Alex in die jämmerlichen Überreste Artimés zurückkehrte. Als sein Bruder außer Sichtweite war, stieg er wieder in sein Fahrzeug und bedeutete dem Fahrer, loszufahren.

»Scheint gut gelaufen zu sein«, bemerkte Eva.

»Still!«, zischte Aaron. Er wollte in Ruhe nachdenken.

Nach vorne schauen

Um Mitternacht hatte sich in Artimé alles ein wenig beruhigt. Alle hatten bis zur Erschöpfung hart gearbeitet, angetrieben von Inspiration und Adrenalin, und nun fanden über fünfzig von ihnen auf dem Boden des Häuschens Platz, um sich ihre sechs Stunden wohlverdienten Schlafs zu gönnen. Alle, die nicht ins Haus passten, hatten sich in kleinen Gruppen auf dem harten Beton oder im Sand am Ufer versammelt. Die meisten dösten, einige unterhielten sich und andere trauerten um Familienmitglieder, Freunde und Artimé.

Es herrschte Ebbe, der Vollmond prangte am Himmel und ein paar clevere Artiméerinnen und Artiméer waren unterwegs, um Austern, Miesmuscheln, Garnelen und alles andere Essbare zu sammeln, das sie finden konnten. Währenddessen arbeitete ein weiteres Team unermüdlich daran, aus den Überresten des Floßes der Stillen und mit dem Feuerstein, den Alex im Haus gefunden hatte, ein Feuer zu entzünden.

Außerdem hatte der Suchtrupp das Boot inzwischen gefunden – es hatte unbeschädigt an der Ostmauer von Quill gedümpelt – und es an den Strand gezerrt. Sie waren so schlau gewesen, das Netz und die Angelausrüstung mitzubringen, die sie an Bord entdeckt hatten, und nun standen sie so weit, wie sie konnten, draußen im Meer, warfen immer wieder das Netz aus und fingen hin und wieder tatsächlich ein paar Fische.

Im Haus plapperte Henry Haluki ohne Punkt und Komma auf den stillen Jungen ein, erzählte ihm alles über Quill und Artimé und von der großen Schlacht, und dann zog er sein Vergrößerungsglas aus seiner Hosentasche und ließ seine Augäpfel riesig erscheinen. Der Stille lächelte und schien die Show zu genießen. Sean schnarchte auf dem Boden leise neben Meghan, die ebenfalls tief und fest schlief.

Alles war so harmonisch, wie es unter den gegebenen Umständen eben sein konnte.

* * *

Alex, das noch immer ungeöffnete Päckchen von Aaron in der Innentasche seiner Kampfweste, hob einen letzten steifen Schnabelgei auf und trug ihn zur Mauer, wo er ihn neben Ms Octavia stellte. Er ging in die Hocke, wandte sich ihr zu und rückte die Brille auf ihrer Schnauze zurecht, so wie sie es mochte. »Ich gebe mein Bestes«, sagte er erschöpft. »Ich wünschte, Sie wären hier.« Er zwickte seine Nasenwurzel zusammen – ein Versuch, zu verhindern, dass seine Kummer- und Hungerkopfschmerzen noch schlimmer wurden. Dann ging er zu den Kreaturen, die zu schwer waren, um sie zu versetzen, unter ihnen auch Jim und Florence, die beide in der Nähe des Hauses standen.

Er kniete sich neben Jim und streichelte seinen Mosaikpanzer. Zum ersten Mal fielen Alex all die kunstvollen Verzierungen auf. *Wie unglaublich viel Arbeit darin steckt,* dachte er. Mr Today hatte stets auf die Fähigkeiten anderer hingewiesen, aber nur selten von seinem eigenen riesigen Talent als Bildhauer gesprochen. Alex fuhr mit dem Finger über das Muster. »So viele Details«, flüsterte er in die Nacht hinaus. »Was würde ich nicht alles dafür geben, deine unendlich langsame Sprechweise noch einmal zu hören, Jim.«

Die geflügelte Schildkröte erwiderte nichts.

Alex trottete zu Florence weiter. Sie war doppelt so groß wie er und mitten in einem anmutigen Schritt erstarrt. Vielleicht war sie gerannt, als es passiert war. Vielleicht hatte sie Artimé ein letztes Mal aus vollem Lauf zum Beben gebracht. Sie war schlank und ebenholzfarben und wunderschön, genauso, wie sie immer ausgesehen hatte. Beinahe erwartete Alex, dass sie sich umdrehen würde, als er eine Hand ausstreckte und ihren Arm berührte. »Es tut mir so leid«, sagte er. »Falls du irgendetwas tun kannst, um das alles wieder in Ordnung zu bringen … na ja, dann lass es mich wissen.« Er rechnete jedoch nicht wirklich mit einer Antwort.

Alex wandte sich ab und überlegte, einen Spaziergang am Ufer zu machen, um seine Gedanken zu sortieren, doch dort waren überall Ungewollte. Soweit er sehen konnte, gab es nirgendwo einen Platz, an dem er einfach dasitzen, nachdenken und für sich sein konnte.

Dann, irgendwo über seinem Kopf, hörte er ein leises Kratzen.

Er blickte über Florence hinweg auf das Dach des Hauses. Dort saß die Stille. Sie erstarrte, als sie Alex bemerkte, so als hätte er sie dabei erwischt, wie sie etwas Verbotenes tat.

»Hey«, flüsterte er ihr zu. »Wie bist du denn da raufgekommen?«

Sie zeigte auf Florence.

Alex riss die Augen auf. Die Vorstellung, auf Florence herumzuklettern, fand er ein wenig unheimlich. Es kam ihm irgendwie … falsch vor. Andererseits war Florence nun wirklich nur noch eine Statue, und ihre gebeugten Knie und Ellenbogen eigneten sich definitiv als praktische Griffe und Tritte. Er guckte sich eine Route aus und kletterte dann zügig hinauf, nur für den Fall, dass Florence doch wieder aufwachte – wofür er natürlich dankbar gewesen wäre, auch wenn sie ihn für seine Unverschämtheit vermutlich sofort umgebracht hätte. »Ich hoffe, du kannst dich später nicht mehr daran erinnern«, murmelte Alex ihr zu. Hinaufzuklettern war ganz leicht, und schon wenige Sekunden später hievte er sich aufs Dach und setzte sich neben das Mädchen.

»Cool«, sagte er. »Gefällt mir. Hier oben kann ich endlich richtig durchatmen.«

Die Stille nickte und senkte den Blick. Auf einmal wirkte sie verlegen.

Alex schaute aufs Meer hinaus und musste wieder an Lani und Samheed denken. Er fragte sich, wo sie wohl sein mochten und ob sie noch am Leben waren. Er musste daran glauben, dass es ihnen gut ging – mehr konnte er im Augenblick nicht ertragen. Ihm schnürte sich die Kehle zu und er ließ seinen Blick zu der Stelle wandern, an der Simber abgestürzt war, weit entfernt, in der Nähe des Horizonts. Sie konnten ihn unmöglich erreichen, das wusste er. Und es würde auch immer unmöglich bleiben.

Alex bekam das Bild des ins Wasser stürzenden Geparden einfach nicht aus dem Kopf. Er hatte die schreckliche Szene auch vergangene Nacht in seinem Albtraum gesehen. Sie lauerte stets in seinem Hinterkopf und drängte sich in den Vordergrund, wann immer er ein paar Minuten zum Nachdenken hatte. *Wirrr gehen zusammen, wie immerrr,* hatte Simber gesagt, als sie die Insel der Stille verlassen hatten. *Ich werrrde dich nicht allein lassen.*

Alex vergrub das Gesicht in den Händen, vollkommen überwältigt. Er hatte keine Ahnung, was jetzt werden sollte. Alles, was er wusste, war, dass Simber aus Sand erschaffen worden war. Und Sand löste sich im Wasser auf. Selbst wenn Alex Artimé wieder zurückbringen konnte, glaubte er nicht, dass er Simber je wiedersehen würde.

Mr Today hatte die riesige Statue einmal als »praktisch« unzerstörbar bezeichnet. Simber war unzählige Male von Kugeln und anderen Waffen getroffen worden, und alles war stets von ihm abgeprallt oder hatte im schlimmsten Fall nur winzige Spuren hinterlassen. Aber »praktisch« bedeutete eben nicht »völlig« – möglicherweise konnte der Gepard also doch zerstört werden. Und falls diese Möglichkeit bestand … Nun, Alex hatte Simber jedenfalls nie in Wassernähe gesehen. Er konnte sich noch gut daran erinnern, wie die mächtige Statue ewig über dem Meer in der Luft gestanden, aber stets gut aufgepasst hatte, mit den Flügeln nicht das Wasser zu berühren. Vielleicht wusste Alex nun auch, warum.

Und er konnte diesen Gedanken nicht ertragen: Simber für immer fort, sein Körper wie ein Zuckerwürfel in einer Tasse Tee aufgelöst, seine sandigen Einzelteile auf dem Meeresgrund vom Wasser davongetragen.

Alex saß hier und hatte nicht das Geringste vorzuweisen. Aaron war bereit zuzuschlagen, sobald Artimé verzweifelt genug war, während alle darauf warteten, dass Alex die ganze Sache wieder in Ordnung brachte und ihre Welt neu aufbaute. Nur dass Alex nicht den Hauch einer Ahnung hatte, wie er das anstellen sollte. Mr Todays Bücher waren alle fort. Und wenn Alex es nicht schaffte, ihre Welt wiederaufzubauen, was würde dann mit ihnen passieren? Würden sich alle in Artimé für etwas zu essen und einen Platz zum Schlafen von Aaron versklaven lassen?

Er hegte keinerlei Zweifel daran, dass einige von ihnen es tun würden.

»Bitte, helft mir«, brachte er mit einem erstickten Flüstern hervor. »Irgendjemand.«

Als seine Schultern zu zittern begannen, legte die Stille eine Hand auf seinen Rücken, um ihn zu trösten. Nach einer Weile schniefte Alex und blickte auf, seine Wimpern tränennass.

Er zog das Päckchen aus seiner Tasche, betrachtete es und fragte sich, was Aaron wohl gefunden haben könnte, um ihn damit zu quälen. Mit einem Zittern atmete er tief ein, rollte den Sack aus, fasste hinein und holte etwas Leichtes, Weiches und sehr Farbenfrohes heraus.

Mr Todays Gewand.

In einem sehr kleinen Haus

Kurz nach Mitternacht saß in einem sehr kleinen Haus in Quill Gondoleery Rattrapp an ihrem Tisch und dachte zum x-ten Mal darüber nach, dass sie einst magische Fähigkeiten besessen hatte, dann für lange Zeit nicht mehr und nun seit einigen Monaten wieder. Doch nachdem der Mann, der die Magie erschaffen hatte, gestorben war, hatte sie ihre Fähigkeiten wieder verloren. Und hier saß sie nun und rätselte, weil irgendetwas ganz eindeutig nicht stimmte.

Sie betrachtete die Requisiten, wie sie es in letzter Zeit oft getan hatte. Sie testete sie an einem abgemagerten streunenden Hund, den sie mit einer Falle in ihrem Garten hinter dem Haus gefangen hatte.

»Stirb tausend Tode!«, rief sie und warf eine Metallklammer nach dem Tier, aber sie prallte nur von seinem Rücken ab. Er trottete zu der Frau und leckte ihre Hand.

Gondoleery stieß ihn weg und griff nach einem Herz aus Ton. »Herzattacke!«, sagte sie und schleuderte es auf den Köter. Es traf ihn an der Flanke und erzielte keinerlei Wirkung, außer dass das Tier vor Schmerzen leise winselte und zurückwich.

Die Frau kniff die Augen fest zusammen.

Verkrampft ballte sie die Fäuste und fuhr sich mit arthritischen Knöcheln über ihre Augenbrauen, bevor sie sie fest an ihre Schläfen presste. Das hier war nicht richtig. Ganz und gar nicht.

»Als ich noch ein kleines Mädchen war …«, sagte sie leise und versuchte angestrengt, ihr eingerostetes Gedächtnis dazu zu bringen, vor sehr, sehr langer Zeit gedachte Gedanken erneut heraufzubeschwören, um sich daran zu erinnern, wie es damals gewesen war. »Als ich noch ein kleines Mädchen war …«

Sie schlug die Augen wieder auf, betrachtete zuerst ihre Hände und dann die nutzlosen Requisiten. Sie blickte zu dem Hund, der sie noch immer anwinselte, und erhob sich schließlich. »Na los«, schnauzte sie ihn an. Sie machte die Tür auf und stieß das Tier nach draußen. »Hau ab!«

Der Hund blieb stehen, um Wasser aus dem Eimer zu trinken, der vor Kurzem auf der Vordertreppe abgestellt worden war.

»Verschwinde!«, zischte sie und versetzte dem Tier einen Tritt. Der Hund sah es ein und verschwand.

Gondoleery betrachtete das Wasser im Licht des Vollmondes.

Sie tauchte die Hand hinein, schöpfte ein wenig, hob es hoch und sah zu, wie das Wasser von ihren Fingern auf die staubige Treppe tropfte. »Als ich noch ein kleines Mädchen war …«, flüsterte sie und starrte auf den Fleck, den das Wasser im Staub hinterlassen hatte.

Sie blickte in den Himmel empor, zu den Tausenden

von Sternen, die über der Stacheldrahtdecke funkelten. Jahrelang hatte sie sie überhaupt nicht bemerkt. An diesem Abend bedeckten keine Wolken den Himmel – in Quill gab es fast nie Wolken.

Sie richtete den Blick wieder auf das Wasser hinunter, und das Element schien ihr zuzuflüstern. *Als ich noch ein kleines Mädchen war* ..., sagte es.

Die alte Frau schaute sich um, aber zu dieser späten Stunde war sonst niemand zu sehen. Erneut schöpfte sie mit der hohlen Hand Wasser aus dem Eimer und trank davon. Es war warm. Warm wie einst der Regen an einem heißen Sommertag auf der Waldsängerinsel, vor über fünfzig Jahren. Sie hatte auf einem Felsvorsprung gesessen, auf einem kleinen Plateau auf halbem Weg zum Gipfel, und mit ihren Freundinnen und Freunden gespielt, die ebenfalls über magische Fähigkeiten verfügten. Aber Marcus Today war nicht dabei gewesen. Da war Gondoleery sich ganz sicher. Sie erinnerte sich wieder daran, wie viel Spaß es gemacht hatte, auf dem rutschigen Stein zu stehen, während der Regen in Strömen auf sie herabfiel. Wie sie alle vor Freude gekreischt und getanzt hatten.

Sie schöpfte noch mehr Wasser mit der Hand und trat in den Garten hinaus, während das kostbare Nass achtlos von ihren Fingern tropfte. Nach Quill-Maßstäben verschwendete sie es.

Im Dunkel der Nacht und im Licht des Mondes reckte sie ihre Hand zum Himmel empor und sah zu, wie sich die schimmernden Tropfen zitternd an ihren Handrücken klammerten, bevor sie auf die ausgedörrte Erde fielen. Und dann fiel Gondoleery alles wieder ein.

Endlich erinnerte sie sich wieder.

Sie holte aus und warf den Rest des Wassers in ihrer Hand mit aller Kraft in den Himmel hinauf. Während die Tropfen durch die Luft flogen, stellte sie sich die Szene von damals vor und rief sich die Worte ins Gedächtnis zurück, die sie seit fünfzig Jahren nicht mehr zugelassen hatte.

»Lass es regnen!«, rief sie dem Wasser zu.

Ein Moment verstrich, dann donnerte es am wolkenlosen Firmament über dem kleinen Haus und der Himmel erwachte mit blitzendem Licht zum Leben. Die Frau stand in ihrem ausgetrockneten Garten, mitten in der Wüsteninsel Quill, die Hände himmelwärts gereckt und die Augen geschlossen.

Der Himmel öffnete sich über ihrem winzigen Haus, genau wie an jenem Tag auf den Felsen, als sie glücklich und jung und mit ihren Freunden zusammen gewesen war. Triumphierendes Gelächter schwoll in ihrer Kehle an und erfüllte die Luft. In diesem Moment ergoss sich auf sie, auf ihr kleines Fleckchen Land und auf ihren Wassereimer auf der Vordertreppe ihres kleinen Hauses in Quill der Regen eines halben Jahrhunderts.

In einer dunklen Höhle

Schwach und blind saß Samheed in absoluter, ohrenbetäubender Stille. Er trommelte mit den Händen auf den erdigen Boden der Höhle, kratzte mit den Fingernägeln über seine Hose, trat mit den Füßen gegen die Wand. Doch es war nicht das winzigste Geräusch zu hören. Er hatte das Gefühl, überhaupt nicht mehr zu existieren, abgesehen von den ständig neu aufflammenden Schmerzen an seinem Hals.

Hin und wieder machte er den Mund auf, um nach Lani und Meghan zu rufen, aber ihm entwich kein Laut, ganz gleich, wie sehr er sich auch anstrengte. Er fühlte sich vollkommen hilflos. Er konnte nichts sehen und kein Geräusch von sich geben, und seine Freundinnen waren verschwunden.

Gelegentlich spürte er eine sanfte Brise, so als würde jemand an ihm vorbeigehen, aber es gelang ihm nie, die Person rechtzeitig zu erwischen. Es ließ sich unmöglich vorhersagen, wann die nächste Brise kommen würde, unmöglich konnte man wissen, wie viele Minuten oder Stunden oder Tage vergingen. Auch nach der zweiten Brise kroch Samheed blind umher und berührte dabei zufällig ein Tablett mit Essen. Daneben stand ein Becher mit Wasser. Er aß und trank und blieb anschließend, wo er war, um die Person blitzschnell packen zu können, sobald er die nächste Brise spürte.

Doch die nächste Brise lieferte das Essen und das Wasser an einer anderen Stelle ab.

Nach dem vierten Mal kam Samheed schließlich dahinter, dass die Brise ihn sehen konnte und stets dorthin ging, wo er nicht war.

Seine ganze Existenz war vollkommen sinnlos.

Danach war sein einziger Gedanke, dass Lani und Meghan entkommen sein mussten. Und tief in seinem Inneren, unter dem Schmerz, zurückgelassen worden zu sein, hoffte er, dass sie es geschafft hatten. Er wünschte es sich wirklich. Nicht nur um ihretwillen, sondern auch für ihn selbst. Denn wenn die beiden entkommen waren, konnten sie Mr Today vielleicht dazu bringen, herzukommen und ihn zu retten … und dann konnte der Magus diese schrecklichen Schmerzen vertreiben. Ohne irgendeine noch so kleine Ablenkung waren sie kaum auszuhalten.

»Bitte, bitte, bitte«, kam es über seine stummen Lippen, wieder und wieder. »Ist da jemand? Kann mir irgendjemand helfen?«

Die Zeit verstrich, und nichts änderte sich.

Wenn Samheed in unruhigen Schlaf sank, träumte er, er läge am Strand von Artimé in der Sonne und lauschte den leise auf dem Rasen singenden Kreaturen und dem Gemurmel verschiedener Gespräche in seiner Nähe, während er döste. Er war frei, frei von dieser dunklen, stillen Höhle und der schmerzhaften Dornenkette um seinen Hals. In seinem Traum berührte eine kühle Hand seine Wange und er lächelte, als er erkannte, dass er nicht allein war. Er griff nach der Hand, ließ die Finger an dem Arm hinaufwandern und berührte das Gesicht des Mädchens, das seines berührte. Es war das Tröstlichste, was er empfunden hatte, seit sich ihm der Schlafpfeil in den Rücken gebohrt hatte.

Doch dann stieß etwas gegen seinen Fuß und riss ihn aus seinem Traum. Jemand rüttelte ihn wach, krallte und zerrte an seinem Hemd und zerriss es beinahe. Er setzte sich erschrocken auf, wurde in die Dunkelheit und Stille und die Schmerzen der Höhle zurückgeschleudert. Er holte aus, um einen Faustschlag zu landen, aber die Person stieß ihn wieder rückwärts auf den Boden und hielt ihn fest. Er wehrte sich mit aller Kraft, um sich zu befreien.

Auch als er spürte, wie sie mit den Fingern seine Wangen und seine Lippen berührte, wehrte er sich weiter, wenn auch nur noch schwach. Sie drückte ihn entschlossen nach unten, um ihn auf dem Rücken festzuhalten, und setzte sich dann so schwungvoll auf seine Brust, dass sie ihm sämtliche Luft aus der Lunge presste, während sie einen seiner Arme mit ihrem Fuß auf den Boden drückte. Mit beiden Händen packte sie seinen anderen Arm und zog ihn eng an ihren Körper heran. Dann führte sie seine Hand zu ihrem Kopf und kämmte mit seinen Fingern durch ihr Haar. Sie zwang ihn, bis zu ihren Haarspitzen hinunterzustreichen, und hielt seine Hand dort fest. Dann berührte sie erneut seine Lippen und konnte gewiss spüren, wie sich sein Brustkorb mit einem erleichterten Seufzen hob und senkte.

»Lani«, bewegten sich Samheeds Lippen unter ihren Fingern. Er fühlte sich vollkommen überwältigt.

Lani kletterte von ihm herunter. Er stützte sich auf den Ellenbogen auf und tastete blind nach ihrer Hand, versuchte sie wissen zu lassen, dass er verstanden hatte. Er legte ihre Finger auf seine Wange und nickte, dann berührte er ihr Gesicht genauso. Auch sie nickte. Samheed konnte spüren, wie Lani sich neben ihm entspannte, beide völlig erschöpft und schmerzgeschwächt, heftig keuchend, ohne einen Laut von sich zu geben.

Und dann begann Lani zu zittern. Samheed streckte den Arm aus und schlang ihn sanft um ihre Schultern. Sie rückte näher an ihn heran, krallte sich in sein Hemd und vergrub ihr Gesicht darin. Sie hielten einander ganz fest, versuchten, eine Minute nach der anderen zu überleben, bis jemand – irgendjemand – kam und sie rettete.

Eine letzte Nachricht

Auf dem Dach des grauen Hauses klammerte sich Alex an den bunten Stoff wie an einen Rettungsring. »Das ist sein Gewand«, flüsterte er dem Mädchen zu.

Sie nickte und fuhr sich mit den Fingern durchs Haar, bis es in alle Richtungen abstand.

»Ja«, sagte Alex und lachte leise. »Ja, der Mann mit den wilden Haaren. Mr Today.« Er schwieg einen Moment und wurde wieder ernst. »Er ist tot.«

Sie legte einen Finger unter ihr Auge und malte eine unsichtbare Tränenspur auf ihre Wange.

»Ja«, erwiderte Alex. Jetzt war es ihm ein wenig peinlich, dass er vor einer Fremden so heftig geweint hatte. Nicht weil er ein Mann war – in Artimé weinten Männer und Frauen ganz offen, wann immer ihnen danach zumute war –, sondern weil sich Fremde vielleicht unbehaglich fühlten, wenn jemand unerwartet vor ihnen weinte. Es schien dem Mädchen jedoch nichts auszumachen.

»Und Simber«, fuhr er fort. »Du hast ihn wahrscheinlich nie gesehen. Er war riesig und sah furchterregend aus, deshalb bin ich mir sicher, man hat ihn von dir ferngehalten, nachdem du aufgewacht bist. Aber eigentlich war er wirklich nett, in seinem tiefsten Inneren.«

Alex warf dem Mädchen einen Seitenblick zu und erinnerte sich wieder an ihre erste Begegnung. »Du hast mich angespuckt«, sagte er und versuchte, nicht zu grinsen.

Sie hob eine Hand an ihren Mund, ihre Augen geweitet und schelmisch funkelnd. Dann spielte sie die Szene aus ihrer Perspektive nach. Alex versuchte mitzusprechen, was sie darstellte – es war fast wie bei einer Pantomime in der Theaterwerkstatt.

»Du hattest Angst«, vermutete er. »Alle haben dich angestarrt.«

Sie nickte. Dann blickte sie sich verzweifelt um.

»Du wusstest nicht, wo du warst«, sagte er. »Und der Junge – ist er dein Bruder?«

Sie nickte.

»Ah, das dachte ich mir. Also, er hat geschlafen und ist nicht mehr aufgewacht, und du wusstest nicht, was los war.«

Die Stille nickte erneut.

»Also hast du mich mit Wasser bespuckt. Ist absolut einleuchtend.«

Sie lachte still. Dann schaute sie ihn entschuldigend an.

Alex lächelte traurig. »Oh, ist schon gut. Es war ja nur ein bisschen Spucke.«

Gedankenversunken streckte er eine Hand aus und berührte die Metalldornen an ihrem Hals. Sie wich ein Stück von ihm weg, und Alex hob den Blick. »O nein, es tut mir so leid.« Er zog die Hand wieder zurück. »Du hast meine Freundin Meghan drinnen im Haus gesehen, oder?«, fragte er.

Sie nickte, und ihre Miene wurde wieder ernst.

»Ich vermute, ihr kommt auch von dieser Insel, oder? Seid ihr, dein Bruder und du, von dort geflohen?«

Sie kniff die Augen zusammen und wandte hastig den Blick ab, schaute hinaus auf den Ozean.

»Was …? Hab ich was Schlimmes gesagt?«

Sie antwortete nicht und reagierte auch sonst in keiner Weise auf seine Frage.

»Hey, tut mir leid«, entschuldigte Alex sich. »Du willst offensichtlich nicht darüber reden.«

Sie betrachtete ihn abschätzend von der Seite und rollte mit den Augen.

»Ups«, sagte er und schwieg dann für einen Moment. »Aber willst du dieses Ding um deinen Hals denn nicht loswerden? Obwohl ich mir schon Sorgen mache, was passieren könnte, wenn es entfernt wird. Mit deinem Hals und deiner Stimme, meine ich. Außerdem haben wir hier definitiv nicht das richtige Werkzeug dafür.«

Das Mädchen hob die Hände und hielt sie vor Alex' Gesicht, als wollte sie ihn wegschieben. Er nahm ihre Handgelenke und zog sie sanft auseinander, um ihr Gesicht wieder sehen zu können. »Ich verstehe nicht«, gestand er.

Sie biss sich auf die Unterlippe und wandte den Blick wieder ab. Diesmal war sie es, die weinte.

»Verflucht«, stieß Alex leise aus. »Es tut mir leid. Ich halte ab sofort die Klappe. Ich wollte dich nicht zum Weinen bringen.«

Er ließ ihre Handgelenke los, kam auf die Knie und steckte die Hände auf der Suche nach einem Taschentuch tief in seine Hosentaschen. Doch er hatte völlig vergessen, dass seine Kleidung im Meer komplett durchnässt worden war, genau wie alles andere in seinen Taschen. Aus der einen angelte er ein paar zusammengeknüllte Taschentuchklumpen, eine Handvoll nutzloser Fächerclips und eine Murmel hervor. Aus der anderen Tasche zog er etwas, das er zuerst nicht erkannte. Es war ein zusammengefaltetes Blatt Papier.

Einen Moment später schnappte er nach Luft, während sein Herz wie wild zu hämmern begann. Er erkannte das farbenfrohe Muster am Rand sofort.

Es musste ein Zauber von Mr Today sein.

Warum hatte er nicht schon längst daran gedacht, in seine Hosentaschen zu schauen? Seine Hände zitterten heftig, als er versuchte, das Papier auseinanderzufalten, so verzweifelt sehnte er sich nach einem Lichtblick. Alex flehte stumm, dass das Meerwasser die magischen Worte nicht weggewaschen hatte.

Er bemerkte gar nicht, dass die Stille ihn beobachtete, ihre Tränen waren vor Schreck über sein seltsames Verhalten versiegt. Als er das Papier schließlich auseinandergefaltet hatte, strich er es vorsichtig glatt. Die Worte waren noch zu erkennen und kein bisschen verwaschen. Jeder einzelne Buchstabe war so klar wie der Morgenhimmel.

Alex hielt die Nachricht ins Mondlicht und las:

Wen immer es betrifft:

Folgt Punkt um Punkt wie die wandernde Sonne,
vergrößert, fokussiert, gemeinsam voll Wonne.
Steht gewandet, wo ihr mich zum ersten Mal traft,
sprecht dreimal die Worte in Reihe, voll Kraft.

Ich entschuldige mich für diese kryptische Nachricht, aber ich weiß, Du wirst sie verstehen. Es tut mir leid, mein Junge – es tut mir so leid. Ich habe alles, was Du brauchst, in meinen Gemächern für Dich zurückgelassen. Aber sollte etwas Unvorhergesehenes passieren, folge den obigen Anweisungen.

Alles Gute
Marcus Today

PS: Fünf Herzattacke-Requisiten – was für eine Verschwendung! Drei hätten auch gereicht. Ha-ha! Autsch.
PPS: Falls Dich das interessiert: Es liegen noch zwei weitere auf seinem Schreibtisch. Erinnere Dich später daran.
Leb wohl! Ich glaube an Dich.

Alex starrte auf die Nachricht. Las sie ein zweites Mal. Das Herz tat ihm weh, als er sich an den unglaublichen Mr Today erinnerte, aber er fühlte sich auch ein kleines bisschen besser in dem Wissen, dass der alte Magus frohgemut genug gewesen war, einen Scherz zu machen, selbst ganz am Ende noch.

Alex überflog immer wieder den Zauber, der keinen Sinn zu ergeben schien.

Das einzige Wort, das in seinen Augen hervorstach, war »gewandet«. Was das bedeutete, wusste Alex. Er umklammerte Mr Todays Gewand, als wäre es ein Geschenk aus purem Gold, hocherfreut, dass es ihm praktisch in den Schoß gefallen war.

»Ha!«, sagte er laut und hob den Blick. Aaron hatte ihm etwas unschätzbar Wertvolles gegeben, ohne es zu wollen!

Alles, was Alex jetzt noch tun musste, war, herauszufinden, was der Rest des Zaubers zu bedeuten hatte, dann in das Gewand zu schlüpfen und – ta-daaa! – Artimé war zurück.

Ein Kribbeln jagte durch Alex' Adern. Dank dieses wertvollen Hinweises war er der Rettung von Artimé ungefähr hundertmal näher als noch vor fünf Minuten. Er war so aufgeregt, dass er beinahe das Gleichgewicht verloren hätte und vom Dach gefallen wäre, aber die Stille packte ihn gerade noch rechtzeitig an seinem Hemd. Er fing sich wieder, setzte sich neben sie und drückte ihre Hand, um ihr zu danken.

Nachdenklich kratzte er sich durch seinen zerzausten Haarschopf am Kopf und starrte erneut auf die Nachricht. »Das ist es«, flüsterte er nach einem Moment ehrfürchtig. »Das ist die Hilfe, nach der ich so verzweifelt gesucht habe.« Er schaute das Mädchen an und fügte hinzu: »Weißt du, vielleicht können wir das hier wirklich überstehen.«

Er blickte nach Westen, in Richtung der Waldsängerinsel. Und obwohl er die Insel in den dunkelsten Stunden von hier aus nicht sehen konnte – und obwohl in ganz Artimé keine Magie zu finden war –, nahm Alex all seine Konzentration zusammen und flüsterte seinen eine ganze Welt entfernten Freunden zu: »Haltet durch.«

Danksagungen

Vielen Dank an alle Wächter der Magie bei Aladdin, die an diesem Buch mitgearbeitet haben, an die stets sichtbaren und die hinter den Kulissen. Ein besonderes Dankeschön geht an meine Lektorin Liesa Abrams, die mir sehr dabei hilft, Ungereimtheiten in meinen Geschichten oder bei meinen Figuren zu erkennen, ebenso wie an Stuart Smith und das komplette Verkaufsteam, deren Begeisterung für diese Buchreihe von Anfang an unglaublich ermutigend war. Danke wie immer an meinen fantastischen Agenten, Michael Bourret, meinen Gibraltar-großen Fels in der Brandung. Tausend Dank auch an Casey, Personal Assistant der Spitzenklasse: Du lässt mich immer toporganisiert aussehen.

Ich staune ehrfürchtig über Owen Richardson und seine wundervolle Kunst, genau wie über Karin Paprocki und ihr atemberaubendes Coverdesign. Gemeinsam habt ihr Artimé auf eine Weise zum Leben erweckt, von der ich nicht mal zu träumen gewagt hätte. Lauren Forte, du verblüffst und begeisterst mich jedes Mal aufs Neue damit, mit welcher Liebe zum Detail du dich meinen Büchern widmest. Ich danke dir.

An die unzähligen Buchhändler:innen, die dieser Reihe durch Mund-zu-Mund-Propaganda geholfen haben: Ich bin euch unendlich dankbar dafür, dass ihr das erste Buch mit so offenen Armen empfangen und es eurer Kundschaft so wärmstens empfohlen habt. Ein ganz besonderer Dank geht außerdem an die Wächter der Magie Gayle Shanks und Brandi Stewart sowie das großartige Team bei Changing Hands; an Daniel Goldin und die fantastische Truppe bei Boswell Book Company; an Becky Anderson, Jan Dundon und das Team von Anderson's Book Shop; an Sally und Camille von Pooh's Corner; an meine örtlichen B&N-Buchhändler:innen in East Valley, darunter auch Sibley und Missy, die von Anfang an für mich da waren; und an das Team in der B&N-Filiale in Holland, Michigan, meinem zweiten Zuhause. Ihr seid alle die Besten.

An alle Lehrer:innen und Bibliothekar:innen, die *Wächter der Magie* mit solcher Begeisterung empfohlen haben: Ich danke euch. An mein Team zu Hause: Ed, Cindy und Lynn – ich danke euch. An die unglaublichen Menschen Paul Hankins (der am Briefkasten wartet), Mr Schu, Sarah Andersen, Jillian Heise (Danke, Paulette!) und all die anderen, deren weisen Worten ich jeden Tag folge: Danke, dass ihr tut, was ihr tut. Ihr verändert Leben.

Ein verspätetes Dankeschön an die inspirierenden Autor:innen meiner Jugend – einige noch unter uns, andere bereits von uns gegangen, aber unvergessen –, deren fantastische Welten die Erschaffung meiner eigenen so sehr beeinflusst haben: Roald Dahl, E.B. White, Madeleine L'Engle, C.S. Lewis, Norton Juster und Julie

(Andrews) Edwards. Ich würde euch ja auch gerne als Ungewollte bezeichnen, aber ich fürchte, ihr würdet mir dafür definitiv eine verpassen. Stattdessen finden meine Leser:innen in dieser Reihe immer wieder eine kleine Verneigung in eure Richtung.

Meine immerwährende Dankbarkeit geht außerdem an meine *Wächter der Magie*-Familie und -Freunde, die meine kleinen Geschichten immer so tatkräftig unterstützt haben. Matt, ohne dich in der anderen Bibliotheksecke würde ich diesen Beruf gar nicht ausüben wollen. Kilian, deine Illustrationen sind einfach wundervoll. Du und Kennedy, ihr habt mich zu dieser Reihe inspiriert und ich bin so dankbar für eure Hilfe bei den Zaubern. Ihr seid wirklich die Allerbesten – es gibt im ganzen Land keine besseren Kinder. Und ich meine im *ganzen* Land.

Und an euch, meine lieben Leser:innen: Es spielt keine Rolle, ob ihr eure Kreativität eher in der Kunst oder bei Entschuldigungen, in der Wissenschaft oder beim Sport, mit Zahlen oder in der Natur zum Ausdruck bringt. Wenn ihr in irgendeiner Weise selbstständig denkt, und sei es nur ein kleines bisschen, dann muss ich euch leider verkünden: Euer Schicksal ist mit absoluter Sicherheit besiegelt. Willkommen in Artimé!

Über die Autorin

© Ryan Nicholson Photography

Lisa McMann lebt in Tempe, Arizona. Sie ist mit ihrem Schriftstellerkollegen Matt McMann verheiratet, und sie haben zwei erwachsene Kinder. Ihr Sohn ist der Künstler Kilian McMann, und ihre Tochter ist die Schauspielerin Kennedy McMann. In ihrer Freizeit geht Lisa gerne spazieren und kocht. Außerdem liest sie gerne Fantasy, Belletristik, Memoiren und Bücher über Kochen und Wein.

Alle Bände auf einen Blick:

WÄCHTER DER MAGIE

Band 1

Band 2

Band 3

Band 4

Alle Bände auf einen Blick:

WÄCHTER DER MAGIE

Band 1

Band 2

Band 3

Band 4